KRONIKI
ŚWIATA WYNURZONEGO

LICIA TROISI

KRONIKI
ŚWIATA WYNURZONEGO

Tom II

MISJA SENNARA

Z języka włoskiego przełożyła
Zuzanna Umer

VIDEOGRAF II
Katowice

Tytuł oryginału
La missione di Sennar

Redakcja
Elżbieta Spadzińska-Żak

Projekt okładki
Marek Piwko {mjp}

Ilustracja na okładce
Paolo Barbieri

Redakcja techniczna, skład i łamanie
Damian Walasek

Korekta
Urszula Bańcerek

Wydanie I, marzec 2010

Wydawca: Videograf II Sp. z o.o.
41-500 Chorzów, Aleja Harcerska 3 C
tel. 32-348-31-33, 32-348-31-35, fax 32-348-31-25
office@videograf.pl
www.videograf.pl

Dystrybucja: DICTUM Sp. z o.o.
01-942 Warszawa, ul. Kabaretowa 21
tel. 22-663-98-13, fax 22-663-98-12
dystrybucja@dictum.pl
www.dictum.pl

ISBN 978-83-7183-757-9

Spis treści

Na imię mam Nihal. Dorastałam w Salazarze, mieście-wieży w Krainie Wiatru. Moją rodzinę stanowił Livon, najlepszy płatnerz we wszystkich ośmiu Krainach Świata Wynurzonego. Mój przybrany ojciec. To on nauczył mnie posługiwać się mieczem i wytłumaczył mi, czym jest życie.

Zawdzięczam mu wszystko. Moje dzieciństwo upłynęło u jego boku, wśród mieczy, tarcz, zbroi i przepełniającego mnie pragnienia, aby zostać wojowniczką.

Przeżyłam pogodne lata, nie wiedząc, co oznaczają moje granatowe włosy i spiczaste uszy.

A jednak, odkąd pamiętam, słyszałam jakieś głosy, miewałam nawracające koszmary. Powykrzywiane z bólu twarze szeptały do mnie jakieś niezrozumiałe słowa.

Wojsko Tyrana nadciągnęło niespodziewanie, pewnego jesiennego wieczoru. Widziałam, jak posuwało się naprzód przez równinę Salazaru, niczym czarny przypływ, który porywał i pochłaniał wszystko.

Z mojego dawnego życia nie pozostało nic.

Miasto zostało zdobyte i podpalone, moi przyjaciele pozabijani, a mój ojciec przeszyty mieczem na moich oczach. Zginął, aby obronić mnie przed dwoma Famminami, potworami stworzonymi do walki przez Tyrana. Zabiłam ich obu. Miałam szesnaście lat.

Potrafiłam zręcznie posługiwać się mieczem, ale to nie wystarczyło. Zostałam ranna, a kiedy otrząsnęłam się z otępienia rekonwalescencji, narodziłam się po raz drugi, dla bólu i rozpaczy.

Odkryłam, że jestem ostatnią z rodu Pół-Elfów, wybitych wiele lat wcześniej przez Tyrana. Byłam zaledwie noworodkiem, kiedy czarodziejka Soana, siostra Livona, znalazła mnie w pewnej wiosce w Krainie Morza. Pozbawione życia ciało mojej matki ochroniło mnie przed furią Famminów. Ocalałam z rzezi jako jedyna.

Od tamtej pory zaczęłam się zmieniać. Już nie byłam wesołą dziewczynką, lecz nastolatką, która dorosła zbyt szybko. Koszmary dręczyły mnie każdej nocy. Przysięgłam, że będę walczyć ze wszystkich sił, aby obalić Tyrana. To wówczas postanowiłam zostać Jeźdźcem Smoka.

Dostać się do Akademii nie było łatwo, miejsce musiałam wywalczyć sobie mieczem. Raven, Najwyższy Generał Zakonu Jeźdźców Smoka, osobiście wybrał dziesięciu wojowników, których musiałam pokonać, aby zostać uczennicą. Zwyciężyłam ich wszystkich, jednego po drugim.

W Akademii przeżyłam rok naznaczony samotnością: inni uczniowie unikali mnie, ponieważ byłam kobietą i ponieważ byłam inna. Ich przepełnione nieufnością spojrzenia ścigały mnie, gdziekolwiek się skierowałam.

Początkowo cierpiałam z tego powodu. Potem stałam się odporna na ich nienawiść, na cierpienie, na wszystko. Jedyne, co mnie obchodziło, to pomszczenie mojego ojca i mojego narodu.

Noce zaludniały się duchami, które zagrzewały mnie do zemsty. Dni mijały na niekończących się ciężkich treningach. Chciałam przekształcić się w broń, pozbawioną uczuć i bólu.

Chciałam się rozpłynąć.

Po zakończeniu początkowej fazy szkolenia musiałam przejść próbę pierwszej bitwy. Tamtego dnia, na polu walki, mój umysł się opróżnił, ból zniknął. Istniał tylko mój miecz z czarnego kryształu, ostatni prezent od Livona, i krew Famminów. Walczyłam, zabijałam, pastwiłam się nad wrogiem. Generałowie pochwalili mnie, a ja uwierzyłam, że mi się udało.

Tak jednak nie było. Tego dnia zginął Fen. Był Jeźdźcem Smoka, towarzyszem Soany. Dla mnie był bohaterem. Byłam w nim zakochana i jedynie to uczucie łączyło mnie jeszcze z życiem. Kie-

dy zobaczyłam jego zwłoki, postanowiłam całkowicie poświęcić się wojnie.

Aby moje szkolenie było pełne, powierzono mnie Idowi, Jeźdźcowi Smoka należącemu do rasy gnomów. To on zasiał w moim umyśle wątpliwość: czy to, co robiłam, było właściwe? Czy można walczyć tylko dla zemsty?

Wreszcie przydzielono mi smoka. Zdobycie jego zaufania nie przyszło łatwo: był to weteran, w przeszłości należał już do innego Jeźdźca. Nie pozwalał się do siebie zbliżyć, nie chciał już więcej latać. Pragnienie walki zagasło w nim wraz ze śmiercią jego pana, ale ja czułam, że był taki jak ja: zagubiony i samotny. To był mój smok. To jest mój smok. Na imię ma Oarf.

Sennar zawsze był u mojego boku. Kiedy się poznaliśmy, byliśmy zaledwie dziećmi. Razem dorastaliśmy, dzieliliśmy ze sobą śmiech, marzenia, cierpienia. Walczyliśmy za tę samą sprawę.

Często o nim myślę.

Sennar – mój najlepszy przyjaciel. Sennar – czarodziej. Sennar – członek Rady.

Nie wiem, czy już dotarł do Świata Zanurzonego, nie wiem, czy go jeszcze zobaczę.

Nasze ostatnie spotkanie zakończyło się pożegnaniem, którego nie mogę zapomnieć.

Jego nieobecność jest bólem, towarzyszącym mi każdego dnia.

MIĘDZY ZIEMIĄ A MORZEM

Podczas Wojny Dwustuletniej wielu mieszkańców Świata Wynurzonego, zmęczonych ciągłymi walkami, porzuciło swoje Krainy, aby zamieszkać w morzu. Ostatni kontakt z nimi sięga stu pięćdziesięciu lat wstecz, kiedy to połączone królestwa Krainy Wody i Krainy Wiatru, posługując się mapą otrzymaną od pewnego mieszkańca tego podmorskiego państwa, który postanowił wrócić na stały ląd, podjęły próbę najechania na Świat Zanurzony. Ekspedycja zakończyła się tragicznie: nikt nie powrócił, aby opowiedzieć, co się wydarzyło. Od tamtej pory o owym kontynencie nie wiadomo już nic, zaginęła również pamięć o tym, jak tam dotrzeć.

Roczniki Rady Czarodziejów, fragment

Zatwierdza się przeto prawo króla Krainy Wiatru do sprawowania pieczy nad mapą nawigacyjną, za pomocą której (...). Oryginalna mapa zostanie wykorzystana (...) militarnej ekspedycji przeciwko Światu Zanurzonemu.

Pergamin opatrzony pieczęcią Krainy Wody,
z Biblioteki Królewskiej miasta Makrat, fragment

1.

Przed odjazdem

Sakwa zawierająca kilka książek i trochę ubrań – to cały jego bagaż. Sennar zarzucił ją sobie na ramiona i wyszedł na zewnątrz.

Pod płaszczem miał na sobie czarną, sięgającą stóp tunikę ozdobioną skomplikowanymi czerwonymi ornamentami, na wysokości brzucha zwieńczonymi wielkim, szeroko otwartym okiem. Jeszcze nie przyzwyczaił się do klimatu panującego w Makracie. Kiedy mieszkał w Krainie Morza, wiosny były łagodne, zaś w Krainie Wiatru zawsze było gorąco. Natomiast w Krainie Słońca, tegorocznej siedzibie Rady Czarodziejów, wiosna była lodowata prawie tak samo jak zima, a upalny i duszący skwar lata nadchodził całkiem nieoczekiwanie. Sennar wzdrygnął się i nakrył długie, rude włosy kapturem płaszcza.

Miał dziewiętnaście lat i był czarodziejem. Świetnym czarodziejem. Ale nie bohaterem. To Nihal była tą, która bez wahania rzucała się na spotkanie ze śmiercią. On opracowywał strategie na tyłach. Teraz zaś, kiedy miał sposobność, aby zrobić coś dla ludności tego ich udręczonego świata, bał się. Po miesiącach zgromadzeń czarodziejów Rady oraz zebrań z przywódcami wojskowymi, teraz nadeszła ta chwila. Miał wyruszyć i przemierzać morza w poszukiwaniu kontynentu, który – z tego, co wiedział – mógł już nawet nie istnieć.

Sam, tak postanowiła Rada.

Jestem tchórzem.

Od stu pięćdziesięciu lat ze Świata Zanurzonego nie otrzymano żadnej wiadomości. Jego misją było odnalezienie go i przekonanie króla, aby pomógł Światu Wynurzonemu w wojnie, której końca nie było widać: wojnie przeciwko Tyranowi. W brzasku świtu wydało mu się to misją bez nadziei na powodzenie.

Jego koń był już gotowy. Sennar zawahał się przed wskoczeniem na siodło. *Jeszcze jest czas. Mogę wrócić do Rady. Powiedzieć, że się pomyliłem, że zmieniłem zdanie.*

Rozejrzał się dookoła. Nie było żywej duszy. Wszystko pogrążone we śnie. Musiał odjeżdżać właśnie tak, bez żadnego pożegnania. Instynktownie podniósł dłoń do blizny na policzku. Potem spiął konia ostrogami i ruszył w drogę.

Pierwszym etapem wyprawy miała być Kraina Morza, gdzie będzie musiał znaleźć kogoś gotowego, by razem z nim zmierzyć się z oceanem.

Była to Kraina, w której się urodził. Opuścił ją w wieku ośmiu lat, kiedy razem z Soaną, swoją nauczycielką, wyruszył do Krainy Wiatru, i rzadko tam powracał, ponieważ podróż była długa i niebezpieczna.

Sennar nie był w domu już ponad dwa lata.

Teraz, kiedy znajdował się na kolejnym rozstaju dróg swojego życia, czuł potrzebę zobaczenia się z matką.

Do swojej wioski, Phelty, dotarł późnym przedpołudniem. Niebo było czarne i nabrzmiałe deszczem, nad nieliczne domki jego rodzinnej wioski nadciągała burza. Nie było widać nikogo, wszyscy pewnie pochowali się z obawy przed sztormem. W powietrzu czuć było wilgoć i Sennar pełną piersią odetchnął zapachem morza: mocnym, przenikliwym, docierającym daleko w głąb lądu.

Miejscowość ta była skupiskiem typowych dla tych ziem murowanych domków o słomianych dachach. Otaczała ją solidna drewniana palisada. Była to mała wioska – w sumie nie więcej niż dwustu mieszkańców, i wyglądała skromnie. Domki tłoczyły się jeden przy drugim niczym grupka wystraszonych dzieci na obcym terytorium. Sennar nie miał stąd wielu wspomnień. Tu się urodził, lecz jego rodzina szybko musiała porzucić wioskę dla pola bitwy. Wracał tu kilka razy do roku, w czasie przepustek ojca, i tylko przy tych okazjach mógł poodnawiać zerwane kontakty, odnaleźć przyjaciół. To jednak był jego dom. Jego ojczyzna, jego Kraina.

Przed odwiedzinami u matki postanowił się przejść; odczuwał potrzebę ponownego objęcia w posiadanie tych miejsc, stąpania po kamiennym bruku, poczucia zapachów, muśnięcia zniszczonego przez morze tynku domów. Zagłębił się w wąskie i kręte zaułki, pomarudził na maleńkim centralnym placyku, na którym w dni świąteczne odbywał się targ, pociągał się na molo – wąskim drewnianym języku zawieszonym nad oceanem.

Nagle zobaczył wszystko oczami samego siebie, kiedy był dzieckiem, i porwała go wielka fala uśpionych wspomnień: ulotne obrazy z zabaw między domami, utraconych przyjaciół, małych radości. Rzeczy zapomniane, może zbyt szybko.

Na myśl o spotkaniu z matką ogarnęło go wzruszenie. Stanąwszy przed drzwiami, usłyszał dochodzący z mieszkania szczęk naczyń. Wahał się przez kilka chwil, po czym zapukał.

Otworzyła mu drobna, piegowata kobieta, postarzała od ostatniego razu, kiedy Sennar ją widział. Miała na sobie prostą czarną sukienkę, sukienkę ubogich, którzy w nieskończoność cerują jedyne ubranie, jakie mają, ale upiększoną koronkowym kołnierzykiem. Niegdyś i ona miała takie same płomiennorude włosy jak syn, teraz zaś jej miękko zwinięty w kok warkocz przeplatały siwe pasma. Oczy jednak były wciąż takie, jak za czasów, kiedy była młodą dziewczyną: w kolorze wesołej, żywej zieleni. Rozbłysły, kiedy tylko zobaczyły Sennara.

– Wróciłeś. – Objęła go mocno.

Świeże kwiaty na stole, haftowane serwetki na meblach, nienaganna czystość – Sennar dostrzegł znajomą dbałość matki o najdrobniejsze nawet szczegóły.

Kobieta od razu rzuciła się do kuchni i napełniła palenisko drewnem.

– Dlaczego nie uprzedziłeś mnie, że przyjedziesz? Nie mam nic, co mogłabym ci podać, tylko tyle, ile zostało w spiżarce. To szczególna okazja, trzeba by ją uczcić. – Jednocześnie chodziła tam i z powrotem po kuchni, otwierała kredensy i wyciągała garnki.

– Nie przejmuj się mną, mamo – próbował uspokoić ją Sennar.

Z przyjemnością patrzył, jak krząta się przy kuchni, i udawał, że znowu jest dzieckiem, w czasach, kiedy jego ojciec jeszcze żył i cała rodzina była razem.

Kobieta, gotując, nie przestawała mówić. Wypytała go o jego życie, opowiedziała mu o swoim, gawędzili sobie także o codziennych, błahych sprawach – właśnie za tym Sennar tak tęsknił.

Kiedy obiad był gotowy, usiedli do stołu. Jego matka zawsze była doskonałą kucharką, nawet z niewielu składników potrafiła naprędce przyszykować iście królewskie potrawy. Z ryb i warzyw przygotowała zupę, w której maczali chleb orzechowy.

Znad dymiących talerzy, w zacisznym spokoju domku kobieta wreszcie mogła spokojnie przyjrzeć się synowi.

– Ależ ty wyrosłeś...

Sennar zaczerwienił się.

– Jesteś już prawdziwym mężczyzną... członek Rady... – Oczy kobiety wypełniły się dumą. – Jeszcze się do tej myśli nie przyzwyczaiłam, wiesz? Opowiadaj. Powiedz, jak żyjesz, jak sobie radzisz.

Sennar spełnił jej prośbę, mimo iż wyrzuty sumienia ściskały mu gardło niczym stryczek. Chociaż minęło już wiele lat, chociaż matka nigdy nie wypominała mu jego decyzji, Sennar wciąż był głęboko przekonany, że ją porzucił – ją i swoją siostrę. Zresztą, czy nie opuścił tego domu, aby podążać za swoimi marzeniami, pozwalając, aby Soana poprowadziła go daleko, na ziemie niedotknięte wojną? Jego czyn zawsze zbytnio przypominał ucieczkę. Kiedy skończył, ścisnął jej dłoń.

– A ty, mamo? Jak się miewasz?

– Wszystko po staremu. Hafty dobrze się sprzedają, chociaż już nie tak jak kiedyś. Wojnę można odczuć i tutaj. Ale nie narzekam, zarabiam wystarczająco, aby przeżyć, i radzę sobie lepiej niż wielu innych ludzi. Mam wypełniony czas, wiesz? Dom jest zawsze pełen przyjaciółek, które przychodzą do mnie w odwiedziny.

Sennar opuścił wzrok.

– A Kala?

– Kala ma się dobrze. Oczywiście, tęsknię za nią, ale często się widujemy. – Kobieta wzięła w dłonie twarz syna. – Sennarze, popatrz na mnie. Cokolwiek mówi twoja siostra, podjąłeś słuszną decyzję. Ja jestem zadowolona z mężczyzny, jakim się stałeś.

– Muszę się z nią zobaczyć – powiedział Sennar.

Matka popatrzyła na niego poważnie.

– Co ci jest, mój synu? Wydajesz mi się... nie wiem... dziwny, niespokojny.

– Nic mi nie jest, po prostu... muszę wyruszyć w podróż, bardzo daleką. Dlatego przyjechałem. Nie będzie mnie przez jakiś czas.

Nie chciał powiedzieć jej prawdy. Najważniejsze, że ją po raz ostatni zobaczył, reszta się nie liczyła.

Matka długo się w niego wpatrywała, starając się wyczytać z jego twarzy, co go dręczy. W końcu opuściła oczy.

– Teraz mieszka w domu po drugiej stronie wioski, nad brzegiem morza – wyszeptała.

Sennar wyruszył piechotą. Niebo było sine od chmur i wkrótce zaczęło padać. Zarysowało się przed nim niezmierzone morze.

Fale gwałtownie załamywały się na brzegu i zalewały wszystko, co napotkały na swej drodze. To było potężne morze jego dzieciństwa, to samo, z którego wnętrzności on i jego ojciec w świąteczne dni wyrywali ryby. To samo, do którego skakał, szczęśliwy. Teraz sprawiało wrażenie, że się na niego gniewa.

Sennar wkroczył na nabrzeże. Bałwany wyglądały jak góry, ale on się nie bał. Pozwolił się nakryć jednej z fal i wyszedł z tego bez szwanku, otoczony niebieskawym polem – magiczna bariera, proste zaklęcie obronne.

– Pobiłem cię – rzucił, chichocząc. Potem w oddali zobaczył dom. Wzdrygnął się. Był całkiem przemoczony i poczuł, że jego odwaga gdzieś się rozwiewa.

Zatrzymał się i rozejrzał dookoła. Może najpierw zajdzie do gospody. Była niedaleko stąd, a i tak wcześniej czy później będzie musiał tam się wybrać. Odłożył spotkanie z siostrą i zboczył z drogi.

Starszy mężczyzna o białej brodzie i pociemniałej od słońca twarzy z wysiłkiem toczył beczkę w kierunku wejścia do gospody, wyrzekając na padający deszcz.

Sennar od razu go rozpoznał – tylko Faraq znał tyle sposobów, żeby coś przekląć.

– Pomóc ci? – wykrzyknął, kiedy był już blisko.

Mężczyzna podskoczył i obrócił się gwałtownie.

– Oszalałeś? Chcesz, żebym dostał zawału? Kim ty, u diabła, jesteś?

Sennar stłumił uśmiech. Gospodarz nadal był takim samym starym mrukiem jak niegdyś.

– Nie pamiętasz mnie?

Faraq omiótł go krytycznym spojrzeniem, po czym uderzył się dłonią w czoło.

– Ależ oczywiście! Jesteś Sennar, czarodziej. A niech to, naprawdę się starzeję. Ostatnim razem, kiedy cię widziałem, byłeś zaledwie młokosem, a teraz jesteś wyższy ode mnie. – Roześmiał się i kilka razy mocno klepnął go po plecach. – Dlaczego stoimy tu i mokniemy jak ryby? Wchodź do środka.

Gospoda wyglądała zupełnie inaczej niż ta, którą pamiętał Sennar – wydawała się znacznie mniejsza. Czarodziej usiadł przy jednym ze stołów z litego drewna, a Faraq zniknął za kontuarem.

– Trzeba to uczcić. Na taką okropną pogodę konieczne jest coś mocnego – powiedział starzec, po czym przyniósł do stołu butelkę pełną fioletowawego płynu i dwa kieliszki. – Witaj w domu, chłopcze.

Faraq podniósł kieliszek i opróżnił go jednym haustem. Sennar przyjrzał mu się uważnie. Kiedy był tu ostatnim razem, włosy mężczyzny były ledwo poszarzałe, a kiedy się śmiał, sieć zmarszczek wokół oczu dopiero lekko się rysowała. *O, bogowie, ile czasu minęło?* Chłopak pociągnął łyk. To wystarczyło, aby zaczął kaszleć, czując, że jego gardło płonie żywym ogniem.

– No jak to, taki mężczyzna jak ty nie daje rady rekinowi? – roześmiał się Faraq.

– Pierwszy raz to piję. Tam, gdzie teraz mieszkam, nie ma czegoś takiego.

Rekin był bardzo mocnym trunkiem. Zgodnie z tradycją, kiedy chłopak kończył szesnaście lat, mężczyźni z wioski, aby świętować jego przejście w wiek dojrzały, prowadzili go do gospody i upijali.

– Dużo straciłeś, odchodząc – zażartował Faraq. – Ale słyszałem, że robisz karierę. Członek Rady, zgadza się?

Sennar przytaknął.

– Nasz dzielny czarodziej! – Faraq mocno klepnął go po plecach.

Sennar był zadowolony, że znowu odnalazł autentyczność swoich krajan, ich szorstkość, ich ducha. Kochał Krainę, która go zrodziła.

Po kolejnych kieliszkach, których Sennar nie był w stanie policzyć, Faraq spytał go o powód jego powrotu. Sennar opowiedział mu wszystko z twarzą czerwoną od alkoholu.

Faraqa zamurowało.

– Sennarze, to szaleństwo. Wielu próbowało dotrzeć do Świata Zanurzonego. I wiesz, co ci powiem? Nigdy nie powrócili.

– Wiem. Ale taka jest moja misja, nie mogę się wycofać. Potrzebuję kogoś na tyle szalonego, by mnie tam zawiózł. Chciałbym, abyś pomógł mi go znaleźć.

– Nikt się na coś takiego nie zgodzi.

– No to najwyżej popłynę sam.

Faraq przyjrzał mu się z uwagą.

– Nie potrafię ocenić, czy jesteś szaleńcem, czy bohaterem.

Sennar roześmiał się.

– Jestem szaleńcem. Nie wiem, co to jest bohaterstwo. Nawet nie miałem siły, aby wyznać mojej matce, co zamierzam zrobić. No właśnie, proszę cię, nic jej nie mów. Nie chcę, żeby się martwiła.

Faraq potrząsnął głową.

– Jak chcesz.

Sennar podniósł się z miejsca.

– Pomożesz mi?

Starzec wlał w siebie ostatni łyk i odprowadził chłopaka do drzwi.

– Ale nic nie gwarantuję. Wróć jutro.

Deszcz padał bez ustanku. Sennar ruszył do domu Kali, nie zwlekając już dłużej. Zapukał. Żadnej odpowiedzi. Zapukał ponownie. Drzwi otworzyły się gwałtownie.

– Kto to, do diabła?

To była Kala, nie miał żadnych wątpliwości. Sennar pamiętał ją jeszcze jako niedojrzałą dwudziestolatkę, ale teraz na progu ujrzał sylwetkę dorodnej kobiety z okrągłą twarzą otoczoną kaskadą miedzianych loczków. Przez ułamek sekundy stali nieruchomo i wpatrywali się w siebie. Sennar zobaczył, jak w jaśniutkich oczach siostry, błękitnych jak jego własne, stopniowo wzbiera gniew. Potem drzwi zatrzasnęły mu się przed nosem.

– Kala. Kala, otwórz. – Sennar zaczął okładać pięściami wejście. Z jego ubrania kapała woda. – Muszę z tobą porozmawiać, na bogów! To może być nasze ostatnie spotkanie!

– Niech niebiosa sprawią, że już cię więcej nie zobaczę! – wrzasnęła Kala z wewnątrz.

– No dobrze. To znaczy, że będę tu stał, dopóki mnie nie wpuścisz.

Niespodziewanie drzwi stanęły otworem.

– Jeżeli nie odejdziesz, przysięgam, że wezwę strażników.

– Zrób to, nie mam nic do stracenia.

Kala znów chciała zatrzasnąć drzwi, ale Sennar przytrzymał je ramieniem.

– Odsuń to przeklęte ramię, bo ci je utnę.

– Chcę tylko porozmawiać.

Zza spódnicy Kali wyjrzała pokryta lokami główka małej dziewczynki.

– Mamo, kto to?

– Uciekaj do środka – nakazała jej Kala. – Idź sobie, nie ma tu dla ciebie miejsca – wycedziła do brata.

Sennar stał z otwartymi ustami.

– Mam siostrzenicę. Mam siostrzenicę i nic mi nie powiedziałyście!

– A niech to! – wypaliła Kala z rozdrażnieniem. – No dobra, wejdź.

Sennar wszedł do domu, mocząc kapiącą z jego szat wodą drewnianą posadzkę obszernego pokoju dziennego. Rozejrzał się. Pomieszczenie ogrzewał rozpalony kominek, a na stole zobaczył bukiet białych kwiatów. Dziewczynka stała przed nim i wpatrywała się w niego szeroko otwartymi oczami.

– Man, powiedziałam ci, żebyś sobie poszła! Głucha jesteś? – skarciła ją matka.

Mała odbiegła truchcikiem i zniknęła z pola widzenia.

– Ile ma lat? – wyszeptał Sennar.

– A co cię to obchodzi? – odparła Kala ze złością.

Teraz, kiedy miał siostrę przed sobą i mógł z nią porozmawiać, czuł się wyczerpany.

– No więc? Czego chcesz, Sennarze?

– Nie wiem. – Co mógł jej powiedzieć po tylu latach milczenia? Zrobił głęboki wdech. – Kala, kiedy odszedłem, byłem dzieckiem. Potem zginął tata. A Soana powtarzała mi, że jeżeli chcę walczyć z Tyranem, muszę iść dalej swoją drogą, zostać czarodziejem.

Kala spojrzała na niego z pogardą.

– Jesteś taki sam jak tata.

Te słowa go zraniły.
– Tata chciał mieć swój udział w walce o wolność. Należy go tylko podziwiać.
– Swój udział, co? Zmusił mamę do życia na polu bitwy i wychowywania dzieci na wojnie. Poświęcił szczęście trzech osób, byle tylko dalej być giermkiem swojego ukochanego Jeźdźca. Ty jesteś taki sam jak on, odszedłeś, aby zgrywać bohatera, aby ocalić nie wiadomo kogo. Ale nie jesteś bohaterem, Sennarze. Powinieneś był zostać z nami, potrzebowałyśmy cię. Mama przez całe życie harowała jak wół, bo nigdy nie starczało pieniędzy. A ja wyszłam za mąż nawet bez żadnego posagu. – Kala zniżyła głos. – Kochałam cię, Sennarze. Kiedy odjechałeś z tą wiedźmą, byłeś mały, nie wiedziałeś, co robisz. Ale już od jedenastu lat siedzisz nie wiadomo gdzie, w jakiejś norze i się uczysz. Czy myślisz, że jedna wizyta raz na jakiś czas może zrekompensować nam twoją nieobecność?
– Ja też za wami tęskniłem, bardzo.
– Cicho bądź! Za każdym razem, kiedy wracałeś, mama była szczęśliwa jak dziecko na widok prezentu. Potem, kiedy odjeżdżałeś, słyszałam, jak płakała. Złościłam się na nią. Dlaczego nie zmuszała cię do powrotu? Dlaczego nie mówiła ci prosto w twarz, że jesteś egoistą? Ale nie, ona zawsze cię podziwiała, zawsze cię wspierała. – Oczy Kali wypełniły się łzami. – Ja nie jestem taka jak ona. A teraz idź sobie, proszę, i już nigdy nie wracaj.
Sennar czuł wielki ucisk w gardle.
– Kala, ja cię kocham tak samo, jak w dzieciństwie. A twoja córka jest naprawdę śliczna.
Zbliżył się do siostry, chcąc pocałować ją w policzek, ale ona się odsunęła.
– Po co przyszedłeś? – spytała.
– Wyjeżdżam. Nie wiem, czy i kiedy wrócę. Chciałem się tylko pożegnać.
Kala patrzyła na brata w milczeniu.
– Boję się tej podróży – powiedział Sennar, jak gdyby mówił do siebie. – Gdybym miał posłuchać się swoich nóg, uciekłbym.

Ale jednocześnie czuję, że muszę jechać. To śmieszne, prawda? Wydaje mi się, że tak wygląda całe moje życie.

Dwie łzy spłynęły po policzkach Kali.

– Mogę pożegnać się z siostrzenicą? – spytał Sennar.

Kala przytaknęła i szybko otarła twarz.

– Man!

Dziewczynka przybiegła i zatrzymała się, zawstydzona, na środku pokoju.

– Ma cztery lata – szepnęła Kala.

Sennar pogłaskał małą po głowie, po czym otworzył drzwi i zamknął je za sobą.

Następnego popołudnia tawerna wypełniona była ludźmi. Sennar przepchnął się pomiędzy stolikami i sprawnie skierował się do Faraqa.

– Znalazłeś? – spytał półgłosem.

Faraq rozejrzał się na boki i przyciągnął go do siebie.

– Sprawa nie jest łatwa...

– Jeśli nie ma nikogo, wystarczy mi jakiś kuter, łódka, cokolwiek, co unosi się na wodzie, i popłynę sam – przerwał mu Sennar.

– Spokojnie, spokojnie! Nie masz jeszcze dwudziestu lat, a już tęskno ci do śmierci? Mój syn ma pewien kontakt, ale potrzeba dużo pieniędzy.

– Tych mi nie brakuje.

– Dziś w nocy, na zachodnim molo.

– Będę tam.

Sennar po kryjomu wymknął się z domu matki, zakutany w czarną kapotę, zakrywającą go od stóp do głów. Noc była przejrzysta, a morze gładkie jak stół. Na molo nikogo nie było. Usiadł i spuścił nogi z pomostu. Cienki sierp księżyca rzucał na zwierciadło wody upiorne światło.

– To ty? – spytał kobiecy głos. Był niski, prawie chrapliwy.

Sennar odwrócił się. Za jego plecami stała wysmukła postać owinięta długim płaszczem. Nie zauważył jej przybycia.

– W jakim sensie?

– No co, głupi jesteś, czy co? – spytała poirytowana. – To ty jesteś tym, który chce płynąć do Świata Zanurzonego?

– Tak, to ja.

Kobieta usiadła, nie zdejmując kaptura.

– Milion dinarów – powiedziała flegmatycznie.

Sennar zawahał się przez chwilę.

– Słucham?

– Dobrze zrozumiałeś. Masz tyle?

Sennar dokonał szybkiego rachunku: jeśli dołoży ze swoich, wystarczy.

– Wydaje mi się, że cena jest nieco zbyt wygórowana.

Kobieta zaśmiała się.

– Źle ci się wydaje. Ostatni, który próbował tego przedsięwzięcia, zniknął na morzu bez śladu. Z jego statku powrócił tylko maszt. Dwa lata później.

– Kiedy będzie można wyruszyć? – spytał Sennar.

– To zależy. Powiedziano mi, że masz mapę.

Sennar zwymyślał się od głupców.

– Nie mam jej ze sobą – odpowiedział zakłopotany. Jako konspirator był do niczego.

Kobieta podniosła się, aby odejść.

– Jutro, tutaj, o tej samej porze.

– A nie możemy zobaczyć się w dzień? Chciałbym poznać resztę załogi, obejrzeć statek.

Kobieta pochyliła się tak, że jej twarz znalazła się o włos od twarzy chłopaka. W świetle księżyca Sennar dostrzegł dwoje czarnych jak smoła oczu. Kiedy przemówiła, poczuł na twarzy jej oddech.

– Cóż za wymagania! Postaraj się, żebym nie zmieniła zdania. Do jutra, aniołeczku.

Wpatrywała się w niego jeszcze przez chwilę, po czym odwróciła się i zniknęła pośród nocy.

Kiedy następnego wieczoru Sennar przybył na molo, zastał czekającą już na niego kobietę. Znowu miała na sobie długi płaszcz.

– Chodź, przebywanie na dworze jest ryzykowne.

Poszedł za nią dość zaniepokojony. Czuł, że pakuje się w jakieś tarapaty. Przeszli przez całą plażę, zachowując pewną odległość jedno od drugiego. Kobieta nakazała mu brodzić w wodzie, a on usłuchał, mimo lodowatej temperatury zimowego morza. Szli długo, dopóki nie dotarli do małej zatoczki ukrytej pośród skał.

Sennar przypomniał sobie, że w dzieciństwie zabraniano mu tam chodzić. Mówiono, że to niebezpieczne. Z trudem wsunęli się w szparę w skale, szybko przechodzącą w oświetloną świecami grotę.

– Tu będziemy mieć spokój – powiedziała.

Sennar rozejrzał się wokół siebie. Grota wydawała się miejscem zamieszkanym. Pośrodku stał wielki stół zastawiony kieliszkami i butelkami rekina, zaś w ścianach otwierała się cała seria korytarzy, które prawdopodobnie prowadziły do innych pomieszczeń.

– Siadaj.

Sennar bez słowa sprzeciwu wykonał rozkaz, nie spuszczając z niej oczu.

Potem kobieta wreszcie rozwiązała płaszcz i teatralnym gestem pozwoliła mu opaść za plecami.

Bliżej jej było raczej do trzydziestki niż do dwudziestki. Miała długie czarne, gładkie włosy sięgające pasa, krągłe biodra i miękkie piersi ściśnięte czymś w rodzaju aksamitnego gorseciku. Poza obszernym dekoltem była ubrana jak mężczyzna: skórzane spodnie, wysokie buty i przytroczony do pasa sztylet. Sennar szeroko otworzył usta.

– No co? Nigdy w życiu nie widziałeś żadnej kobiety? – spytała.

Potem, nie spuszczając z niego oka, odsunęła od stołu krzesło i usiadła, zakładając nogę na nogę. Następnie wzięła butelkę i napełniła dwa kieliszki. Jeden z nich podała Sennarowi, drugi zaś opróżniła, jak gdyby znajdowała się w nim woda.

– No więc? Jak się nazywasz?

– A ty? – odpowiedział Sennar cichym głosem.

– Powiem ci to na zakończenie tej pogawędki. Oczywiście, jeśli będę miała ochotę. Wyciągaj tę mapę.

Sennar zaczął grzebać w kieszeniach. Ta kobieta zbijała go z tropu. Nerwowo szperał wśród swoich rzeczy, dopóki jej dłoń nie musnęła jego boku.

– Czy mogłoby to być na przykład to papierzysko? – rzuciła z lekką ironią.

Młodzieniec opuścił wzrok.

– Przepraszam, jestem trochę zmieszany. Tak, to ona.

Kobieta wyciągnęła pergamin z jego tuniki i pobieżnie przebiegła go wzrokiem. Potem rzuciła go na stół.

– Widziałam już dziesiątki takich map. Jest do niczego.

– Dlaczego? – spytał Sennar obronnym tonem.

– Co ty myślisz, chłopcze, że jesteś pierwszym, który stara się dotrzeć do Świata Zanurzonego? – zadrwiła z niego. – Masz pojęcie, ilu przed tobą już tego próbowało? W obiegu jest wiele map: niejasne bazgroły, szlaki wyznaczone toporem rzeźnickim. I każdy przysięga, że ta jego jest właściwa. Ciekawe jednak, dlaczego koniec końców nikt nie czuje się na siłach, aby wyruszyć. Tych niewielu, którzy się na to porwali, już dawno zdążyły strawić ryby.

Sennar wychylił swojego rekina, wziął pergamin i zebrał się na odwagę.

– Wiesz, co ci powiem? Że właśnie ta oto mapa wskazuje szlak, którym można dotrzeć do Świata Zanurzonego – oświadczył. Zmusił się, aby spojrzeć jej w twarz. Jej uroda zapierała dech w piersiach.

Kobieta rzuciła mu ironiczne spojrzenie.

– Ależ oczywiście! Niech zgadnę: sprzedał ci ją pewien kupiec, który zapewniał cię, że wpadał tam z wizytą przynajmniej raz w roku przez całą dekadę.

Sennar wypił kolejny łyk rekina.

– Nie, żaden kupiec. Nie wiem, jak się tam znalazła, ale odkryłem ją zagrzebaną w Bibliotece Królewskiej w Makracie. Był do niej dołączony pergamin z pieczęcią Krainy Wody – dokument zaświadczający, że ta właśnie mapa jest kopią tej, której użyto podczas próby najazdu przez Świat Wynurzony.

– No i co z tego? Z tego, co wiemy, taka próba mogła się nawet nigdy nie odbyć – odparła z wyzywającą miną.

Sennar potrząsnął głową.

– Ależ oczywiście, że się odbyła. Jestem tego pewien. Zaraz potem ambasador Świata Zanurzonego stawił się przed Radą Królów i wezwał, aby już nie ośmielali się zbliżać do ich królestwa, jeżeli nie chcą ściągnąć na siebie straszliwych katastrof. Przytaczają to wszystkie roczniki historyczne, do jakich zaglądałem, i wszystkie w ten sam sposób. Skoro najeźdźcy dotarli aż tam, oznacza to, że oryginalna mapa była tą właściwą. Ta zatem, będąc jej kopią, dokładnie wskazuje położenie Świata Zanurzonego. – To wszystko wypowiedział jednym tchem. Z zadowoloną miną oparł się plecami o krzesło.

Kobieta podniosła oczy ku niebu.

– Ale co ona może wskazywać? – prychnęła. – Jest nieczytelna.

Sennar nie dał za wygraną.

– Długo ją analizowałem. Powiedz mi, czego nie rozumiesz.

Kobieta przysunęła krzesło do Sennara i zbliżyła się tak bardzo, że ich ramiona się dotknęły. Wskazała kilka punktów na mapie.

– Te granice nie przypominają żadnego wybrzeża, które znam. Tu jest jakaś nieokreślona plama. Te wyspy nie istnieją. A poza tym, co to jest za bazgroł?

Sennar był zmieszany. Bliskość tej kobiety rozpraszała go i już sam kontakt z jej ramieniem sprawiał, że po plecach przebiegał mu dreszcz. Odsunął lekko krzesło.

– To wybrzeże to wschodni brzeg Krainy Morza. Rozpoznałem je, porównując z innymi mapami. Ta plama to nieznana wyspa, a archipelag, który widzisz, to archipelag Oorena, Wyspy Zimowe. To, co nazywasz „bazgrołem", to wejście do Świata Zanurzonego. – Zawahał się przez chwilę. – To wir, gwoli ścisłości.

Kobieta wybuchnęła śmiechem.

– Ty chyba jesteś szalony! A ja miałabym rzucić się w wir moim statkiem?

– Nie, ty musisz tylko doprowadzić mnie w pobliże i dać mi jakąś łódkę. Ja popłynę do wiru, a ty będziesz mogła wrócić do domu z milionem dinarów w kieszeni – powiedział Sennar, po czym przełknął ostatni łyk rekina.

Kobieta popatrzyła na niego. W jej czarnych oczach połyskiwało światełko ironii.

– Jednym słowem, zapłacisz mi milion dinarów, żeby popełnić samobójstwo. Oryginalne. Powieszenie się na drzewie wydawało ci się zbyt trywialne?

Sennar złożył mapę i bez słowa wsunął ją sobie do kieszeni. *Ona ma rację. To samobójstwo.*

– Zaspokój moją ciekawość: dlaczego to robisz? – spytała.

Sennar pomyślał, że wyjawienie jej prawdy nie byłoby rozważne.

– Jestem czarodziejem. Mam tam do wypełnienia pewną misję – powiedział oględnie.

Kobieta milczała przez kilka chwil. Następnie podniosła się z krzesła i oparła o stół.

– Wyruszamy jutro w nocy. Statek będzie przycumowany w zatoce za tym cyplem.

Sennar też wstał, nie dowierzając. *Udało się!* Wyciągnął do niej dłoń.

– Nazywam się Sennar. Teraz możesz mi zdradzić swoje imię, nie sądzisz?

Uśmiechnęła się i popatrzyła mu prosto w oczy.

– Moje imię kosztuje milion dinarów.

2.

Piraci

Tej nocy nie było widać księżyca. Dzięki temu warunki na potajemne wypłynięcie były idealne. Kiedy jego stopy zapadały się w piasku ciemnej plaży, Sennar poczuł, że do niepokoju spowodowanego wyjazdem dołączyło jeszcze coś innego: pragnienie ponownego ujrzenia tych nadzwyczajnych czarnych oczu.

Przez cały dzień nie był w stanie wybić sobie tajemniczej kobiety z głowy. Kiedy zobaczył ją w oddali, serce podskoczyło mu w piersi. *Do diabła, Sennar! Uspokoisz się wreszcie, czy nie?*

Czekała na niego przy wejściu do groty. Oświetliła jego twarz latarnią, oślepiając go.

– Możemy iść.

Ruszyli w stronę zatoczki, gdzie przycumowany był statek. Sennar po ciemku nie mógł wiele dojrzeć. Musiała to być szybka łódź, bowiem jej kil był długi i smukły, i ostro ciął wodę. Dekoracji na dziobie nie udało mu się łatwo rozpoznać, była to jakaś człekokształtna figura, z której twarzy wystawał szereg ostrych zębów.

– Umiesz pływać, prawda? – spytała kobieta.

Sennar spojrzał na nią niepewnie.

– Pływać? – Ale ona już rzuciła się w morze i mocnymi posunięciami ramion płynęła w kierunku statku.

Sennar został na brzegu, zdumiony. *No dobrze, skoro tak stawiasz sprawę...* Chwilę później na powierzchni morza zarysowała się świetlista dróżka łącząca plażę z burtą.

Sennar wkroczył na nią z triumfującą miną i szedł, aż dogonił kobietę.

– Trochę chłodno dzisiejszej nocy. Przyłączysz się do mnie?

Skierowała do niego lekceważący uśmiech.

– Zobaczymy się na pokładzie.

Sennar dotarł do statku z trudem. Na kilka łokci przed burtą świetlisty szlak zaczął dawać oznaki załamania i potrzeba było wybitnej koncentracji, aby dotrzeć na miejsce bez kąpieli w morzu. W oczach laika może tak nie wyglądało, ale było to zaklęcie trudne i dość wyczerpujące.

Kobieta stała na mostku, owinięta płaszczem. Kiedy zobaczyła, że Sennar dyszy, uśmiechnęła się do niego pogardliwie. *Czy to możliwe, że ona zawsze musi postawić na swoim?* – zastanawiał się poirytowany czarodziej.

U jej boku stał imponujący starzec o dzikim wyrazie twarzy, siwych włosach zebranych w warkocz i płomiennych oczach.

– Tak więc to ty jesteś owym szaleńcem.

W ciszy nocy rozbrzmiały drwiące chichoty członków załogi. Sennar rozejrzał się. Otaczał go barwny katalog przestępców. Zastanawiał się, czy nie byłby bezpieczniejszy, płynąc sam, niż w rękach tych ludzi.

– Moja córka Aires nie powiedziała mi, że jesteś młokosem.

Sennar odchrząknął i wyciągnął dłoń.

– Miło mi, kapitanie. Mam na imię Sennar i...

– Najpierw pieniądze – uciął krótko starzec groźnym tonem – a potem uprzejmości.

Sennar wyciągnął z sakwy pokaźny woreczek.

– Tu jest wszystko, możecie sprawdzić.

– Nie omieszkamy – zaśmiał się szyderczo dowódca, po czym skierował się do kabiny. – Chłopaki, miejcie go na oku.

Sennar wykorzystał to, aby przyjrzeć się „Czarnemu Demonowi". Wydawał się dobrze utrzymany, a z ostrego zapachu wywnioskował, że został świeżo wysmołowany. Pokład był długi i obszerny, a rufówka ładnie współgrała z lekką linią kadłuba.

Trzy żagle były czerwone: nie był to zwykły kolor. Sennar nie mógł dojrzeć nic więcej. Członków załogi nie było wielu i nie wyglądali jak ludzie z Krainy Morza. Był wśród nich też jeden gnom i jeden duszek. A także młody, bardzo opalony chłopak, który długo mu się przyglądał, po czym podszedł bliżej. Sennar przez chwilę przestraszył się, że chce mu zrobić krzywdę.

– Słuchaj no, jak zrobiłeś tamtą sztuczkę na wodzie?

Sennar odetchnął z ulgą.

– To zaklęcie. Jestem czarodziejem.

– A co czarodziej ma zamiar robić w Świecie Zanurzonym? – spytał inny marynarz, ale nie było czasu, żeby odpowiedzieć. Kapitan wrócił na pokład.

– Wygląda na to, że pieniędzy tego nicponia jest tyle ile trzeba i że wszystkie są prawdziwe. Witaj na moim statku, chłopcze. Ja jestem Rool, kapitan, i na razie tyle ci wystarczy. Innych poznasz podczas rejsu.

Sennar zaczął się rozluźniać.

– Gdzie mogę położyć moje rzeczy?

– Co za pytanie! Oczywiście w ładowni. No już, chłopaki, odpływamy! – krzyknął Rool.

Już zapomniał o swoim pasażerze, który stał jak ogłupiały pośrodku pokładu, podczas gdy marynarze żywo zajmowali swoje pozycje.

Sennar zatrzymał Aires, łapiąc ją za ramię.

– Milion dinarów i wrzucacie mnie do ładowni?

Aires schwyciła trzymającą ją dłoń, wygięła ramię Sennara i wbiła mu je w plecy.

– To nie jest podróż dla przyjemności – wyszeptała mu do ucha i puściła go. – Twoje pieniądze opłacają nasze ryzyko, a nie miejsce na pokładzie. Myślałeś, że będziesz spał w mojej kabinie?

Sennar masował bolący nadgarstek.

Aires popatrzyła na niego drwiąco.

– W każdym razie nie mamy wolnych kabin. Jedyne miejsce jest w ładowni. Jeśli chcesz płynąć z nami, musisz robić dobrą minę do złej gry.

Sennar rzucił jej rozwścieczone spojrzenie. Ta diablica miała rację.

Kiedy tylko Sennar zszedł po schodach, usłyszał tupot pierzchających po belkach posadzki łapek. Wyglądało na to, że klasa ekonomiczna była już zamieszkana. Zobaczył, że w rogu stoi skrzynia z posłaniem. Położył się smutny na tym łóżku z przypadku, przykrył się aż po oczy i spróbował zasnąć.

Wreszcie statek się poruszył. Sennar słyszał fale rytmicznie uderzające o burty żaglowca. Miał nadzieję, że ten odgłos pomoże mu zasnąć, ale się pomylił. Mdłości narastały powoli, dopóki nie poczuł się naprawdę źle. Zamknięcie oczu jedynie pogorszyło sytuację. Były chwile, kiedy wydawało mu się, że spada do tyłu, inne – kiedy był pewien, że zwisa głową w dół. Myszy oraz choroba morska sprawiły, że była to jedna z najgorszych nocy jego życia.

Sennar szybko zdał sobie sprawę z tego, że prawdziwe niebezpieczeństwa były inne. Było jasne, że znajdował się na statku piratów. Teraz, kiedy mieli jego pieniądze, co powstrzymywało tę hołotę od poderżnięcia mu gardła i wrzucenia do morza?

Zaczął uważać na każdym kroku. Wszędzie widział mordercze spojrzenia i wydawało mu się, że każdy członek załogi zamierza go zaatakować.

Skończyło się na tym, że przez większość czasu siedział zamknięty w ładowni, zagłębiony w książkach, które ze sobą zabrał i które miały mu się przydać, kiedy dotrze do Świata Zanurzonego. W przerwach w lekturze pozwalał sobie na chwile refleksji nad tym, co zostawił na lądzie. Myślał też o Nihal. Marzył, że wraca z misji, spotyka ją, zastaje ją odmienioną. Widział znów jej oczy, jej uśmiech. Potem potrząsał głową i dłonią przesuwał po bliźnie na twarzy. To Nihal mu ją pozostawiła, w porywie złości w dniu ich ostatniego spotkania. Jej prezent pożegnalny.

Obawy Sennara urzeczywistniły się pewnego wieczoru w najgorszy z możliwych sposobów.

Położył się wcześnie, jak zawsze. Kolację jadał razem z załogą, ale zaraz potem wracał do siebie i kładł się do łóżka chwilę po tym, jak ostatnie promienie słoneczne gasły w morzu. Nie ufał swoim towarzyszom podróży, więc zmuszał się do długiego czuwania, aż z pokładu nie dobiegały już żadne hałasy. Tego wieczoru jednak statek łagodnie ślizgał się po gładkiej jak lustro tafli morza i Sennar usnął wcześniej niż zwykle.

Ukradkowe kroki na schodach zmieszały się z pluskiem fal. Skrzypienie drewna zagubiło się wśród chrobotania myszy.

Wyciągany sztylet nie wydał żadnego odgłosu.

W świetle lampy olejnej rozbłysło ostrze.

To wtedy Sennar nagle się przebudził. Był przyzwyczajony do spania na polach bitwy i jego zmysły stały się czujne. Zobaczył tylko błysk i drwiący uśmiech tuż przy swojej twarzy. Rzucił się na bok i sturlał ze skrzyni. Ostrze przecięło poduszkę.

Piratowi nie udało się przeprowadzić drugiego ataku. Raptem sztylet w jego dłoniach stał się parzący i zmuszony był upuścić go z krzykiem.

Sennar stał przy schodach. Miał zamknięte oczy i recytował jakąś powolną litanię.

– Co, u diabła... – mruknął mężczyzna przez zęby, ale nie zdążył dokończyć zdania. Upadł na ziemię niemy i sztywny jak wędzony śledź, i zaczął przewracać przerażonymi oczami.

Czarodziej uniósł powieki, nabrał powietrza i postarał się opanować drżenie rąk. Przestraszył się, nie można było zaprzeczyć, ale był też rozwścieczony.

– Wszyscy tutaj! – wrzasnął co tchu. – Wszyscy tutaj!

W otworze luku zaczęły pojawiać się zaspane twarze. Aires zeszła po schodach boso, w długiej białej koszuli, niewiele pozostawiającej wyobraźni. Rzuciła okiem na leżącego na ziemi pirata, który wbił w nią błagalne spojrzenie.

– Co się tutaj dzieje? – spytała groźnie.

Sennar nie dał się zastraszyć.

– Nic, poza faktem, że mnie nie doceniliście.

– Cokolwiek mu zrobiłeś, natychmiast go uwolnij – wycedziła kobieta przez zęby.

– Spokojnie, Aires. Przede wszystkim zależy mi na tym, aby wyjaśnić kilka spraw. Punkt pierwszy: jeżeli sądziliście, że znaleźliście sobie naiwniaka do oskubania, to się przeliczyliście. Punkt drugi: – Sennar wskazał na unieruchomionego pirata – taki koniec czeka tego, komu przychodzi do głowy, by zrobić mi krzywdę. A dziś byłem łaskawy.

W ładowni zapadła cisza. Aires stała na miejscu z nieprzeniknionym wyrazem twarzy. Potem jej usta wygięły się w sardonicznym uśmieszku.

– Jaki dzielny ten nasz czarodziej. A więc pod tą miłą twarzyczką kryje się coś więcej. – Podeszła do Sennara i przysunęła usta do jego ucha. – Zawrzyjmy umowę. Ja bedę trzymać na wodzy moich ludzi, a ty spróbuj któregoś chociażby tknąć, a przysięgam: osobiście sprawię, że pożałujesz.

– Umowa stoi – wyszeptał czarodziej, oblewając się zimnym potem.

Aires odwróciła się do piratów zaglądających przez luk.

– Ludzie, przedstawionko skończone. Wracajmy do łóżek. – Następnie z pełnym spokojem weszła na pokład i zniknęła.

Pozostawszy sam w ładowni, Sennar odetchnął z ulgą. Potem jego oczy spoczęły na leżącym na ziemi mężczyźnie. Prychnął, wypowiedział krótką formułę i zerwał zaklęcie.

Pirat biegiem pokonał schody, nie oglądając się za siebie.

Następnego dnia Sennara przywitały na pokładzie spojrzenia w połowie pełne podziwu, w połowie – lęku. „Przedstawionko”, jak nazwała je Aires, przyniosło rezultaty. Nikt już nie próbował zakradać się do ładowni i czarodziej, chociaż wciąż trzymał się na uboczu, zaczął cieszyć się podróżą.

Statek był przepiękny. Wykonano go z ciemnego, nieznanego Sennarowi drewna, co sprawiało, że wyglądał jednocześnie złowróżbnie i dostojnie. Na tym tle odcinały się krwistoczerwone żagle łopoczące na wietrze. Smukły kil mierzył nie więcej niż trzydzieści łokci od rufy do dziobu, a nadburcie nie było szczególnie wysokie. Był to statek stworzony do fruwania po falach i chwytania ofiar, szybki jak błyskawica i nie do zdobycia. Nie licząc kapitana i pięknej Aires, marynarzy było około dwudziestu.

Postacią, którą dojrzał na dziobie w noc odjazdu, był demon: korpus wyłaniał się z drewna statku i stapiał się z nim, jak gdyby wyrastał z samego kilu. Rzeźbiony tors przechodził w byczy kark, podtrzymujący potworną głowę; na miejscu włosów wiły się długie, poskręcane węże, zaś rozdziawione szczęki pokazywały zęby przypominające kolce. Kiedy żaglowiec mknął po falach, wydawało się, że figura drwi sobie z oceanu i szydzi z niego swoim koszmarnym uśmiechem. Sennar nie bardzo znał się na łodziach, ale uważał, że ten statek jest wspaniały.

Każdego poranka czarodziej widział kapitana prosto stojącego na dziobie, rozkoszującego się bryzą i kontemplującego swój statek, prześlizgujący się po wodzie niczym piórko. Fascynował go ten mężczyzna. Cała załoga miała w sobie coś, co go pociągało.

Pierwszą osobą, z którą się zaprzyjaźnił, był ów jasnowłosy młodzianek. Na imię miał Dodi i był chłopcem okrętowym. Miał piętnaście lat, a zaciągnął się jako dziesięciolatek. Był nieślubnym dzieckiem jednego z majtków; ojciec nie chciał go znać, ale po śmierci matki postanowił zabrać go ze sobą na statek.

Ponieważ Sennar nie mógł się przyzwyczaić do ruchu żaglowca i wciąż cierpiał na chorobę morską, Dodi mianował się jego uzdrowicielem.

– Ja też się tak czułem na początku. Ale nie martw się: trochę solonego śledzia i wszystko minie.

Czarodziej okazał się jednak oporny na wszelkiego typu remedia. Marynarskie sucharki, stary chleb, sardele, suszone mięso – wydawało się, że nic nie uśmierzy jego mdłości.

Pewnego dnia Dodi się poddał.

– Och, bogowie! Nic na ciebie nie działa! No, ale tak właściwie, jeśli jesteś czarodziejem, to dlaczego sam się nie wyleczysz?

Sennar przesunął głowę na tyle, aby móc popatrzeć na niego z ukosa. Na więcej nie pozwoliły mu mdłości.

– Czy myślisz, że gdybym mógł, nie zrobiłbym tego?

Dodi wytrzeszczył oczy.

– Niech zrozumiem: czarodziej nie potrafi rozwiązać tak prostego problemu?

Mimo woli Sennar zmuszony był kontynuować konwersację.

– To nie o to chodzi, że nie potrafię. To bardziej skomplikowane. Odprawianie czarów powoduje, że tracisz wiele energii. – Sennar stłumił odruch wymiotny i w myślach przeklął wszystkie fale oceanu, jedną po drugiej. – Kiedy rzucasz zaklęcie, czując się dobrze i będąc wypoczętym, najgorsze, co może cię spotkać, to to, że się zmęczysz. Trochę tak, jak po biegu, rozumiesz?

– Albo po wymyciu całego pokładu – zachichotał chłopiec.

– Właśnie. – Sennar uśmiechnął się i zrobił kolejną pauzę, próbując uspokoić skurcze żołądka. – Ale jeśli źle się czujesz, czary sprawiają, że czujesz się jeszcze gorzej. Możesz co najwyżej próbować przyspieszyć gojenie się na wpół zasklepionej rany, ale więcej nie jest możliwe. No wiesz, w tej chwili jako czarodziej wypadłem z gry.

– Wyobrażałem sobie, że czarodzieje są bardziej wytrzymali.

Sennar potrząsnął głową.

– Przepraszam, ale czy wojownicy nie męczą się w walce? Tak samo czarodzieje męczą się czarowaniem. Poza tym to zależy od zaklęcia. Lewitowanie jest bardzo męczące, ale mógłbym utrzymać zapalony płomień przez całą noc i rano mieć tylko lekką zadyszkę. Oczywiście, im czarodziej jest zdolniejszy i potężniejszy, tym wolniej wyczerpują się jego energie, ale wszyscy mamy ograniczenia. Złożone czary wymagają olbrzymich wysiłków nawet u czarodziejów najbardziej... – Sennar przerwał nagle i zamknął oczy. Jeszcze słowo, a zwymiotowałby to niewiele, co udało mu się zjeść.

– Czarodzieju... jesteś? – spytał Dodi.

– Tak, tak. Wszystko dobrze.

– No, ale poza tym – ciągnął chłopiec – pomijając zmęczenie, robicie to, co wam się podoba, nie?

– Niezupełnie. Znasz różnicę między czarami Rady a magią Tyrana?

Dodi potrząsnął przecząco głową.

– Magia Rady, jedyna dozwolona, opiera się na zdolności naginania natury do własnej woli. Dlatego czarodzieje są mędrcami: muszą znać prawa świata, aby móc je zachowywać i prowadzić swoimi czarami. Czarodziej nie obala porządku natury, ukierunkowuje ją jedynie do swoich celów. To złożona sztuka.

– A czego na przykład nie możesz zrobić? – spytał z zainteresowaniem Dodi.

Sennar zastanowił się. Choroba morska mąciła mu też umysł.

– Nie mogę tworzyć rzeczy z niczego ani zmieniać istoty stworzenia, na przykład zmienić prosięcia w ptaka. Mogę go co najwyżej przetransfigurować, sprawić, że przyjmie on jedynie wygląd ptaka. Nie mogę przymusić żywiołów: żadnego deszczu, kiedy panuje susza, czy też letniego słońca w środku zimy. Ale mogę przez pewien czas przedłużać padający deszcz, wzmocnić siłę wiatru i tak dalej.

– A ten, którego sparaliżowałeś tamtego dnia? Nie wydaje mi się, żeby to było szczególnie naturalne...

– Próbował mnie zaatakować, a ja zwróciłem przeciwko niemu jego własną agresję. Nic poza tym.

Dodi zamyślił się.

– To skomplikowane.

– Dlatego nie wszyscy są czarodziejami – podsumował Sennar. – A poza tym, co najważniejsze: nie mogę zabijać za pomocą magii. Odebranie życia jest najwyższym przekroczeniem natury. I rzeczywiście, wiele Mrocznych Formuł Tyrana się na tym opiera. To dlatego są zakazane.

– Wytłumacz to lepiej. To mnie interesuje – poprosił Dodi.

Sennar zwrócił na niego poważne spojrzenie.

– A nie powinno. Jedynym celem magii Tyrana jest pogwałcenie naturalnych praw. Weź na przykład Famminów. Są to stworzenia zrodzone z połączenia różnych gatunków, zmuszonych do współistnienia przez zakazane zaklęcie: to krwiożercze bestie oddane wyłącznie śmierci. Zakazane formuły zawsze niosą ze sobą śmierć i zniszczenie; nie można bezkarnie naruszyć porządku rzeczy. Poza tym czarodziej, który je wypowiada, zaklęcie po zaklęciu niszczy swoją duszę i przynosi zło na świat.

Dodi wydawał się wstrząśnięty.

– Ale skąd ty wiesz o tych wszystkich rzeczach? – spytał po chwili. – No wiesz, Rada, Tyran... co to ma z tobą wspólnego?

– Nic, nie mają nic wspólnego. Uczyłem się, to wszystko – uciął krótko Sennar.

Chłopiec przez chwilę milczał.

– Tak czy inaczej, czarodzieju, jesteś mi winien pięć dinarów.

– Pięć dinarów? A to dlaczego?

Dodi zaprezentował mu olśniewający uśmiech.

– Bo tak ciągnąłem cię za język, że przeszła ci choroba morska!

Sennar wybuchnął śmiechem i poklepał go po plecach.

Dodi był wielkim gadułą, a Sennar lubił słuchać: w krótkim czasie poznał historię każdego pirata wchodzącego w skład załogi. Niektórzy zaciągnęli się, aby uniknąć kary śmierci, inni z żądzy przygód, zaś jeszcze inni – bo stracili wszystkie pieniądze w grze. Na tym statku można się było zapoznać z całą skarbnicą historii i anegdot.

Sennara interesował przede wszystkim kapitan. Wokół niego i jego przeszłości unosiła się otoczka tajemnicy. Dodi przytaczał mu sprzeczne wersje, podbarwione legendą: ktoś utrzymywał, że narodził się w morzu i od zawsze przemierzał ocean, ktoś opowiadał, że zaciągnął się z powodu zawodu miłosnego, ktoś inny zaś przysięgał, że opuścił stały ląd, bo jemu podobni przyprawiali go o mdłości.

Jedyną, która mogłaby powiedzieć mu prawdę, była Aires, ale ta kobieta była jeszcze mniej dostępna niż ojciec. Rano krążyła po pokładzie okryta tylko lekkim szlafroczkiem, spod którego przy każdym kroku wynurzały się długie nogi. Kiedy napotykała czarodzieja, obdarzała go jednym ze swoich uśmieszków, jednocześnie pełnych aluzji i ironicznych, tak że w końcu nic już nie rozumiał. Nigdy nie poznał takiej kobiety jak ona: była wcieleniem zmysłowości, a jednak była silna jak mężczyzna. Pod pewnymi względami przypominała mu Nihal. Jednak o ile Nihal była jeszcze zielonym owocem, Aires była dojrzała i pewna siebie.

Przez wiele dni żeglowali wzdłuż wybrzeża. Sennar nie rozumiał, dlaczego, ale unikał zadawania pytań.

Jednak pewnego poranka, kiedy wychodził z ładowni, zauważył na pokładzie pewne poruszenie. Nim zdążył spytać, co oznaczało to zamieszanie, zobaczył Aires odzianą w coś w rodzaju galowego uniformu: kurtkę z amarantowego aksamitu, wysokie buty na obcisłych spodniach oraz nabijany ćwiekami pas, z którego zwisał miecz.

Kiedy podeszła bliżej, uszczypnęła go w policzek.

– Gotowy na zaopatrzenie? – spytała ze swoim zwykłym uśmiechem.

Czarodziej zaczerwienił się, ale próbował się opanować.

– Jasne. A nawet powiem ci, że tęskniłem już za stałym lądem.

Aires wybuchnęła śmiechem.

– Stały ląd! A to dobre! – rzuciła i oddaliła się.

Okręt do zaatakowania dostrzeżono o świcie, ale prawdopodobnie żeglowanie przy brzegu przez ostatnie dni służyło właśnie temu, aby go przechwycić. Statek piracki natychmiast gwałtownie skręcił na otwarte morze, tak aby dopaść ofiarę od tyłu, licząc na szybkość ataku i zaskoczenie.

Sennarowi cała ta historia nie podobała się ani trochę. Był zmęczony polami bitwy, wojen miał powyżej uszu, ale przede wszystkim zaczął się niepokoić: co się stanie, jeżeli ktoś z załogi okrętu rozpozna go jako członka Rady Czarodziejów? Zszedł do ładowni i pogrążył się w książkach, starając się nie myśleć o tym, co miało się wydarzyć.

Jego spokój nie trwał długo. Statek nagle zawrócił, a Sennar spadł z worka, na którym się usadowił. Rozpoczął się atak. Słyszał, jak kroki piratów bębnią po pokładzie, potem podekscytowane krzyki i szczęk broni. Zatkał sobie uszy. *To mnie nie dotyczy* – powtarzał sobie – *nie powinienem się wtrącać*. Długo jednak nie wytrzymał. Nie mógł pozwolić, aby na jego oczach piraci napadali na jakiś statek. W końcu był członkiem Rady.

Piracki statek z rozwiniętymi czerwonymi żaglami ślizgał się po falach i pochłaniał mile morskie jedna za drugą. Rool górował nad sceną z dziobu.

Kiedy zobaczył, jak Sennar wparowuje na mostek, przywitał go silnym klepnięciem w ramię.

– Świetnie, nadeszły posiłki – zachichotał.

– Kapitanie, muszę z wami porozmawiać – zaczął Sennar zdecydowanie.

– Może w innym momencie, co?

Sennar zachował spokój.

– Proszę, abyście zmienili kierunek. Natychmiast.

– To wykluczone – powiedział Rool, niewzruszony.

Czarodziej nalegał.

– Nie życzę sobie przelewu krwi, dopóki jestem na pokładzie.

– Słyszeliście? On sobie nie życzy przelewu krwi! – wrzasnął Rool do majtków. Potem wbił w Sennara lodowaty wzrok. – Jeśli masz słaby żołądek, wracaj do kabiny.

– Kapitanie, proszę was o to po raz ostatni...

Nie zdążył dokończyć zdania. Aires złapała go za tunikę i zmusiła, aby wychylił się za burtę. Sennar zobaczył, jak morze szybko przepływa pod kilem, a drewno unosi się na falach jak mewa.

– Posłuchaj mnie dobrze, chłopcze. Potrzebujemy zapasów. Z pustym kambuzem nigdzie nie dotrzemy. Czy teraz sytuacja jest dla ciebie jaśniejsza?

Niebo i woda zmieszały się w tym pędzie. Nagle okręt był już bardzo blisko.

– Wszyscy na swoje miejsca! – zarządził Rool. – Gotowi do abordażu!

Kiedy tarany wbiły się w ofiarę, Sennar padł do przodu. Siła odbicia popchnęła go do tyłu i sprawiła, że przewrócił się na pokład na plecy. Podniósł się w porę, aby zobaczyć, jak Aires szybko podąża z dobytym mieczem i nawołuje innych, aby szli za nią.

Czarodziej śledził wzrokiem jej bieg i oślepił go błysk uniesionych w słońcu mieczów. Potem zobaczył załogę drugiego statku: sami mężczyźni, wszyscy uzbrojeni.

Przez moment było tak, jak gdyby czas się zatrzymał. Okrutne uśmiechy z obu stron, miecze zaciśnięte w garściach, mięśnie gotowe do startu. Wreszcie, nagle, ogłuszający harmider: wrzaski, szczęk broni i iskrzenie dziesiątek krzyżujących się ostrzy.

Sennar stał wbity w podłogę. To nie był zwykły atak, to były porachunki pomiędzy piratami. Zaatakowali statek innych korsarzy.

W ciągu kilku minut pokład stał się śliski od krwi, wiele ciał upadło na ziemię, a inne zostały wyrzucone poza burtę.

Sennar wzdrygnął się z obrzydzeniem i zdecydował, że widział już zbyt wiele. Ze złością ruszył w kierunku ładowni, by skulić się w kącie, z dala od bitwy. *To rzezimieszki załatwiają swoje porachunki, to cię nie dotyczy* – powtarzał sobie. Ale z góry wciąż dobiegały go krzyki, jęki i ponure odgłosy upadających na ziemię ciał. Sennar zatkał sobie uszy dłońmi.

Starcie nie trwało dłużej niż pół godziny.

Kiedy kroki na pokładzie stały się mniej gorączkowe i krzyki całkiem ustały, Sennar, wciąż rozgniewany, zaryzykował wyjście na górę.

Tylko parę osób z załogi było ciężko rannych i gdyby nie plamy krwi na podłodze, nikt by nie powiedział, że właśnie zakończyło się tu ciężkie starcie. Najwyraźniej wszystkie ciała zabitych już leżały na dnie oceanu.

Pod zadowolonym wzrokiem Aires kilku piratów dźwigało na ramionach ciężkie kufry, dzbany i beczki, które składowali na pokładzie.

Kiedy już przeniesiono ostatnią skrzynię i byli gotowi do odpłynięcia, kobieta podeszła do Sennara.

– Jesteś pod wrażeniem?

Czarodziej nie odpowiedział.

Zachichotała.

– Tak jak myślałam. Nigdy nie widziałeś, jak kogoś zabijają, prawda, śliczny chłopczyku?

Sennar poczuł, jak krew nabiega mu do twarzy.

– Wierz mi, umarłych widziałem aż nadto – odpowiedział twardo.

Aires wzruszyła ramionami, po czym odwróciła się do swoich.

– Czy gwóźdź programu jest na pokładzie?

Naprzód wystąpiło dwóch mężczyzn prowadzących za ramiona trzeciego; nie mógł utrzymać się na nogach, a broda i długie włosy zakrywały mu twarz.

Aires podeszła i uśmiechnęła się.

– Witaj, mój ukochany.

Kiedy go pocałowała, cała załoga podniosła triumfalny okrzyk.

3.

Cud

Nihal i Ido byli na arenie, jak prawie zawsze o tej wczesnej porze. Dla bazy, w której mieszkali, tworzyli spektakl co najmniej niezwykły: ona, kandydatka na Jeźdźca Smoka, była jedyną kobietą w obozie, a nawet w całej armii Wolnych Krain; on, jej nauczyciel – jedynym gnomem, któremu kiedykolwiek udało się zostać Jeźdźcem Smoka. To dlatego wielu ludzi asystowało ich porannym potyczkom. Zresztą patrzenie na nich było przyjemnością. Ćwiczyli pchnięcia i uderzenia, staczali pojedynki, które wydawały się tańcem, bili się w szaleńczym tempie. Trzeba było też przyznać, że sylwetka Nihal stanowiła piękny widok, mimo że dziewczyna była wojownikiem zdecydowanie groźnym i chowała swoje kształty pod wojskowymi szatami: długie, smukłe nogi, brzuch wyrzeźbiony latami treningów, obfite i dobrze zarysowane piersi. Nie mówiąc już o jej egzotycznych granatowych włosach czy głębokich, fioletowych oczach, typowych dla jej rasy. Wielu to pociągało, jednak Nihal stanowiła zdobycz całkowicie poza zasięgiem: była bardzo mało towarzyska i w żadnym wypadku nie interesowały jej kwestie sentymentalne.

Tego dnia liczba obserwatorów, którzy się pojawili, była dość marna, może dlatego, że powietrze było naprawdę lodowate, a może dlatego, że zanosiło się na deszcz. Nihal i Ido nie dawali się odstraszyć takim drobiazgom; jak zwykle walczyli bez wytchnienia, a żołnierz musiał wzywać ich kilkakrotnie, zanim wreszcie postanowili opuścić miecze.

– Nelgar oczekuje was obojga, teraz.

Nihal udała się do jego kwatery zdumiona. Nieczęsto zdarzało jej się mieć do czynienia z naczelnym bazy we własnej osobie. Nie żeby był to typ wzbudzający nabożny strach. Niski i dość krępy, wyglądał bardziej na spokojnego oberżystę niż na komendanta jednej z największych baz Wolnych Krain. Nie był to też człowiek opętany na punkcie stopni i dyscypliny za wszelką cenę, a jednak potrafił wzbudzać posłuch, a jego ludzie podziwiali go i szanowali.

Nihal weszła do namiotu Nelgara nieśmiało, Ido zaś od razu bez skrępowania rozwalił się na najbliższym krześle.

– Siadaj, proszę – powiedział do niej uprzejmie Nelgar. – Wezwałem cię, bo mam ci do powierzenia pewną misję.

Serce Nihal podskoczyło. Nigdy jeszcze nie przyznano jej żadnego zadania. Do tego dnia zawsze działała razem z Idem.

– Chodzi o zaniesienie wiadomości na drugą stronę granicy, do obozu w Krainie Morza. Potrzebujemy posiłków do przeprowadzenia ataku. Zaniesiesz naszą prośbę i wrócisz z ich odpowiedzią.

I to wszystko? Nihal była zawiedziona.

Nelgar wyłożył jej szczegóły i dał jej mapę, żeby mogła orientować się w lesie.

– Wyruszysz jutro. Możesz odejść.

Nihal pożegnała się ukłonem, Ido wyszedł za nią.

– Co to, zostałam zdegradowana? Z kandydata na Jeźdźca do zwykłego ordynansa? – spytała nachmurzona swojego nauczyciela. – Wydaje mi się, że do tego typu prac nie brakuje giermków.

– To ja cię zgłosiłem – odpowiedział spokojnie Ido.

– Wielkie dzięki. Już nie mogłam się doczekać spacerku po lesie.

– Nie traktuj tego zbyt lekko. Czas, abyś zaczęła poruszać się samodzielnie. Szkolenie idzie dobrze, w ciągu roku mogłabyś zostać Jeźdźcem.

Nihal odwróciła się gwałtownie. Jej oczy błyszczały.

Ido zachował kamienną twarz.

– Do tej pory byłaś przyklejona do mnie niczym kurczak do kwoki, tym razem natomiast będziesz musiała liczyć jedynie na własne siły. Misja sama w sobie nie jest skomplikowana, ale będziesz poruszać się wzdłuż granic, które wcale nie są bezpieczne. To będzie dobry trening.

Nihal zawsze walczyła na polu bitwy, nigdy nie miała do czynienia z partyzantką. W najgorszym wypadku, powiedziała sobie, będzie to nowe doświadczenie.

– A poza tym już od miesięcy siedzisz w Krainie Słońca. Trochę morskiego powietrza dobrze ci zrobi – dokończył gnom.

– Morskie powietrze? Przecież ten obóz jest w głębi lądu.

– Zobaczysz... – Ido się uśmiechnął. – Zobaczysz.

Nihal opuściła bazę o pierwszym brzasku. Tym razem bez Oarfa – misja wymagała pewnego stopnia tajności, a smok oczywiście nie mógł pozostać niezauważony. Dlatego dosiadła konia i wyruszyła bez większego entuzjazmu.

Dawniej, zanim Salazar został zniszczony, bardzo lubiła podróżować. Pamiętała, z jakim podnieceniem towarzyszyła w dzieciństwie Livonowi w wyprawach do dostawców. I jak podobało jej się galopowanie z Soaną i Sennarem do Krainy Wody, gdzie jej przyjaciel otrzymał inwestyturę na czarodzieja. Wówczas Nihal po raz pierwszy opuściła Krainę Wiatru i droga ta wydawała jej się pełna cudów. Miała wrażenie, że od tamtego czasu minęły całe wieki.

Gdyby przynajmniej był z nią Sennar. Dobrze było biwakować z nim przy ogniu, patrzeć na gwiazdy i rozmawiać o wszystkim i o niczym. *Ciekawe, gdzie teraz jest.*

Może z Idem też przyjemnie by się podróżowało. Tak natomiast czuła się bezbronna wobec duchów przeszłości. Oddaliła się od bazy w jak najgorszym humorze.

Krainę Słońca i Krainę Morza łączył jeden wielki las, najbardziej rozległy w całym Świecie Wynurzonym: Puszcza Wewnętrzna. Kiedy po dwóch dniach podróży Nihal przebyła granicę, krajobraz pozostał niezmieniony. Puszcza nadal była gęsta i splątana, ale woń soli morskiej docierała aż tutaj.

Nihal nigdy nie widziała morza. Ten zapach sprawił, że nabrała ochoty, aby wypuścić się aż na wybrzeże. Przyszły jej na myśl opowieści Sennara o jego Krainie. Małe Morze, niezbyt odległe od granicy z Krainą Wody. Latarnia morska w Dessie, najdalej wysunięty punkt Świata Wynurzonego. Niezmierzoność oceanu. *I może, jeszcze dalej, Świat Zanurzony*. Poczuła ukłucie tęsknoty.

Podczas podróży, zwłaszcza nocą, nie była spokojna. Granica z Wielką Krainą, niekwestionowanym królestwem Tyrana, przebiegała blisko i w lasach roiło się od szpiegów. Byli to z reguły ludzie, ponieważ Famminowie z pewnością nie nadawali się do tak delikatnych zadań. Ci mieli raczej skłonność do masakrowania: ich długie, potężne kończyny doskonale nadawały się do miażdżenia, dłonie i stopy uzbrojone były w wyostrzone pazury do chwytania ofiary, zaś okrutne pyski i usta gęsto wypełnione były zębami, dobrymi tylko do rozdzierania mięsa. Masywne i całkowicie pokryte obrzydliwą, rudawą i kręconą sierścią ciała mogły tylko wzbudzać przerażenie.

Do kontrolowania granic z Wielką Krainą Tyran wysyłał raczej ludzi i gnomów, by starali się wyłapywać ewentualne zbliżanie się wojsk Wolnych Krain. Mieli oni zabijać każdego, kto by zapuścił się na jego terytorium. Nihal nie widziała nikogo, ale nieraz odniosła wrażenie, że wyczuwa przyklejone do siebie ich czujne oczy. Podróż była jednak krótka i samotna. Nihal dotarła na miejsce przeznaczenia w ciągu czterech dni.

Wartownicy zdumieli się na widok kobiety o granatowych włosach i spiczastych uszach, ubranej jak żołnierz.

– Jestem kandydatem na Jeźdźca Smoka – przedstawiła się Nihal. Zarumieniła się. – Mam przekazać wiadomość naczelnikowi.

Obozowisko przypominało jej bazę: rozległa, umocniona cytadela, mieszcząca nie tylko wojowników, ale również kobiety i dzieci. Tu jednak sprawy zdawały się toczyć lepiej niż w Krainie Słońca. Kraina Morza miała bezpieczne granice i wystawiona była na możliwe ataki tylko na południu, gdzie zagrażała jej Wielka Kraina. Mroczna sylwetka Twierdzy Tyrana wznosiła się złowrogo nad drzewami, tak wysoka, jakiej Nihal jeszcze nigdy jej nie widziała.

Mimo tej ponurej groźby w obozie oddychało się pogodną atmosferą, a prowiantu nie brakowało. Obiad był suty i smaczny. Nihal zjadła we wspólnej stołówce, w której dzieci wesoło biegały między stołami, a mężczyźni żartowali razem ze swoimi kobietami. Wydawało się niemal, że panuje pokój. Nihal uśmiechnęła się do siebie, krojąc kawałek mięsa. Kiedy podniosła oczy znad talerza, z wrażenia zatrzymała widelec w połowie drogi do ust.

Parsel był jej pierwszym nauczycielem miecza w Akademii i, w pewnym sensie, jej jedynym przyjacielem przez wiele miesięcy. Łączyła ich szczególna więź, opierająca się na niewielu słowach i na długich walkach.

Nihal ucieszyła się, że znowu go widzi, a on przytulił ją tak, jak objąłby starego towarzysza broni. Był to wysoki i masywny mężczyzna o ciemnej karnacji i oczach o dziwnym, szarozielonym odcieniu. Czarne, bardzo krótkie włosy zaczynały bieleć mu na skroniach.

– Co tutaj robisz? – spytała Nihal.

– Przepustka. Mieszkałem tutaj, zanim zostałem nauczycielem w Akademii, kiedy jeszcze walczyłem. Wpadam tu z wizytą, kiedy tylko mogę. – Parsel mrugnął do niej. – Tak tylko, żeby nie zapomnieć zapachu pola bitwy. A ty? Widzę, że jesteś w formie.

– Jakoś leci – wykręciła się.

– Trzeba uczcić to spotkanie. Co byś powiedziała na mały pojedynek, jak za dawnych czasów?

Dziewczyna nie kazała sobie tego dwa razy powtarzać.

Taki skok w przeszłość okazał się dla Nihal nieoczekiwanie przyjemny. Nie zapomniała smutku i samotności tamtego roku spędzonego w Akademii, lecz nawet tam spotkało ją nieco dobrego. Parsel przypominał jej to przy każdym sztychu. Wszystko było takie jak niegdyś, oprócz umiejętności Pół-Elfa. Po kilku atakach Nihal bez trudu udało się uzyskać przewagę.

– Stałaś się świetna – przyznał Parsel, ocierając czoło.

– To również twoja zasługa.

Razem spędzili resztę dnia. Parsel opowiedział jej o swoich nowych uczniach i Nihal poczuła ukłucie nostalgii. *Czas zmienia oblicze rzeczy, a nawet wspomnień.*

– A zgadnij, kogo niedawno widziałem? – rzucił nieoczekiwanie Parsel. – Tego twojego kolegę z Akademii, blondynka... Lajos, o, tak ma na imię.

Nihal nieoczekiwanie ogarnął wir wspomnień. Lajos, kruchy chłopiec o dziecięcej twarzyczce, najsłabszy uczeń Akademii. Dużo razem przebywali, a on, uwielbiający ją tak, jak czci się bohaterów, był jej jedynym prawdziwym przyjacielem w ciągu tych wypełnionych samotnością dni. Lajos...

Nihal wytężyła uwagę.

– Naprawdę?

– Tak. Mieszka tutaj, w Puszczy. Powiedział mi, że porzucił myśl o zostaniu wojownikiem. Nie wydawało mi się, żeby był w dobrej formie.

Nihal kazała sobie opowiedzieć wszystko, co możliwe. Parsel niewiele wiedział, ale wyjaśnił jej, gdzie go spotkał.

Tamtego wieczoru, w namiocie, który jej przydzielono, Nihal nie mogła zasnąć. Nie miała wiadomości od Lajosa od nocy po swojej pierwszej bitwie. Od śmierci Fena. Całą wieczność. Nagle ogarnęła ją wielka ochota, aby go znów zobaczyć.

Następnego dnia rano dano jej odpowiedź, jakiej oczekiwali w bazie. Wezmą udział w ataku z trzystoma ludźmi. Kiedy Nihal pospieszyła, aby wyruszyć w drogę, naczelnik ostrzegł ją.

– Wiemy o ruchach nieprzyjacielskich grup wzdłuż granicy. Bądź ostrożna.

Nihal nie przywiązała do tych słów większej wagi. Do tej pory była to podróż nawet zbyt spokojna jak na jej gust.

Podczas drogi powrotnej poszła za wskazówkami Parsela i zboczyła na północ. Z powodu zmiany trasy musiała zagłębić się na dłużej w Puszczę Wewnętrzną. Nihal od zawsze kochała lasy. Wspomnienie jej magicznej inicjacji było jeszcze żywe i od tamtej pory lubiła przebywać w kontakcie z naturą.

Kiedy zapadł wieczór, pogoda pogorszyła się. Nihal usłyszała głuchy pomruk zbliżających się grzmotów, a niebo przecięło niespodziewane światło błyskawicy. To wtedy w oddali dostrzegła sylwetkę jakiejś chatki. Doskonale odpowiadała opisowi, jaki otrzymała od Parsela: na wpół opuszczony dom, ze słomianym dachem i ścianami poczerniałymi od dymu. Nihal nie sądziła jednak, że schronienie Lajosa może być w tak złym stanie. Dach był w wielu miejscach zawalony, a część słomy pospadała na ziemię i tam gniła; okna były pustymi oczodołami, w złowieszczy sposób oświetlonymi mdłą jasnością. Ktoś musiał być w środku.

Nihal zeskoczyła z konia i ostrożnie zbliżyła się do budynku. Ostatecznie znajdowała się blisko granicy i nie miała pewności, że to naprawdę jest dom Lajosa.

Chyłkiem przywarła do ściany i powoli dobyła miecza. W niektórych miejscach muru pomiędzy kamieniami utworzyły się szczeliny, przez które Nihal mogła rzucić szybkie spojrzenie do środka. Dostrzegła blask ognia i kogoś siedzącego tyłem do niej. Dojrzała tylko głowę, jasną i z lokami. Ścisnęło ją w sercu. Podeszła do drzwi i zapukała.

– Kto tam? – krzyknął ze środka cienki głos.

– To ja, Nihal – odpowiedziała, uchylając drzwi.

Przy ścianie kulił się chłopak wyglądający na zmęczonego i chorego, z na wpół zardzewiałym mieczem w drżących dłoniach. Nihal rozpoznała niewinne szare oczy i blond loki, ale policzki, które pamiętała jako pulchne i różowe, były wychudzone i brudne od sadzy. Miał na sobie brązową tunikę, która swoje najlepsze czasy miała już za sobą, oraz wyblakłe, pokryte kurzem portki. Lajos popatrzył na nią przez moment z niedowierzaniem, po czym upuścił miecz i podbiegł do niej.

Na zewnątrz rozpętała się burza.

Znajdowali się w jedynym pokoju, gdzie dach był jeszcze cały, ale i tak tu i tam wielkie krople deszczu spadały na podłogę. Ogień trzaskał żywo. Nihal wyciągnęła trochę prowiantu i, korzystając także z zapasów Lajosa, razem przygotowali obfitą kolację.

Nihal zrelacjonowała chłopakowi wszystko, co przydarzyło się jej w ciągu tych miesięcy. Bez większych oporów opowiedziała mu o nierozważnym zachowaniu, jakim się wykazała, od kiedy przybyła do Ida, aby ją wyszkolił, jak naraziła swoje życie, aby tylko robić po swojemu. Z pewną nostalgią rozwodziła się nad wspomnieniem dni spędzonych razem z wieśniaczką Eleusis i jej synem Joną, dni, kiedy to łudziła się, że może prowadzić normalne życie, z dala od pola bitwy.

– A niech to – skomentował chłopiec.

Nihal uśmiechnęła się.

– Właśnie. Życie czasami potrafi zaskakiwać. – Wbiła się zębami w kawałek upieczonego mięsa. – A ty, co tutaj robisz?

Lajos opuścił wzrok. W pokoju zapanowała krępująca cisza. Słychać było jedynie pomruk grzmotów i trzaskanie drewna.

– No co? Straciłeś mowę? – napierała Nihal.

Chłopak długo milczał, po czym wziął głęboki oddech i zaczął mówić.

Zaraz po tym, jak nie przeszedł próby inicjacji w szkoleniu na Jeźdźca Smoka, podczas bitwy o Therorn, porzucił Akademię z zamiarem powrotu do swojego ojca. Był zdecydowany, aby oznajmić mu, że nie chce już słyszeć o walce i że postanowił zostać giermkiem. Wyruszył zuchwały i pełen odwagi, ale podczas podróży cała jego pewność gdzieś się rozwiała.

– W mojej rodzinie mężczyźni zawsze byli Jeźdźcami. Wszyscy, rozumiesz? I wszyscy byli mężni. Mój ojciec zaplanował dla mnie przyszłość bohatera, jeszcze zanim się urodziłem. Jak mogłem mu powiedzieć, że nie przeszedłem przez najprostszą próbę, przez pierwszą bitwę? Że miecz nie jest dla mnie, że nie chcę słyszeć o żołnierzach i śmierci? Już wydawało mi się, że go widzę, że słyszę jego wrzaski. Nigdy nie zaakceptowałby mojej decyzji.

– Lajos popatrzył na Nihal spod oka. – Bałem się go. Bałem się, że dzięki władzy, jaką ma w Zakonie, zmusi Ravena, aby znowu przyjął mnie do Akademii.

Opowiedział, że w połowie drogi postanowił zboczyć z trasy. Nie wiedział, gdzie się udać ani jak zarobić na życie. Kiedy skończyły mu się pieniądze na powrót do domu, został minstrelem.

– Dobrze śpiewam, wiesz? Znam mnóstwo historii i pieśni. A poza tym, nie wiem, może wzbudzam w ludziach czułość. W każdym razie zarabiałem dosyć.

Nihal przypatrzyła mu się uważnie. Nie, to nieprawda, że dosyć zarabiał. Był chudy i obdarty jak żebrak.

I rzeczywiście, Lajos wyznał, że w końcu postanowił schronić się w lasach. Miał zamiar prowadzić życie włóczykija, żyć w kontakcie z naturą, z daleka od wojny i od ludzi. Radził sobie, zbierając owoce z drzew i wykopując jadalne korzenie. Co jakiś czas wybierał się na ryby, z marnym rezultatem.

– Czasami jednak mi się udawało. To były małe rybki, ale smaczne – dodał ze skrępowanym uśmiechem.

Początkowo spał pod gołym niebem, pod drzewami, ale szybko zdał sobie sprawę, że nie może tego dłużej ciągnąć. Zaczął szukać jakiegoś szałasu myśliwych, groty czy porzuconej nory. Tymczasem znalazł tę oto piękną chatkę.

– Tu jestem bezpieczny, nikt mnie tu nie będzie szukał. A poza tym mam ze sobą miecz – dodał. – Kiedy znudzi mi się jedzenie korzonków, wprowadzę w życie nauki z dwóch lat spędzonych w Akademii i zajmę się polowaniem.

– Nie poluje się mieczem – zauważyła Nihal.

Lajos zaczerwienił się.

– Może któregoś dnia znajdę jakiś łuk. Wojna nie jest daleko.

Nihal potrząsnęła głową.

– A teraz, co będziesz robił?

– Myślę, że zostanę tutaj na trochę. – Lajos nie miał odwagi, żeby na nią popatrzeć. – Dojrzałem przez te kilka miesięcy, wiesz? Widziałem wiele rzeczy. Wiem, że dam sobie radę – zakończył bez przekonania.

– I takie są twoje najwyższe ambicje? – spytała poważnie Nihal. – Do końca życia ukrywać się w lesie?

– Nie wiem – wyszeptał.

– Czy ty chociaż na siebie spojrzałeś? – wybuchnęła Nihal. – Jesteś chudy, zmęczony i brudny. Czy to takiego życia chciałeś?

Oczy Lajosa wypełniły się łzami.

– Nie, nie takiego.

– Lajos, uciekanie na nic się nie zda – szepnęła Nihal. – Twoje problemy pójdą za tobą nawet na koniec świata.

W pokoju zapadła cisza. Wydawało się, że burza się uspokoiła. Nie było już słychać grzmotów, tylko tłukący deszcz rozbrzmiewał na ścianach i na dachu.

Nihal patrzyła w ogień.

– Dlaczego nie pójdziesz ze mną?

Lajos popatrzył na nią z niedowierzaniem.

– Z tobą?

– Tak. Obóz to fajne miejsce. A poza tym, czy nie mówiłeś, że chciałbyś zostać giermkiem? Tam mógłbyś nauczyć się zawodu, być przydatny.

Lajos potrząsnął głową.

– To nie będzie na zawsze – ciągnęła Nihal. – Tylko na czas, abyś doszedł do formy, zrozumiał, czego chcesz. No wiesz, nie chcesz trochę ze mną pobyć? Jak za dawnych czasów?

Lajos uśmiechnął się.

– Muszę się zastanowić.

Leżąca na kupce słomy Nihal przebudziła się nagle. Błyskawicznie odsunęła płaszcz, który ją przykrywał, a jej dłoń pobiegła do miecza. Wciąż padało. Razem z odgłosem kropli na ścianach usłyszała dźwięk kroków w błocie. Wyglądało na to, że ktoś ukradkiem zajmuje pozycje wokół domu. Nihal pozostała nieruchomo, z wytężonymi zmysłami, starając się odgadnąć, ilu ich jest. Podniosła się cicho, zbliżyła do przyjaciela i potrząsnęła go za ramię.

– Która godzina? – wymruczał Lajos zaspanym głosem.
Nihal gestem przykazała mu, aby mówił ciszej.
– Weź miecz i stań za mną – szepnęła.
Chłopak od razu się rozbudził.
– Co się dzieje?
– Atakują nas. Jesteśmy otoczeni – zaszemrała Nihal. Podeszła do drzwi i zaczęła nasłuchiwać. – Kiedy tylko będziemy mieli wolną drogę, uciekamy. Jasne?
Lajos przytaknął.
Teraz kroki były bliżej. Dwie osoby, tuż przy domu. Innych musiało być około piętnastu, ale Nihal nie potrafiła odgadnąć, gdzie się znajdują. *Dużo ich, do diabła. Za dużo.*
Nagle drzwi wyleciały z zawiasów.
Lajos wrzasnął, ale Nihal nie dała się zaskoczyć. Pierwszego nieprzyjaciela, wielkiego jak góra grubasa uzbrojonego w krótki sztylet, powaliła na ziemię, kiedy tylko przekroczył próg, i przeszyła go, nie dając mu nawet czasu na odetchnięcie. Chwilę później okrutny i umięśniony typ, całkiem łysy, zamachał przed nią toporem. Inni byli na zewnątrz. Słyszała ich podniecone chrząkanie. Famminowie.
– Zjeżdżaj, mała! – ryknął mężczyzna z siekierą.
Nihal rzuciła się do przodu i odepchnęła go gwałtownie.
– Uciekaj! – krzyknęła do Lajosa.
Mężczyzna upadł na ziemię, ale natychmiast się podniósł, złorzecząc. Nihal jednak była szybsza. Jednym ciosem odcięła mu dłoń i zostawiła go, krzyczącego, na progu rozwalającego się domu.
Lajos dotarł tymczasem do konia Nihal i wskoczył na siodło. Zgarnął w biegu przyjaciółkę i ruszyli galopem. Bieg nie był łatwy. Ulewa sprawiła, że było ślisko, a po ciemku zupełnie nie można było się zorientować w terenie.
Wodną zasłonę przeciął ostry syk.
– Mają łuki! – krzyknęła Nihal.
Lajos popędził konia, ale zwierzę ciągle się potykało. Kiedy strzała trafiła je w nogę, Lajos i Nihal upadli na błotnistą ziemię.

Nihal od razu się podniosła, lecz Lajos pozostał na ziemi i zaczął pojękiwać. Kroki ścigających stały się coraz szybsze i bliższe.

– Wstawaj! – krzyknęła Nihal.

– Nie dam rady. Stopa...

Nihal podniosła go siłą i zawlokła w las, w nieokreślonym kierunku. Ślizgała się, a gęsta ulewa ją oślepiała. Za ich plecami znowu odezwały się świsty, po czym opadł ich deszcz strzał. Nihal poczuła silne pieczenie w lewym ramieniu i zmuszona była się zatrzymać.

Lajos dyszał z twarzą wykrzywioną bólem.

– Trafili cię.

Strzała zraniła ją lekko, rozerwawszy skórzany gorset. Ramię krwawiło. Nihal podjęła marsz, ciągnąc Lajosa za ramię.

– To nic, chodźmy.

Puszcza zdawała się nieprzenikniona. Famminowie byli coraz bliżej.

Nihal szła wśród gałęzi, które biczowały jej ciało, starając się wymyślić jakieś rozwiązanie. *Co powinnam zrobić? Co?* Ból w ramieniu był straszliwy, Lajos nie był w stanie walczyć, ale jeśli dalej będą tak uciekać, bez celu, plecami do wroga, nie będą mieli wyjścia. Już słyszała zadyszane oddechy ich prześladowców. *Co mam zrobić?*

– To oni! – wrzasnął nieludzki głos.

Chmara Famminów wytoczyła się pędem z gąszczy i opadła ich jak lawina.

Nihal upadła do przodu i pociągnęła za sobą Lajosa. Przekręciła się na plecy, ścisnęła rękojeść miecza i zaparła się łokciem, aby się podnieść. *Nie chcę umierać!* Poślizgnęła się, zaczepiła, znowu upadła w błoto. *Nie chcę umierać!* Podczas gdy deszcz walił ją po twarzy, zdążyła zobaczyć zdeformowane pyski pochylonych nad nimi Famminów, ich nienaturalnie długie ramiona zgięte do ataku i podniesione toporki gotowe do rzezi. Pioruny rozbłyskiwały w ich długich kłach.

Nihal zamknęła oczy. *Nie chcę umierać! Jeszcze nie!*

– Nie! – wrzasnął Lajos, szlochając.

Zza zaciśniętych powiek Nihal wyczuła silną jasność. Rękojeść miecza stała się gorąca. Otworzyła oczy. Ją i Lajosa otaczała srebrzysta bariera.

Famminowie walili w nią zacięcie. Bariera zaczęła wibrować i wydawać głuchy pomruk.

– Nihal! – jęknął Lajos.

Famminowie uderzali dalej, rycząc ze złości, ale ta przezroczysta tarcza była nieprzenikniona.

Wibracja stawała się coraz silniejsza. Podłoże zdawało się drżeć od wstrząsów, zaś pomruk zwiększył głośność, stając się nie do zniesienia. Nihal i Lajos podnieśli dłonie do uszu. Potem bariera eksplodowała.

Fala uderzeniowa rozeszła się na zewnątrz i porwała Famminów z siłą huraganu. Potwory zostały odrzucone w tył na wiele łokci. Niektóre uderzyły o pnie drzew i opadły na ziemię bezładnie, z kończynami w nienaturalnych pozycjach, z rozbitymi czaszkami. Inne zniknęły w ciemności, porwane podmuchem powietrza.

W lesie znowu zapanowała cisza. Padał teraz drobniejszy deszcz i maleńkie kropelki osiadały na gałęziach drzew i krzewów. Lajos był blady i oddychał z trudem.

– Nihal, co to się stało?

Dziewczyna przesunęła dłonią po twarzy.

– Nie mam pojęcia.

4.

Sztorm

Statek wypłynął na pełne morze. Wybrzeże zniknęło na horyzoncie, a woda pochłonęła panoramę. Sennar poczuł, że teraz krok został naprawdę uczyniony. Już nie było odwrotu.

Żadna z książek, które ze sobą zabrał, nie zawierała wiadomości o wirze. Najbardziej wiarygodnym tekstem było sprawozdanie z przygody zdobywców, którzy jakieś sto lat wcześniej próbowali dotrzeć do Świata Zanurzonego, było to jednak opowiadanie pełne nieścisłości, spisane kilka lat po całym przedsięwzięciu, i nie było jasne, w jakim stopniu odpowiadało rzeczywistości, a na ile było wytworem fantazji. Sennar nie wiedział dokładnie, gdzie znajduje się wir ani ile mil będą musieli przebyć, aby go zlokalizować. Należało kierować się prosto na zachód, to wszystko.

Im dalej statek ślizgał się szybko po falach, tym bardziej Sennar czuł, jak niepokój chwyta go za gardło.

Wydawało się, że kapitan żywi do niego pewien szacunek i coraz częściej zdarzało się, że i Aires rzucała mu jakieś słówko w sposób niemal miły. Sennar zdobywał sympatię wszystkich, z wyjątkiem tajemniczego gościa.

Przez pierwsze dni niewiele go widział. Mężczyzna cały czas spędzał zaszyty w kabinie Aires, a ona dołączała do niego, gdy tylko mogła. Kiedy zaczął przechadzać się po pokładzie, wydawał się inną osobą w porównaniu z zapuszczonym więźniem, którego załadowali na pokład. Wyglądał jak laluś: długie kasztanowe włosy związane w gruby ogon, bardzo żywe niebieskie oczy i wypielęgnowana broda. Niewątpliwie jego regularne, ale jednocześnie pełne męskości rysy stworzone były po to, aby podobać się kobietom, a co więcej, nowy pasażer zawsze bardzo dbał o ubiór. Nosił śnieżnobiałe satynowe koszule z szerokimi rękawami i kosztowne gorsety z brokatu pełne ornamentów. Kręcił się z jednego końca statku na drugi, łopocząc na wietrze swoim długim płaszczem z czarnego brokatu, z dłonią zawsze opartą na rzeźbionej rękojeści miecza; od czasu do czasu zatrzymywał się, aby zamyślonym spojrzeniem kontemplować morze, cały skupiony na swoim pirackim wdzięku. Kiedy spotykał na pokładzie Sennara, patrzył na niego spode łba. Czarodziejowi wydawał się skończonym idiotą, ale na statku wszyscy traktowali go z respektem i nikt nie narzekał na fakt, że od rana do wieczora nic nie robił. Wieczorem Rool zapraszał go do rufówki na kielicha i tam rozmawiali do późnej nocy.

Sennar chciał dowiedzieć się o nim więcej, a Dodi nie kazał się długo prosić.

Pewnego burzliwego wieczoru, kiedy czarodziejem wstrząsały mdłości, chłopiec opowiedział mu ze szczegółami całe życie nowego pasażera.

Benares, kochanek Aires, przez długi czas walczył w oddziałach Krainy Morza. Jej władca bowiem, zmęczony najazdami piratów, zarządził, aby powstał wyborowy oddział dający odpór łupieżcom.

Przed zaciągnięciem się do armii Benares imał się wszystkiego po trochu: był artystą, złodziejem, kupcem, przemytnikiem. Rola żołnierza była takim samym jak i inne sposobem, aby wplątać się w tarapaty, a on o niczym innym nie marzył. Dzięki jego szermierskim umiejętnościom wojsko przyjęło go z otwartymi ramionami, przymykając oczy na jego dyskusyjną przeszłość. Jego zadaniem było eskortowanie drogą morską ładunków szlachetnych kamieni z bogatych w złoża gór Przylądka Ostatniego do ziem na wschodzie, gdzie minerały te były szlifowane. Ocean od razu mu się spodobał. Uwielbiał to życie składające się z rejsów i potyczek z piratami. Nie mówiąc już o wrażeniu, jakie wywierał na kobietach. Chociaż nie był marynarzem, miał kochankę w każdym porcie. Błąkał się po morzu przez rok, nigdy nie przegrywając żadnego starcia, aż wreszcie trafiła kosa na kamień.

Pewnego dnia brygantyna, na której podróżował, została zaatakowana przez Roola i jego ludzi. Benares walczył z wieloma członkami załogi i nieźle ich pokiereszował, dopóki nie zobaczył przed sobą Aires. Oczarowany jej urodą, popełnił fatalny błąd: zgrzeszył galanterią.

– Ja nie walczę z kobietami – powiedział stanowczym głosem. – Ja kobiety miłuję.

W odpowiedzi Aires uderzeniami miecza pocięła mu mundur i zaczęła atakować go bez wytchnienia. Benares zmuszony był sięgnąć po broń, ale kiedy po zajadłym pojedynku kobieta przystawiła mu ostrze do szyi, już witał się ze śmiercią.

Aires długo patrzyła na niego, dysząc z wysiłku, po czym schowała miecz do pochwy.

– Jesteś zbyt ładny, aby cię wykończyć – powiedziała z naturalnością, po czym odwróciła się do niego plecami i jednym susem wróciła na statek. Benares popatrzył na oddalające się czerwone żagle i zrozumiał, że znalazł jedyną kobietę, która była dla niego odpowiednia.

Porzucił wojsko i przyłączył się do grupy piratów. Zuchwały i lekkomyślny, szybko dał się poznać. W tawernach, gdzie gromadzili się korsarze, zaczęto powtarzać jego imię, a jego sława szermierza błyskawicznie się rozprzestrzeniła.

Aires zawsze uwielbiała wyzwania. Wielokrotnie zdarzyło jej się przekonać ojca do zaatakowania statków już upatrzonych przez inne żaglowce, wyłącznie z ochoty zmierzenia się z innymi piratami. Tak stało się i z Benaresem. Po wielu miesiącach, kiedy gonili się i wymykali sobie nawzajem, znowu znaleźli się naprzeciw siebie, na pokładzie galeonu, który obydwoje zaatakowali.

Był to dziwaczny pojedynek. On zastosował taktykę zdobywcy, wypracowaną w ciągu całego swojego życia uwodziciela, i pomiędzy odparciem a sztychem powtarzał jej, jak bardzo jej pragnie. Ona sięgnęła po cały swój sarkazm, tnący bardziej niż jej miecz, i wydrwiła te jego sentymentalizmy. Kiedy jednak Aires skończyła przyparta do muru, słowa nie przyszły jej z pomocą. Był to pierwszy raz, kiedy jakiemuś mężczyźnie udało się ją pokonać.

– Powiedz mi, że mnie kochasz, a daruję ci życie – wyszeptał Benares, o włos od jej twarzy.

– Już wolę, żebyś poderżnął mi gardło – odpowiedziała szyderczo.

– Jak sobie życzysz – odrzekł Benares z uśmiechem. – Ale dopiero po tym.

Złapał ją za kark i pocałował namiętnie. Aires, nieoczekiwanie, oddała mu pocałunek z równym zaangażowaniem.

Od tej pory świata poza sobą nie widzieli. Gdyby stanęli przeciwko sobie w walce o tę samą zdobycz, nie zawahaliby się przed posiekaniem się na kawałki, a jednak się kochali. Była to namiętność zbudowana z ulotnych i przypadkowych spotkań, na morzu lub w portach, do których przybijali.

Roolowi nie podobała się ta historia. Kapitan był dzikim i bezlitosnym piratem, ale dla swojej „dziewczynki", jak ją z uporem nazywał, chciał wszystkiego, co najlepsze, i powtarzał, że tylko mężczyzna silniejszy od niego może być godzien córki. Benares wydawał mu się głupcem, a ich namiętność – dziecinnym kaprysem.

Po jakimś czasie jednak musiał zmienić zdanie, a razem z nim cała załoga.

Od kiedy król Krainy Morza dał początek swojej osobistej wojnie z piratami, Rool znajdował się na szczycie czarnej listy. Za jego głowę wyznaczono okup, na który było wielu chętnych.

Kapitan nigdy się tym nie przejmował. Taki już był: pewny siebie, niedbający o bezpieczeństwo i zapominający o wszystkim, co nie było morzem, jego ukochaną łodzią lub Aires.

Schwytano go poza jego żywiołem: na lądzie, kiedy wesoło popijał w tawernie. Jego towarzysz zabawy przypłacił to głową, a jego wyprowadzono nie bez trudu, ale w łańcuchach. Zawleczono go do lochów położonych z dala od wybrzeża, gdzie chciano go przetrzymać, dopóki sprawa nie przycichnie. Potem kapitan miał zostać oddany bezpośrednio milicji królewskiej. Nietrudno było sobie wyobrazić, jaki miał być jego los: zawiśnie ze stryczkiem na szyi na centralnym placu stolicy, jako ostrzeżenie dla całego korsarskiego światka.

Kiedy wiadomość o tym dotarła na statek, nawet niezachwiana Aires przeżyła moment załamania. Wykonawcą owej akcji był słynny łowca głów, niejaki Mauthar. Karierę zaczynał jako płatny zabójca, świadcząc swoje usługi wszystkim, którzy byli w stanie mu zapłacić. Podczas jednej z misji został schwytany i w zamian za ocalenie zaproponowano mu zmianę działalności. Nie zastanawiał się dwa razy. Wszystkie najgłośniejsze pochwycenia ostatnich lat były jego dziełem. Nie cofał się przed niczym i działał wszędzie: na morzu i na ziemi. Ale to na lądzie miał swoją kryjówkę i tam należało go szukać. To wtedy, jak w najlepszych historiach przygodowych, do gry wkroczył bohater. Tamtej nocy Benares przybił do zatoczki, gdzie zacumowany był statek Aires. Ciesząc się na noc pełną rozkoszy, rzucił się do swojej ukochanej, ale zastał ją we łzach.

Oczywiście zaoferował się, że poprowadzi grupę, która uwolni Roola, i wybrał najlepszych członków swojej i Aires załogi, aby zorganizować drużynę ratowniczą. Wyruszyli kilka godzin później, w środku nocy. Po zebraniu informacji w portowych zaułkach zaatakowali lochy, gdzie zamknięty był pirat, oraz zarżnęli łowcę głów i jego sługusów. Rool znowu był wolny.

Dzięki temu przedsięwzięciu Benares zaskarbił sobie szacunek Roola i jego załogi oraz wieczną wdzięczność Aires.

Dodi był naprawdę wspaniałym narratorem. Sennar słuchał bez tchu, zapomniał nawet o chorobie morskiej.

– A jak znalazł się na statku, na którym go znaleźliśmy? – zapytał na koniec.

– To proste – odpowiedział Dodi, zadowolony z wrażenia, jakie wywarła jego opowieść. – Łowca głów, którego Benares wykończył, miał wielu przyjaciół wśród portowych szumowin Krainy Morza. Od uwolnienia Roola nie dawali Benaresowi chwili wytchnienia. Napadli na niego nocą, kiedy jego statek stał na kotwicy w ukrytej zatoce, jednym z naszych punktów spotkań. Mówią, że były to siły, jakich nigdy nie widziano. Kiedy go wyłowiliśmy, właśnie wieźli go na ląd, aby sprzedać go wojskowym.

– Sprzedać?

– Tak to działa, nie wiedziałeś? Jedni wykonują brudną robotę, a ktoś inny płaci i zbiera laury za schwytanie.

– Dodi, ty powinieneś zostać pisarzem – oświadczył Sennar po zakończeniu opowieści.

Dodi uśmiechnął się.

– Zobaczysz, czarodzieju. Kiedy zarobię wystarczająco dużo jako pirat, opiszę moje czyny i stanę się sławniejszy niż Benares.

Wilgoć nocy zaczynała dawać się we znaki. Sennar klepnął Dodiego po plecach i podniósł się z ziewnięciem.

– Nie wiem, jak ty, ale ja idę spać.

– Poczekaj, Sennarze – zatrzymał go chłopiec. – Mogę ci coś doradzić?

– Oczywiście.

– Na twoim miejscu pilnowałbym swoich pleców.

Sennar wbił w niego zdumione spojrzenie.

– W jakim sensie?

– Benares nie patrzy przychylnym okiem na pogawędki, jakie ucinasz sobie z jego kobietą – odparł szelmowsko Dodi. – A poza tym, jeśli już mówić całą prawdę, fakt, że udało ci się przekonać Aires do udziału w tak niebezpiecznym przedsięwzięciu, wzbudza w nim podejrzenia.

Czarodziej zaczął się śmiać.

– Może spać spokojnie. Aires nawet mnie nie widzi.

Dodi puścił do niego oczko.

– Nie jest powiedziane, Sennarze, wcale nie jest powiedziane.

Przez miesiąc żegluga postępowała spokojnie i bez przeszkód. Był wiatr, a morze podnosiło głos tylko od czasu do czasu.

Sennar już przyzwyczaił się do poprzecznego kołysania statku. Rankiem, oparty o balustradę pokładu, rozkoszował się widokiem oceanu oddającego słońce światu i doznawał pocieszenia. W gruncie rzeczy podobała mu się ta podróż. Może nawet uda mu się doprowadzić do końca misję i wyjdzie z tego żywy.

Tęsknił za Nihal. Pewnego wieczoru napisał do niej list. Już nawet zaczął recytować formułę, aby go wysłać, ale urwał i przeczytał go jeszcze raz. *Co też mi przyszło do głowy?* Podarł go i ze złością wyrzucił za burtę. Patrzył, jak małe kawałki pergaminu tańczą pośród fal, po czym wrócił do ładowni, sam ze swoimi myślami.

Problemy rozpoczęły się w piątym tygodniu żeglugi. Morze stawało się coraz bardziej wzburzone, a sztormy zaczęły następować jeden za drugim bez ustanku. Dopłynęli do strefy dotąd nieodkrytej. Nikt nigdy tam nie dotarł i trudno było rozeznać się w stronach świata.

Pewnego wieczoru Rool wezwał Sennara do swojej kabiny.

– Zgodnie z moimi wyliczeniami powinniśmy być już prawie w okolicach tych nieznanych wysp. Tych. – Pokazał na mapie. – Jednak jak na razie nie widać nawet ich cienia.

– Czy to bardzo źle? – spytał Sennar zatroskany.

– Tak. W kambuzie nie zostało wiele. Kiedy go wypełnialiśmy, myśleliśmy, że na tym etapie będziemy mogli odnowić zapasy. Jeżeli szybko nie znajdziemy tego przeklętego archipelagu, będziemy mieli kłopoty.

W miarę upływu kolejnych dni załoga z coraz większym niepokojem wpatrywała się w bezmiar wody. Horyzont jednak skąpił nowości i wszystkim, co proponował, był głęboki i okrutny granat.

Sennar postanowił zrezygnować z połowy swojej racji żywności.

– Zawsze jesteś taki rozważny, Sennarze? – spytała Aires, kiedy się o tym dowiedziała. Siedzieli na pokładzie, jedno obok drugiego.

– Czuję się odpowiedzialny za tę sytuację – odpowiedział z przygnębieniem.

– Jaki dzielny chłopiec – zachichotała. – Prawie mogłabym za ciebie wyjść.

Sennar zdumiał się, że jest taka spokojna. Benares i Rool też nie wydawali się zmartwieni. Dla nich to wszystko było normalne: ryzyko, głód, niewiadome czekające na morzu.

– Nie boisz się tego, co mogłoby się stać? – spytał ją.

Aires wyciągnęła nogi i oparła stopy o beczkę z rumem.

– Bać się? A dlaczego? Ryzyko mnie bawi, to sól życia. Jeżeli nie bawimy się dobrze w tym krótkim czasie, jaki jest nam dany, to po co żyjemy? A poza tym to wyzwanie. – Odwróciła się do Sennara. – Wiesz, dlaczego zgodziłam się na tę wyprawę?

– Dla pieniędzy?

– Doskonale, mój czarodziejku. Kiedy chcesz, potrafisz być spostrzegawczy – zadrwiła z niego Aires. – Ale pieniądze to nic bez przygody. Dotrzeć tam, gdzie nikt nigdy nie postawił stopy... Pomyślałeś, że niewielu przed nami widziało ten błękit? I że nikt nie wrócił, aby o tym opowiedzieć? Cóż, ja dotrę aż do końca. I wrócę. Wtedy będę wiedziała, że jestem najlepsza. A teraz przestań się martwić, nie zbliży nas to do celu nawet o milę.

Potem nastała cisza morska. Morze było płaskie jak szklana tafla, a horyzont coraz bardziej niebieski. Bez możliwości zbierania wody deszczowej, jej zapasy szybko zaczęły się kurczyć. Obcięto też racje żywności, a wraz z głodem wzrosło niezadowolenie. Nie wszyscy mieli hart ducha Roola czy niefrasobliwość Aires.

Sennar spędzał noce pochylony nad mapą, starając się wyliczyć, ile drogi już przebyli i ile jeszcze brakowało. Wielokrotnie używał magii w nadziei na przekonanie się, czy jego trasa była właściwa, jednak promień światła, który miał zlokalizować wyspy, gubił się w mroku nocy, biegnąc ku nieznanym miejscom.

Kiedy niektórzy zaczęli oskarżać go o wplątanie ich w desperackie przedsięwzięcie, nieoczekiwanie to Benares wziął go w obronę.

– Jesteście mężczyznami, czy nie? Do krocset, jesteśmy wilkami morskimi! Czy ktoś was może zmuszał, żebyście dotarli aż tutaj? Kto chce zawracać, niech bierze łódź i łapie za wiosła. Koniec dyskusji.

Niedługo potem znikły ptaki. Żadnych mew, żadnych albatrosów, żadnych stad migrujących do nieznanych ziem. Zaczynało brakować również ryb. Każdego dnia połów był mniej obfity, aż w końcu morze zamieniło się w pustkowie. Statek powoli ślizgał się po wodzie, otoczony nienaturalną ciszą. Gdyby nie lekki plusk po bokach kila, można by powiedzieć, że wciąż stoją w porcie.

– Ziemia! Ziemia!

Ciszę świtu przeszył krzyk. Morze było spokojne, wiatr znowu zaczął dmuchać, a statek płynął żwawo.

Sennar rzucił się na mostek. Chwilę później dotarł tam też kapitan z lunetą w dłoniach. Na horyzoncie można było dostrzec ciemną, nieokreśloną linię.

– Czy to może być prawda? – spytał Sennar zdyszany.

Rool długo patrzył, zanim się wypowiedział.

– Nie wiem – odrzekł. Znów popatrzył przez lunetę. – Jest w tym coś, co mnie nie przekonuje.

Przez cały dzień załoga wpatrywała się z niepokojem w tę cienką czarną kreskę, a napięcie rosło.

W połowie popołudnia na statku dało się poczuć silne odbicie, jak gdyby coś uderzyło w jego burtę, i żaglowiec przechylił się niebezpiecznie na jedną stronę. Załoga straciła równowagę, ale łódź szybko się wyprostowała, popychana nagłym podmuchem wiatru.

Sennar i kapitan z trudem dotarli na mostek. Nagle podniósł się bardzo silny wiatr, wydawało się, że chce ich stamtąd zmieść. A jednak morze było spokojne, a słońce błyszczało. Ten wiatr pochodził znikąd.

– Refować żagle, prędko! – zawołał Rool, dobiegając do burty.

Sennarowi, mimo chłoszczących go po twarzy porywów wiatru, udało się wczepić w balustradę. Podniósł oczy. Zamilkł.

Olbrzymia czarna chmura złowrogo wyłaniała się zza horyzontu. Nie było widać jej końca, pędziła w kierunku statku, nieustannie zmieniając kształt. Sennar upadł na podłogę bez tchu. Dwie ręce schwyciły go za tunikę.

– Co to jest? – spytał Rool. Wbił w niego płomienne oczy.

– Nie wiem.

– Czy to czary? Odpowiadaj!

– To... to możliwe – wyjąkał Sennar.

Rool puścił go i zaczął wydawać rozkazy, ale załoga nadal była skamieniała ze strachu.

– Czy został na pokładzie jeszcze jakiś mężczyzna, czy wszyscy jesteście babami? – ryknął kapitan. – Niech każdy zaraz leci na swoje miejsce albo od razu wrzucę go do morza!

Nikt nigdy czegoś takiego nie widział. Sennar znowu się wychylił i zdążył tylko zobaczyć chmurę, która posuwała się z przerażającą prędkością. Wiatr zaparł mu dech. Zamknął oczy. Kiedy je otworzył, panowała już noc.

Na czarnym jak tafla łupku niebie zaczęły rysować się rozległe błyskawice. Siekący deszcz jął bębnić w pokład. Potem nastąpiła apokalipsa.

Gigantyczne fale opadły na statek i zaczęły przechylać go raz na jedną stronę, raz na drugą; za każdym razem wydawało się, że zaraz zginie pod bałwanami. Sennara przerzuciło przez mostek, na szczęście dłoń Benaresa złapała go za kołnierz.

– Tylko tutaj zawadzasz, chłoptasiu. Idź do ładowni.

Sennar nie kazał sobie tego dwa razy powtarzać.

Nie tyle poszedł do ładowni, co wpadł do niej z hukiem, i szybko pobiegł skulić się w kącie. Drewno wokół niego skrzypiało przerażająco, a kołysanie było bardzo gwałtowne. Statek był igraszką bezustannie zmieniających kierunek wiatrów i wysokich jak ściany fal.

Przez jakiś czas Sennar siedział bez ruchu, sparaliżowany ze strachu, słuchając gwałtownych kroków na pokładzie, łoskotów ciał przewracanych na ziemię przez burzę i pisku myszy, pochowanych nie wiadomo gdzie. Potem zaczął się czuć jak tchórz.

Nie mogę tu zostać, muszę iść pomagać. Nogi jednak odmawiały mu posłuszeństwa. Zmusił się do zebrania myśli. W końcu był członkiem Rady, w ostatnich czasach znajdował się w wielu rozpaczliwych sytuacjach i wychodził z nich cało wyłącznie dzięki przytomności umysłu. Próbował przejrzeć w myślach czary, jakie znał, ale żaden nie odpowiadał apokalipsie, która rozpętała się na zewnątrz. To bez wątpienia było dzieło czarodzieja. Może jakaś formuła wymyślona *ex novo*, a najprawdopodobniej pieczęć. *Doskonale. Jeśli to magia, to trzeba tylko znaleźć sposób, aby ją przełamać* – powiedział sobie zdecydowanie.

Statek kołysał się bez wytchnienia, a wczepiony w belki ładowni Sennar z wysiłkiem szukał rozwiązania. Ruch statku podsunął mu pewien pomysł. Było to przedsięwzięcie dość skomplikowane, ale w sytuacji, w jakiej się znajdowali, wyglądało na jedyne wyjście. Zresztą zdecydowanie mieli do czynienia z magią bardzo podobną do tych zakazanych. Chodziło zatem o to, aby sprowadzić naturę z powrotem na jej tory. Sennar dokładnie zaplanował, co zrobi, kiedy znajdzie się na zewnątrz, po czym zdecydował się wyjść.

Wydawało się, że żagle oszalały, i Sennar przyłączył się do grupki piratów, którzy próbowali je okiełznać. Wśród strug deszczu dostrzegł wyprostowaną przy sterze Aires, starającą się ze wszystkich sił zachować kurs. Ale nie było już żadnego kursu, którego można by się trzymać. Niebo i morze mieszały się ze sobą, nie do rozróżnienia w mroku, który otaczał statek. Mimo pomocy Roola ster wymknął jej się z dłoni i zaczął kręcić się jak fryga.

Kiedy główny żagiel się rozdarł, Sennar wczepił się w nadburcie i zaczął przesuwać się po pokładzie. Woda zalewała go od stóp do głów. Po wielu trudach udało mu się dotrzeć do Aires kurczowo trzymającej ster.

– Sznur – krzyknął Sennar, ale jego słowa porwał ryk morza.

– Co? – odkrzyknęła Aires.

– Potrzebuję sznura.

Aires podała mu konopną linę, a Sennar przewiązał się nią w pasie, po czym ruszył w kierunku głównego masztu. Podniósł oczy i zobaczył, jak drewniany słup chwieje się przerażająco. *Dam radę. Dam radę.*

Spróbował się nań wspiąć, ale dłonie ślizgały się po przemokniętym drewnie. Wobec tego wyciągnął sztylet Nihal, ten sam, który wygrał od niej w dniu, kiedy się poznali. Wbił go głęboko w słup, wolną dłonią otoczył maszt i rozpoczął wspinaczkę.

Cały czas miał wrażenie, że zaraz spadnie, więc jeszcze mocniej przytrzymywał się drewna. Zaczęły mu krwawić dłonie.

Przypomniał sobie, że kiedy był mały, jego przyjaciele bawili się, wchodząc na drzewa. On nigdy tego nie lubił, zawsze był do niczego w grach, które wymagały zwinności. *A teraz oto jestem tutaj, zawieszony niczym akrobata na maszcie statku, pośród najgorszego sztormu, jaki kiedykolwiek widziano.* Prawie zachciało mu się śmiać.

Nakazał sobie, żeby nie patrzeć w dół. *Już prawie jestem, niewiele brakuje* – powtarzał, aby dodać sobie odwagi, ale bocianie gniazdo wydawało się nieosiągalne. Kiedy wreszcie się weń rzucił, z gardła wyrwał mu się okrzyk radości. To było niesamowite – udało mu się.

Przywiązał się do masztu i stanął na nogi. Na górze falowanie okazało się nie do zniesienia. Poczuł, jak buntuje mu się żołądek, i zwymiotował. *Nie teraz!* Zamknął oczy i zrobił wszystko, co w jego mocy, aby się skoncentrować, po czym podniósł krwawiące dłonie do nieba i wykrzyczał formułę.

Z jego palców wystrzeliło dziesięć srebrnych promieni, które przebiły chmurę i otworzyły się, przybierając kształt kopuły, aby następnie otoczyć statek srebrzystą kulą. Była to dość banalna formuła obronna, najprostsza tarcza. Była jednak wielka jak cały statek i to właśnie przez te wymiary zaklęcie to wymagało nadludzkiego wysiłku.

Na pokładzie nagle zapanował spokój. Ludzie wstawali z niedowierzaniem i po kolei podnosili oczy najpierw na barierę, potem na bocianie gniazdo.

Wystrzeliła salwa entuzjastycznych okrzyków.

– Czarodzieju, jesteś nadzwyczajny! – wykrzyknęła Aires.

Wszyscy zajęli swoje miejsca, popędzani przez Roola. Aires wróciła do steru, a Dodi z pomocą innych piratów zwinął główny żagiel, nienadający się już do użytku. Reszta załogi wyciągnęła z boków statku długie wiosła awaryjne i zaczęła żywo wiosłować.

Statek poruszył się powoli, jak bestia, która budzi się z letargu.

Po drugiej stronie bariery błyskawice nadal przecinały niebo i oświetlały sine, chlapiące szarą pianą morze. Bałwany gwałtownie rozbijały się na srebrzystej tarczy.

Sennar wyczuł potęgę oceanu, który próbował przełamać jego obronę. Opróżnił umysł ze wszystkiego, co nie było zaklęciem, które recytował. Po niedługim czasie zaczęły go boleć ramiona, a dłonie – mrowić. Wkrótce stracił w nich czucie. Pozostało tylko wrażenie energii magicznej wypływającej z palców jak wezbrana rzeka.

– Czy widać jakiś przebłysk? – spytał rozpaczliwie, mimo iż wiedział, że z bocianiego gniazda to on pierwszy by go zobaczył.

– Jeszcze nie! – wrzasnęła Aires z mostka. – Wytrzymaj!

Im więcej czasu mijało, tym bardziej Sennar odczuwał narastającą rozpacz. Bezustanne walenie fal nie słabło, a bariera wokół statku zaczęła się zacieśniać. Nie da rady utrzymać jej długo.

Wszyscy byli wykończeni: Aires i Benares walczący ze sterem, Rool wpatrujący się w ciemność w poszukiwaniu jakiegokolwiek znaku, który wskazałby mu, gdzie się kierować, załoga zanurzająca wiosła w niepohamowanych prądach oceanu.

Sennar ukląkł i oparł ramiona na balustradzie gniazda, cały czas trzymając otwarte dłonie.

Bariera wyraźnie się zmniejszyła.

Rool zauważył to jako pierwszy.

– Nie daj się, chłopaku! Dalej! – wrzasnął.

Ale czarodziej wydawał się nieprzytomny.

– Do krocset! On zaraz padnie! Oto, jak się kończy powierzenie własnego życia w ręce chłoptasia – zaklął Benares.

Aires spiorunowała go wzrokiem.

– Milcz! Gdyby nie on, już byśmy nie żyli. – Potem podniosła głos. – Tylko tak dalej, Sennarze! Już jesteśmy blisko, już prawie wypłynęliśmy!

Z gniazda nie dotarła do nich żadna odpowiedź. Srebrzysta tarcza zmniejszyła się jeszcze bardziej.

– Ej, wy tam, na dole! Przyspieszcie tempo! – nakazał Rool, ale zdawał sobie sprawę, że prosi swych ludzi o zbyt wiele. – Już po nas – mruknął.

– Popatrzcie! – zawołał nagle Benares.

Wśród czerni chmur otwarła się szpara. Ciemność przecinał promień światła. Aires zaczęła się śmiać tak bardzo, że mało brakowało, a ster wymknąłby jej się z dłoni.

– Wiosłujcie, ile możecie! – zagrzewał Rool.

Wśród błyskawic można było dostrzec skrawek błękitnego nieba, a zaraz potem kawałek lądu obramowany zielenią. Widziane z tego piekła wyspy zdawały się jakimś rajem. Ocalenie było tam, na wyciągnięcie ręki, ale burza ani na moment nie ustawała. Pioruny i fale bez chwili przerwy bombardowały barierę.

– Wytrzymaj, Sennarze! Już niewiele brakuje! – krzyczała Aires co tchu w piersiach, ale bariera dotykała już figury na dziobie i cały czas się kurczyła.

Nieoczekiwanie rozpadła się na setki srebrzystych drzazg, a figura wyrzeźbiona w drewnie nagle musiała stawić czoła furii żywiołów. Statek zaczął zbaczać z kursu, a nawałnica pochłaniała go belka po belce. Już większość dziobu wpadła w szpony sztormu, a bariera stała się cienka niczym kartka papieru. Statek zaczął kręcić się wokół własnej osi, ciągle zmieniając kurs. Z mostka podniosły się krzyki, pomieszane nawoływania, rozkazy.

Z całego tego zamieszania do Sennara docierały wyłącznie niewyraźne dźwięki. Czuł jedynie, że opuszczają go siły i że opanowuje go dziwna niemoc. *Jestem zmęczony. Jestem bardzo zmęczony.* Pragnął tylko się poddać, dać się kołysać tej otaczającej go nicości, jednak coś, w odległym zakamarku świadomości, podtrzymywało go, aby nie rezygnował. Ostatni strumień energii przebiegł go od głowy do stóp. Mięśnie wytężyły się aż do skurczu, dłonie, wibrując, podniosły się ku czarnemu niebu, a bariera znowu otoczyła cały kadłub. Potem zamknął oczy i ześlizgnął się w nieświadomość.

Przed statkiem roztoczył się widok spokojnego archipelagu. Za rufą czarna jak smoła plama, która prawie pochłonęła „Czarnego Demona", szybko się oddalała. Wśród załogi wybuchły okrzyki entuzjazmu, Rool ścisnął córkę w ramionach, Benares przesunął drżącymi dłońmi po twarzy. Byli ocaleni.

Aires wyplątała się z objęć kapitana i pobiegła do głównego masztu.

– Sennar! Byłeś wielki, Sennarze! – zawołała, przepełniona radością.

Żadnej odpowiedzi.

– Sennar! – zawołała ponownie.

Na pokładzie zapanowała cisza.

– Pewnie przypłacił to życiem – skomentował Benares.

Aires odwróciła się gwałtownie.

– Nie gadaj głupot! – wycedziła, po czym zapomniała o zmęczeniu i zaczęła się wspinać po maszcie.

Kiedy wyjrzała z kosza, zobaczyła wbite w siebie oczy wszystkich piratów.

– Nie uwierzycie – krzyknęła Aires z uśmiechem. – On śpi!

5.

Lajos zostaje giermkiem

Lajos nie był w stanie postawić stopy, a Nihal piekło zranione ramię. Nie było mowy o wyruszeniu w drogę, więc postanowili zaczekać na pierwszy brzask. Odeszli najdalej jak mogli od miejsca starcia i z trudem wspięli się na wielkie drzewo. Przynajmniej na górze będą bezpieczni.

Lajos wnikliwie obejrzał ranę przyjaciółki.

– Jak chcesz, mogę ci ją zdezynfekować – zaproponował z wahaniem.

Nihal spojrzała na niego pytająco.

– Niby jak?

– Zaraz ci pokażę.

Wyciągnął z sakiewki przytroczonej u boku kilka liści i zaczął je przeżuwać. Następnie wyjął papkę z ust i roztarł ją na ramieniu Nihal.

– To tylko draśnięcie, ale przynajmniej nie będzie zakażenia. Przez jakiś czas pracowałem jako pomywacz w oberży i zarządzająca nią kobieta znała właściwości ziół. Zdradziła mi kilka tajemnic.

Kiedy Lajos skończył, oparł się o pień i zamknął oczy wyczerpany.

Nihal zrobiła to samo, ale po głowie tłukła jej się pewna myśl.

Wzięła do ręki miecz i przyjrzała mu się dokładnie. Wyrzeźbiony przez Livona smok owijał się ciasnymi splotami wokół rękojeści. Na tle czarnego kryształu głowa zwierzęcia odcinała się niczym gwiazda w ciemności nocy; była wyryta w białym klejnocie, wewnątrz którego połyskiwały tysiące kolorowych drobinek.

Łza.

Tak się przyzwyczaiła do jej widoku, że przestała myśleć o niej inaczej, jak tylko o ozdobie. Jak mogła o niej zapomnieć?

Nihal wróciła myślą do czasów, kiedy w wieku trzynastu lat postanowiła nauczyć się magii i dręczyła Livona, aby przedstawił jej czarodzieja, który przyjąłby ją na uczennicę. Livon początkowo nie chciał o tym słyszeć, ale była tak natrętna, że w końcu ustąpił.

To w ten sposób Nihal odkryła, że ma ciotkę. Siostra jej ojca miała na imię Soana i mieszkała na skraju Puszczy; odeszła z Salazaru, aby informatorzy Tyrana nie dowiedzieli się, że należy do Rady Czarodziejów.

Soana przyjęła ją, nie prosząc o nic, z wyjątkiem jednego: przejścia przez próbę. Nihal miała samotnie spędzić w Puszczy dwa dni i dwie noce i udowodnić, że została zaakceptowana przez duchy natury.

Tam Nihal po raz pierwszy zetknęła się ze społecznością duszków. To Phos, jej przywódca, podarował jej ten kamień. „To coś w rodzaju naturalnego katalizatora – powiedział jej. – Wzmaga i przedłuża działanie czarów. Pomyślałem, że będzie to dobry prezent dla ciebie, kiedy zostaniesz czarodziejką".

Nihal otrząsnęła się ze wspomnień.

Czarodziejka... Nigdy nie zostałam czarodziejką.

Ale wobec tego, co się wcześniej wydarzyło? Skąd się wzięła ta przezroczysta tarcza i tamta eksplozja?

Obiecała sobie, że będzie drążyć temat. Potem zmęczenie zwyciężyło i osunęła się w głęboki sen bez obrazów.

Podróż powrotna minęła bez niespodzianek. Nie natknęli się na ślady żołnierzy Tyrana, ale poruszali się ostrożnie. Lajos utykał, jednak z jego ust nie padło ani słowo skargi. Do obozu przybyli z jednodniowym opóźnieniem w stosunku do przewidzianej daty. Kiedy wartownik zobaczył, że Nihal nie jest sama, zawahał się przez chwilę.

– Ręczę za niego – uprzedziła go Nihal. – To mój dawny towarzysz broni.

Wiadomość rozniosła się po obozie szybciej niż błyskawica.

– Wróciła w towarzystwie...

– To chłopak, młodszy od niej...

– Pewnie kochanek...

– Jaki tam kochanek! Widziałeś go? Takich jak on to Nihal zjada na śniadanie...

– Słyszałem, że to jej brat...

– Jasne. Ona z granatowymi włosami i spiczastymi uszami, on jasnowłosy i pulchny. Normalnie jak dwie krople wody...

Nihal skierowała się prosto do chatki Ida. Lajos szedł za nią, czując się nieswojo. Gdziekolwiek się obrócił, napotykał ciekawe oczy, śledzące jego kroki.

– Dlaczego oni tak patrzą? – szepnął do przyjaciółki.

Nihal wzruszyła ramionami.

– Nie zwracaj na nich uwagi.

Ido czekał na nią już w progu.

– Co się stało? Jesteś cała? – spytał, wychodząc jej naprzeciw.

– Wszystko w porządku. Ta rana to głupstwo – odpowiedziała, ale gnom już wbił wzrok w Lajosa.

Chłopak opuścił głowę i zaczerwienił się aż po cebulki włosów.

Lajosa wysłano do infirmerii, aby tam zbadano jego nogę, a Nihal została sama z Idem.

Gnom szorstko podsunął jej krzesło.

– Co to ma znaczyć? Co to za historia? Skąd się wziął ten głupek?

– Poczekaj, Ido. Zaraz ci wszystko wyjaśnię. Był ze mną w Akademii.

Nihal jednym tchem opowiedziała mu o ich przyjaźni. Wiedziała, że przy pierwszej pauzie Ido eksploduje. Obłoczki dymu wydobywające się z jego fajki w narastającym tempie robiły się coraz bardziej nerwowe.

Potem dotarła do kluczowego punktu przemowy. *No już, powiedz mu to. Nie ma co owijać w bawełnę.*

– No i wiesz, on chce być giermkiem, ale to oczywiste, że jego ojciec nigdy mu na to nie pozwoli. Muszę mu pomóc, Ido, był jedyną bliską mi osobą w Akademii, to naprawdę przyjaciel. No więc pomyślałam... Pomyślałam, że ty mógłbyś go przyjąć jako giermka. To dobry pomysł, nie sądzisz?

W chatce zapadła cisza, która nie wróżyła niczego dobrego.

– Czasami zastanawiam się, Nihal, czy jesteś wielką spryciarą, czy tylko skończoną idiotką – powiedział Ido ze spokojem.

– Nie rozumiem, co masz na myśli.

– Och, no przecież! – wybuchnął gnom. – Czy ty masz chociaż blade pojęcie, czyim synem jest ten Lajos?

– A skąd mam to wiedzieć? Przecież nie znam wszystkich Jeźdźców Smoka.

Gnom pochylił się do przodu ze zmarszczonymi brwiami.

– No więc ja ci to wyjaśnię. Ojciec Lajosa nazywa się Pewar i pochodzi z najpradawniejszej rodziny Jeźdźców Świata Wynurzonego. Nie wiadomo, czy najpierw pojawił się ich przodek, czy jajo smoka! To ludzie, którzy dosiadają smoków od zarania dziejów. W tej chwili Pewar kieruje działaniami w Krainie Wody. I jest bliskim przyjacielem Ravena.

Nihal nadal udawała, że nie rozumie.

– No i co z tego?

Ido skoczył na równe nogi.

– Jeśli Pewar odkryje, że jego syn służy mi jako giermek, pożre mnie żywcem! Już i tak Raven mnie nie cierpi, jeszcze tylko tego mi brakowało, żeby wyrzucono mnie z Zakonu!

Dyskusja nabrała rumieńców. Głosy Nihal i Ida słychać było na odległość wielu sążni. Po powrocie z infirmerii Lajos usiadł przed chatką ze zmartwioną miną. Od czasu do czasu jakiś żołnierz zatrzymywał się, aby przysłuchiwać się sprzeczce, i wkrótce przed kwaterą Ida uformował się wianuszek ciekawskich.

– To wszystko z twojego powodu? – spytał Lajosa jakiś giermek.

Chłopak wzruszył ramionami.

– Sądzę, że tak.

– Ale kim ty jesteś? – wtrącił się jakiś żołnierz.

– Kolegą Nihal z Akademii – mruknął pod nosem.

Kiedy Nihal wyszła, czerwona na twarzy, owo małe zgromadzenie rozpierzchło się w jednej chwili.

– Wszystko w porządku? – spytał Lajos.

– Wchodź do środka – brzmiała odpowiedź.

Ido siedział przy stole i nerwowo palił.

Nihal postawiła go pod ścianą. Przypomniała mu, że to właśnie on wpoił jej świadomość konieczności walki o ideały i przekonywał, że każdy musi znaleźć własną drogę, aby się zrealizować. Spytała go, jak może zatrzasnąć drzwi przed nosem chłopakowi, który chciał spróbować.

Ido obrzucił Lajosa spojrzeniem. Różowe policzki, szare oczy, niepewny chód: na co u diabła przyda mu się coś takiego?

– Co umiesz robić? – spytał sucho.

– Dwa lata studiowałem w Akademii – wyszemrał Lajos.

– Mów głośniej, chłopcze – naskoczył na niego Ido. Nihal rzuciła gnomowi ogniste spojrzenie.

Lajos zbladł.

– Tak, proszę pana. Przepraszam. Dwa lata studiowałem w Akademii. Dobrze radzę sobie też z ziołami. I umiem utrzymywać w porządku każdy rodzaj broni.

– A ze smokami jak sobie radzisz?

– Ze smokami, no tak... jeszcze nie miałem z nimi do czynienia, panie – odpowiedział Lajos półgłosem.

Ido przetarł twarz dłońmi i westchnął. Po czym wstał i wyszedł z chatki, nie mówiąc ani słowa.

Nihal uśmiechnęła się chytrze.

– Giermka?

Prośba Ida wprawiła Nelgara w zdumienie. Aż do przybycia Nihal gnom był typem zamkniętym w sobie i nieprzystępnym. Teraz nagle wydawało się, że szuka towarzystwa.

Gnom burknął coś, że wkrótce Nihal zostanie Jeźdźcem i że on nie będzie miał już nikogo, kto by polerował mu zbroję.

– A nie możesz zadbać o to sam, jak to zawsze robiłeś? – spytał Nelgar.

– Och, no co? Przyznasz mi tego giermka czy nie? – uciął krótko Ido. – Zgodnie z regulaminem wszyscy Jeźdźcy mają do tego prawo. Nie wiem, dlaczego nie miałbym go mieć również i ja.

Nelgar nie robił więcej problemów. Regulamin to regulamin.

Lajos rzucił się do wypełniania swojego nowego zadania ciałem i duszą; z maniakalną wprost troską zajmował się bronią Ida. Pewnego ranka gnom zastał go za chatką, siedzącego na ziemi ze skrzyżowanymi nogami, z całym arsenałem rozłożonym wokół siebie. Z furią polerował toporek, którego Ido nigdy nawet nie zamierzał wziąć do ręki.

– Rób, co chcesz, ale nie ośmielaj się dotykać miecza – zapowiedział mu. – Nim zajmuję się osobiście.

Lajos na moment podniósł głowę znad pracy.

– Tak, panie. Oczywiście. – Następnie powrócił do polerowania.

Ido musiał przyznać, że chłopak jest pilny i staranny. Jego zbroja nigdy dotąd nie była taka błyszcząca. Teraz trzeba było zobaczyć, co o tym sądzi Vesa.

Bez większych wstępów poruszył ten temat z Lajosem.

– Dzisiaj wieczorem nakarmisz mojego smoka.

Policzki chłopca z różowych zrobiły się białe.

– Dziś... dziś wieczorem?

– Tak, a co? Miałeś inne plany?

– Nie, panie. Po prostu... nigdy jeszcze nie karmiłem smoka.

– Zawsze jest jakiś pierwszy raz. Nihal ci wszystko wytłumaczy.

Nihal cały wieczór spędziła na przekonywaniu przyjaciela, żeby wszedł do stajni, imponującego budynku górującego w centrum cytadeli. Kiedy już byli w środku, dziewczyna pewnie skierowała się w głąb, gdzie znajdowała się nisza Vesy, zaś Lajos stał w miejscu, sparaliżowany już samym brzmieniem smoczych oddechów.

Następnego wieczoru poszło lepiej. Lajos wczepił się w ramię przyjaciółki i z oczami wbitymi w ziemię przemierzył długi korytarz, na który wychodziły groty zwierząt.

– No, jesteśmy. – Nihal zatrzymała się.

W olbrzymiej, wykutej w skale niszy znajdowało się zwierzę, które Lajosowi wydawało się olbrzymie. Sam jego łeb był prawie tak wielki, jak on sam. Smok był czerwony jak rozżarzony węgiel i leżał skulony, z wielkimi błoniastymi skrzydłami złożonymi po bokach. Jego zwieńczony grzebieniem łeb oparty był niemal z wdziękiem na przednich łapach, mniejszych od tylnych.

– Vesa, to jest Lajos, masz go dobrze traktować.

W odpowiedzi smok wydał zdumione chrząknięcie.

– A to, mój drogi giermku, jest Vesa – ciągnęła Nihal, starając się odczepić przyjaciela od swojego ramienia. – Lajos, powinieneś przynajmniej otworzyć oczy.

Chłopak uchylił powieki, w samą porę, aby zobaczyć wielkiego czerwonego smoka, patrzącego na niego z pogardą.

Od tamtej pory Nihal przyprowadzała Lajosa do stajni każdego wieczoru. Kandydat na giermka starał się być odważny i korzystał z rad Nihal najlepiej, jak potrafił.

Po tygodniu wyciągnął rękę, aby dotknąć pokrytej łuskami skóry Vesy. Po dwóch wreszcie udało mu się podstawić mu pod sam pysk wózek wypełniony mięsem.

Od tej chwili wszystko stało się prostsze. Kiedy już przezwyciężył strach, Lajos wydawał się osobą wręcz stworzoną do kontaktów ze smokami. Vesa zapałał do niego sympatią, a chłopak zakochał się w tej olbrzymiej bestii.

Oarf był bardziej gburowaty niż Vesa, ale Lajosowi udało się zdobyć i jego akceptację. Jeśli chodzi o rozmiar, przypominał

Vesę, jednak miał więcej lat i był prawdziwym wojennym weteranem. Cały pokryty był zielenią, chociaż kolor ten na poszczególnych częściach ciała przybierał miliardy różnych odcieni, nie licząc czerwonego żaru jego przenikliwych źrenic.

Gdyby Nihal nie widziała tego na własne oczy, nigdy by w to nie uwierzyła. Oarf, jej Oarf, smok, przez którego tyle się natrudziła, pozwalał się głaskać Lajosowi niczym kotek.

Jednak nie tylko smoki miały słabość do tego chłopca o anielskiej twarzyczce. Może to z powodu jego niewinności, może dla pasji, z jaką wykonywał każde zadanie, jakie mu zlecano, ale w ciągu miesiąca Lajos stał się ulubieńcem całego obozowiska. Biegał zaaferowany z jednej strony obozu na drugą, z poważną miną, jak gdyby powierzono mu nie wiadomo jak straszliwą misję, i ktokolwiek go widział, nie mógł się nie uśmiechnąć.

Nawet Ido musiał zmienić zdanie o swoim nowym giermku, który umierał z chęci bycia przydatnym i przed niczym się nigdy nie wzbraniał.

6.

Tajemnica Łzy

Odkiedy Nihal wróciła do bazy, często przyłapywała się na przyglądaniu wprawionej w kryształowy miecz Łzie i zastanawiała się, skąd wyszła nieznana moc, która powaliła całą ordę Famminów.

Postanowiła przepytać na ten temat jednego z czarodziejów cytadeli, młodego wysłannika Rady, który pomagał przy opracowywaniu strategii wojskowych.

Nihal opowiedziała mu, co przydarzyło się w lesie.

Czarodziej wysłuchał jej sceptycznie, po czym okiem eksperta przyjrzał się Łzie.

– Tak, to jest skrystalizowana ambrozja, żywica Ojca Puszczy, ale nie wydaje mi się, żeby mogła być używana do celów magicznych.

– Ale duszek, który mi ją dał, powiedział, że...

– Duszki to wielkie gaduły – przerwał jej zarozumiale czarodziej – ale, wierz mi, nie mają pojęcia o magii.

– No więc, co się według ciebie stało? – nalegała Nihal. Ten czarodziej zaczynał działać jej na nerwy.

– Według wszelkiego prawdopodobieństwa – nic. Może ty i twój przyjaciel mieliście przywidzenie. A może wychyliliście o jedną szklanicę cydru za dużo – zachichotał czarodziej.

Nihal wyszła z jego kwatery, aby nie ryzykować, że zrobi mu krzywdę. Postanowiła, że potrzebnych jej odpowiedzi poszuka przy pierwszej okazji w bibliotece w Makracie.

Sposobność, aby się tam udać, nadarzyła się miesiąc później. W Makracie zorganizowano naradę wojenną, w której mieli brać udział wszyscy Jeźdźcy Smoka zjednoczeni w walce z Tyranem.

Ido nienawidził tego typu zebrań, ale musiał robić dobrą minę do złej gry i zabrał ze sobą zarówno Nihal, jak i Lajosa.

Makrat był stolicą Krainy Słońca, miastem pełnym zamieszania i chaotycznym nawet w sposobie, w jaki domy tłoczyły się jeden na drugi. Był siedzibą Akademii oraz pałacu królewskiego. Na dodatek gościł największą bibliotekę Świata Wynurzonego. Znajdowała się ona wewnątrz pałacu królewskiego i, aby się do niej dostać, wystarczyła autoryzacja Jeźdźca Smoka. Tak jak Nihal się spodziewała, Ido nie dał się prosić. Gnom uważał lekturę za podstawę kształcenia Jeźdźca i nie mógł uwierzyć, że jego uczennica, ten zakuty łeb, postanowiła liznąć trochę wiedzy.

Wielka biblioteka w Makracie zasługiwała na swoją sławę. Był to najbardziej kompletny zbiór książek Świata Wynurzonego, drugi tylko po mitycznej utraconej bibliotece miasta Enawar. Znajdowała się w jednej z czterech wież pałacu królewskiego i rozmieszczona była wzdłuż imponujących schodów, spiralnie wspinających się w górę baszty. Stopnie były bardzo szerokie i niskie, tak że nie odczuwało się wchodzenia coraz wyżej, ale kiedy dochodziło się do szczytu i patrzyło na dół, zapierający dech w piersiach widok szeregu stromo opadających pięter robił wrażenie. Kryształowa kopuła na dachu zapewniała światło całemu wnętrzu.

Każde piętro poświęcone było innej dziedzinie. Była sekcja astronomii, historii, poezji i oczywiście botaniki i zielarstwa. Ponad sto regałów wypełnionych książkami.

Oczy towarzyszącego jej Lajosa zabłysły.

– Zobaczymy się później – powiedział rozmarzonym głosem. Po czym skierował się do zielników.

Biblioteka była bardzo uczęszczana i Nihal od razu poczuła się nie na miejscu. Wojowników, oczywiście, nie było ani śladu, natomiast czarodziejów – pod dostatkiem. Siedzący przy stołach i pochyleni nad olbrzymimi zakurzonymi woluminami, nieruchomi i zamyśleni przy regałach, wdrapujący się na drabiny prowadzące do wyższych półek. Czarodzieje znajdowali się wszędzie i wszyscy odwracali się, kiedy Nihal przechodziła. Pobrzękiwanie miecza, generalnie tak swojskie i zwyczajne, wydało jej się nagle nieznośnym hałasem. Zobaczyła także kilka młodych latorośli szlachetnych rodzin. Oni również patrzyli na nią z pogardą. *Jasne, wiedza to coś dla bogatych* – pomyślała. *Wcale nie dla biedaków, którzy muszą bronić się przed wojną.* Nihal poczuła się nieswojo. W takich chwilach jak ta wolałaby być trochę bardziej kobieca i nie wzbudzać takiej ciekawości. Nakazała sobie ich ignorować. Nie wybrała się tam, aby robić dobre wrażenie, ale aby szukać wiadomości o Łzie.

Szła po schodach, dopóki nie natrafiła na to, czego szukała: trzy piętra poświęcone magii. Podeszła do bibliotekarza i wytłumaczyła mu, czego potrzebuje. Mężczyzna w kitlu z szarego aksamitu, na którym odcinał się złocisty herb Krainy Słońca, najpierw otaksował spojrzeniem ubranie dziewczyny, następnie jej miecz.

– Proszę za mną – powiedział z wyższością, po czym zaprowadził ją na ostatnie piętro i wskazał wielki marmurowy stół.

Chwilę później wrócił ze stertą grubych tomów.

– Bibliotekę zamykamy o szóstej godzinie – powiedział lakonicznie, oddalając się.

Nihal popatrzyła strapiona na stos książek. To będzie długa i nudna robota.

Znalazła wiadomości o każdym istniejącym magicznym artefakcie, przeczytała pradawne legendy o duszkach, nauczyła się wszystkiego, co niezbędne, o Ojcach Puszczy, ale żadna księga nawet słowem nie wspominała o Łzie.

Znalazła tylko kilka linijek o żywicy.

Żywica Tomrenów, powszechnie znanych jako Ojcowie Puszczy, często używana jest jako środek uśmierzający w lekkich cierpieniach. Ponadto pozwala ona szybko odzyskać siły po wielkich trudach. Zaschnięta żywica przybiera bardzo przyjemną krystaliczną formę.

Tu następowała cała strona szczegółowego opisu. Na samym końcu – kilka lakonicznych słów:

Konkrecje wysuszonej żywicy, przez niektórych nazywane Łzami, stosuje się czasami w sztuce złotniczej jako nieszlachetne kamienie.

Nihal siedziała z nosem w książkach aż do wieczora, nic jednak nie znalazła. Kiedy zniechęcona podniosła oczy znad ostatniego tomu, bolała ją głowa. Zorientowała się, że na zewnątrz jest już ciemno. Obszerną bibliotekę oświetlały masywne trójnogi z brązu i wielkie pochodnie na ścianach. Podniosła się, przeciągnęła i rozejrzała w poszukiwaniu bibliotekarza. Nigdzie nie było go widać, więc przejrzała ostatnie wersy tomu, który miała pod ręką, bez najmniejszej nadziei, że znajdzie tam coś ciekawego: zwyczajowy drobiazgowy opis oraz szereg historycznych wzmianek o użyciu Łzy w minionych epokach. Nihal ziewnęła.

Potem jednak na ostatniej stronie zauważyła dziwny symbol, czarną pieczęć. Dopiero wówczas zorientowała się, że identyczny widnieje na okładce. Znowu rozejrzała się za bibliotekarzem i wreszcie zobaczyła, że siedzi przy odległym stole. Ruszyła do niego z tomem w dłoni.

– Co to oznacza? – Pokazała mu symbol.

Bibliotekarz zrobił dziwną minę i wyjął jej księgę z dłoni.

– Że nie powinienem był ci jej dawać.

– To szkoda – odpowiedziała Nihal ironicznie – bo już całą przeczytałam. No więc, co to znaczy?

Bibliotekarz podniósł oczy ku niebu, ale Nihal niewzruszona stała tam, czekając na odpowiedź.

– To znaczy, że autor książki został skazany przez Radę. Tego typu książki udostępniamy do czytania wyłącznie przy zachowaniu pewnej ostrożności. – Mężczyzna spojrzał na imię na okładce. – Megiston. Jasne, ten historyk. Nic takiego niebezpiecznego. Można to czytać bez problemów.

– A dlaczego miałby zostać skazany przez Radę? – nalegała Nihal.

Zrezygnowany bibliotekarz westchnął.

– Był przeciętnym czarodziejem, przede wszystkim poświęcał się badaniom historycznym. Później został współpracownikiem Tyrana, ale bogom dziękować pochwycono go i ukarano.

Właśnie tego typu sprawy wzbudzały ciekawość Nihal.

– Możecie dać mi jakąś księgę o historii tego Megistona?

– To nie ma nic wspólnego z tematem waszych badań, jak mi się zdaje.

Ten czarodziej działał jej na nerwy. Nihal skierowała do niego lodowaty uśmiech.

– Zmieniłam temat badań właśnie w tej chwili. Czy to jakiś problem? – Nonszalancko oparła dłoń na rękojeści miecza.

Mężczyzna rzucił jej rozeźlone spojrzenie i ruszył w stronę szeregu czarnych regałów.

Nihal nie zauważyła ich wcześniej i serce podskoczyło jej do gardła. Cztery wysokie aż po sklepienie i zamknięte potężną kratą z kutego żelaza biblioteczki chroniły setki tomów, również czarnych. Na grzbiecie każdej okładki widać było tylko jedną szkarłatną runę. Nihal wiedziała, o co chodzi, Sennar jej o tym opowiadał: to były Zakazane Księgi. Była w nich zamknięta mroczna magia, owoc zła. Sennar dość ogólnikowo wypowiadał się na ten temat, Soana była równie powściągliwa, ale Nihal wiedziała, że była to magia zabroniona przez Radę. Zajmowała się niegodziwym obalaniem praw natury i do każdego zaklęcia wymagała w zamian duszy czarodzieja. W księgach tych ukryte były najgorsze zaklęcia ofensywne, te, które Tyran udoskonalił i doprowadził do bardziej rozwiniętej formy.

Bibliotekarz jednak nie skierował się do tej sekcji, lecz do następnej, gdzie znajdowały się księgi oprawione w ciemną skórę, z ciężkimi metalowymi okuciami, o wyglądzie o wiele bardziej niewinnym niż poprzednie. Mężczyzna wziął tom z głębi regału stojącego obok sekcji chronionej kratami i nieuprzejmie podał go Nihal.

– Tutaj powinno być wszystko, czego szukacie.

Nihal przeczytała tytuł. *Annały walki z Tyranem.*

Zaciekawiona, wróciła do stołu i pogrążyła się w lekturze. Był to zbiór wszystkich fragmentów Roczników Rady Czarodziejów mówiących o walce z Tyranem.

Historia zaczęła się pięć lat po rozwiązaniu Rady Królów i Czarodziejów. Tyle potrzeba było, aby Rada Czarodziejów mogła się ponownie zorganizować.

Nihal studiowała tomiszcze, aż natknęła się na słowo „Pół-Elf". Jej serce prawie przestało bić. Wiele fragmentów tonem obojętnym i biurokratycznym opowiadało o zniszczeniu Seferdi, stolicy Krainy Dni, „zrównanej z ziemią w ciągu jednej nocy", i o odysei jej narodu. Nihal przeczytała o wioskach uchodźców zniszczonych przez Famminów, o rozpaczliwej obronie jej ludu, o serii rzezi i morderstw. Nie mogła oderwać oczu od tych słów. Nagle strona nabrała życia. Z czarnych znaczków wypisanych na pergaminie wyłoniły się postacie ludzkie, Famminowie, Pół-Elfy. A potem ciała leżące na ziemi, poodcinane kończyny, krew. W jej umyśle podniosły się krzyki rozpaczy, a w końcu dziki śpiew wojowników.

Nie!

Nihal odsunęła krzesło i oddaliła się od stołu. Oddychała z trudem. Spróbowała odegnać te obrazy śmierci, tak podobne do jej snów. Zamknęła oczy. Pomyślała o bazie, o Lajosie, o Sennarze, o swoim nowym życiu.

Kiedy była już spokojniejsza, znowu zbliżyła się do książki i szybko przejrzała części poświęcone swoim pobratymcom. Znowu wojny, znowu masakry. Potem kilka stron napisanych odmiennym pismem. Nihal wróciła do czytania.

Dzisiaj, dziesiątego dnia czwartego miesiąca, roku siedemdziesiątego od Czasu Nammena, wpadł w nasze ręce straszliwy nieprzyjaciel.

Wreszcie znalazła wiadomości o Megistonie.

Przez lata stał u boku Tyrana, który uczynił z niego potężnego czarodzieja. Nie gardził użyciem miecza, w czym był bardzo biegły, i uczynił z Krainy Dni swoje królestwo. Stamtąd przeprowadzał straszliwe ataki na Krainę Słońca i razem ze swoimi ludźmi walczył w pierwszej linii. Wydawał się opętany żądzą krwi. Niektórzy wierzyli, że jest nieśmiertelny.

Nihal przypomniało to sposób, w jaki Sennar opisywał Dolę, straszliwego wojownika, który ogniem i żelazem podbił Krainę Wiatru.

Po zasianiu terroru w Krainie Dni, Megiston przeniósł się do Krainy Wody i zaczął dręczyć społeczność nimf.

Pogrążyło go jego własne okrucieństwo: spragniony śmierci, zapuścił się z małym kontyngentem do najbardziej wewnętrznej i bujnej części Krainy Wody, strefy, której mapy nie istniały i gdzie żadnemu ludzkiemu stworzeniu nigdy nie przyszło do głowy, aby się osiedlić. Lasy te były niezaprzeczalnym królestwem nimf i nie sposób było się w nich poruszać bez ich współpracy. Tam Megiston został otoczony przez odłam wojsk Wolnych Krain. Długo walczył i zabił wielu wrogów. Nie unieszkodliwili go żołnierze, nie udało się to Jeźdźcom Smoka. Zrobiły to nimfy. Pamiętając o krzywdach, jakie człowiek ten wyrządził ich społeczności, wszystkie nimfy z Krainy Wody zbiegły się na miejsce potyczki i rzuciły jedno ze swoich najpotężniejszych zaklęć: las zamknął się na Megistonie niczym zielone okowy i uwięził go wśród splotów gałęzi, liści i pnączy.

Mężczyzna został doprowadzony do Makratu i poddany sądowi Rady Czarodziejów, jednak fragment dotyczący jego skazania był niekompletny. Zawierał tylko kilka urywków mowy oskarżycielskiej Dagona, Starszego Członka Rady.

W ostatnich latach przelano wiele krwi, dodanie do niej krwi tego człowieka nie przywróci sprawiedliwości. Proponuję zatem, aby nałożono [...] spocznie na wieki w Krainie, nad którą tak się srożył [...]. Niech w samotności swojego więzienia roz-

myśla nad tym, co zrobił, i niech lata przyniosą mu mądrość i skruchę.

– A zatem żyje – mruknęła Nihal. To było niewiarygodne. Tak potężny nieprzyjaciel więziony był w Krainie Wody.

Dotyk dłoni wyrwał ją z zamyślenia. Obok stołu zmaterializowali się Lajos wraz z bibliotekarzem. Nadeszła pora, aby sobie pójść.

Podczas drogi powrotnej Ido narzekał i powtarzał, że zebranie było jedną wielką nudą. Nihal, nadal przepełniona wątpliwościami co do Łzy, słuchała go nieuważnie, a Lajos, obciążony buteleczkami i ziołami, które kupił na targu, był zbyt zajęty uważaniem, aby nie spaść z konia.

Kiedy przybyli na miejsce, obóz był spokojny jak zawsze. Wydawało się, że podczas ich krótkiej nieobecności nic się nie zmieniło. Nie zdążyli jednak przekroczyć bramy, kiedy jeden z wartowników zawołał ich.

– Zatrzymajcie się! Jest wiadomość dla giermka.

Lajos z niedowierzaniem wziął zwój, który podał mu strażnik. Kiedy zobaczył pieczęć wyciśniętą na pergaminie, zbladł i wydał cichy jęk.

– Co się dzieje? – spytała Nihal.

– Mój ojciec – odpowiedział chłopak słabym głosem.

7.

Vanerie

Sennar czuł tylko miękkość kołder. Zdawało mu się, że otulony jest watą, i to ciepełko przypomniało mu dzieciństwo. Otworzył oczy. Spodziewał się zobaczyć pochylającą się nad nim matkę, gotową obudzić go pocałunkiem w czoło, tak jak to robiła, kiedy był mały. Ale obraz, jaki wkradł się między jego rzęsy, był nader odmienny: głęboki dekolt, zagłębienie między białymi jak mleko piersiami i para ciemnych oczu.

Czarodziej całkiem się przebudził, poderwał się gwałtownie i usiadł.

– No wreszcie, najwyższy czas – odezwała się Aires z uśmiechem.

Kiedy podeszła, aby odsunąć zasłonki, Sennar zdał sobie sprawę, że znajduje się ni mniej ni więcej, tylko w kabinie kapitana.

– Przespać pełne dwa dni. – Wróciła do niego i usiadła na łóżku. – Nie wstyd ci?

Sennar przetarł oczy.

– Gdzie jesteśmy? – zapytał ochryple.

Aires wykonała głęboki ukłon.

– Witamy na Vaneriach, panie czarodzieju.

– Na Vaneriach? – powtórzył stropiony Sennar.

– Tak, to te nieznane wyspy zaznaczone na mapie. Tak nazywają je mieszkańcy. Jest ich w sumie cztery; największa zamieszkana, nawiasem mówiąc, tu się właśnie znajdujemy, oraz trzy wysepki niewiele większe niż zwykłe skałki. Powinieneś zobaczyć, jak na nas patrzą. Nigdy nie spotkali ludzi ze Świata Wynurzonego, jesteśmy pierwsi – powiedziała dumnie Aires.

Sennar opadł na poduszkę.

– Wykończony, co? – zachichotała.

Sennar przytaknął.

– Zawsze tak jest, kiedy czarodziej wykonuje bardzo męczące czary.

– Przestraszyłeś nas, wiesz? Kiedy weszłam do bocianiego gniazda, byłeś blady jak trup. Potem zorientowałam się, że śpisz, i prawie miałam ochotę prać cię po twarzy.

– Jeszcze tylko tego mi brakowało... – westchnął Sennar.

Aires odsunęła mu włosy z twarzy. Teraz była poważna.

– Muszę ci podziękować. Wszyscy musimy ci podziękować. Gdyby nie ty, już byśmy nie żyli, Sennarze. Oczywiście, gdyby nie ty, wcale byśmy nie wyruszyli...

Czarodziej zdał sobie sprawę, że robi się czerwony.

– Teraz postaraj się tylko wypocząć – powiedziała Aires, wstając. – Statek jest w raczej kiepskim stanie, będziemy potrzebowali kilku dni, aby go naprawić. Potem ocenimy sytuację. – Jednak kiedy już stała w drzwiach, odwróciła się i ruszyła w jego stronę. – Ach, byłabym zapomniała – rzuciła z dziwnym uśmieszkiem na twarzy. – Jest ładna?

Sennar był zdezorientowany.

– Kto?

– Nie udawaj głupka.

– Nie rozumiem, co masz na myśli – wybełkotał.

Aires wybuchnęła śmiechem.

– Czarodziej i kłamczuch! Przez dwa dni wciąż powtarzałeś to samo imię. No to co, kim jest ta Nihal?

Serce Sennara zabiło gwałtownie.

– No już, nie daj się prosić – nalegała Aires. – Jeśli mężczyzna we śnie wzywa kobietę, to oznacza tylko jedno: że jest w niej zakochany.

Sennar był coraz bardziej zawstydzony.

– Ja... to jest... to nie...

Kobieta znowu usiadła na brzegu łóżka i popatrzyła na niego szelmowsko.

– No już, nie jestem przecież zazdrosna.

– To przyjaciółka – skapitulował Sennar.

Aires podniosła brew.

– Jak bliska przyjaciółka?

– Tylko przyjaciółka – odpowiedział tonem, który w założeniu miał być obojętny.

Aires nie dała się oszukać.

– Mylę się, czy w tym „tylko" słyszę cień żalu?

– To przyjaciółka z dzieciństwa – wypalił Sennar. – Studiowaliśmy magię u tej samej nauczycielki. To wszystko.

– To czarodziejka?

– Nie. Ma zostać Jeźdźcem Smoka.

– Jeździec – kobieta. – Aires wykazała zainteresowanie. – Podoba mi się ta dziewczyna. I jest piękna?

Sennar opuścił wzrok.

– Nie wiem. Sądzę, że jest piękna. Tak, jest piękna. Czy teraz już możemy skończyć z tym przesłuchaniem?

Aires nie usłuchała.

– A ona cię kocha? Bo że ty ją kochasz, to oczywiste.

Sennar podniósł oczy do nieba.

– Aires, proszę cię...

– No więc?

– Nie, nie kocha mnie. Kocha kogoś innego, Jeźdźca poległego w bitwie. Zadowolona?

– Umarły to żaden wielki rywal w miłości – odpowiedziała ironicznie Aires. – Wiesz, jaki jest twój problem, Sennarze? Że siebie nie doceniasz. – Następnie podniosła się i dała mu prztyczka w policzek. – Pomyśl o tym.

W następnych dniach kajuta kapitana była celem pielgrzymek. Jeden pirat po drugim, cała załoga złożyła wizytę Sennarowi, aby osobiście mu podziękować. Najhojniejszy w troskach i komplementach był Dodi, który już uważał czarodzieja za swojego bohatera. Przynosił mu obiad i kolację do łóżka, patrzył na niego oczami pełnymi podziwu i usługiwał mu jak wielkiemu panu.

Jedynym, który się nie pokazał, był Benares. Dodi powiedział, że zrobił Aires kilka awantur, ale Sennar o to nie dbał. Przetrwał straszliwy sztorm – mógł więc chyba stawić czoła zazdrosnemu narzeczonemu.

Kiedy czarodziej poczuł się już nieco silniejszy, postanowił, że nadszedł czas, aby podjąć to, co przerwał. Wstał i wychylił się z pokładu. Vanerie na niego czekały.

Wyspę, do której przybili, pokrywała bujna puszcza. Znajdowała się na niej jedna wielka osada, przycupnięta na zboczach wygasłego wulkanu wznoszącego się na środku wyspy. Sennar wiele podróżował, ale nigdy nie widział podobnego miejsca. W centrum zabudowań górowała wieża przypominająca te z Krainy Wiatru, a pałac gubernatora był masywny i udekorowany zgodnie ze zwyczajami panującymi w Krainie Słońca. Ponadto część wioski sięgała aż po niewielkie jeziorko, z którego wystawały takie same budowle na palach, jak w osadach Krainy Wody. Pod szczytem wulkanu natomiast widniało osiedle konstrukcji wykutych w skale.

Ogólnie rzecz biorąc, osada wyglądała jak mozaika, a jednak miała swój urok. Przechadzka po jej uliczkach była czymś w rodzaju błyskawicznej podróży po Świecie Wynurzonym. Ludność była podobnie niejednorodna jak budynki – najrozmaitsze rasy współistniały tu bez najmniejszego problemu. Równowaga osiągnięta przez różne grupy etniczne wydawała się doskonała i niewzruszona.

Sennar poszukiwał informacji. Potrzebował wszelkiej możliwej pomocy, aby doprowadzić swoją misję do końca.

To Rool skierował go do osoby, która mogła udzielić mu pożądanych odpowiedzi. Zaprowadził go do oberży, której właściciel wskazał im dom Moni, najstarszej kobiety na Vaneriach.

Sennar spodziewał się widoku zgrzybiałej staruszki z przytępionym umysłem, ale niespodziewanie zobaczył przed sobą kobietę o złocistej i gładkiej jak u dziecka skórze, całkowicie przytomną. Tylko szerokie pasmo białych włosów zdradzało jej podeszły wiek.

Kobieta posadziła ich przy stole w cieniu pergoli, na tyłach małego kamiennego domku. Jej łagodny wyraz twarzy od razu spodobał się Sennarowi.

– A więc to jest ten młodzieniec, który pragnie umrzeć – zaczęła Moni, biorąc w dłonie rękę Sennara.

Mówiła językiem zrozumiałym dla czarodzieja, ale z akcentem należącym do przeszłości. Sposób, w jaki wymawiała słowa, i rytm, jaki nadawała zdaniom, przypomniały Sennarowi pradawne ballady, intonowane w dni świąteczne przez wędrownych śpiewaków. Był to język Świata Wynurzonego, ale sprzed dwóch stuleci.

– Ja wcale nie chcę umrzeć. Mam tylko misję do wypełnienia – odpowiedział zawstydzony Sennar.

Kobieta uśmiechnęła się.

– Wiem. Widzę. Twoje serce jest przejrzyste, młody czarodzieju.

– Skąd wiesz, że jestem czarodziejem?

Kobieta wypuściła jego dłoń.

– Mam dar jasnowidzenia. A może powinnam powiedzieć – przekleństwo. Odkąd sięgam pamięcią, otwiera on dla mnie wrota czasu i przestrzeni, odkrywa przede mną strzępy przyszłości i przeszłości, wedle swojego uznania. – Moni nachyliła się ku Sennarowi i popatrzyła na niego intensywnie. – Kiedy przybyliśmy tutaj, trzysta lat temu, nasze oczy wciąż jeszcze były przepełnione horrorem, w którym byliśmy zmuszeni żyć. Prowadziła nas jednak nadzieja.

– Byliście wśród tych, którzy porzucili Świat Wynurzony? – spytał Sennar zdumiony.

– My *jesteśmy* tymi, którzy porzucili Świat Wynurzony. Ty jesteś młody, nie możesz wiedzieć, co działo się w tamtych latach: piekło, w którym żądza władzy pochłaniała Krainy. My byliśmy dziećmi. Wojna ogałacała nas z chęci życia, z naszej młodości.

Władza wzbudzała w nas mdłości, nie chcieliśmy już walczyć, nie chcieliśmy już widzieć niczyjej śmierci. Pochodziliśmy z różnych Krain, dzieliła nas przynależność do różnych ras i wojna, a jednak łączyło nas głębokie pragnienie: chcieliśmy pokoju. Byliśmy przekonani, że Świat Wynurzony jest skazany na stoczenie się w przepaść bólu i śmierci. Pragnęliśmy innego świata. – Kobieta przerwała, a Sennar pokiwał głową w zamyśleniu. – Porzuciliśmy nasze Krainy, nasze uczucia i przemierzyliśmy Świat Wynurzony miażdżony wojną. Była to straszliwa podróż, wielu z nas zmarło po drodze, ale popędzała nas pewność, że istnieje lepszy świat i że my możemy w nim zamieszkać. Potem dotarliśmy do Krainy Morza i wyruszyliśmy ku nieznanemu.

Moni zrobiła długą przerwę. W jej oczach, szarych jak kamień domu, w którym mieszkała, połyskiwały złociste drobinki. Sennar i Rool w milczeniu czekali, aż podejmie opowieść.

– Statki były małe, zapasów niewiele. Nie wiedzieliśmy, czy za oceanem naprawdę coś istnieje, czy znajdziemy ziemię, na której będziemy mogli zamieszkać, ale mimo to wyruszyliśmy w drogę. Wy, aby tu dotrzeć, ryzykowaliście życie. Z nami tak nie było, morze przyjęło nas po ojcowsku i było spokojne przez całą trasę. Mimo to i tak przeżywaliśmy ciężkie chwile. Kto wie, może to bogowie wystawili nas na próbę, aby sprawdzić, czy nasz duch jest wystarczająco mocny, czy jesteśmy godni, aby stworzyć nowy świat. Kiedy tutaj dotarliśmy, byliśmy u kresu sił. Wyspy jawiły się naszym oczom jako cudowne, wydawało się, że natura zaprasza nas, abyśmy tu pozostali. Osiedliliśmy się i zaczęliśmy nowe życie. Przez wiele lat żyliśmy spokojnie, zbudowaliśmy nasze miasto, wychowywaliśmy nasze dzieci i kultywowaliśmy nasze idee. Potem zaczęły przypływać statki.

– Statki? – powtórzył Sennar.

– Tak. Uzbrojone statki pełne ludzi chciwych i agresywnych, zamierzających ukraść nam to, co z tak wielkim trudem wybudowaliśmy. Broniliśmy się. Ciężko walczyliśmy. Nasze dłonie powalaliśmy krwią. Znów zobaczyliśmy to, od czego uciekliśmy. To wtedy stworzyliśmy sztorm.

– A więc miałeś rację, to było dzieło czarodzieja – szepnął Rool do Sennara.

– To prawda, kapitanie. Pewien potężny czarodziej pomógł nam chronić się przed potencjalnymi najeźdźcami. Pomógł nam, abyśmy nie musieli już uciekać się do walki. – Moni zamknęła oczy, jak gdyby to wspomnienie było zbyt bolesne. – Jednak nienawiść już zdążyła wkraść się między nas. Wielu orzekło, że wyspy te już nie wystarczają, że należy stworzyć imperium daleko od wygłodniałych oczu Świata Wynurzonego. Imperium z armią, będące w stanie się bronić. I tak narodziło się królestwo, które wy nazywacie Światem Zanurzonym.

Sennar potrząsnął głową.

– Nie rozumiem. Jak udało im się je zbudować? Jak udało im się…

Moni przerwała mu gestem dłoni.

– Pozwól mi kontynuować, młody czarodzieju – szepnęła kobieta. – Nasi towarzysze wyruszyli drogą morską, już nie popychani nadzieją, jak wiele lat wcześniej, lecz pełni nienawiści i urazy. Sztorm zaskoczył ich podczas podróży i jeden z ich statków poszedł na dno. W ten sposób poznali lud morza, od wieków zamieszkujący głębiny oceanu. To oni ocalili ich od furii fal i pokazali naszym dawnym towarzyszom nowe wyspy, nadające się do zamieszkania. Przez jakiś czas to rozwiązanie wydawało się zadowalać uciekinierów, ale wkrótce znowu zaczęli obawiać się napaści ze strony Świata Wynurzonego. Już żadne miejsce nie było według nich dość odległe, aby mogło być bezpieczne. Wówczas pomyśleli o morzu. Gdyby mieszkali pod wodą, już nikt nie mógłby zakłócić ich życia. Ocean, oto naprawdę bezpieczna kryjówka. To ludzie morza pomogli im wybudować ich królestwo, ale nie mam pojęcia, w jaki sposób to uczynili. Tutaj docierały tylko mgliste legendy, pomieszane wiadomości. Już przestaliśmy się o nich troszczyć. Świat Zanurzony przedstawia naszą porażkę. To ciemny epizod z naszej przeszłości, którego nie lubimy wspominać.

– A co mi opowiesz o próbie podboju ze strony Świata Wynurzonego? – spytał Sennar.

Staruszka uśmiechnęła się.

– Cóż mogę ci powiedzieć, z wyjątkiem tego, że nawet morskie głębiny nie okazały się bezpieczne? Wiem jedynie, że wówczas mieszkańcy morza wpadli we wściekłość. Uczynili sztorm jeszcze bardziej śmiercionośnym i stworzyli olbrzymi wir, chroniący wejście do ich królestwa. Poza tym... – Moni przerwała.

– Poza tym? – spytał Sennar.

– Mówi się, że istnieje jakiś strażnik, coś mrocznego żyjącego na szlaku prowadzącym do wiru. Ale nic więcej nie potrafię ci powiedzieć, mój wzrok nie sięga tak daleko: nie wiem, kto czy też co to jest. Wiem jedynie tyle, że od tamtej pory, a minęło ponad sto pięćdziesiąt lat, nikomu z was nie udało się dotrzeć żywym do Świata Zanurzonego czy Vanerii. Przez lata morze przynosiło nam w darze tylko trupy ludzi, którzy sądzili, że mogą nas podbić.

Staruszka popatrzyła na Sennara.

– Wy nigdy nie znaleźliście pokoju. My musieliśmy wybudować go na krwi. Nasz sen nigdy się nie ziścił. To wszystko, młody czarodzieju.

– Świat Wynurzony nie jest już tym, który znaliście – mruknął Sennar. – Po zakończeniu Wojny Dwustuletniej wielki i szlachetny król, Nammen, rozpoczął długi okres pokoju. To z powodu Tyrana...

Moni znowu mu przerwała.

– Jest wiele rzeczy, których nie wiesz, Sennarze, ale to nie ja mam ci je objawić. Wracaj tam, skąd przybyłeś.

Sennar potrząsnął głową.

– Nie mogę.

– Posłuchaj mnie. Dobrze wiem, dlaczego dotarłeś aż tutaj. Ale nikt nigdy nie pogwałcił wrót Świata Zanurzonego i nawet tobie się to nie uda.

Sennarowi wydawało się, że jego własne serce przestało bić.

– Wy... wyczytałaś w przyszłości moją śmierć? – spytał ledwo słyszalnie.

Nawet Rool wstrzymał oddech.

– Nie – odpowiedziała kobieta – ale jasno widziałam, jak wir pochłania twoją łódkę i gruchocze ją na kawałki.

Kiedy Sennar się podniósł, trzęsły mu się nogi. Rool ścisnął go za ramię.

– Obyś mógł cały i zdrowy przebyć najbardziej bezlitosne wody, młody czarodzieju, i wrócić do swoich jako posłaniec dobrych nowin – szepnęła Moni, kiedy się oddalali.

Sennar siedział na plaży i oglądał zachód. Słońce, które zdawało się olbrzymie, oblewało purpurą morze i niebo, i jednoczyło je w jeden szkarłatny welon. Dokładnie tak, jak w Salazarze, kiedy on i Nihal wchodzili na taras wieży i patrzyli, jak słońce rozpala step. Ciekawe, gdzie teraz jest Nihal, co robi. Sennar chciałby mieć ją blisko siebie, usłyszeć jej głos, spytać o radę.

Szelest wyrwał go z zamyślenia. U jego boku usiadła Aires.

– Ojciec wszystko mi opowiedział – rzekła.

Sennar siedział w milczeniu. Nie chciał słowami psuć tego zachodu i spokoju natury.

– Kim jesteś, Sennarze? – spytała Aires.

Czarodziej odwrócił się do niej.

– Jak to: kim jestem?

– Kim jesteś naprawdę – nalegała Aires. – Dlaczego chcesz dotrzeć do Świata Zanurzonego?

Co mam w tej chwili do stracenia? Sennar wyciągnął spod tuniki medalion, który otrzymał w dniu swojej inwestytury na członka Rady.

– Należę do Rady Czarodziejów. Jestem członkiem Rady z Krainy Wiatru.

Aires wzięła w dłonie wisior i obracała go w palcach.

– Dlaczego od razu nam tego nie powiedziałeś?

– Myślisz, że przyjęlibyście mnie na pokład?

– I co, przyszedłeś nas szpiegować? Przysłał cię król Krainy Wiatru?

Sennar wybuchnął śmiechem.

– No jasne. I żeby lepiej was szpiegować, wdrapałem się na bocianie gniazdo waszego statku i zrobiłem wszystko, co w mojej mocy, aby nie wyjść z tego żywy.

Aires zaśmiała się.

Sennar spoważniał.

– Aires, jestem tutaj dlatego, że na wojnie źle się dzieje. Armia Wolnych Krain traci jedną pozycję za drugą, a nigdy nie udaje jej się zdobyć żadnych terenów. Tyranowi nie brakuje żołnierzy, sam ich tworzy. Nasi natomiast padają jak muchy. Od dzieciństwa widziałem, jak ludzie umierają. Chciałem coś zrobić. Coś, co nie byłoby nakładaniem zaklęć na broń ani niekończącymi się zebraniami. Potem znalazłem tę mapę. – Odwrócił się do Aires i przerwał na chwilę. – To wtedy przyszedł mi do głowy pomysł, aby prosić Świat Zanurzony o posiłki.

Sennar starał się wyczytać w jej twarzy, jaki efekt wywarło na niej to wyznanie, ale Aires przyglądała mu się nieprzeniknionym spojrzeniem. Potem w głębi czarnych oczu pojawił się zwykły błysk ironii.

– I ty ryzykujesz życie dla tak idiotycznego powodu?

Sennara zamurowało. Ze wszystkich możliwych reakcji, ta była najbardziej nieoczekiwana.

– Nie... nie rozumiem – wyjąkał.

– Obudź się, czarodzieju! Jeśli umrzesz, ludzie, dla których się poświęcasz, nawet ci nie podziękują.

– To nie dlatego... – Sennar próbował się bronić.

Z ust Aires jednak wydostawała się już wezbrana rzeka słów i kobieta nie pozwoliła mu dokończyć.

– Życie jest tylko jedno i jest krótkie. Nie ma sensu marnować go dla innych. Ja robię tylko to, na co mam ochotę. Pragnę radości, bólu, namiętności, rozpaczy... wszystkiego. Bo kiedy śmierć mnie ze sobą zabierze, wszystkim, co mi pozostanie, będzie życie, które przeżyłam. – Przemawiała z zapałem, a jej policzki zrobiły się purpurowe. – Mogę zrozumieć, kiedy ktoś poświęca życie dla kochanka, dla dziecka, dla przyjaciela. Ale ten, kto marnuje swój czas, starając się „robić dobrze", jest głupcem. Większość ludzi myśli tylko o tym, aby jakoś ciągnąć i przeżyć. Jeżeli o mnie chodzi, wszyscy mieszkańcy Świata Wynurzonego mogą skończyć pod ziemią. Siedzą tam, czekając, aż śmierć po nich przyjdzie. Niech zdychają, sami się skazali. Ty oczywiście – zakończyła – nie zgodzisz się ze mną. Ty lubisz zgrywać bohatera.

Sennar pomilczał trochę. Musiał się chwilę zastanowić. Potem odchrząknął.

– Pozwól, że coś ci opowiem. Kiedy dwa lata temu uciekałem z Krainy Wiatru po nadejściu Tyrana, po drodze natknąłem się na zniszczoną chałupę. Mieszkała tam rodzina wieśniaków – ojciec, matka i córka. Wszystkich zastaliśmy martwych, łącznie z dziewczynką: jakiś żołnierz przebił ją mieczem i zostawił, aby gniła na progu domu. To ja i moi towarzysze pogrzebaliśmy ich ciała. Jak ta dziewczynka mogła się obronić, Aires? Dlaczego słabi muszą zginąć? Nie wszyscy są tak silni, jak ty. Ten, kto nie ma siły, może mieć odwagę, ale odwaga nie wystarcza. – Sennar przesunął dłońmi po twarzy, po czym popatrzył Aires w oczy. – Ja się boję, nie chcę umrzeć, ale wiem, że muszę iść dalej. I to nie dlatego, że lubię zgrywać bohatera. Wziąłem łódź i wypłynąłem w morze. Nie sądzę, by to wystarczyło, aby określić mnie bohaterem. Zrobiłem to, bo nie tolerowałem już śmierci wokół mnie. Zrobiłem to ze strachu. Strachu przed wyrzutami sumienia.

Słońce znikło pod linią horyzontu. Aires siedziała z nogami skrzyżowanymi na piasku, z twarzą zwróconą w stronę morza. Uśmiechnęła się.

– W gruncie rzeczy podobasz mi się, czarodzieju. Tak, jesteś niezłym typem, mógłbyś dokonać wielkich rzeczy. Ale zrozumiałam już, że nie uda mi się sprawić, byś zmienił zdanie.

Sennar poczuł, że melancholia go opuściła. Był spokojny. Po raz pierwszy obecność Aires nie sprawiała, że czuł się nieswojo. Już nie miało znaczenia, że on jest mężczyzną, a ona wspaniałą kobietą. Byli prawie przyjaciółmi.

Jego myśli przerwało kopnięcie w kark. Upadł na bok, oszołomiony.

Aires zerwała się na nogi z wściekłością.

– Czy ty oszalałeś?

Benares stał za nimi, siny ze złości.

– Co ty myślisz, że jestem ślepy? Teraz jeszcze romantyczna schadzka o zachodzie słońca. Ach, świetnie...

Aires roześmiała się na całe gardło.

– Nigdy nie zauważyłam, jakim jesteś idiotą, Benares.

– A ja, jaką ty jesteś dziwką! – ryknął.

– Uważaj, Benares, nie igraj z ogniem.

Sennar jeszcze leżał na ziemi. Słyszał stłumione głosy dwójki kochanków, widział biały piasek o włos od nosa. Kiedy spróbował się podnieść, zakręciło mu się w głowie.

Gdy tylko udało mu się wstać, Benares znowu go uderzył. Sennar padł na wznak. Może stawienie czoła zazdrosnemu narzeczonemu nie było takie łatwe, jak sądził. Aires i pirat w dalszym ciągu wykrzykiwali do siebie obelgi, ich nosy prawie się dotykały. Ta sytuacja wydawała mu się śmieszna. *Teraz wystarczy*. Podniósł się do siadu i wyciągnął rękę w kierunku Benaresa.

Mężczyzna zatrzymał się, niezdolny do jakiegokolwiek ruchu. Nie mógł nawet mówić. *Teraz to co innego* – powiedział do siebie czarodziej, podnosząc się na nogi.

Aires przesunęła zdumione spojrzenie z kochanka na Sennara i z Sennara na kochanka.

– Co to...

Sennar gestem nakazał jej milczenie i podszedł do skamieniałego pirata.

– Muszę ci coś wyznać, Benares. Za pierwszym razem, kiedy cię zobaczyłem, pomyślałem, że jesteś debilem. Potem, kiedy opowiedziano mi o uwolnieniu Roola, zmieniłem zdanie. Jak się jednak wydaje, to prawda, że pierwsze wrażenie liczy się najbardziej.

Oczy pirata rozpaliły się jak dwa rozżarzone węgielki.

Czarodziej pstryknął palcami i Benaresowi wróciła mowa.

– Przysięgnij mi, że już nie będziesz się koło niej kręcił – zarzęził.

– Nigdy się koło niej nie kręciłem.

– Przysięgnij, albo jakem żyw, kiedy tylko będę wolny, zabiję cię własnymi rękami. Twoje zaklęcie nie może trwać wiecznie.

– Kto to może wiedzieć? Chcemy to sprawdzić? – sprowokował go Sennar. Zaklęcie ofensywne tego typu wymagało pewnego wysiłku i nie mogło być utrzymane długo, ale Benares z pewnością o tym nie wiedział.

I rzeczywiście, dał się nabrać aż miło.

– Chcę twoje słowo! – ryknął.

Sennar prychnął.

– Ktoś ci kiedyś powiedział, że jesteś nudny? Nie próbowałem uwieść twojej kobiety i nie będę tego robił w przyszłości. Teraz jesteś zadowolony?

Benares zwrócił wzrok w kierunku Aires, która przyglądała się scenie z zadowolonym uśmieszkiem.

– No dobrze, tym razem jestem skłonny puścić to w niepamięć, kobieto. Ale pamiętaj: moja cierpliwość ma granice – burknął.

Aires podeszła do niego, kołysząc biodrami. Długo na niego patrzyła, uśmiechnęła się do niego, łagodnie pogładziła go po twarzy. Potem zbliżyła wargi, jak do pocałunku.

Ślina trafiła Benaresa w oko. Aires odwróciła się do niego plecami i odeszła z podniesioną głową.

Zaklęcie już się wyczerpywało. Sennar zerwał je, a pirat rzucił się w pościg, jednak zdążył jeszcze syknąć:

– Z tobą się jeszcze nie policzyłem, czarodzieju.

8.

Bitwa Lajosa

List był jasny i lakoniczny.

Lajosie,

Twoje dotychczasowe postępowanie było haniebne. Nie dość, że nie przechodząc próby pierwszej bitwy, obrzuciłeś błotem honor Twojej rodziny, to jeszcze wręcz uciekłeś, aby oddać się życiu włóczęgi. Teraz dowiaduję się, że skryłeś się w jakimś obozowisku, imając się pracy niegodnej Twych umiejętności i Twej pozycji.

Żądam, abyś niezwłocznie zmienił to niedorzeczne zachowanie. Narodziłeś się, aby walczyć, i walczyć będziesz. Opieranie się mojej woli jest nie tylko daremne, lecz i niemądre. Rozkazuję Ci zatem, abyś przybył do mnie do domu w Krainie Wody, gdzie pod moim bezpośrednim nadzorem będziesz kontynuował szkolenie, aby zostać Jeźdźcem. Jeżeli w ciągu dwudziestu dni nie przekroczysz progu mojego domu, sam po Ciebie przybędę, czy tego chcesz, czy nie.

Widniejąca pod listem wymyślna lakowana pieczęć przedstawiała smoka z rozdziawioną paszczą. Nad zwierzęciem unosił się cienki sierp księżyca i trzy gwiazdy, wskazujące, że ród Lajosa wywodził się z Krainy Nocy. Podpis, złożony ciemnoczerwonym atramentem, brzmiał emfatycznie: „Generał Pewar z Zakonu Jeźdźców Smoka z Krainy Słońca".

Kiedy Nihal przeczytała ten list, poczuła, jak krew uderza jej do głowy.

– Twój ojciec nie może cię tak traktować – orzekła, z trudem powstrzymując gniew.

Lajos uśmiechnął się gorzko.

– Zawsze mnie tak traktował.

– I dalej mu na to pozwalasz? Nie jesteś już dzieckiem. Musisz mu powiedzieć, co chcesz zrobić ze swoim życiem. Swoim, zrozumiałeś? Jeżeli się z tym nie zgadza, niech idzie do diabła!

Chłopak nie odpowiedział. Ściskał pergamin w dłoniach i miał łzy w oczach.

Nihal nie mogła tego pojąć. Dlaczego Lajos nie skończy z tym, dlaczego nie opiera się niedorzecznym nakazom ojca?

– I co masz zamiar zrobić, siedzieć tu i czekać, aż przyjdzie i weźmie cię za ucho jak niegrzeczne dziecko?

– Nie wiem! No co, zadowolona jesteś? Nie wiem! – wrzasnął nagle Lajos. – Na razie chcę zostać sam, tylko tyle – dodał szeptem.

Nihal wpadła do chatki Ida.

– Musisz coś zrobić! Musimy mu pomóc! – wykrzyknęła, czerwona na twarzy.

Ido siedział nieporuszony.

– A ja właśnie nie zrobię nic.

Nihal zamurowało. Po tym, jak bardzo Lajos pomagał jej i Idowi w ciągu ostatnich miesięcy, jej nauczyciel nie mógł się teraz uchylać.

– Ty żartujesz, prawda?

Gnom potrząsnął głową.

– Może nie zdajesz sobie sprawy z sytuacji – ciągnęła Nihal, jeszcze bardziej rozgniewana. – Lajos nie nadaje się do wojny, a ten szaleniec, jego ojciec, chce rzucić go w sam środek walk. W dzień jego pierwszej bitwy, gdyby nie ja, już by nie żył.

– Nihal, to nie jest moja sprawa.

– Ale była twoja, kiedy polerował twoją broń i ci usługiwał? No co, boisz się jego ojca, tego nadętego balona?

Ido zacisnął dłoń na fajce i Nihal wyczuła jego irytację.

– Dla twojej wiadomości, nie troszczę się ani o Pewara, ani o Ravena. Dotrzymywałem kroku ludziom tego pokroju na długo, zanim ty się urodziłaś. Czy to jasne?

Nihal opuściła wzrok.

– No dobrze – mruknęła. – No, ale w takim razie, dlaczego nie chcesz mu pomóc?

Ido westchnął głęboko.

– Posłuchaj, Nihal. Ile razy jeszcze trzeba będzie ratować Lajosa przed nim samym czy przed kimś, kto mu zagraża? Zapobiegłaś jego śmierci podczas bitwy, wyciągnęłaś go z zagubionej gdzieś w głębi lasu chałupki, przyprowadziłaś mi go tutaj... Nadeszła pora, aby nauczył się radzić sobie sam. Mężczyzna musi potrafić wyplątać się z kłopotów. Kobieta zresztą również.

– Ale ty zawsze byłeś, kiedy potrzebowałam pomocy.

– Tak, tylko że to ty, a nie ja, postanowiłaś się zmienić. Istnieją sprawy, które musimy załatwić sami.

Nihal milczała przez kilka chwil.

– Ale on nie jest w stanie sobie poradzić. To jakby wysłać dziecko samo w podróż dookoła świata.

– Nie zgrywaj teraz nadopiekuńczej matki. Po pierwsze, to do ciebie nie pasuje, a po drugie, Lajos potrzebuje teraz wszystkiego, tylko nie tego. Jeżeli naprawdę chce zostać giermkiem, musi powiedzieć to ojcu i walczyć o własną niezależność. Kropka.

– A jakie ma być moje zadanie? Stać i patrzeć?

– Tak, Nihal. Przez te trzy miesiące, kiedy ty próbowałaś życia z dala od pola bitwy, ja czekałem. Czasami nie można zrobić nic innego.

Lajos został sam w swoim pokoju. Wyobraził sobie Nihal, idącą do Ida i rozpętującą piekło. A on? Co zrobi? Popatrzył na list i nie dostrzegł w nim nawet okrucha nadziei. Dobrze znał swojego ojca: był to surowy mężczyzna, żołnierz do szpiku kości, przyzwyczajony do posłuszeństwa. Gdyby po niego przyjechał, jedyną możliwą drogą byłoby starcie. Może znowu powinien uciec, zaszyć się w gąszczach. Świat Wynurzony był rozległy, jego ojciec mógłby spędzić lata, zanim by go znalazł, jeżeli w ogóle kiedykolwiek by mu się to udało. Jednak jakie życie by go czekało? Wieczna ucieczka i błąkanie się z jednego miejsca w drugie. Już do końca życia musiałby mieć się na baczności.

W ciągu tego krótkiego czasu spędzonego w bazie zrozumiał, że pragnienie bycia giermkiem nie było jedynie kaprysem. Lubił tę pracę. Nie miał zdolności do posługiwania się bronią, ale potrafił zajmować się bronią innych. Podczas wojny na wiele by się nie zdał, ale mógł mieć swój udział w obaleniu Tyrana, pomagając wojownikom. Nie widział w tym nic hańbiącego.

Popatrzył na miecz, który towarzyszył mu przez te wszystkie miesiące włóczęgi, porzucony w kącie pokoju. Wbił wzrok w ostrze. Nie było dobrze naostrzone i zaczynało rdzewieć. Z miłością polerował miecz Ida, ale nigdy nie lubił zajmować się swoim własnym. Teraz natomiast miałby znów wziąć go w dłoń.

Jak błyskawica przemknął mu przez głowę obraz jego przyszłego życia. Życia krótkiego. Zginąłby w pierwszej walce, podczas byle jakiej misji. Głupi koniec niepotrzebnego życia. Coś w nim się poruszyło. *Nie, to się tak nie skończy!* Podczas tych miesięcy odkrył, że istnieje alternatywa. Mógł aspirować do czegoś innego.

Powziął decyzję. Nie zrezygnuje bez walki ze wszystkiego, co zdobył. Tym razem nie ucieknie za nic na świecie.

Kiedy następnego ranka Nihal postawiła stopę w pokoju Lajosa, stanęła jak wryta. Jej przyjaciel przygotowywał bagaże.

– Nie zamierzam podporządkować się rozkazom mojego ojca – powiedział jej. – To prawda, nie jestem jeszcze mężczyzną, ale nie jestem też małym dzieckiem i chcę zostać giermkiem. Pójdę do niego i wyłuszczę mu moje racje.

Nihal uśmiechnęła się.

– A jak sobie poradzisz? – spytała, patrząc, jak gromadzi rzeczy na pryczy.

– To proste: wyruszam, idę do niego i mówię mu, co myślę.

– Mówiłam o podróży.

Lajos zatrzymał się w zamyśleniu.

– To wyprawa do Krainy Wody. Z dobrym koniem nie powinna zająć więcej niż dwa tygodnie.

Nihal potrząsnęła głową.

– Czy już zapomniałeś o naszej miłej nocce w Krainie Morza? Będziesz poruszał się wzdłuż granic. To nie jest bezpieczna podróż.

– To znaczy, że będę musiał być ostrożny – odpowiedział Lajos.

– Potrzebujesz obstawy. Porozmawiam o tym z Nelgarem – ucięła krótko dziewczyna i wielkimi krokami dotarła do drzwi.

Kiedy jednak znalazła się w kwaterze dowodzącego bazą, nie poprosiła dla swojego przyjaciela o jakiegokolwiek przewodnika. Poprosiła o przepustkę, żeby sama mogła go odprowadzić.

– Nie do mnie należy podjęcie decyzji – odpowiedział komendant. – W tej chwili jesteś jeszcze uczennicą Ida. Jeżeli on się zgodzi, ja nie będę zgłaszał sprzeciwu.

Nihal wymknęło się westchnienie. Właśnie tego chciała uniknąć.

– Wydawało mi się, że wypowiedziałem się więcej niż jasno – zaczął Ido.

– To nie jest tak, jak myślisz.

– Nie, oczywiście, że nie. – Ido wsunął fajkę do ust. – Nie robisz twojemu przyjacielowi przysługi, Nihal. Lajos sam musi sobie poradzić, w przeciwnym wypadku nigdy nie będzie mężczyzną. A ty nie jesteś jego matką ani jego siostrą, ani nikim w tym rodzaju.

– Podróż jest niebezpieczna, to przynajmniej musisz przyznać.

Ido kiwnął niechętnie głową.

– No więc, jeżeli ktoś musi z nim się wybrać, nie wiem, dlaczego nie miałabym to być ja. Potrafię zadbać o siebie i wydaje mi się, że nawet to okazałam.

Ido podniósł oczy do nieba.

Nihal straciła cierpliwość.

– Zgoda, nie mam w sobie takiej siły, jaką ty dysponujesz, zadowolony? Nie wszyscy są zdolni pozwolić odejść osobie, na której im zależy, nie mówiąc ani słowa, modląc się tylko, aby podjęła słuszną decyzję. Już pozwoliłam odejść zbyt wielu ludziom, których kochałam. – Pomyślała o Sennarze, zagubionym nie wiadomo gdzie pośród morza. Potrząsnęła głową. – Nie idę z nim, żeby rozwiązać jego problemy z ojcem. Idę tylko, żeby być przy nim, bo właśnie tego sama chciałabym na jego miejscu. On mi pomógł, wspierał mnie za każdym razem, kiedy tego potrzebowałam, był ze mną tamtej nocy, kiedy umarł Fen. Teraz jest moja kolej, będę u jego boku, gdy będzie podejmował najważniejszą decyzję swego życia. Nie zrobię nic innego, a jeżeli postanowi zrezygnować ze swoich marzeń, przysięgam ci, nie będę interweniowała. Moje wsparcie będzie tylko... duchowe, o właśnie.

– Wiesz, jakie jest moje zdanie. Jeżeli jesteś przekonana o tym, co mówisz, to rób jak chcesz. Ja jednak osobiście nie sądzę, abyś oparła się pokusie nagadania Pewarowi.

Nihal zniecierpliwionym gestem odsunęła włosy z czoła i Ido wybuchnął nieoczekiwanym śmiechem.

– No przecież żartuję! Czy to możliwe, że zawsze muszę oglądać tę naburmuszoną minę? Nie masz za grosz poczucia humoru.

Dziewczyna zarumieniła się, zawstydzona.

– No to co... Zgadzasz się, żebym się na jakiś czas oddaliła?

Ido westchnął.

– Niech będzie. Idź, ruszaj, rób, co chcesz. I tak wiem, że zawsze musisz robić po swojemu. I tak powinno być, nie? Młodzi nie chcą rad starców, a ja zaczynam już wchodzić w pewien wiek.

– No co ty, przecież jesteś młodzieniaszkiem – zażartowała Nihal.

Gnom klepnął ją serdecznie w kark.

– Tak, tak, kpij sobie.

Nihal uśmiechnęła się. Ido był szorstki i mrukliwy, ale potrafił ją zrozumieć, jak niewielu innych na świecie.

Nelgar postanowił wysłać razem z Nihal i Lajosem jeszcze jednego mężczyznę, szeregowego żołnierza imieniem Mathon, z którym Nihal zamieniła w życiu najwyżej kilka słów. Lajos natomiast znał go dość dobrze i był szczęśliwy, że się do nich przyłączył.

Ich mała drużyna wyruszyła konno o świcie, przy pierwszych promieniach ciepłego, wiosennego słońca. Lato pukało do drzwi, a powietrze było łagodne.

Obrali drogę prowadzącą przez las, wzdłuż Wielkiej Krainy, w kierunku południowym. Lajos patrzył, jak baza stopniowo znika, pochłonięta przez drzewa. Kiedy gęstwina całkiem się za nimi zamknęła, zaczął się zastanawiać, czy jeszcze kiedykolwiek zobaczy to miejsce, ale nie pozwolił sobie na wahanie czy niepotrzebne żale. Zwrócił spojrzenie na ścieżkę przed sobą i zaczął się przygotowywać do pierwszej wielkiej bitwy swojego życia.

9.

W wirze

Przy odjeździe piratów byli obecni prawie wszyscy mieszkańcy wioski. Tłoczyli się na malutkim molo, które tworzyło kilka drewnianych desek na krzyż nieśmiało wyciągniętych nad pomarszczonym falami morzem.

Moni przepchnęła się pośród tłumu i dotarła do Sennara.

– Przyszłam, aby obdarzyć cię moim błogosławieństwem na wyprawę, młody czarodzieju. Mam nadzieję, że zobaczę twój zwycięski powrót – powiedziała. Położyła mu dłoń na ramieniu.

Dzień był słoneczny, a czerwone jak krew żagle statku łopotały na wietrze. Sennar popatrzył na kapitana na dziobie i Aires stojącą przy sterze, z włosami rozwianymi przez wiatr. Uśmiechnął się.

Po krótkim czasie zarysy Vanerii zniknęły na horyzoncie.

Morze znowu zaczęło być niezaprzeczalnym władcą panoramy. Przez całe dnie nie było widać nawet chmurki ani żadnej zmiany krajobrazu. Nie było ucieczki przed tym triumfem światła i przygniatającej niebieskości.

Dni upływały powoli i czasu do rozmyślań było sporo. Sennarowi zdawało się, że jest zamknięty w klatce z wody i nieba. Teraz już wiedział, co skrywał dla nich ocean, i strach stał się jego wiernym towarzyszem podróży. Często wyobrażał sobie śmierć, która może go spotkać: zalewająca płuca woda, sól paląca gardło i nozdrza, poczucie duszności i niemocy, brak powietrza, niekończące się minuty agonii i wreszcie utrata przytomności, jak wyzwolenie. Następnie jego ciało zjedzone przez ryby, miotane prądami, zniekształcone przez fale. Nakazywał sobie, aby o tym nie myśleć, jednak obrazy te go prześladowały.

Atmosfera była ciężka nie tylko dla Sennara. Lęk unoszący się nad statkiem nie oszczędzał nawet Roola i Aires.

Niejeden pirat próbował przekonać kapitana, żeby zrezygnował.

– Skasowaliśmy już milion dinarów, dlaczego mielibyśmy płynąć dalej? Wrzućmy czarodzieja w morze i wracajmy do domu.

Rool jednak przywoływał ich do porządku.

– Sennar uratował nam życie, a my dowieziemy go do wiru. Do tego się zobowiązałem i tak uczynię.

Pewnego dnia, po dwóch tygodniach żeglugi, powierzchnia wody stała się dziwnie gęsta, a morze zaczęły przecinać fioletowe żyłki, najpierw zanikające, potem coraz wyraźniejsze i liczniejsze. Mimo silnego wiatru statek zwolnił, aż w końcu całkiem się zatrzymał.

– Do krocset, zwińcie żagle! – krzyknął Rool. – I zawołajcie tu czarodzieja.

Zdawało się, że na pokładzie wszystko się zatrzymało. Cała załoga stała przy burtach z oczami wbitymi w tę sinawą magmę.

– Co to jest? – spytał Rool, kiedy Sennar do niego dołączył.

– Nie wiem, kapitanie – mruknął chłopak.

– Zastanów się! To musi być jakieś magiczne diabelstwo.

Sennar potrząsnął głową.

– Żadne czary nie mogą stworzyć czegoś takiego – odpowiedział ze spokojem.

– Co robimy?

Nawet gdyby Sennar miał w zanadrzu jakąś odpowiedź, nie zdążyłby jej udzielić. Nagle statek sam zaczął się poruszać. Wśród załogi przebiegł szmer. Szarpnięcie w przód, potem następne. Mimo zwiniętych żagli statek przyspieszył, jak gdyby miał wiatr od rufy. Morze przekształciło się w śliską i pulsującą masę.

Muł pod kilem nabrał konsystencji i teraz już wyglądał jak to, czym był: zgrubiałą skórą.

Sennar przypomniał sobie słowa Moni – mroczny strażnik na trasie prowadzącej do wiru. I zrozumiał. Potwór morski. Czytał coś na ten temat, ale zawsze sądził, że chodzi o legendy: dziwne kreatury zamieszkujące otchłanie, olbrzymie istoty atakujące statki. I oto natknęli się na jedną z tych bestii. Może to któryś czarodziej ze Świata Zanurzonego jakimś zaklęciem zmusił ją do ochrony ich królestwa.

Monstrum, a przynajmniej jakaś jego część, ukazało się w całej swojej potworności. Była to bezkształtna masa cztery razy większa niż statek, niepodobna do żadnej żyjącej istoty, którą kiedykolwiek widzieli: olbrzymi kolisty pierścień mięsa, pośrodku którego otwierała się cuchnąca otchłań. Żeglowali po jej ciele i gdziekolwiek zwrócili wzrok, nie widzieli nic innego.

Wokół szczęk kreatury fiolet ciała przechodził w czerń, a z olbrzymiej, najeżonej zębami paszczy wydobywały się miazmaty zgnilizny. Wewnątrz można było dostrzec na wpół strawione ryby, pnie drzew, resztki statków. A poza tym trupy i czaszki, ludzkie i nie tylko, przywleczone aż tutaj przez prądy. Oto, jaki koniec spotykał tych, którzy rozbijali się podczas sztormu chroniącego Vanerie.

Nie było już ani morza, ani fal. Nie było drogi ucieczki.

Głuchy ryk przemierzył powietrze, a olbrzymie, pokryte przyssawkami macki podniosły się i wykręciły ku niebu. Na moment całkowicie zasłoniły słońce, po czym opadły na statek.

Wszystkich ogarnęła panika. Maszt złamał się i z hukiem upadł na pokład. Jęki powalonych piratów zmieszały się z rozkazami Roola, przerażonymi okrzykami Aires, nawoływaniami Benaresa.

– Zrób coś! Zrób coś! – wrzasnął Dodi do Sennara.

Sennar był nie mniej przerażony niż inni. Starał się zmusić swój umysł do wysiłku, ale nie był w stanie zebrać myśli. Wszystko, co mógł zrobić, to wykreowanie bariery przy każdym uderzeniu.

Łódź pędziła już z nienaturalną prędkością. Skurcze mięśni pod grubą ciemnofioletową skórą potwora były coraz potężniejsze i częstsze.

W miarę, jak statek pędził do gardła monstrum, wygłodzony ryk kreatury zwiększał natężenie. Był to przerażający i mrożący krew w żyłach dźwięk, splatający się z krzykami załogi w groteskową melodię.

Sennar wczepiony był w główny maszt. Nakazywał sobie spokój, ale bez efektów. Jego serce wydawało się oszalałe. Szukał kapitana i jego córki, ale nadaremnie.

Nagle pojawił się przed nim Benares.

– No rusz się, czarodzieju!

Sennar popatrzył na niego osłupiały.

– Nie wiem, co robić.

Policzek trafił go w sam środek twarzy.

– No to coś wymyśl! – krzyknął mu w twarz pirat. Potem schwycił go za włosy i zaciągnął na dziób. – To po to przybyliśmy aż tutaj? Aby napełnić brzuch tego potwora? Gdzie są teraz wszystkie twoje piękne słówka?

– Ja...

Benares szalał z wściekłości.

– Zamknij się! Udowodnij mi, że jesteś gotowy na wszystko, aby tylko doprowadzić do końca swoją misję!

Sennar kiwnął głową. *On ma rację. To się nie może tak skończyć.*

– No więc? – wrzasnął Benares. – Co masz zamiar zrobić?

Sennar uświadomił sobie jedyne możliwe rozwiązanie. *Nie myśl o tym, co może się stać. Nie myśl o niczym. Zrób to i tyle.*

– Benares, będę potrzebował twojej pomocy.

– Zgoda, ale pospieszmy się – odparł pirat.

Na początku było to niewyczuwalne. Statek podniósł się powoli, jak gdyby pociągnięty przez niewidzialne cumy. Potem kil oderwał się od skóry potwora na kilka łokci, niepewnie, po czym z szarpnięciem podniósł się całkowicie. Reja wycelowała w niebo, a statek unosił się coraz szybciej, z żaglami dziwnie wygiętymi ku dołowi. Pod nimi potwór wił się konwulsyjnie w poszukiwaniu ofiary.

– Lecimy – wymruczał zdumiony Dodi, a piraci wyglądali zza burt, z niedowierzaniem patrząc na ten cud.

Na dziobie Sennar z zaciśniętymi oczami wychylał się poza nadburcie i wykrzykiwał niezrozumiałe słowa. U jego boku stał Benares i prowadził go w odpowiednim kierunku. Pod nimi wyrzeźbiony w drewnie demon zdawał się wyśmiewać ze szczęk bestii, które spazmatycznie otwierały się i zamykały.

Sennar zacisnął pięści i zmusił się do dalszego lotu. Było to najbardziej męczące zaklęcie, jakie kiedykolwiek przeprowadził. Jego ciało było spięte w wysiłku, a ból przenikał każdą wiązkę jego mięśni.

Kil uderzył kilka razy w powierzchnię skóry potwora.

– Skoncentruj się! Tracimy wysokość! – warknął Benares.

Statek nagle przyspieszył i załoga straciła równowagę. Potem stopniowo zaczął się znowu podnosić, aż w końcu wzbił się całkowicie.

– Stawiać żagle! – krzyknął wówczas Benares. – Stawiać żagle, ale już!

Statek leciał o kilka łokci nad potworem, szukając wyjścia wśród gąszczu macek.

Czarodziej był u kresu sił, wiedział, że długo już nie wytrzyma; czuł się, jak gdyby coś wysysało na zewnątrz jego energię z oszałamiającą prędkością. Zachwiał się, ale Benares go podtrzymał.

– No już! Ja cię trzymam, ty myśl tylko o lataniu.

Sennar czuł tylko ramiona pirata ściskające go wokół piersi i jego głos wrzeszczący:

– Majtkowie! Do harpunów!

Dowodzona przez Roola załoga odzyskała odwagę i zaczęła pastwić się nad potworem. Po obu bokach statku jedna grupa piratów przytrzymywała macki bosakami, a druga rzucała się do ataku mieczami i toporkami.

Z ran wypłynął żółtawy, śmierdzący płyn. W powietrzu rozbrzmiewało echem mrożące krew w żyłach wycie bestii.

Głos Benaresa dotarł do Sennara stłumiony, jakby z oddali.

– Schodź! Schodź, do diabła!

Sennar poczuł, że ktoś nim potrząsa.

– Powiedziałem ci, żebyś schodził. Udało nam się!

Kiedy czarodziej otworzył oczy, zobaczył przed sobą otwarte morze. Czerwona tarcza zachodzącego słońca raziła mu źrenice, świeży wieczorny wiatr chłostał go po twarzy.

Statek wylądował w morzu łagodnie, a o jakieś sto łokci od rufy ostatni skrawek potwora zapadał się w głębiny. Na pokładzie podniosły się triumfalne okrzyki. Koszmar się skończył.

Sennar trząsł się jak osika. Benares nie wypowiedział ani słowa. Sprowadził go z dziobu i szorstko przekazał Dodiemu, po czym zaczął biec po pokładzie.

– Aires! – wrzasnął pirat. – Aires!

– Córko! Odpowiedz! – zawtórował mu Rool.

Przez kilka chwil na statku zapanowała grobowa cisza.

Potem na pokładzie rozbrzmiał słaby głos.

– Jestem... jestem tutaj.

Aires, jakimś cudem nietknięta, leżała wśród tego, co pozostało z rufówki.

Znajdowali się pośród morza, daleko od Vanerii i od Świata Zanurzonego. Ale byli żywi i poza zasięgiem potwora.

– Trzeba płynąć dalej – powiedział Rool zgromadzonej na pokładzie załodze.

– Tylko jak? – rzucił jeden z piratów. – Niewielu nas zostało. Większość żagli nie nadaje się do użytku, a jeden maszt jest zniszczony.

Zabrała głos Aires.

– Żagle można naprawić. Jeżeli zaś chodzi o maszt, to są jeszcze pozostałe dwa. No co, boicie się, że nie dacie rady?

Wśród piratów podniósł się szmer protestu.

– Ten smarkacz zawrócił jej w głowie – szepnął jakiś głos.

– Cisza! – huknął kapitan. – Przypominam wam, że to ja tu decyduję. Teraz zakasujemy rękawy i zmywamy się stąd. Cuchnie tu śmiercią.

Załoga zrobiła, ile mogła, aby naprawić żagle i jak się dało, zaszyć płótno. Efekt był jednak mizerny. Okrojone i pocerowane żagle miały o wiele mniejszą moc niż poprzednio. Kiedy wiatr się wzmagał, należało je zwijać; kiedy zaś się zmniejszał, statek posuwał się powoli.

Sennar był wykończony po czarach. Kiedy tylko udało mu się opuścić ładownię, wszedł pod pokład i dotarł do kabiny Roola. Zastał kapitana z córką, jak sprawdzali mapę.

– Trzeba zmienić kurs – powiedział Rool, kiedy zobaczył wchodzącego czarodzieja.

Sennar zmarszczył czoło i podszedł do stołu.

– Pomyliliśmy kierunek?

Kapitan wskazał mu mały archipelag.

– Nie. Ale naszą jedyną nadzieją, abyśmy wyszli cało z tej sytuacji, jest dotrzeć tutaj. Wyspy nie są daleko – jeden, najwyżej dwa tygodnie podróży. Powinny znajdować się w bezpiecznej odległości od wiru.

Sennar milczał w zamyśleniu, po czym kiwnął głową.

– Dobrze, kapitanie. Macie rację. Tam się zatrzymamy, dacie mi łódź i nasze losy się rozdzielą.

Po jego słowach nastąpiła chwila ciszy.

– Sennarze, przemyśl to jeszcze… – zaczęła Aires.

Czarodziej przerwał jej.

– Kiedy podjąłem się tej misji, wiedziałem, że czeka mnie trudna próba.

Kobieta podniosła się, zniecierpliwiona.

– To nie jest trudne, to jest niemożliwe! Było tak od początku. Nie wyjdziesz z tego żywy. Jaki to ma sens?

W kabinie rozległ się odgłos uderzenia pięścią w stół.

– Aires, przestań z tym biadoleniem – huknął Rool. – To jego wybór. Koniec dyskusji.

Na początku drugiego tygodnia żeglugi po starciu z potworem morze stało się białe jak mleko. Woda wypełniła się wirującymi odpadkami, a prąd stawał się coraz gwałtowniejszy.

Był świt i Sennar znajdował się na pokładzie. Popatrzył, jak piana fal przepływa wzdłuż burt statku. Poczuł, że kamień spada mu z serca. *Dotarłem na miejsce.* Siła wiru sięgała aż tutaj. Oczekiwanie się skończyło.

Załoga powoli gromadziła się na pokładzie i zaczęły się przygotowania, aby spuścić łódź Sennara. Kiedy marynarze ładowali do szalupy wodę i prowiant, Sennar poczuł, jak krew odpływa mu z twarzy. Mrowiły go wargi, było mu sucho w ustach i nie mógł opanować drżenia rąk.

Aires stała u jego boku, w milczeniu, dopóki szalupa nie była gotowa.

Piraci ustawili się na pokładzie, w oczekiwaniu.

Sennar popatrzył na każdego po kolei: jego towarzysze podróży. Kiedy przemówił, jego głos łamał się od emocji.

– Przykro mi z powodu tego wszystkiego, co z mojego powodu przeszliście. Jesteście... tak, jesteście nadzwyczajnymi ludźmi. Dziękuję wam. Naprawdę. – Zwrócił się do Roola. – Chciałbym móc wam ułatwić powrót, kapitanie.

Rool podszedł do niego i klepnął go po ramieniu.

– Nie martw się. W końcu jesteśmy wilkami morskimi, nie? Teraz myśl tylko o tym, aby uratować skórę i przywieźć ją do domu.

Nastąpiła kolej Dodiego.

– Miłej podróży, czarodzieju. Zobaczymy się wkrótce – dodał z ufnym uśmiechem.

Niektórzy żegnali go z przykrością, inni ze źle ukrywaną satysfakcją: wreszcie ten sprawca nieszczęść schodził z drogi. Nawet Benares uścisnął mu dłoń z lodowatym uśmiechem.

Aires podeszła jako ostatnia i długo go obejmowała. Potem oderwała się i popatrzyła mu prosto w oczy.

– Nie odjeżdżaj – powiedziała półgłosem. – Dołącz do nas.

Sennar zwrócił do niej słaby uśmiech.

– Aires, wiesz, że jestem porządnym chłopcem. Życie na morzu to nie dla mnie.

Odgłos fal łamiących się na kilu sprawił, że przebiegł go dreszcz. Popatrzył w dół. Szalupa kołysała się nad wrzącym morzem.

– Możecie opuszczać – powiedział słabym głosem.

Rool, Aires, Dodi i wszyscy inni zniknęli za burtą i Sennar znalazł się sam na sam z oceanem.

Nurt pochwycił łódź, kiedy tylko dotknęła wody. To był koniec tej długiej podróży. Sennar miał lodowate ręce, a serce biło mu tak mocno, jak gdyby chciało wyrwać się z jego piersi. Kilka razy we śnie doświadczał tego samego: czuł, że zaraz umrze, ale nie mógł zrobić nic, aby się uratować. Potem budził się, odnajdował spokój swojego pokoiku i pojmował, że nie ma się czego bać. Ale teraz miało już nie być żadnego przebudzenia. Mógł tylko zostać tam, siedząc na dnie szalupy, czekając na swój koniec. Był przerażony. *Dlaczego muszę tak umierać?* Ścisnął puste uchwyty na wiosła, aż knykcie zrobiły się białe. *Jaki to ma sens?*

Łódź pędziła nieuchronnie, szybko jak wiatr. Sennar musiał złapać się burt, aby się nie przewrócić. Potem podniósł wzrok i go zobaczył: wir.

Był niewyobrażalny, majestatyczny, straszliwy. Rozciągał się na całe mile; prądy, które wywoływał, zdawały się lizać horyzont i pochłaniać go. Był piękny w sposób, w jaki tylko rzeczy straszliwe potrafią: idealny okrąg otoczony nieskończonym tańcem fal. Im bliżej centrum wiru, tym bardziej biel piany ciemniała, barwiąc się złowróżbną czernią dokładnie w tym punkcie, gdzie wody rzucały się w otchłań. Słońce tworzyło na falach oślepiające odbłyski, a wir był tak gwałtowny, że wydawał się nieruchomy.

Tylko nerwowe wirowanie odpadów, które ze sobą wlókł, zdradzało jego potęgę.

Łódka zaczęła kręcić się w kółko. Najpierw powoli, potem z coraz większym impetem. Sennar zaczął krzyczeć, ile tchu w piersiach, w nadziei, że wyrzuci z siebie przerażenie, jakie nim owładnęło, ale huk wody zagłuszał wszelkie inne dźwięki. *Muszę myśleć!* Rozpłaszczył się na dnie łódki. *Jeśli chcę się ocalić, muszę zachować przytomność umysłu!*

Kręcił się w łódce przez czas, który wydawał mu się nieskończonością. Potem, po godzinie, roku, a może po całym życiu, bieg szalupy stał się niepohamowany. Sennar poczuł, jak się przechyla. Podniósł się i zobaczył rozwierający się przed nim otwór wiru.

Wtedy wykreował barierę. Huk fal ustał, uderzenia jego serca stawały się wolniejsze. Tak, wir był przerażający, ale on mógł utrzymać barierę przynajmniej przez parę godzin.

Łódź opadała błyskawicznie. *Wszystko jest dobrze.* Opadał dalej. *Wszystko jest pod kontrolą.* Wkrótce światło słońca skurczyło się do odległego pobłysku. Wszystko zabarwiło się na niebiesko. Był wewnątrz morza.

Nagle Sennar poczuł, że ma mokre nogi. Serce podskoczyło mu do gardła. Jak to było możliwe? Nietknięta kopuła bariery otaczała boki łodzi, ale pod nim bulgotała woda. Przyjrzał się uważniej. Dziura! Łódź była dziurawa! Sennar ledwo zdążył przypomnieć sobie słowa Benaresa, tamtego wieczoru na plaży na Vaneriach: „Z tobą się jeszcze nie policzyłem, czarodzieju". Potem morze gwałtownie uderzyło w kil, dziura się poszerzyła, a dno szalupy otworzyło się niczym łupina orzecha.

Gwałtowność fal porwała Sennara. Uderzenie ogłuszyło go, a kiedy doszedł do siebie, jedynym, co zobaczył, były jego własne włosy unoszące się w wodzie.

Poczuł niepohamowany odruch, aby oddychać.

Otworzył szeroko usta.

Woda. Sól.

Tonę.

Woda zalała mu płuca.
Sól paliła mu gardło i nozdrza.
Jest dokładnie tak, jak to sobie wyobrażałem.
Chwilę przed utratą zmysłów zobaczył Nihal. Była piękna. Uśmiechała się. Była wolna.
Potem poczuł, że się dusi, i zapadł się w ciemność.

WIĘŹNIOWIE

Dziesiąty rok po Zejściu, pod władaniem Teoniego.
W pierwszym miesiącu roku, przed swoim ludem i dygnitarzami, Jego Majestat ustanawia w kwestii tych Z Góry: „Zważywszy na uporczywość i zaciętość ich ataków na naszą wolność, nakazuję, aby każdy z nich, kto zostanie znaleziony w Zalenii, z jakąkolwiek misją i pod jakimkolwiek pretekstem, został uwięziony i zabity.
Niech Zalenia na zawsze pozostanie oddzielona od ich Nikczemnego Królestwa.
Niech potworności ich wojny już nigdy nas nie dotkną.
Abyśmy na zawsze mogli żyć wolni i w pokoju.
Tak nakazuję".

Z *Nowego Kodeksu* Zalenii, norma XXIV

10.

Świat Zanurzony

Światło było oślepiające, straszliwe. Sennar spróbował się poruszyć, ale wydawało mu się, że już nie ma ciała. Próbował coś powiedzieć, ale było tak, jak gdyby coś go dusiło.

Leżał tak nieruchomo z zamkniętymi oczami, słuchając dwóch dziecięcych głosów. Chłopak i dziewczynka, a przynajmniej tak się wydawało.

– Co to jest?

– Co ty, głupia, nie widzisz? To człowiek.

– Ale... on jest dziwny!

Ich akcent przypominał Sennarowi wymowę Moni, ale w tym przypadku sens niektórych słów całkiem mu umykał.

– Może pochodzi z Góry.

– A ty wiesz, jak wyglądają ludzie z Góry?

– Nie. Ale ten nie jest taki jak my.

– Cob, ja się boję. – Głos dziewczynki był coraz bardziej przerażony. – Chodźmy stąd.

– Poczekaj, chcę zobaczyć, czy on umarł.

– Nie! Nie dotykaj go. Chodźmy kogoś zawołać.

– Ojejku, Anfitris! Ale z ciebie bojący dudek. A jeśli on żyje?

– Proszę cię, chodź już.

Teraz mówił mężczyzna.

– Dobrze, że po mnie przyszedłeś, Cob.

– Myślisz, że to ktoś z Góry?

– Nie wiem. W każdym razie jest w złym stanie, trzeba go wyleczyć.

– Ale jeśli to ktoś z Góry…

– Jeśli to ktoś z Góry, będzie musiał rozliczyć się z prawem, w odpowiednim momencie. Teraz jednak nie możemy go tu zostawić.

Sennar poczuł, że go podnoszą. Otworzył oczy i udało mu się dostrzec jedynie dwie niewyraźne postacie.

– Kim jesteś? – spytał ów doroślejszy głos.

Sennar podjął wysiłek, aby odpowiedzieć, ale z jego gardła nie wydobył się żaden dźwięk.

– Nie przejmuj się – usłyszał szept, po czym stracił przytomność.

Prawie cały czas spał. Kiedy się budził, dostrzegał tylko silne światło. Nie wiedział już, kim jest ani skąd pochodzi.

Świadomość przychodziła po trochu. Najpierw przypomniał sobie swoje imię, potem przypomniał sobie Nihal.

Czuł się źle. Oczy nie były przyzwyczajone do światła i dopiero po pewnym czasie udało mu się utrzymać je otwarte na tyle długo, aby móc coś zobaczyć. Znajdował się w dziwnym owalnym pomieszczeniu ze sklepionym sufitem. Po jednej stronie stała ława skrzyniowa z jasnego drewna. Ściany były szorstkie i pozłacane, wydawały się zrobione z mokrego piasku. Obok jego łóżka, niskiego i szerokiego, było okno, również owalne.

Krzepka kobieta o bardzo jasnej skórze i śnieżnobiałych włosach pochyliła się nad nim i popatrzyła na niego badawczo.

– Lepiej się czujesz?

Miała około czterdziestu lat i szeroką twarz o wyraźnie zaznaczonych rysach. Niezwykle jasne oczy miały w sobie coś przerażającego; tęczówka prawie nie odróżniała się od białka rogówki, zaś czarna i głęboka źrenica mocno odznaczała się na ich tle. Kobieta ubrana była w obszerną niebieską koszulę i nosiła naszyjnik z małych, czerwonych i nieregularnych kamyków podobnych do gałązek.

Sennar otworzył usta, aby przemówić, ale znowu nie udało mu się nic powiedzieć.

Kobieta popatrzyła na niego łagodnie.

– Nie denerwuj się. Odpowiadaj mi znakami. Lepiej się czujesz?

Sennar kiwnął głową.

– Pochodzisz z Góry? – Kobieta podniosła palec do sufitu.

Sennar patrzył na nią, nie rozumiejąc.

– Jesteś jednym ze Świata poza wodą?

Sennar nie wiedział, co odpowiedzieć. Wiedział, że mieszkańcy Świata Wynurzonego nie byli tu, na dole, mile widziani.

Kobieta musiała wyczuć jego wątpliwości, bo uśmiechnęła się.

– Możesz mi powiedzieć. Dopóki będziesz moim gościem, nic ci się nie stanie.

Sennar znowu kiwnął głową i spróbował usiąść. Kiedy się poruszył, zdał sobie sprawę, że nie ma już włosów. Dotknął swojej głowy. Były ostrzyżone.

– Obcięłam ci je, były pełne kołtunów i śmieci... – odpowiedziała kobieta. Przerwała, kiedy Sennar zaczął się niespokojnie kręcić.

Moja tunika! Gdzie jest moja tunika?

W jednej z kieszeni tuniki trzymał pergamin z podpisami wszystkich członków Rady. Był on chroniony zaklęciem i woda nie mogła go naruszyć, ale jeśli go zgubił, to wszystko było na nic. Kiedy spróbował wstać, z wysiłku zabrakło mu tchu.

– Spokojnie. Jesteś jeszcze rekonwalescentem.

Czarodziej z błagalnym spojrzeniem dotknął piersi i ramion, modląc się, aby go zrozumiała.

– Twoje ubrania?

Sennar przytaknął.

– Zostawiliśmy je, aby się suszyły. Możesz być spokojny, niczego nie tknęliśmy.

Czarodziej opadł na łóżko z westchnieniem pełnym ulgi.

Mieszkańcy Świata Zanurzonego byli odmienni od każdej rasy, jaką Sennar kiedykolwiek widział. Ich skóra i włosy były nienaturalnie białe, przejrzyste, a oczy niemal świeciły. Sennar nigdy nie spotkał nikogo o oczach jaśniejszych niż swoje, a nawet była to cecha, z której był dumny; lubił ten niepokojący wygląd, jaki nadawał mu blady błękit jego tęczówek. Ci ludzie jednak znacznie go pod tym względem przewyższali.

Przez kilka dni Sennar był gościem bladej kobiety i jej męża. Kiedy widział, jak kręcą się po domu, wydawali mu się postaciami niemal demonicznymi.

Pierwszym słowem, jakie wypowiedział, było jego imię, a drugim, szczere „dziękuję" skierowane do wybawicieli.

– To nic wielkiego – odpowiedział niedbale mężczyzna.

Czarodziej mówił z trudem.

– Reprezentuję władze Świata Wynurzonego. Muszę porozmawiać z królem tej Krainy. Gdybyście byli tak uprzejmi i wskazali mi, jak do niego dotrzeć...

Kobieta wytrzeszczyła oczy.

– Chcesz poruszać się po Zalenii?

– Zalenii? – powtórzył Sennar.

– To królestwo, w którym się znajdujesz – powiedział mężczyzna.

– Jestem tu z misją dyplomatyczną. Z misją pokojową – wyjaśnił czarodziej.

Mężczyzna potrząsnął głową.

– Ty chyba całkiem oszalałeś.

To zaczynało być nudne: wszyscy brali go za szaleńca.

– Prawo zabrania ludziom z Góry wstępu do Zalenii – wtrąciła się kobieta. – Ukryliśmy cię, bo byłeś ledwo żywy, nie potrafiliśmy cię tam zostawić. Ale teraz...

Sennar zaczynał tracić cierpliwość.

– Chyba źle się wyraziłem. Jestem ambasadorem...

– Posłuchaj, tutaj nikt nie uznaje waszych funkcji – przerwał mu mężczyzna. – Jedyne, co możesz zrobić, to stąd odejść. I to szybko. Wyjaśnimy ci, jak to zrobić. W przeciwnym wypadku będziesz miał kłopoty, chłopcze.

– Jakiego typu kłopoty? – spytał Sennar.

Mężczyzna zawahał się, a żona zwróciła na niego błagalne spojrzenie.

– Powiedz mu. Musi wiedzieć.

– Nigdy nie trafił nam się taki przypadek jak twój, ale...

– Ale? – zawtórował jak echo Sennar.

– Dla tych, którzy przybywają tutaj ze Świata Wynurzonego, przewidziana jest kara śmierci – odpowiedział mężczyzna jednym tchem.

Sennara prawie to rozśmieszyło. *Umknąłem sztormowi, szczękom tego obrzydliwego monstrum, utonięciu, a teraz, kiedy jestem o krok od mety, grozi mi wyrok śmierci.*

– Słuchajcie, porozmawiam z waszym sędzią...

– Ty chyba nie zrozumiałeś – przerwał mężczyzna. – Tutaj ludzie z Góry uważani są za przestępców. Możesz być nawet królem we własnej osobie, dla nas jesteś po prostu najeźdźcą.

Kiedy dotarło do nich, że Sennar nie da sobie wyperswadować swoich planów, udzielili mu kilku pobieżnych informacji o drodze, jaką miał przebyć, i nakłonili go, aby wyruszył jak najszybciej.

Następnego ranka czarodziej włożył tunikę i medalion Rady Czarodziejów i zebrał garstkę swoich rzeczy. Jeszcze kilka razy sprawdził, czy na pewno ma ze sobą wszystko, co mu było potrzebne, zwłaszcza pergamin, po czym z obawą przekroczył próg domu.

– Nie znasz nas i nigdy nas nie spotkałeś. Jeśli się dowiedzą, że cię gościliśmy, koniec z nami – zapowiedzieli mu jego gospodarze, zanim zamknęli za nim drzwi.

Widok Świata Zanurzonego, czyli Zalenii, jak nazywali go jej mieszkańcy, sprawił, że Sennar rozdziawił usta. Wioska, w której się znajdował, mieściła się wewnątrz olbrzymiej bańki z materiału przypominającego kryształ. Miał wrażenie, że jest w dziwacznym nadmorskim miasteczku na stałym lądzie. Wybudowane z piasku i głazów domy były kuliste i udekorowane mieniącymi się muszlami. Tak jak w jego Krainie powietrze przesycone było solą morską, ale był to zapach bardziej intensywny i żywy. Wszędzie królował przykładny porządek. Ulice były proste, przestronne i wszystko było bardzo zadbane.

Sennar z niedowierzaniem podszedł do szklanej ściany i zaczął przyglądać się ławicom wielokolorowych ryb pływających w intensywnie niebieskiej wodzie o włos od niego. Podniósł oczy. Bańka znajdowała się przynajmniej jakieś sto łokci od powierzchni i słońce widoczne było tylko jako niewyraźna poświata. Sennar zastanawiał się, skąd wzięło się tu tyle światła, chociaż miało ono niezwykły niebieskawy odcień, rażący go w oczy.

Dotknął ściany. Była zimna, dokładnie tak jak szkło. Kiedy wycofał dłoń, ze zdumieniem zauważył, że jej wnętrze lekko połyskuje. Przyjrzał się więc temu materiałowi z większą uwagą. Dopiero wtedy zdał sobie sprawę, że pokrywa go jakaś fluorescencyjna oleista substancja. Wytężył wzrok i spróbował wypatrzyć dno oceanu. Zobaczył wodorosty kołysane leniwie podmuchem morskich prądów. Należały do wielu gatunków, ale z tej wysokości trudno je było rozróżnić. Duża ich część jednak błyszczała tak samo jak jego dłoń. Sennar był zdumiony kreatywnością mieszkańców tego miejsca – to sama bańka emanowała światłem; dzięki oleistej substancji pochodzącej z alg wzmacniała tych niewiele promieni, które dobiegały tu z zewnątrz.

Pośrodku pola glonów zanurzona była masywna przezroczysta kolumna, podstawa bańki, a druga, pusta wewnątrz kolumna unosiła się ze środka bańki w górę, prawdopodobnie po to, aby zapewnić dostęp powietrza pochodzącego znad powierzchni wód. Sennar dojrzał w oddali inne zawieszone bańki połączone jedna z drugą długimi przezroczystymi galeriami. Potrząsnął głową. To była najbardziej niezwykła rzecz, jaką kiedykolwiek widział: ludzie Zalenii stworzyli podmorską sieć wiosek zawieszonych między wodą a niebem, małych światów zamkniętych w szkle. Jeszcze oszołomiony tymi wszystkimi wspaniałościami, wsadził ręce do kieszeni tuniki i ruszył w drogę.

O ile na zewnątrz bańki kwitło życie, w jej wnętrzu wszystko otulone było odrętwieniem wczesnego poranka. Miasteczko, w którym spędził pierwszych kilka dni, nie było duże, ale rozmiary bańki były olbrzymie. Poza granicami terenów zamieszkanych otwierała się uporządkowana płaszczyzna pól nawadnianych gęstą siecią kanałów. Uprawiane tam rośliny wydawały się całkiem podobne do tych ze Świata Wynurzonego, jednak nie były to jedyne plantacje tego królestwa. Pola znajdowały się też na dnie morza, bardziej nieregularne i rzadkie, ale nadzwyczaj rozległe: algi.

Sennar szedł naprzód jak ogłuszony, nie mogąc nasycić się podziwianiem tych wszystkich widoków. W górze mógł dostrzec odbicie słońca na wodzie. Znajdowało się ono bardzo daleko, a jednak nie było tu zimno, wręcz przeciwnie: panowało przyjemne ciepełko, zaś z kolumn stale wydobywała się świeża bryza.

Wędrował tak bez celu, a ludzie zaczynali wychodzić z domów, aby udać się do pracy na polach. Piękno krajobrazu tak go pochłonęło, że nie zauważył, jak ktoś go obserwuje.

Kiedy usłyszał nieznoszący sprzeciwu okrzyk, nakazujący: „Stój, cudzoziemcze!", odniósł niemiłe wrażenie gwałtownego przebudzenia w samym środku pięknego snu.

Czarodziej zatrzymał się. Mężczyzna w lekkiej zbroi i z długą włócznią podbiegł do niego i przystawił mu broń do gardła.

– Kim jesteś? – spytał groźnie.

Na brzegu ulicy zgromadziła się niewielka grupka ciekawskich.

– Jestem ambasadorem ze Świata Wynurzonego – odpowiedział Sennar spokojnie.

Nad tłumem uniósł się zmieszany szmer, a pewna młoda kobieta wystąpiła naprzód. Była zdenerwowana.

– Wiedziałam! Nie chciałam w to uwierzyć, a tutaj...

– O czym ty mówisz? – spytał strażnik.

– Mój syn. Powiedział mi, że Anfitris, jego przyjaciółka, znalazła kogoś z Góry. Myślałam, że to tylko wymysły dzieci.

Szmer stał się głośniejszy, a strażnik przybrał poważny wyraz twarzy.

– Idźcie po dziewczynkę.

Anfitris miała jakieś sześć lat, długie białe warkocze i była bardzo przestraszona.

– Widziałaś już tego człowieka? – spytał strażnik.

Wydawało się, że dziewczynka zaraz się rozpłacze.

– Tak, ale nie żył – jęknęła. Dwie łzy spłynęły jej po policzkach.

– Gdzie był? – kontynuował strażnik.

– Pod wirem. Bawiliśmy się tam razem z bratem, usłyszeliśmy łoskot i poszliśmy zobaczyć – opowiedziała, szlochając.

Strażnik odwrócił się do Sennara z okrutnym spojrzeniem.

– A więc jesteś jednym z tych drani. Sądziliśmy, że już od dawna z wami skończyliśmy. – Następnie zaczął kłuć go włócznią, aby zmusić go do ruszenia się z miejsca.

– Poczekaj – powiedział Sennar. – Jestem z misją pokojową. Muszę jak najszybciej porozmawiać z...

– Milcz! O twoim losie zadecyduje hrabia.

Sennar na wszelkie sposoby starał się przekonać żołnierza. Tłumaczył, podnosił głos, pokazał mu medalion świadczący o jego przynależności do Rady Czarodziejów, ale udało mu się jedynie sprawić, że mężczyzna stracił cierpliwość. W końcu postanowił iść za nim, nie stawiając oporu.

Strażnik zaprowadził go do niskiego budynku i zamknął w celi. Wkrótce potem wrócił w towarzystwie starca o surowym wyglądzie.

– Tędy, czcigodny Deliahu – powtarzał tonem pełnym szacunku.

Mężczyzna był przygarbiony od upływu lat, więc jego pomarszczona twarz zwrócona była ku ziemi. Niezwykle długie białe włosy opadały na niebieską szatę i ciągnęły się po posadzce niczym tren. Sękata dłoń ściskała długą tyczkę z surowego drewna, zakończoną wielką turkusową kulą. Starzec posuwał się powoli, opierając się na kiju. Wreszcie znalazł się przed więźniem.

Sennar wyciągnął prawą dłoń.

– Pan hrabia, jak mniemam.

W odpowiedzi starzec schwycił go za brodę i przyjrzał się jego twarzy, obracając ją na wszystkie strony.

– To jeden z nich – stwierdził grobowym głosem.
Strażnik przybrał triumfalną minę.
– Od razu to poznałem.
– Panie hrabio, proszę, wysłuchajcie mnie – próbował powiedzieć Sennar. – Jestem ambasadorem Świata Wynurzonego i...
Strażnik nie dał mu dokończyć zdania i powalił go uderzeniem pięści w żołądek. Sennar zgiął się wpół, bez tchu, i upadł na ziemię. Żołnierz w jednej chwili skoczył na niego, wepchnął mu coś do gardła i unieruchomił mu ramiona.
Starzec znowu spokojnie podszedł, następnie oparł gałkę kija na czole Sennara i cicho wypowiedział jakąś litanię.
Czarodziej zdążył jeszcze zorientować się, co się dzieje, ale nie zdołał zareagować. Poczuł, że się dusi i stopniowo traci przytomność.
Strażnik brutalnie wyrwał mu knebel.
– Nie jestem hrabią – rzucił na odchodnym starzec z lodowatym uśmiechem.

Kiedy Sennar doszedł do siebie, kręciło mu się w głowie. Spróbował podnieść się na nogi, opierając się o ścianę celi. Siły wracały mu powoli, a wraz z nimi świadomość tego, co się stało.
– A niech to – rzucił przez zęby. Dobrze znał to zaklęcie, aż nazbyt dobrze.
Spróbował jakiegoś łatwego czaru. Rozłożył dłoń i wypowiedział formułę przywołującą ogień. Nic. Nadaremno próbował wytworzyć jakąś niewinną kolorową błyskawicę. Próbował znowu i znowu, zawsze z tym samym rezultatem. Powtarzał tylko nieskuteczne formuły.
Ze złością opadł na ziemię. Ten starzec nałożył na niego pieczęć i dopóki jej nie przełamie, Sennar będzie pozbawiony swoich mocy.
Teraz już nie był czarodziejem ani członkiem Rady. Był tylko zwykłym chłopakiem zamkniętym w śmierdzącej celi o całe mile od domu.

Niepodobna było nawet próbować ucieczki. W celi znajdowało się tylko jedno wąziutkie okienko, umieszczone bardzo wysoko, a kraty w drzwiach były bardzo solidne. Sennar czuł się jak idiota przez to, w jaki sposób pozwolił z siebie zadrwić. Wyrzucał też sobie, że nie nadaje się do niczego, bo nie potraktował wystarczająco poważnie wrogości ludzi ze Świata Zanurzonego.

Przez cały dzień nikogo nie widział, a kiedy zapadła noc, spał mało i źle. Prześladowały go koszmary: stał przed wyimaginowanym hrabią, który skazywał go i wydawał na śmierć, członkowie Rady szydzili z niego, zaś Tyran dziękował mu za świetną robotę. Śniła mu się też Nihal. Nihal w walce, Nihal w niebezpieczeństwie, Nihal martwa.

Kiedy się obudził, słabe i ponure światło dopiero zaczęło rozjaśniać celę. Pierwszym odgłosem, jaki usłyszał, było burczenie brzucha domagającego się jedzenia. Zawołał strażnika, ale nie otrzymał żadnej odpowiedzi.

Była to niedorzeczna sytuacja. Znajdował się na dnie morza, siedział na ziemi w wilgotnej celi i otaczało go tylko uparte milczenie, jeśli nie liczyć jego żołądka.

Dopiero kiedy dzień był już w pełni, usłyszał wreszcie odgłos kroków zbliżających się do kraty.

– Gdzie się podziewałeś? Co, chcecie, żebym umarł z głodu? – warknął czarodziej.

Kroki zatrzymały się.

– Przepraszam cię – powiedział kobiecy głos. – Dopiero dzisiaj powiedziano mi, że jest jakiś więzień.

Przez kraty Sennar zobaczył dziewczynę podchodzącą do niego z tacą w dłoniach. Była drobna, niezbyt wysoka i nie mogła mieć więcej niż szesnaście lat. Jej twarz tworzyła doskonały owal, a jej policzki były różowe. Do tej chwili Sennar widział tylko ludzi o śnieżnobiałych włosach, natomiast stojąca przed nim dziewczyna miała liczne kasztanowe pasma.

Między dwójką zapadło krępujące milczenie.

– Przepraszam, nie chciałem podnosić głosu – mruknął Sennar zawstydzony. – Sądziłem, że rozmawiam ze strażnikiem.

Dziewczyna uśmiechnęła się do niego nieśmiało.

– Nic nie szkodzi. W każdym razie to twój posiłek, wreszcie się doczekałeś. – Przepchnęła tacę przez szparę na dole kraty.

Sennar złapał ją od razu i zaczął odkrywać miski. Jedną wypełniał jakiś rosół, w którym pływały dziwne czarne pasma, w drugiej było coś przypominającego kurczaka pokrytego zielonkawym sosem, w trzeciej porcja mięczaków, jakich nigdy nie widział. Jedyną rozpoznawalną rzeczą było czerwone jabłko, ale czarodziej nie patyczkował się zbytnio. Zupę pochłonął z takim impetem, że ledwie zdołał poczuć jej smak. Dziewczyna patrzyła na niego w milczeniu z cieniem rozbawienia w zielonych oczach.

Sennar odstawił miskę.

– Wyśmienite – powiedział, biorąc się do następnej. – To ty jesteś kucharką?

– Tak. Prawie cała moja rodzina zajmuje się opieką nad więźniami. Wiesz, to z powodu włosów. – Wskazała na jedno z ciemniejszych pasemek.

– W jakim sensie? – spytał Sennar z zaciekawieniem.

– Moi przodkowie byli jednymi z ostatnich, którzy tu zeszli. To dlatego nasze włosy nie są jeszcze całkiem białe.

– Kiedy tu dotarli?

– Jakieś pięćdziesiąt lat temu. Moi rodzice urodzili się tutaj, ale moi dziadkowie pochodzili z Góry i... tacy jak my nie cieszą się wielkimi przywilejami. To jest jedno z niewielu zajęć, jakie wolno nam wykonywać.

– Zajmowanie się więźniami nie jest zadaniem szczególnie nadającym się dla dziewczyny.

Zarumieniła się.

– Zazwyczaj to mój brat zanosi więźniom jedzenie, ja tylko gotuję. Tylko... tak naprawdę, byłam ciekawa i chciałam cię zobaczyć. W mieście nie mówi się o niczym innym. Wszyscy są bardzo zdenerwowani. Ale ja się ciebie nie boję, mam krewnych, którzy zostali na Górze.

Sennar przeszedł do mięczaków.

– Skąd pochodzą twoi krewni?

– Z Krainy Morza.

– Ja też stamtąd pochodzę. Widziałaś ją kiedyś?

Dziewczyna wybuchnęła śmiechem.

– Oczywiście, że nie! Nam nie wolno wychodzić na powierzchnię. Tylko czarodzieje mogą wybierać się do Świata Wynurzonego.

Sennar wreszcie podniósł oczy znad misek. Z pewnością nie był to pierwszy raz, kiedy znajdował się sam na sam z kobietą, ale w tej chwili ta miła dziewczyna wywarła na nim dziwne wrażenie. *Jest naprawdę ładna.*

Musiała wyczuć, że ją obserwuje, bo zmieszana, zaczęła wygładzać falbany swojej spódnicy.

Sennar popatrzył na tacę. Z jabłka został już tylko ogryzek.

– Dziękuję, nie wiesz, jak dobrze mi to zrobiło – powiedział, oddając tacę dziewczynie.

– Nie ma za co, to moja praca. Wrócę dziś wieczorem. Punktualnie, obiecuję! Nie dopuszczę, żebyś umarł z głodu – dorzuciła ze śmiechem.

Oddaliła się już od krat, kiedy Sennar ją zawołał.

– Poczekaj! Nawet się sobie nie przedstawiliśmy: ja jestem Sennar.

– Ja mam na imię Ondine. No to do zobaczenia później, Sennarze – odpowiedziała, po czym odeszła.

Ondine przychodziła do więzienia rano i wieczorem.

Dla Sennara stanowiła promień słońca rozświetlający ciemności. Była troskliwa, zawsze uśmiechnięta i odwracała jego uwagę od samotności, w jakiej tonął.

W miarę upływu dni zaprzyjaźnili się. Rozmawiali o swoich światach, opowiedzieli sobie swoje historie. Dziewczyna była pod wrażeniem myśli o niebie, nie mogła uwierzyć, że w Świecie Wynurzonym cały błękit skumulowany jest na górze. Opowiedziała Sennarowi, jak bardzo kocha morze i jak chciałaby być syrenidą.

– Syrenidą? – spytał zdumiony.

– Tak nazywają się potomkowie syren.

– Myślałem, że syreny nie istnieją.

Ondine zaśmiała się.

– Jasne, że istnieją! – Następnie opowiedziała Sennarowi, że Zalenia została wybudowana dzięki pomocy trytonów i syren i że po jakimś czasie od założenia królestwa zaczęły rodzić się szczególne dzieci: istotki będące na wpół syrenami, a na wpół mieszkańcami stałego lądu. Nie miały płetwy, ale ponieważ natura obdarzyła je małymi skrzelami, mogły żyć też pod wodą. – To nadzwyczajne stworzenia. Dla nich nie ma podziału na górę i dół, środek i to, co na zewnątrz. Tak bardzo chciałabym być taka wolna jak one!

Z opowieści dziewczyny Sennar dowiedział się, jak głęboka była nienawiść do mieszkańców Świata Wynurzonego. „Tych z Góry", jak nazywano ich w Zalenii, uważano za ludzi oddających się wyłącznie zabójstwom i wojnie, niezdolnych do życia w pokoju ze sobą i z innymi. Owa nienawiść odbijała się również i na tych, którzy przybyli do Świata Zanurzonego później, takich jak Ondine i jej rodzina. Znakiem rozpoznawczym wykluczonych, „nowych", były włosy przeplatane ciemniejszymi pasmami. Patrzono na nich podejrzliwie i mieli oni dostęp tylko do najprostszych prac. Ojciec Ondine był jednym z pracowników konserwacji kolumn łączących szklane bańki z powierzchnią. Musiał pracować zawieszony w powietrzu, aby uwalniać je od odpadów, które kumulowały się wzdłuż ścian i zatykały przewody.

– W domu jakoś musimy sobie radzić, a ja nie mam nawet posagu. No, ale i tak, któż miałby mnie poślubić?

– W moim świecie miałabyś stada adoratorów – odpowiedział Sennar, zawstydzony. Nie był przyzwyczajony do prawienia komplementów.

Ondine potrząsnęła głową ze sceptycznym uśmiechem.

– Z tymi włosami i z tymi różowymi policzkami?

Sennarowi sytuacja ta wydawała się absurdalna. Moni powiedziała mu, że założyciele Świata Zanurzonego pragnęli lepszego świata, w którym wszyscy mogliby żyć w pokoju. On natomiast widział królestwo wybudowane na nienawiści i dyskryminacji.

Sennar kazał sobie wyjaśnić, jak działa ustrój polityczny Zalenii. Każda grupa szklanych baniek była pod pieczą hrabiego, będącego kimś w rodzaju absolutnego władcy dysponującego osobistą armią. Hrabia ściągał też należności, których część musiał odsyłać królowi. Tym zaś, co pozostawało, mógł zarządzać wedle własnego uznania. Niektórzy szczęśliwcy mieszkali w bańkach pod rządami hrabiów oświeconych, którzy używali pieniędzy, aby poprawić życie swoich poddanych, ale wieloma zarządzali dręczący ich despoci. Najwyższą władzę sprawował król, który jednak nie bardzo interesował się dalszymi terytoriami.

W przeszłości sprawy miały się inaczej. Nie było żadnego króla, a ludzie rządzili się sami. W określonych odstępach czasu mieszkańcy każdej wioski zbierali się i razem podejmowali najważniejsze decyzje, zaś w kwestiach ogólniejszych to samo robili ambasadorowie pochodzący ze wszystkich baniek. Nie trwało to długo. Byli tacy, którzy próbowali przejąć władzę przemocą i Zalenia znalazła się na skraju wojny. Aby uniknąć konfliktu, jeden z ambasadorów, najbardziej charyzmatyczny, zaproponował wybranie króla.

– W gruncie rzeczy nie możemy narzekać – mówiła Ondine. – Najważniejsze jest utrzymanie pokoju. Jeśli trafia się zły hrabia, można mieć nadzieję, że następny będzie lepszy. Przecież burza nie może trwać wiecznie, nie sądzisz?

Hrabia zajmował się także wymiarem sprawiedliwości. Kiedy jego strażnicy pojmowali przestępcę, zamykali go w więzieniu w oczekiwaniu na jego osąd, ponieważ tylko on mógł wyznaczać kary.

– A jeśli hrabia... co się dzieje, jeśli hrabia nie przybędzie? – spytał Sennar, zmartwiony.

Ondine zawahała się.

– Nie sądzę, aby ta informacja ci się spodobała.

– Powiedz mi i tak.

Dziewczyna przygryzła wargę.

– Jeśli hrabia się nie wypowiada, to wartownicy decydują o losie więźnia – powiedziała jednym tchem. Zaraz potem uśmiechnęła się do Sennara, aby go uspokoić. – Ale nie musisz się martwić. Jestem pewna, że hrabia wysłucha cię i umożliwi ci rozmowę z królem. Naprawdę.

Sennar miał nadzieję, że dziewczyna ma rację. Jednak dni mijały, a hrabiego nie było widać.

11.

Starzec w lesie

Pewnie posuwali się przez lasy, trzymając się z dala od granicy. Nihal nie potrafiła odnaleźć podniecenia i radości pierwszych podróży. Wszystko już pachniało przyzwyczajeniem: godziny spędzane na koniu, odcinki pokonywane pieszo po bardziej nieprzejezdnych ścieżkach, gdzie trzeba było prowadzić zwierzę za uzdę, ciche posiłki spożywane bez podnoszenia głowy znad miski. Być może, gdyby była tylko z Lajosem, rozmawialiby, ale w towarzystwie tego żołnierza atmosfera nie należała do najprzyjaźniejszych.

Mathon musiał mieć jakieś sześć czy siedem lat więcej niż ona, ale był ponury i milczący jak stary mruk. Odzywał się rzadko i nigdy się nie uśmiechał.

– Miał trudne życie – wyjaśnił jej pewnego wieczoru Lajos. – Był nieślubnym dzieckiem w szlacheckiej rodzinie i kiedy był malutki, porzucono go niedaleko koszar. To wojsko się nim zaopiekowało i dlatego wyrósł z niego taki dzikus. Wiele biedak przeżył.

Po tej wiadomości Nihal zaczęła odczuwać nieco większą sympatię do Mathona, ale żołnierz dalej nie zwracał się do niej ani słowem, a ona nie robiła nic, aby nawiązać z nim bliższy kontakt.

W każdym razie nawet Lajos nie był szczególnie rozmowny. Wydawał się skoncentrowany na swojej misji i bardziej zamyślony niż zwykle. Kiedy Nihal patrzyła na jego twarz, miała wrażenie, że w jego spojrzeniu dostrzega nowe rysy i zdecydowanie, którego nigdy wcześniej nie widziała. Dla Lajosa walka już się rozpoczęła, a ona zdawała sobie sprawę, że przed starciem z Pewarem chłopak musi zwyciężyć samego siebie.

Po krótkim czasie Nihal zaczęła się nudzić. Dni mijały powoli i dziewczyna z westchnieniem ulgi przyjmowała nadejście nocy, kiedy przynajmniej we śnie godziny upływały szybciej.

Po jakichś dziesięciu dniach wjechali do Krainy Wody. Misja, jeżeli można było ją tak nazwać, nie wymagała pośpiechu i nie wydawało się, żeby Lajos niecierpliwie wyglądał dotarcia do celu. Kiedy tylko przekroczyli granicę, chłopak zrobił się jeszcze bardziej ponury. Wtedy Nihal powiedziała sobie, że jeżeli jej zadaniem miało być duchowe wspieranie przyjaciela, to chyba nadszedł moment, aby zaczęła je realizować.

– Nie powinieneś bać się właśnie teraz – oznajmiła mu pewnego wieczoru, kiedy ich towarzysz już spał, a ogień trzaskał wesoło.

– Po prostu już czuję na karku oddech mojego ojca.

– Dotarłeś aż tutaj, a to niemało. Ostatnim razem nie zapuściłeś się tak daleko, prawda?

Lajos uśmiechnął się nieśmiało.

– Wierzysz w to, co robisz, Lajosie, i to jest ważne. Wszystko będzie dobrze.

Jednak już tej samej nocy, nocy bez księżyca i bez gwiazd, Nihal przekonała się, że była w błędzie. Przez te dziesięć dni nie zauważyła nic dziwnego, żadnego znaku, który mógłby zdradzić jakiegokolwiek rodzaju niebezpieczeństwo. Poczuła się pewnie i ta właśnie pewność wpędziła ich w pułapkę.

Było ich dziesięciu. Ich kroki były bardziej ostrożne niż zwykłych żołnierzy. Zachowując czujność, zbliżyli się do miejsca, gdzie biwakowała trójka podróżników, z bronią w dłoni, cicho, ale w gotowości do ataku. Mężczyźni przyzwyczajeni do życia i działania w cieniu, zwinni jak koty. Banda złodziei.

Nawet Nihal, mimo wyostrzonych zmysłów, początkowo się nie zorientowała. Ze snu wyrwał ją dopiero hałas złamanej gałązki, po którym nastąpił lekki szelest, jakby szaty zaczepiającej o krzaki. Nihal otworzyła szeroko oczy i zobaczyła grupę mężczyzn otaczającą ich biwak. Byli uzbrojeni i zbliżali się powoli; rozglądali się wokół i gestami rąk rozdzielali między siebie poszczególne zadania. Dwóch z nich pewnym krokiem skierowało się do sakw, trzeci zaś ze sztyletem w dłoni podszedł do śpiącego Lajosa.

Wówczas dziewczyna poderwała się z wrzaskiem na nogi, z mieczem w garści, gotowa do walki. Lajos i Mathon przebudzili się gwałtownie i złapali za broń, a Nihal rzuciła się z impetem na najbliższego mężczyznę i obaliła go jednym uderzeniem.

Lajos spróbował rzucić się do przodu, ale jeden z rozbójników rozbroił go bez najmniejszego problemu, uderzając go w nadgarstek kijem. Następnie kopnięciem w pierś powalił go na ziemię i usiadł na nim okrakiem.

– Spokojnie. Leż spokojnie, a nic ci się nie stanie – powiedział, celując mu wielkim nożem w gardło. – Na razie.

Nihal zajęła się drugim napastnikiem. Starała się zaskoczyć go gwałtownym i błyskawicznym atakiem, ale on nie dał się zbić z tropu. Był to potężny mężczyzna, mięśnie rozpierały płótno jego koszuli; bez trudu odbijał sztychy Nihal, atakował z impetem i zmusił ją do znacznego cofnięcia się w gąszcz.

Dziewczyna walczyła jak furia, szukając drogi ucieczki. Las rozbrzmiewał tysiącem szelestów, jak gdyby liczba nieprzyjaciół była nieskończona. Potem usłyszała krzyk.

W jednej chwili ogarnął ją gniew.

– Nie! Lajos! Mathon! – krzyknęła. Jednym ciosem odcięła ramię swojego przeciwnika i zostawiła go, aby wykrwawił się pośród krzaków.

Próbowała wrócić w stronę biwaku, ale straciła orientację. Dostrzegła dwa cienie przesuwające się między drzewami. Usłyszała tupot kroków zbliżających się za jej plecami. Wyciągnęła miecz przed siebie, ugięła nogi z rozpędu, podniosła ramię, aby zadać cios.

Potem, nagle, silny ból w głowie.

Ciepły strumień spływający po plecach.

Gęsta ciemność, bez możliwości powrotu.

Nihal uchyliła powieki. Dotkliwie bolała ją głowa. Nawet najdrobniejszy dźwięk rozbrzmiewał w jej czaszce echem, odbijając się z jednej strony na drugą, przekształcając się w nieznośny hałas. Wzrok miała zamglony i nie mogła ostro zobaczyć żadnego szczegółu miejsca, w którym się znalazła. Wydawało jej się, że była to grota, ale nie potrafiła dojrzeć nic więcej. W tle słyszała trzaskanie ognia. Rozłożyła ramiona i pomacała wokół siebie. Leżała na worku ze słomą, przykryta lekkim płótnem.

Usłyszała metaliczny rozdzierający hałas i w polu jej widzenia pojawiła się sylwetka o nieokreślonych konturach.

– Hurra! – wykrzyknął męski głos. – Dzień dobry.

Nihal podniosła rękę do głowy.

– Proszę cię, mów ciszej.

– Przepraszam – powiedział mężczyzna szeptem. – Po takim uderzeniu...

Palce Nihal musnęły szeroki opatrunek. Wytężyła umysł, żeby przypomnieć sobie, co się stało, i nietrudno jej było odtworzyć przebieg wydarzeń. Cios w głowę. Wystawili ją jak żółtodzioba. Zdenerwowała się. *A niech to. Sennar miał rację, ryzykuję życie każdego dnia.*

– Nic nie widzę – poskarżyła się.

– To normalne – powiedział mężczyzna, krzątając się wokół ognia. – Nie martw się, to przejściowy problem. Jutro już wszystko będzie w porządku.

– Kim jesteś?

– Starcem.

Odpowiedź ta wydała jej się zbyt niejasna.

– A nie masz jakiegoś imienia?

– Miałem, dawno temu, ale zostawiłem je za sobą. Już go nie potrzebuję. Jestem starcem, nic poza tym.

Stary. To słowo przywiodło jej na myśl Livona, jej ojca. Właśnie tak do niego mówiła: „Stary". Nigdy nie będzie w stanie nazwać nikogo innego tym imieniem.

– A gdybym chciała cię zawołać?

– Uratowałem ci życie. Możesz mnie nazywać „Mój Wybawca". – Starzec zaniósł się śmiechem, w którym pobrzmiewały nuty odwiecznej mądrości. Podszedł do niej z miską. – Teraz już dość pytań. Pora odzyskać siły.

Nihal zawahała się chwilę, po czym wzięła naczynie i zaczęła jeść.

Czas na zadawanie pytań nadszedł później, pod wieczór, kiedy Nihal odpoczęła. Po przebudzeniu zorientowała się, że wzrok jej się poprawił, chociaż nadal wydawało jej się, że ma zaparowane oczy. W głowie dalej jej łupało, ale podniosła się bez problemów. Poduszka była poplamiona krwią.

Usiadła ze skrzyżowanymi nogami na sienniku i przyglądała się swojemu wybawcy. Jeszcze nie mogła wyraźnie rozróżnić jego rysów, ale wydawał jej się naprawdę bardzo stary. Miał na sobie długą, podartą i brudną sukmanę, zakrywającą go aż po kostki. Jego czaszka była prawie całkiem łysa, miał jednak długą, śnieżnobiałą brodę, opadającą aż na posadzkę. Chodził boso, a kiedy Nihal przyjrzała mu się bliżej, zrozumiała, skąd dochodził ów metaliczny odgłos: dłonie i stopy starca obciążone były masywnymi łańcuchami, owijającymi się wokół jego kończyn niczym uścisk jakiegoś gada.

– Dlaczego jesteś skuty? – spytała impulsywnie.

Starzec odwrócił się do niej i wydawało jej się, że się uśmiecha.

– Aby odkupić moje liczne grzechy.

– Jesteś uciekinierem?

Starzec roześmiał się przytłumionym śmiechem.

– Nie, Nihal, nie. Sam założyłem sobie te łańcuchy, aby ich brzemię zawsze przypominało mi, jak ciężka jest moja dusza.

– Jakim cudem znasz moje imię? – zdumiała się.

– Starość i samotność udzieliły mi wielu darów. Cierpliwości, przede wszystkim, oraz pewnej dozy zdolności przewidywania. To właśnie dzięki temu cię znalazłem.

Dziewczyna spoważniała.

– Opowiedz mi wszystko.

Starzec przycupnął w nogach legowiska Nihal.

– Wczoraj wieczorem słyszałem, że coś dzieje się w pobliżu mojej siedziby. Wyszedłem, ukryłem się i zobaczyłem waszą grupę wydaną na pastwę rozbójników. Ty leżałaś na ziemi, niedaleko od zalanego krwią młodzieńca. Kawałek dalej był więzień.

Serce Nihal podskoczyło.

– Opisz mi go.

– Młodziutki, jeszcze prawie dziecko. Blondynek. Przerażony.

Starzec opowiedział jej, że rabusie znaleźli przy Lajosie list identyfikujący go jako syna Pewara, i postanowili go porwać, aby zażądać okupu.

– Zabrali go ze sobą związanego i zakneblowanego, a ciebie i tamtego zrzucili z urwiska.

– Tamten, nasz towarzysz... – wymruczała Nihal.

– Nie żyje – odparł po prostu starzec. – Pogrzebałem go w pobliżu wąwozu, w którym was znalazłem. Rozbójnicy byli pewni, że ty też nie żyjesz. Nietrudno było tak pomyśleć. Byłaś biała jak prześcieradło i ledwo oddychałaś.

Nihal już go nie słuchała. Życie Lajosa wisiało na cienkiej nitce. Nie było wielkiej nadziei, żeby złodzieje uwolnili go, nawet po zapłacie ewentualnego okupu.

– Potrafisz mi powiedzieć, dokąd poszli?

Starzec uśmiechnął się.

– Oczywiście. To jest moje królestwo. W odległości trzech mil stąd nie ma miejsca, którego bym nie znał.

– No to musisz mnie do nich zaprowadzić. – Nihal skoczyła na nogi i złapała za swój miecz, ale kolana się pod nią ugięły.

Starzec podtrzymał ją, aby nie upadła, i położył na sienniku.

– Dokąd zamierzasz iść? Twój wzrok nie jest jeszcze dobry, jesteś słaba. Nie możesz w takim stanie stanąć przed tymi ludźmi.

Nihal znowu wstała, tym razem ostrożniej.

– Ale nie mogę też zostawić Lajosa na pastwę tych łotrów.

– Nie masz się czego obawiać. Twój przyjaciel jest dla nich niczym worek złotych monet. Przynajmniej dopóki jego ojciec im nie zapłaci. A ty przez ten czas wrócisz do formy.

Nihal usiadła niepocieszona. Starzec miał rację. W takim stanie pozwoliłaby się tylko zabić.

– No już, nie ma co się zniechęcać. Jesteś młoda i silna, szybko wyzdrowiejesz. Wtedy sam poprowadzę cię, dokąd sobie zażyczysz.

Nihal przytaknęła. Czuła, że głowa jej eksploduje, a serce miała w rozterce. Położyła się na sienniku i z niecierpliwością zajęła się kontemplowaniem plam wilgoci na sklepieniu jaskini.

Nihal starannie obejrzała swoje ciało: powierzchowna rana na ramieniu, nogi podrapane przez niskie gałęzie krzewów, fioletowawy siniec na barku. Kiedy dotknęła głowy, na karku jej palce napotkały na wielkie rozcięcie o poszarpanych brzegach. *Właśnie tego było mi trzeba, nowej blizny. Będę musiała zapuścić włosy.*

Przez kilka dni przebywała w grocie. Leżała na słomianym łóżku, próbując obmyślać plany uwolnienia Lajosa i zadręczając się oczekiwaniem. Stopniowo wzrok powracał do normy, a ból głowy słabł, aż wreszcie całkiem zniknął.

Ów dziwny starzec nie był szczególnie towarzyski. Znikał gdzieś na całe dnie i wracał dopiero późną nocą. Wychodził trochę przed świtem, potem przychodził, kiedy zapadał zmrok, i pytał, jak jej minął dzień.

Za każdym razem, kiedy Nihal próbowała wysondować, gdzie był, starzec udzielał jej niejasnych odpowiedzi albo zmieniał temat.

Teraz Nihal mogła lepiej mu się przyjrzeć. Jego twarz pokrywała pajęczyna zmarszczek, ale nie powinien być tak stary, na jakiego wyglądał. Jego oczy były żywe, a uścisk dłoni mocny i solidny. Na prawej dłoni miał wyraźne odciski, typowe dla osoby, która przez długi czas operuje bronią; w młodości musiał walczyć.

– Widziałeś dużo bitew?

– Zbyt dużo. Zabiłem wiele osób. Walczyłem na wielu frontach. A jednak to zawsze jest ta sama wojna, ciągnąca się już od niepamiętnych czasów.

– I byłeś dobrym wojownikiem?

– Jednym z wielu, ani lepszym, ani gorszym od innych.

Zawsze tak odpowiadał, półsłówkami, w sposób wymijający. Na jego wargach ciągle widniał wyryty uśmiech, chociaż musiał cierpieć. Nadgarstki i kostki były owrzodzone od łańcuchów i często krwawiły. Nihal zrozumiała, że starzec żył intensywnie i z pewnością nie były to tylko miłe doświadczenia. Wydawał się rozbitkiem, który widział wiele burz i wreszcie odnalazł spokój.

Ostatniego wieczoru Nihal kazała sobie dokładnie wytłumaczyć, gdzie mieści się kryjówka rozbójników. Starzec był skarbnicą cennych informacji. Nie tylko wiedział, gdzie się znajdują, ale wręcz zdawało się, że bardzo dobrze zna ich zwyczaje.

Dziewczyna zaczęła oliwić miecz, a starzec usiadł przed nią i ją obserwował. Często to robił; wydawał się nią szczególnie zainteresowany.

– Widzę, że znasz lud duszków – stwierdził znienacka.

– Po czym to poznałeś? – spytała Nihal, starając się ukryć zdumienie.

Starzec podniósł palec w kierunku rękojeści.

– Po kamieniu, który masz wprawiony w miecz. Nigdy nie spotkałem człowieka, który by go posiadał, a już tym bardziej Pół-Elfa.

– Podarował mi go pewien duszek, dawno temu – odpowiedziała Nihal. Potem poczuła, jak odzywa się w niej dawna ciekawość. – Co wiesz o tym kamieniu? Znasz go? Wiesz, jakie ma moce?

Starzec uśmiechnął się.

– Byłoby naprawdę dziwne, gdyby ktoś taki jak ja, który przez tyle czasu mieszkał w lesie, nie znał Łez. To kamienie wykonane z wysuszonej żywicy Ojców Puszczy i są symbolem ludu duszków.

– Tak, to wiem – powiedziała niecierpliwie Nihal. – Chciałabym się jednak dowiedzieć... – Przygryzła wargi, niezdecydowana. Nie była pewna, czy może temu człowiekowi zaufać.

W końcu opowiedziała mu przygodę, jaką przeżyła z Lajosem w Krainie Morza, kiedy Łza ocaliła ich przed atakiem Famminów.

Starzec wysłuchał jej w skupieniu, ale wcale nie okazał zdziwienia. Kiedy przemówił, jego głos był spokojny i wyważony jak zawsze.

– Łzy są w stanie absorbować siłę witalną natury i ją zwielokrotniać. Duszki jednak nie wykorzystują tej cechy: używają tych kamieni jako ozdób i czczą je, ponieważ są owocami płaczu ich drzew opiekuńczych. Może nie jesteś tego świadoma, ale to, co otrzymałaś, to bardzo ważny dar. Oczywiście, w ludzkich rękach Łza jest całkowicie bezsilna.

Nihal była zdumiona.

– W jakim sensie?

– Żaden z rodów chodzących po tej ziemi nie jest w stanie wyzwolić mocy Łzy.

– No więc dlaczego w mojej dłoni się... rozbudziła?

Starzec uśmiechnął się.

– Przyzwyczailiśmy się brać pod uwagę jedynie najnowszą historię tego udręczonego świata, ale rasy, które teraz zaludniają Świat Wynurzony, nie są jedynymi, jakie istniały na tej ziemi. Przed nami były inne.

– Elfy – szepnęła Nihal.

– Właśnie. Elfy nie pojmowały magii tak samo, jak rozumiemy ją my. Pod tym względem bardziej przypominały nimfy niż ludzi: były istotami tak bliskimi natury, że potrafiły wychwycić wszelkie jej odcienie. Innym stworzeniom ich zdolność kierowania biegiem natury wydawała się magią. Tak, Elfy były w stanie w pełni spożytkować moce Łzy. Była ona pośrednikiem pomiędzy nimi a najgłębiej ukrytymi sekretami świata i dzięki temu kamieniowi ich jedność z duchami stawała się jeszcze głębsza. – Starzec urwał i potrząsnął głową. – Potem ich lud osłabł. Elfy wyemigrowały ku dalekim ziemiom, porzuciwszy Świat Wynurzony, i jedynym śladem po ich przejściu był twój ród. Wy, Pół-Elfy, zrodzone z połączenia Elfów i ludzi, utraciłyście część bliskości z pierwotnymi duchami. Dla twoich przodków najgłębsze moce Łzy stały się niedostępne, ale i tak nauczyli się wykorzystywać te bardziej łagodne. Pół-Elfy używały kamienia, aby pomagać sobie przy czarach, i tak żywica Tomrenów stała się dla was czymś w rodzaju katalizatora.

Katalizator. Phos też ją tak nazwał.

Nihal zastanawiała się przez kilka chwil w milczeniu.

– Ale ja nie wypowiedziałam żadnej formuły. Kamień zadziałał sam, jak gdyby z własnej woli.

– Nie powinnaś się dziwić, Nihal. W twoich żyłach płynie krew elficka i dzięki temu Łza może przebudzić się w całej swojej mocy. To właśnie wydarzyło się tamtej nocy w lesie. Twoje pragnienie życia aktywowało kamień, a on ochronił cię, przeciwstawiając się stworzeniom zrodzonym z gwałtu na naturze: Famminom.

Nihal ze zdumieniem przyglądała się mieczowi.

– Jak można ją aktywować?

– To trudne pytanie. Być może któregoś dnia się tego nauczysz, ale będziesz musiała zrobić to sama. To ty jesteś Pół-Elfem, a nie ja.

Nihal skrzywiła się, zawiedziona. Taka wielka moc, która okazywała się nie do użytku. Ciekawe, dlaczego Phos sprawił jej taki prezent.

– Potrafisz mi powiedzieć coś więcej? – spytała ze szczyptą nadziei.

– Może – odpowiedział starzec. – Czy kiedykolwiek miałaś dziwne wrażenie, jak gdyby twoją duszą zawładnęły nie twoje uczucia?

Zdawało jej się, że w jej umyśle zapala się jakiś płomyk.

– Tak, oczywiście, zdarzało mi się to nieraz.

– To zdolność, którą obdarzeni byli wyłącznie członkowie twojej rasy. Percepcja Pół-Elfów jest szersza niż u innych stworzeń tego świata, silniej też wyczuwają ducha natury i żyjących stworzeń. W tobie sprowadza się to do mglistego wrażenia, ale twój lud dzięki nauce potrafił te predyspozycje wyostrzać. Pół-Elfy ćwiczyły się w tych umiejętnościach już od dziecka. To dlatego były niepokonane w wojnie: czytały w myślach przeciwnika i były w stanie uprzedzać jego ruchy.

Nihal patrzyła na niego ze zdumieniem.

– Czyli ja też, gdybym chciała...

Starzec potrząsnął głową.

– Nie pozostał nawet ślad po szkoleniu, jakie przechodzili twoi pobratymcy, a zatem nie ma sposobu, abyś mogła kultywować tę cechę. Jasne, być może z czasem nauczysz się to wykorzystywać, ale nigdy nie będziesz w stanie czytać w umysłach innych. Możesz jednak wejść w kontakt z naturalnymi duchami, mieć dostęp do pewnych formuł...

Urwał gwałtownie i Nihal odniosła wrażenie, że chce zmienić temat.

– Jakich formuł?

– Nic. Nic, co mogłoby ci się przydać – odpowiedział, machając lekceważąco dłonią. – Ale wracając do Łzy, to nie był przypadek, że ci pomogła. – Zamknął oczy, jak gdyby starał się przywołać coś w pamięci. – Nie widzę jasno, ale wyczuwam, że jesteś związana z tym kamieniem, który ma swoje miejsce w twoim przeznaczeniu. Jest jak cień czegoś większego. Celu, który czeka na ciebie w przyszłości. – Potem zamilkł i otworzył oczy.

– Co masz na myśli? – spytała Nihal.

– Kto to wie? – Starzec wzruszył ramionami. – Moje oczy widzą, ale umysł nie zawsze rozumie. To ty masz zrozumieć. – Uśmiechnął się. – No cóż, gdzie się podział twój żar? Nie masz jakiegoś przyjaciela do ocalenia?

Nihal skoczyła na nogi.

– Zaprowadź mnie do nich – rzuciła zdecydowanie.

Starzec skierował się do wyjścia z groty, a Nihal po chwili ruszyła za nim. Przed włożeniem miecza do pochwy jeszcze raz popatrzyła na jasny blask kamienia. Wydawało jej się, że ją wzywa.

12.

Hrabia

Zadyszana Ondine zjawiła się przed celą.

Sennar podszedł do krat zaniepokojony.

– Co się dzieje?

– Postanowili cię stracić! – Oczy dziewczyny wypełniły się łzami. – Ludzie się boją i strażnicy chcą się ciebie pozbyć.

– To niemożliwe – wyszeptał Sennar. – To nie ma sensu.

Ondine wybuchnęła płaczem.

– Data egzekucji zostanie ogłoszona jutro.

Sennar wyciągnął dłoń zza krat i dotknął jej ramienia.

– Nie płacz. Posłuchaj mnie. Czy jest jakiś sposób, aby wstrzymać egzekucję?

Dziewczyna osuszyła policzki i kiwnęła głową.

Plac był pełen ludzi. Dni audiencji u hrabiego Varena były prawdziwym świętem, a do stolicy hrabstwa spływali mieszkańcy wszystkich pobliskich miejscowości.

Hrabia był potężnym mężczyzną koło pięćdziesiątki. Wszystko w nim wydawało się wielkie i złowrogie: obszerny tors, grube i krępe ręce, byczy kark. Górna część czaszki była łysa i błyszcząca, a włosy, jakie mu jeszcze zostały, związywał jedwabną wstążką w cienki ogonek, zgodnie z modą panującą wśród jego ludu. Zdecydowane rysy twarzy sprawiały, że przypominał posąg wykuty w skale kilkoma żwawymi ciosami. Siedział na wysokim tronie i wydawał się znudzony. Jego przygasłe spojrzenie błąkało się wśród tłumu u jego stóp: kolejne nudne posiedzenie, kolejny dzień pełen utyskiwań i wiejskich utarczek.

Był czas, kiedy był młody i ufny, kiedy wierzył w swoją rolę, kiedy był pewien, że swoim działaniem może coś zmienić. Marzył, że uczyni ze swych poddanych świadome jednostki, gotowe do podejmowania decyzji, a może nawet do samorządu, tak jak było w przeszłości. Starał się wykorzystywać te posiedzenia jako okazję do rozwoju, jednak jego usiłowania natrafiały na obojętność ludu, który zastanawiał się, dlaczego hrabia tak to rozwleka i nie ogranicza się do rozdzielania łask i kar, tak jak czynili jego poprzednicy. Ci ludzie nie chcieli wolności. Chcieli być rządzeni, chcieli kogoś, przed kim mogli padać na kolana. Kogoś, kto zwolni ich z ciężaru myślenia własną głową. W końcu ustąpił. Stał się tym, kim chcieli go widzieć jego podwładni: despotą.

Tego popołudnia zdążył już rozwiązać kilka kwestii granicznych, jedną kłótnię rodzinną spowodowaną lichym spadkiem, a także wysłuchać kilku żon wstawiających się za mężów.

Hrabia dał znak heroldowi, który wystąpił naprzód.

– Audiencja skończona! Rozejdźcie się! Audiencja skończona! – zakrzyknął

– Zaczekajcie! Zaczekajcie, błagam was! Wysłuchajcie mnie! – dał się słyszeć kobiecy głos. Wołanie nie ustało, dopóki nie dotarło do uszu hrabiego.

Ktoś próbował przedrzeć się przez tłum, przeciskając się krok po kroku, ktoś przepychał się pomiędzy piersiami a plecami zgromadzonych ludzi.

Tłum powoli się rozstąpił i przed oczami mężczyzny pojawiła się drobna dziewczyna. Na jej widok ludzie usuwali się z obrzydzeniem: to była jedna z nowych.

– Podejdź do przodu – powiedział hrabia.

Po raz pierwszy o audiencję prosiła osoba tak młoda. Mogłaby być jego córką. Dziewczę dotarło aż pod marmurowy blok, na którym stał jego tron, a nad audytorium zapadła ołowiana cisza.

– Nazywam się Ondine, panie hrabio – zaczęła zadyszana – i pochodzę z Eressei, wioski w pobliżu wiru. Przychodzę, aby błagać was o oszczędzenie czyjegoś życia.

Hrabia zobaczył, że dziewczyna drży.

– Czy to ktoś z twojej rodziny?

– Nie, panie. To więzień.

– A jakie popełnił przestępstwo?

Dziewczę zawahało się. Stojąc u stóp tronu, wydawało się jeszcze drobniejsze.

– To... to ktoś z Góry, panie – wyznała półgłosem.

Tłum oddalił się od niej jeszcze bardziej i zaczął szemrać. Hrabia zasępił się.

– Ryzykował życie, aby tutaj dotrzeć – ciągnęła dziewczyna. – To młody ambasador.

– Powiedział ci, po co przyszedł?

– Tak, panie. Jakiś tyran próbuje podbić Świat Wynurzony. Chłopak mówi, że mógłby on rozszerzyć swoje panowanie aż tutaj.

Hrabia uśmiechnął się.

– Moje drogie dziewczę, dobrze wiesz, jak podstępni są ci z Góry.

– Nie, panie – wypaliła dziewczyna. – Wiem, co myślicie: że jestem tylko naiwną dziewczyną. Ale ten chłopak nic złego nie zrobił. Wszystko, o co prosi, to móc z wami pomówić. Poprosił mnie, abym pokazała wam to.

Wyciągnęła spod gorsetu medalion, a herold wyrwał jej go z dłoni, aby podać hrabiemu.

Na jednej stronie wyryte było wielkie oko, zaś na drugiej – rysunek, który hrabia od razu rozpoznał jako symbol Krainy Wiatru. Nie zapomniał go, stamtąd pochodzili jego przodkowie.

Varen po raz pierwszy przekraczał próg więzienia. Zazwyczaj to więźniów przyprowadzano przed jego oblicze podczas audiencji, na powietrzu. Zapach pleśni utrzymujący się pomiędzy ścianami schwycił go za gardło.

Wartownik skłonił się przed nim z szacunkiem.

– Przykro mi, panie hrabio, że musieliście się trudzić. Nie sądziliśmy, że skazując na śmierć tego szpiega, uczynimy coś wbrew waszej woli...

Varen przerwał żołnierzowi zirytowanym gestem.

– A więc? O co chodzi?

Strażnik zdał mu raport dotyczący Sennara.

– Dwoje dzieci znalazło go w pobliżu wiru, panie. Ja nakryłem go, kiedy kręcił się po Eressei, i jak tylko rozpoznałem go jako jednego z Góry, wrzuciłem go do celi. Sądzę, że ktoś go przez jakiś czas gościł; nikomu nie udaje się przedostać przez wir bez szwanku. Prowadzę dochodzenie. Winni wkrótce zostaną oddani w ręce sprawiedliwości.

Hrabia przytaknął znudzony.

– Tak, tak. Zaprowadź mnie do niego.

Przed celą czekał na nich bardzo stary czarodziej o długich białych włosach. Hrabia znał go, nazywał się Deliah.

– Ten więzień to czarodziej, panie, ale nie miałem okazji zbadać jego mocy – odezwał się starzec zachrypniętym głosem. – Wolałem nałożyć na niego formułę pozbawienia, zanim mógłby komuś zaszkodzić. Teraz formuła jest jeszcze aktywna, ale za kilka dni chłopak odzyska swoje moce. Sugeruję, aby został stracony, zanim to nastąpi.

– Ta decyzja należy do mnie – uciął krótko hrabia Varen. – Teraz chcę go poznać.

Strażnik otworzył kraty ciemnej celi i hrabia dostrzegł jakąś sylwetkę na wpół ukrytą w ciemności.

– Co tak sterczysz jak słup, draniu? Padnij na twarz! – wrzasnął żołnierz.

Hrabia spiorunował go wzrokiem.

– Nigdy więcej nie ośmielaj się traktować w ten sposób więźnia, w przeciwnym razie będziesz musiał poszukać sobie innej pracy – skarcił go stanowczo. – Odejdźcie, chcę pomówić z nim sam na sam.

– Ale, panie hrabio... – zaczął strażnik.

– Odejdźcie – powtórzył Varen tonem nieznoszącym sprzeciwu.

Strażnik zniknął, a wraz z nim czcigodny Deliah.

Hrabia z uwagą przyjrzał się więźniowi, stojącemu prosto pośrodku celi. Dziewczyna powiedziała mu, że jest młody, ale przed nim stał zaledwie chłopak. Stłumił instynktowny odruch obrzydzenia na widok jego ciemnej skóry, ogniście rudych włosów i długiej podartej tuniki.

– Mówcie. Słucham was.

– Dziękuję, że zgodziliście się udzielić mi audiencji, panie hrabio – zaczął chłopak pewnym głosem. – Nazywam się Sennar i reprezentuję Krainę Wiatru w Radzie Czarodziejów. Muszę opowiedzieć wam historię długą i smutną. Mam nadzieję, że was nie zanudzę, ale jest to nieodzowne, abyście mogli w pełni zrozumieć sytuację, w jakiej znalazł się mój świat...

Kiedy Sennar skończył mówić, hrabia pozwolił sobie na szyderczy wybuch śmiechu.

– Chcecie mi powiedzieć, że powinniśmy udzielić pomocy militarnej komuś, kto próbował nas najechać?

– Wysłuchajcie mnie, proszę was. Przez rok walczyłem u boku wojska w Krainie Wiatru. Widziałem śmierć tysięcy młodych, którzy bili się o lepszą przyszłość. W obozach sytuacja pogarsza się z dnia na dzień. To nie tylko krew, straty i porażki. To poczucie bezradności, zniechęcenie. Panie hrabio, jesteśmy u kresu. I zrozumiałem, że nigdy nie uda nam się wygrać. To dlatego tutaj jestem. Tyran jest silniejszy, ma więcej ludzi i jego wojsko jest gotowe na wszystko. My mamy tylko wolę, aby nie ulec i znowu móc żyć w pokoju.

– W pokoju! – powtórzył hrabia z sarkazmem. – Wy nie potraficie żyć w pokoju. Zawsze przedkładaliście wasze osobiste interesy nad dobro wspólnoty. To wasza kolejna niedorzeczna wojna. I to wasza sprawa.

– Ludzie, których śmierć widziałem, nie myśleli o własnych interesach: walczyli za cały Świat Wynurzony, za żywych i za umarłych, za bezbronnych i za uzbrojonych. To nie jest taka sama wojna jak wszystkie inne. To atak jednego człowieka na wszystkie Krainy. Nasze ludy są braćmi, panie hrabio. Nasze Krainy to Krainy, gdzie urodzili się wasi przodkowie, a ich ówczesne pragnienia są naszymi dzisiejszymi: pokój i wolność. – Sennar był czerwony na twarzy i nachylał się w stronę swojego rozmówcy. – Uwierzcie mi, Tyran nie zaspokoi się Światem Wynurzonym. Jeżeli mnie udało się dotrzeć aż tutaj, dlaczego nie miałoby się to udać i jego wojsku? – Sennar zrobił pauzę i zaczerpnął oddech. – Proszę was tylko, abym mógł porozmawiać z królem – szepnął.

Hrabia przez kilka chwil stał zamyślony, po czym zbliżył się do drzwi celi.

– Straż!

– Pomyślcie o tym! – wrzasnął Sennar, kiedy kraty zamykały się przed jego nosem.

Siedząc na pryczy, Sennar wracał myślami do spotkania z hrabią. Miał okazję, aby ocalić swój świat, i ją zaprzepaścił. Na co przydało się to wszystko, co zrobił? Ryzyko, nadzieja, ból...

Kraty powoli uchyliły się i do celi weszła Ondine. Drzwi zatrzasnęły się gwałtownie za jej plecami, a ona stała z tacą w dłoniach.

– Poprosiłam strażnika, aby mnie wpuścił. – Zarumieniła się. – Pomyślałam, że może... no wiesz, że dzisiaj wieczorem będzie ci miło zjeść kolację w towarzystwie.

– Wybacz mi, Ondine. Dzisiaj nie mam ochoty na jedzenie – powiedział chłopak, skrzywiony.

– Nie załamuj się, Sennarze! – wykrzyknęła porywczo. – Przekonałeś mnie, dlaczego twoje słowa nie mogłyby poruszyć też hrabiego?

Czarodziej uśmiechnął się. W sumie był szczęśliwy, że Ondine stała tu przed nim, a nie za ciężkimi kratami celi. Podszedł do niej.

– Dziękuję za wszystko, co dla mnie robisz – powiedział i delikatnie dotknął jej włosów.

Ondine drgnęła, ale nie odsunęła się od niego.

Sennar zjadł kolację mimo ściśniętego żołądka. Był wdzięczny Ondine za to, że mu pomogła, że obdarzyła go zaufaniem, że była tam i dotrzymywała mu towarzystwa w beznadziei tej celi.

Długo rozmawiali, jak zawsze, przycupnięci na pryczy. Ich słowa pożegnały ostatnie promienie słoneczne i zapoczątkowały noc w otchłaniach.

Kiedy zrobiło się ciemno, Ondine podniosła się.

– Już późno, muszę iść.

Sennar siedział na miejscu. Nie chciał zostać sam, nie tej nocy.

Ondine pochyliła się nad nim, aby móc popatrzeć mu w oczy.

– Zrobiłeś wszystko, co w twojej mocy. Bogowie wysłuchają twoich modlitw i spełnią twoje prośby – powiedziała.

Pocałowała go w policzek.

Sennar złapał ją za rękę i przytrzymał.

– Proszę cię, Sennarze... – szepnęła dziewczyna, ale czarodziej przyciągnął ją do siebie i przytulił, jak gdyby na świecie nie istniało nic innego.

Ondine opadła na pryczę i poddała się temu objęciu. Sennar poczuł jej zapach, ciepło jej ciała. Pocałował ją gwałtownie, a ona mu odpowiedziała, podążyła za nim, jak gdyby nie czekała na nic innego poza tą chwilą. Sennar nie myślał już o niczym. Jego usta stały się chciwe, dłonie pobiegły do gorsetu.

Co ja robię? Oderwał się od niej nagle, czerwony na twarzy, a Ondine zeskoczyła z pryczy i, poprawiając sobie zmiętą suknię, rozejrzała się dookoła, aby upewnić się, że nikt ich nie widział.

– Przebacz mi – wymruczał Sennar.

Dziewczyna szybko zabrała tacę i wezwała strażnika. Potem kraty otworzyły się, a ona zniknęła w ciemności.

Tej nocy Sennar niewiele spał, a podczas nielicznych momentów snu prześladowały go różne sceny: obrazy wojny, jego ojciec, ranna Nihal. Potem uśmiechająca się do niego Ondine, jej usta, miękkość jej ciała.

Kiedy żołnierz obudził go, był mu niemal wdzięczny.

– Przygotuj się, idziemy – zarządził wartownik.

Czarodziej poderwał się gwałtownie. Czyżby już nadeszła pora egzekucji?

– Dokąd idziemy? – zapytał z napięciem.

– Do hrabiego. Chce cię zobaczyć.

Może gdzieś naprawdę istnieli bogowie, którzy czuwali nad swoimi stworzeniami. Sennar był gotowy w ciągu paru minut. Wartownik umocował mu na nadgarstkach ciężkie kajdany i wywlókł z więzienia.

Ulica była zatłoczona. Cała wioska zgromadziła się, aby zobaczyć przybywającego z daleka cudzoziemca.

Po wielu dniach spędzonych w celi Sennar odzwyczaił się od światła. Piekły go oczy, skute nadgarstki bolały, a jednak czuł, że odżywa.

Kiedy tylko opuścili wioskę, usłyszeli wołający ich kobiecy głos.

Sennar podskoczył.

– Ondine...

Dziewczyna biegła ku nim bez tchu.

Wartownik włócznią zmusił ją, aby się zatrzymała.

– Czego chcesz?

– Dokąd go prowadzisz?

– To nie twoja sprawa, ty mała dziwko.

Na te słowa Sennar poczuł, jak wzbiera w nim złość. Z trudem się powstrzymał; to nie był odpowiedni moment, aby ściągać na siebie kłopoty.

– Idę do hrabiego, nie przejmuj się...

Strażnik szarpnął go mocno i zmusił do podjęcia marszu.

Ondine zrównała się z nim.

– Jak to, do hrabiego? – spytała zaniepokojona. Jej drobna pierś podnosiła się i opadała z wysiłku po biegu.

– Nie martw się – powtórzył Sennar.

Żołnierz zatrzymał się nagle i wymierzył włócznię w brzuch dziewczyny.

– Dosyć! Wracaj albo cię zaaresztuję!
Sennar popatrzył na nią łagodnie.
– Proszę cię, zrób, jak mówi, wracaj do domu.
– Ale ja chcę wiedzieć...
– Wszystkiego się dowiesz, obiecuję ci – zdążył powiedzieć Sennar, zanim strażnik pociągnął go dalej.

Rezydencja hrabiego znajdowała się w innej bańce i aby do niej dotrzeć, musieli przemierzyć jeden z tych długich korytarzy, które czarodziej wcześniej widział. Morze było wszędzie: nad ich głową, pod ich stopami, obok nich. Sennar nie mógł przestać rozglądać się dookoła. Szedł po grubym szkle łącznika, otoczony głębokim błękitem wód, i wydawało mu się, że płynie i frunie jednocześnie. Od czasu do czasu strażnik musiał go szarpać, żeby się nie zatrzymywał.

Na miejsce dotarli po kilku godzinach. Pałacyk był budowlą o prostej formie, górującą nad poziomem ulicy. Wchodziło się do niego po długich schodach i Sennarowi przypomniała się Akademia Zakonu Jeźdźców Smoka w Makracie.

Strażnik zaprowadził czarodzieja do sali o nagich ścianach. Hrabia wszedł chwilę później i usiadł na masywnym kamiennym tronie.

– Zdejmij mu łańcuchy i odejdź – polecił strażnikowi.

Kiedy Sennar znów był wolny, hrabia dał mu znak, aby podszedł bliżej.

Sennar usłuchał, masując nadgarstki otoczone fioletowymi kręgami. Wydawało mu się, że chwila ciszy, jaka nastąpiła, trwa wieczność. Jego życie i życie wszystkich mieszkańców Świata Wynurzonego było w rękach tego człowieka.

Hrabia zwrócił się do niego otwarcie.

– Spędziłem przez was piekielną noc, czarodzieju. Wasze słowa bardzo mnie poruszyły. Ale jeszcze bardziej uderzył mnie fakt, że przybyliście tutaj sami i bez broni.

– Moja misja od samego początku miała być misją pokojową, panie hrabio.

– Nie mogę w to wątpić, to ewidentne. Kto może mi jednak zagwarantować, że waszymi współmieszkańcami nie kierują inne zamiary?

– Moje słowo. Oraz to. – Sennar wyciągnął z tuniki pergamin i podał mężczyźnie. – Tutaj znajdziecie propozycję sojuszu Rady. Jak widzicie, dokument wyraźnie stwierdza brak jakiegokolwiek zamiaru podboju. W każdym razie, uwierzcie mi: nasze siły militarne są już zbytnio nadwyrężone wojną, aby mogły zostać użyte w ataku na Świat Zanurzony.

Hrabia podniósł się i zaczął chodzić po sali tam i z powrotem. Sennar wodził za nim oczami, oczekując na ostateczną decyzję. Wreszcie mężczyzna zatrzymał się przed nim.

– Niech będzie. Osobiście odprowadzę was do króla. To Jego Wysokość zadecyduje, czy wysłuchać was, czy też nie.

Sennar miał ochotę krzyczeć z radości. Ledwo udało mu się zachować powagę.

– Nawet nie wiecie, jak raduje mnie wasza decyzja.

Hrabia popatrzył na niego z sympatią, po czym spoważniał.

– Nie sądźcie, że łatwo da się go przekonać. Król będzie myślał przede wszystkim o swoich poddanych.

– Co macie na myśli? – spytał Sennar.

– W naszych baśniach źli to ludzie ze Świata Wynurzonego, rozumiecie? Ludzie w Zalenii wzrastają w nienawiści do tych z Góry. To z tym będziecie musieli walczyć.

– Ja pragnę ufać, że wasz władca podejmie decyzję sprawiedliwą.

– Polityki nie uprawia się sprawiedliwością – odparł hrabia. – Nierzadko panujący zmuszony jest nagiąć się do woli tych, którzy są mniej dalekowzroczni. Uwierzcie mi. Wiem o tym nazbyt dobrze.

– Tak mówicie? Ja natomiast uważam, że bez sprawiedliwości polityka przestaje mieć znaczenie.

Hrabia potrząsnął głową.

– Mam nadzieję, że życie was nigdy nie zawiedzie i nie zagasi waszego entuzjazmu – powiedział, żegnając się. – Podróż będzie długa. Wyruszamy jutro rano.

Sennar przemierzył długi korytarz prowadzący do wyjścia z pałacu z uśmiechem wyrytym na twarzy. Miał wrażenie, że unosi się metr nad ziemią. Oczywiście, nie dotarł jeszcze do celu swojej misji, ale decyzja hrabiego była znaczącym krokiem naprzód.

Kiedy tylko przekroczył bramę, zobaczył ją. Siedziała na stopniach, w oczekiwaniu, z koszykiem na podołku. Sennar zbiegł po schodach jak wicher.

– Ondine!

Dziewczyna odwróciła się, upuściła kosz i wybiegła mu naprzeciw. Zarzuciła mu ramiona na szyję i Sennar poczuł te same emocje, co poprzedniego wieczoru.

– Tak się martwiłam – wyszeptała Ondine. Potem oderwała się od niego. – Co powiedział hrabia?

Sennar milczał przez chwilę, rozbawiony sposobem, w jaki Ondine studiowała wyraz jego twarzy. Wreszcie uniósł ją w powietrze i przyciągnął do siebie.

– Udało się! Zaprowadzi mnie do króla!

Zawirowali objęci, po czym upadli na trawnik znajdujący się przed pałacem. Ławice ryb przelatywały nad nimi w wodzie. *Zawsze tak żyć: oto, czego bym pragnął* – pomyślał Sennar.

Ondine popatrzyła mu w oczy.

– Pójdę z tobą.

Sennar zdumiał się.

– Ze mną? A twoi rodzice?

– Powiedziałam im, że być może nie będzie mnie przez jakiś czas – odrzekła, wzruszając ramionami.

– Posłuchaj, Ondine. Nie sądzę, żeby to był...

Dziewczyna przerwała mu, opierając mu palec na wargach.

– Uratowałam ci życie, czarodzieju. Mam do ciebie jakieś prawo.

Po zjedzeniu tego, co Ondine przyniosła w koszyku, zaczęli szukać miejsca, gdzie mogliby spędzić noc. Dziewczyna odstąpiła Sennarowi swój płaszcz i pomogła mu zakryć jak najdokładniej twarz i włosy, po czym ruszyli w kierunku gospody.

Mężczyzna, który ich przyjął, zadawał im tysiąc pytań i traktował Ondine nieuprzejmie, ale ona zdawała się nie zwracać na to uwagi.

– Mamy tylko jeden pokój – powiedział wreszcie.

Ondine była niewzruszona.

– W porządku, bierzemy.

Perspektywa spędzenia nocy z Ondine rozbudziła w Sennarze myśli mało odpowiednie do sytuacji. Skarcił się w duchu. *Co z ciebie za członek Rady? To jest misja dyplomatyczna. To nie moment na poddawanie się namiętnościom.*

Kiedy jednak przekroczyli próg, Sennar stanął jak wryty: w pokoju królowało jedno wielkie łoże.

– Nie martw się – wyjąkał. – Ja prześpię się na podłodze.

Dziewczyna popatrzyła na niego spod oka.

– Tak, jasne. Jak chcesz.

13.

Ratunek

Wyruszyli po ciemku. Nihal nie wydawało się to mądrym posunięciem. Oczywiście, w ten sposób chroniły ich ciemności, jednak noc jest bronią obosieczną. Nie można cię zobaczyć, ale ty też nie jesteś w stanie wyraźnie rozróżnić nieprzyjaciela. Wszystkie ataki, jakich Nihal była ofiarą, wydarzyły się właśnie w nocy.

– Nie lepiej było poczekać do świtu? – spytała pleców starca, które szybko przemykały przed nią wśród krzewów i drzew.

– Nie, tak jest lepiej – szepnął.

Jego bose stopy nie robiły hałasu na trawie. Jedynie od czasu do czasu dawało się słyszeć łagodne i niepokojące pobrzękiwanie łańcuchów. Wydawało się, że ten las do niego należy. Aby poruszać się z taką pewnością, musiał znać każdą jego piędź.

Nihal natomiast posuwała się z trudem. Jej oczy były przyzwyczajone do ciemności, jednak krzewy rosły gęsto i ta plątanina roślin wystawiała jej zwinność na ciężką próbę.

Dotarcie do miejsca, którego szukali, nie zajęło im wiele czasu. Kiedy wyłonili się z gąszczu, przed nimi, w oddali, pojawił się wysoki grzbiet skalny, gdzieniegdzie pokryty haftami z bluszczu. Podstawa ściany tonęła wśród krzewów i drzewek. Wydawała się kompletnie gładka.

Początkowo Nihal nie mogła nic dojrzeć.

– A więc?

– Tam. – Wysuszony palec starca wskazał jej jakiś punkcik.

W świetle księżyca widać było malutki otwór za jednym z wielu krzewów. Kryjówka rozbójników. Nawet uważne oko nie mogłoby dostrzec tego wejścia.

– Nie wygląda na to, ale pieczara jest bardzo duża: to dwa obszerne, połączone ze sobą pomieszczenia – szepnął starzec. – Wśród gałęzi ukryty jest wartownik. W nocy zmieniają się co dwie godziny, zaś w dzień wejście nie jest strzeżone prawie nigdy.

Nihal była zdumiona ilością informacji, jakimi starzec dysponował. Musiał dobrze znać tych rozbójników. Ten człowiek był naprawdę tajemniczy.

– Ilu ich jest? – spytała dziewczyna.

– Było ich dziesięciu, ale dwóch zginęło; jeden jest ranny i wcale nie wychodzi.

Przez kilka minut czekali w milczeniu, po czym starzec przyjrzał się niebu i podniósł się. Wydawało się, że spieszno mu, aby odejść.

– To wszystko – powiedział. – Nic więcej nie mogę dla ciebie zrobić.

Nihal też wstała.

– Dziękuję. Za uratowanie mnie oraz za wszystkie twoje rady. Mam nadzieję, że kiedyś będę mogła spłacić ten dług.

Starzec wzruszył ramionami.

– Kto wie. Może kiedyś nasze drogi znów się skrzyżują. Tymczasem powodzenia. – Chwilę potem zniknął w krzakach.

Nihal obserwowała otwór kryjówki z dłonią zaciśniętą na rękojeści miecza. Dni oczekiwania w jaskini wykończyły ją. Martwiła się o Lajosa i powtarzała sobie, że musi przystąpić do akcji jak najszybciej to możliwe, jednak powstrzymywała ją przewaga liczebna rozbójników.

Czarne ostrze brzęknęło, powoli wysuwając się z pochwy. Odgłos ten zakłócił nocną ciszę i Nihal zamarła. Żadnego ruchu, ani w jej pobliżu, ani przed pieczarą. A jednak był tam ktoś trwający w oczekiwaniu, dziewczyna to czuła: czujny i gotowy do walki mężczyzna. Przez kilka chwil pozostawała nieruchomo, z mieczem jeszcze do połowy schowanym w pochwie. *Cierpliwości, Nihal, cierpliwości. To jeden z tych momentów, kiedy trzeba zachować przytomność umysłu i myśleć. Nie daj się jak zwykle porwać impulsom.* Odetchnęła głęboko i wsunęła broń do pochwy najdelikatniej jak potrafiła. Nie, nie może w ten sposób zaatakować kryjówki złodziei. Wartownik nie był problemem, ale kiedy tylko postawiłaby stopę wewnątrz, znalazłaby przed sobą siedmiu mężczyzn, dobrze uzbrojonych i nawykłych do walki. Potrzebowała planu.

Nihal przetarła twarz dłońmi. Nie cierpiała oczekiwania, a jeszcze bardziej – taktyki.

Księżyc zniknął, a niebo na wschodzie zaczynało się barwić lekką jasnością. Świt nie był daleko. Nihal wycofała się w gęstwinę, w poszukiwaniu bezpiecznej kryjówki, gdzie spokojnie będzie mogła zastanowić się nad sytuacją.

Błąkała się bez konkretnego celu, dopóki nie zobaczyła strumyka płynącego w głębokim parowie. Zeszła na sam dół i pochyliła się, aby się napić. Początkowo zamoczyła tylko wargi, następnie zanurzyła w wodzie całą głowę.

Odczuwała potrzebę rozjaśnienia myśli. Przez jakiś czas siedziała na brzegu, patrząc w niebo, które najpierw bladło, po czym przemieniało się w intensywny błękit. Zbliżało się lato, tylko z nadejściem ładnej pory roku niebo nabierało tej tak głębokiej barwy.

Nihal starała się skoncentrować, ukoić nerwy, znaleźć niezbędny spokój i obmyślić strategię. Po raz pierwszy próbowała tego ćwiczenia z dala od pola bitwy. Zazwyczaj robiła to przed rozpoczęciem walk: siadała gdzieś w kącie i trwała w milczeniu, zmuszając się, aby słuchać tylko bicia swojego serca. Okiełznywała żyjącą w niej bestię, przymuszała do milczenia wibrujące jej w głowie głosy. Goniła za spokojem, trzeźwością, których zawsze potrzebuje dobry rycerz.

Tym razem jednak było inaczej. Nie była na wojnie, nie miała w perspektywie wyjścia na pole bitwy. Nie czekały na nią szeregi wrzeszczących Famminów ani wojowników do pokonania. Nie było nawet złowrogiego cienia Tyrana. Ta nowa walka nie miała nic wspólnego z zemstą. Po raz pierwszy dziewczyna przygotowywała się do walki dla kogoś.

Kiedy Nihal dopracowała w szczegółach swój plan, zabrała się do działania. Przede wszystkim należało zlustrować okolicę i postarać się dowiedzieć wszystkiego o ukształtowaniu terenu i kryjówce zbójców. Starzec wspomniał jej o grocie i dwóch pomieszczeniach, ale to nie wystarczało. Musiała zdobyć jeszcze kilka szczegółów.

Po pierwsze, poświęciła się analizie wejścia. Wydawało jej się, że znów jest małą dziewczynką. Cicho podpełzła przez paprocie i zbliżyła się na tyle, aby móc jasno zobaczyć przejście, ale też nie za blisko, aby jej nie mogli usłyszeć. Leżąc na ziemi, z rękami na dywanie suchych liści, przypomniała sobie zabawy w stepie u stóp Salazaru. Wtedy też czołgała się po ziemi z walącym jak szalone sercem, podniecona i wystraszona, ostrożna jak kot. Te zabawy szybko stały się okrutną rzeczywistością.

Tak jak powiedział starzec, na straży stał mężczyzna. Znajdował się u wejścia do pieczary, ukryty w półcieniu. Nihal długo go obserwowała. Dobrze wykonywał swoje zadanie. Mieć takich strażników w armii! Wydawał się zrelaksowany – najwyraźniej banda nie spodziewała się ataków – ale utrzymywał zmysły w czujności i miał się na baczności przy każdym najmniejszym hałasie.

Nihal poczekała na zmianę warty. Nowy strażnik był ulepiony z zupełnie innej gliny. Stał, opierając się o ścianę z lekceważącą miną, a swój miecz wbił w ziemię. Od czasu do czasu przysypiał.

Dziewczyna wyryła sobie dobrze w umyśle cechy tego typa. Mężczyzna niski i przysadzisty, o długich, czarnych i tłustych lokach opadających na ramiona. Najlepiej byłoby zaatakować, kiedy on będzie na straży. To wiele ułatwi.

Po południu poświęciła się eksplorowaniu otoczenia zewnętrznego. Uważnie zbadała skaliste zbocze, w którego ścianie została wykuta jaskinia. Był to długi uskok i Nihal musiała iść daleko, zanim znalazła punkt, w którym mogła się wdrapać. Wspięła się na samą górę urwiska. Skała była krucha, warstwowa, a kiedy dotarła na szczyt, zorientowała się, że ściana musiała być podziurawiona jak sitko. Teren na górze był poznaczony licznymi, mniej lub bardziej głębokimi zapadliskami.

Przeanalizowała je po kolei. Kanał prowadzący do groty złodziei bardzo by jej się przydał. Prawie wszystkie wyrwy kończyły się jednak ślepymi zaułkami i początkowo eksploracja nie przyniosła jej nic poza wielką liczbą siniaków i zadrapań. *Robota dla gnomów. Przydałby się tu Ido* – powiedziała sobie ze złością, otrzepując się z ziemi.

Sporo czasu zajęło jej znalezienie tego, czego szukała: wielka rozpadlina, przez którą dochodziło się do czegoś w rodzaju chodnika. Nihal uklękła i spróbowała dostrzec jego dno. Tunel biegł prawie równolegle do terenu, ale patrząc uważniej, zauważyła, że opada w dół. *Trochę ziemi więcej nie zniszczy mi ubrań.* Nihal po raz ostatni rzuciła okiem na niebo, zrobiła głęboki wdech i głową naprzód wsunęła się w przewód.

Przejście było wąskie i mimo że dziewczyna była drobnej postury, w wielu punktach trudno jej było przedostawać się dalej. Brakowało powietrza, a to, które było, śmierdziało pleśnią i zgnilizną. Nihal posuwała się naprzód po omacku, jej dłonie ślizgały się na mchu, na ścianach pełnych insektów i dżdżownic. Spodziewała się w każdej chwili napotkać na barierę skalną, która zmusiłaby ją do powrotu na powierzchnię, ale nic takiego nie znalazła. Opadający korytarz ciągnął się dalej, długi i niewygodny. Nihal zaczęła pełznąć na brzuchu, pomagając sobie kolanami i łokciami, dopóki nie zobaczyła w dali mglistej jasności. Teraz musiała poruszać się ostrożniej. Jeżeli korytarz naprawdę prowadził do kryjówki, absolutnie nie mogła pozwolić, aby ją odkryli.

W głębi szybu znalazła wąską szparę, przez którą przenikał promień światła przecinający ciemność. Zbliżyła się. Ściana była cienka. Prawdopodobnie wystarczyłoby zaprzeć się ramieniem, aby się rozpadła.

Nihal zerknęła przez otwór i jej serce zamarło. O kilka łokci pod nią znajdował się Lajos, związany, siedzący na byle jakim sienniku. Był obdarty i brudny, ale na jego ubraniu nie było widać plam krwi. Mimo bladości i ściągniętej twarzy wyglądało na to, że ma się dobrze. Nihal poczuła instynktowny przymus, aby obalić tę przeklętą ścianę i popędzić mu na ratunek, gwiżdżąc na strategię i plany. Zacisnęła oczy. *Nie zepsuj wszystkiego jak zwykle!* Kiedy się uspokoiła, spojrzała znowu.

Jaskinia, dość obszerna, otoczona wysokimi skalistymi ścianami, była prawie kolista, o średnicy przynajmniej dwudziestu łokci. Cztery pochodnie umocowane w tyluż niszach rzucały czerwonawe pobłyski. Wzdłuż ścian znajdowały się zaimprowizowane legowiska, a w jednym kącie skały została wykuta nisza, mieszcząca proste palenisko. Zobaczyła też rannego złodzieja; leżał na pryczy i miał zawiniętą nogę. Oprócz niego naliczyła pięciu mężczyzn, pozostali musieli zatem przebywać w sąsiednim pomieszczeniu. Jeżeli tylko nie istniało jakieś drugie wejście, które jej umknęło. Nihal zaklęła w myślach. Kiedy już wróci na górę, przyjdzie jej czołgać się jak robak po wszystkich dziurach, których jeszcze nie zbadała.

Przyjrzała się dokładniej złodziejom. Nic szczególnego: grupa muskularnych mężczyzn o okrutnych twarzach. *To nie są wyszkoleni żołnierze. Mogę sobie z nimi poradzić.*

Powrót na powierzchnię wymagał czasu i cierpliwości. Nie było wystarczająco dużo miejsca, aby się odwrócić, i Nihal zmuszona była przebyć całą trasę, czołgając się do tyłu. Otarła sobie kolana i łokcie, a kiedy wreszcie znów zobaczyła światło, poczuła się, jak gdyby narodziła się ponownie. Powietrze wydawało jej się niemal perfumowane.

Aż do zachodu słońca nie robiła nic innego, tylko pełzała tam i z powrotem po mniej lub bardziej wąskich korytarzach, dopóki nie upewniła się, że nie ma innych wejść do jaskini.

Kiedy wreszcie zeszła do stóp urwiska, noc zapadła już jakiś czas temu. Była wykończona. Chciwie pochłonęła prowiant, który zostawił jej starzec, i położyła się, aby odpocząć wśród gałęzi wielkiego dębu. Zmusiła się do obmyślania najlepszej strategii ocalenia Lajosa, ale zmęczenie przeważyło, myśli zaczęły plątać się po coraz dziwniejszych ścieżkach i otulił ją sen.

Kiedy się obudziła, poraziło ją w oczy słońce wczesnego poranka.

Szybko zeszła z drzewa i, jak poprzedniego dnia, zanurzyła głowę w wodzie. Była lodowata, ale przyjemna. Nic lepszego, żeby się w pełni rozbudzić.

Cały dzień spędziła na przygotowywaniu pułapek. Nie było to coś, czego uczono by w Akademii; tam mówiono tylko o wojnie, a takich nędznych, godnych złodziei taktyk nie brano nawet pod uwagę. Nauczyła się tej sztuki w dzieciństwie. Wszystko pokazał jej Barod, chłopak z jej bandy; w swoje pułapki złapali wiele ptaków. Później Ido wytłumaczył jej, jak wykorzystywać te techniki w partyzantce. Jako prawdziwy wojownik gnom nie zaniedbywał żadnego środka, aby osiągnąć zwycięstwo. „Honor leży gdzie indziej, a nie w taktykach, jakie się stosuje" – mawiał.

Była to robota powolna i męcząca, głównie dlatego, że brakowało jej odpowiednich narzędzi. Musiała poradzić sobie za pomocą jedynie sznura i noża. Ze sznurka wykonała serię pętli, które ukryła pod warstwami suchych liści. Potem postanowiła zmierzyć się z czymś bardziej skomplikowanym. Zaraz za pierwszym szeregiem drzew w lesie, dokładnie przed wejściem do kryjówki zbójców, wykopała dół długi na jakieś piętnaście łokci. Było to bardzo wyczerpujące, mogła kopać tylko mieczem i rękami, ale na szczęście wystarczyła jej głębokość paru szerokości dłoni. W ciągu kilku godzin ukończyła swe dzieło. Następnie przeszła do ostrzenia wielkiej liczby suchych gałązek, przekształcając je w ostre kołki, które następnie dość gęsto powbijała w rów. Różnicę poziomów w terenie wyrównała stosami gałązek, a na końcu przywiązała ostatni kawałek sznurka wzdłuż rowu na wysokości kostki. Kto będzie tamtędy przechodził, a wkrótce miało to nastąpić, będzie miał przykrą niespodziankę.

Kiedy skończyła, słońce już prawie zaszło. Nihal prychnęła zniecierpliwiona. Zabrało jej to więcej czasu niż myślała.

Zmusiła się do odpoczynku. Wróciła na drzewo i nakryła twarz płaszczem. Pośpi do zapadnięcia ciemności. Potem wkroczy do akcji.

Świerszcze dopiero rozpoczęły swą pieśń. Wieczór był przejrzysty i świeży. Po skwarze dnia chłód szczypał jej skórę. Pod płaszczem było jej gorąco, a marznący na jej ciele pot całkiem ją rozbudził.

Powoli podczołgała się do wejścia do kryjówki, wzięła kamień i wyciągnęła nóż, który trzymała w bucie. Z daleka przyglądała się wartownikowi. Był to ów senny strażnik z poprzedniego dnia. Stał spokojnie, z oczami przymkniętymi ze zmęczenia, i nawet nie usłyszał, jak się zbliżała. *Czyż nie jest tak zawsze? Tragedia nadchodzi nieoczekiwanie, w momencie najwyższego spokoju. A kiedy się umiera, nigdy nie jest tak, jak to się sobie wyobrażało. Tak jak tamtego dnia w Salazarze.*

Jej palce zacisnęły się na rękojeści sztyletu, ale nie czuła gniewu. To, co miała zrobić, było nowym doświadczeniem, czymś bardzo odmiennym od bitwy. Będzie musiała zabić człowieka z zimną krwią, człowieka, który w żaden sposób jej nie zagrażał, człowieka, który nie spodziewał się, że zobaczy, jak śmierć wyskakuje zza krzaka. Nihal nigdy nie miała oporów przed zabijaniem; za pierwszym razem wydarzyło się to zbyt szybko, aby mogła w pełni zdać sobie z tego sprawę, a następnie wszelkie uczucia zostały zatarte przez wojnę. Zabijanie stało się czymś normalnym, zwyczajem. Ale tam, kiedy tak leżała na ziemi, bez ogłuszającego huku pola bitwy, poderżnięcie gardła mężczyźnie znów stawało się morderstwem.

Nihal ze złością rzuciła kamień pomiędzy paprocie. *To dla Lajosa, to dla niego to robię.* Roślinność była gęsta, a uderzenie hałaśliwe. Strażnik otrząsnął się i wytężył wzrok, po czym zaczął wpatrywać się w ciemność.

Nihal podniosła się i ruszyła w jego kierunku, powoli i czujnie.

Strażnik postawił kilka nieśmiałych kroków naprzód, ciągnąc za sobą miecz. Nihal błyskawicznie go dopadła. Jedną dłonią zakryła mu usta, a drugą przesunęła nożem po gardle. Mężczyzna nie wydał z siebie nawet jęku. Powoli zwiotczał w ramionach dziewczyny. Ona pozwoliła mu opaść na ziemię i oderwała wzrok od jego twarzy.

Potrząsnęła głową. *Nie ma czasu na sentymenty.*

Wróciła do krzaków po drewno, którego nacięła w ciągu dnia, i zwaliła je obok wejścia. Krzesiwem zaprószyła ogień, po czym zaczęła biec co tchu. Drewno było na tyle wilgotne, żeby nie zajęło się dość szybko, ale i tak należało działać, nie zwlekając ani chwili.

Wdrapała się po zboczu, odnalazła otwór i opuściła się w dół. Łokcie i kolana jeszcze bolały ją po wczorajszym zejściu, ale nie zwracała na to uwagi. Gorączkowo nadstawiała spiczastych uszu, starając się wychwycić hałasy dochodzące z groty. Przez długi czas wszystkim, co słyszała, był odgłos jej ciała z trudem ześlizgującego się po ziemi.

Potem, kiedy była już przy końcu chodnika, usłyszała niewyraźne głosy, przyciszone i wcale nie nerwowe.

Uspokój się. To musi trochę potrwać. Przewidziałaś to.

Tak jak poprzedniego dnia promień światła uderzył ją w zwartej ciemności korytarza. Nihal wychyliła się, aby popatrzeć przez szparę. Powietrze w jaskini było jeszcze przejrzyste, ale już docierał tam przenikliwy zapach dymu. Mężczyźni stali, węsząc w powietrzu. Jeden, dwa, trzy, cztery, pięć. Brakowało dwóch mężczyzn, prawdopodobnie będących w drugiej sali. Kilku z nich poszło na zwiady, ale nie było wiele do odkrycia: powietrze zaczynało robić się gęste i zamglone. Nihal widziała, jak stopniowo narasta ich poruszenie i niepokój, jak krążą nerwowo po grocie. Potem jakiś głos krzyknął: „Pali się!" i wszystkich ogarnęła panika. Rzucili się do gwałtownej ucieczki, zostawiając Lajosa i rannego towarzysza własnemu losowi.

Nihal nie zwlekała dłużej. Mocno uderzyła ramieniem w skalną przegrodę, która, zgodnie z przewidywaniami, runęła po pierwszym ciosie. Wpadła do jaskini, zrobiła fikołka i już stała na nogach z mieczem w dłoni. Tym razem nie miała czasu na skrupuły, jej ciało myślało za nią. Jednym ciosem powaliła rannego.

Nie był to jednak jedyny zbójca, jaki został w środku. Niedaleko niej dwóch mężczyzn wychodziło z sąsiedniego pomieszczenia. Kiedy tylko pierwszy z nich ją zobaczył, chciał wszcząć alarm, ale Nihal już do niego przyskoczyła. Był nieuzbrojony i zabiła go bez trudu. Drugi wyciągnął nóż myśliwski i starał się zajść ją od tyłu. Nihal ledwo zdążyła umknąć w bok, kiedy ostrze przecięło kosmyk jej włosów. Zbójca rzucił się na nią z krzykiem, ale dziewczyna była gotowa na odparcie ciosu i runęła do wściekłego ataku. Gardło zaczynało piec ją od dymu, musiała jak najszybciej doprowadzić to do końca. Nacierała, dopóki nie przyparła nieprzyjaciela plecami do ściany, po czym przebiła go na wylot. Mężczyzna zwymiotował strumieniem krwi i osunął się na ziemię, bez życia. W jaskini zapadła cisza.

Lajos patrzył na nią z wytrzeszczonymi oczami.

– Nihal! Jak udało ci się…

Dziewczyna podbiegła do niego.

– Później, teraz nie ma czasu. – Jednym ruchem rozcięła krępujący go sznur i pomogła mu wstać.

Chłopak ledwo trzymał się na nogach.

– Nie ruszam się od wielu dni. Cały czas byłem związany – próbował się tłumaczyć, ale jego słowa zaginęły w ataku kaszlu.

Sklepienie groty było już pełne białego dymu.

– Trzymaj się nisko – zarządziła Nihal, po czym sama przykucnęła.

Teraz trzeba było tylko wyjść. I liczyć na skuteczność jej pułapek.

Para przeczołgała się ku wyjściu najszybciej jak mogła. Nie znaleźli nikogo, kto by zagradzał im drogę. Piędź po piędzi zdobywali ocalenie. Ona z przodu, z opróżnioną z myśli głową oraz ciałem napiętym i czujnym, zaś obolały Lajos wlókł się za jej plecami. Kiedy dotarli w pobliże wyjścia, owionęło ich nieoczekiwane gorąco. Nihal zatrzymała się oszołomiona. Nie przewidziała, że ogień tak szybko się rozprzestrzeni. Na zewnątrz panował oślepiający blask płomieni.

– I co teraz? – spytał Lajos niepewnym głosem.

Właśnie, i co teraz?

– Do tyłu! Wracamy do środka! – wrzasnęła Nihal.

Szybko przebyli drogę powrotną. Ogień trzaskał groźnie, a dym opadał coraz bliżej podłoża.

Znowu znaleźli się w głównym pomieszczeniu. Zasłona dymna wisiała tam wyżej, więc mogli uklęknąć. Nihal popatrzyła na otwór w ścianie; wąska, wypełniona dymem kiszka była o jakieś dwa łokcie nad ich głowami. Rozejrzała się dookoła. *Coś, żeby wdrapać się do góry, coś, żeby móc oddychać!*

Zobaczyła stojącą w rogu beczkę z wodą. Podbiegła tam, mieczem odcięła dwie poły swojego płaszcza i zanurzyła je w wodzie. Lajos kaszlał konwulsyjnie.

– Nałóż to na usta – poleciła przyjacielowi, podając mu kawałek mokrej tkaniny.

Musiała znaleźć coś, po czym mogliby się wspiąć. Szukała wszędzie, ale w pomieszczeniu były tylko dwa sienniki i goła skała pozbawiona wszelkich występów. Jej oczy przeglądały każdy kąt, a umysł gorączkowo szukał jakiegokolwiek konceptu. *To pułapka, jesteśmy w pułapce! I to tylko moja wina, że znaleźliśmy się w takiej sytuacji!*

Nihal miotała się po jaskini jak bestia w klatce, a ogień rozprzestrzeniał się niedaleko nich. Wsunęła się do drugiego pomieszczenia groty. Spiżarnia, jasne! Jak mogła o tym nie pomyśleć? Skarby, kufry, ale też beczki i wszelkie możliwe dobra w postaci zapasów żywności. Wszystko, co niezbędne, aby uczynić to miejsce bezpiecznym schronieniem.

– Lajos, chodź tutaj!

Chłopak przybiegł z największą prędkością, na jaką pozwalały mu odrętwiałe nogi.

– Musisz mi pomóc to przesunąć. – Nihal wskazała na wielką beczkę.

Z zapałem zabrali się do prób jej poruszenia, ale obydwojgu brakowało oddechu.

Nihal odwołała się do wszystkich swoich energii.

– Jeszcze trochę i nam się uda, dalej! – krzyknęła, lecz dym gasił jej głos w gardle.

Siła rozpaczy pomogła im przetoczyć beczkę pod dziurę. Obydwoje kaszleli, nie mogąc przestać. Nihal wzięła dzban z wodą i połowę wylała na przyjaciela, resztę na siebie. Lajos miał czerwone oczy i oddychał z trudem.

– Przyciśnij sobie tę chusteczkę do ust i nie ruszaj się. Zrozumiałeś?

Lajos przytaknął.

Nihal wróciła do spiżarni i opróżniła wielki kufer. Wyrzucała na ziemię kandelabry, stosy złotych talerzy, naręcza ozdób, dopóki nie zostało w nim już nic. Następnie zaciągnęła go do drugiej sali. Dała Lajosowi znak, żeby pomógł jej podnieść go na beczkę.

Teraz pozostawała tylko najbardziej skomplikowana część.

Nihal odwróciła się do Lajosa.

– Musimy wyjść drogą, którą się tu dostałam. Korytarz jest wąski i nie będzie w nim dużo powietrza, ale nie przestrasz się, zgoda? Na pewno nam się uda. Ty idź przodem, a ja za tobą. Idź prosto przed siebie i nie odwracaj się, jasne?

Lajos kiwnął głową, jego klatka piersiowa podnosiła się i opadała w poszukiwaniu powietrza; wdrapał się na ten zaimprowizowany postument.

To było rozpaczliwe przedsięwzięcie. Chodnik był długi i na pewno będzie w nim brakowało tlenu. Szanse, że dotrą do drugiego końca cali i zdrowi, były niewielkie.

– Weź głęboki oddech i idź do góry tak szybko, jak możesz! – krzyknęła Nihal, kiedy zobaczyła, że Lajos dotarł do włazu.

Chłopak posłuchał i w mgnieniu oka pochłonęły go ciemności.

Nihal wdrapała się na beczkę i teraz sama wsunęła się do korytarza.

Kiedy tylko się tam znalazła, zabrakło jej tchu. Do zapachu pleśni dotarł cierpki odór dymu. Ściany parzyły i zdawało się, że zaciskają się na dwójce uciekinierów jak miękka i żywa membrana. Ich ciała nie pozwalały dymowi się wydostać, a z góry przenikało niewiele świeżego powietrza.

Lajos posuwał się powoli.

– Jest świeże powietrze, czujesz? Nie brakuje już wiele – starała się popędzić go Nihal, ale prawda była taka, że otaczał ich zaduch śmierci i nieprzeniknione ciemności.

Przygnieciona ciałem Lajosa Nihal czuła, że się dusi. Dym przebijał się przez każdą szparkę, unosił się skręcony spiralnie, tak jak oni poszukując drogi ucieczki.

– Nie dam rady – sapnął Lajos. Zatrzymał się.

– No pewnie, że dasz! – wrzasnęła Nihal głosem tak ochrypłym, że sama go nie poznała. Zakaszlała. Lepki i parzący pot pokrywał ją od stóp do głów. – Naprzód! – dodała jeszcze. – Ja jestem tutaj na dole, żeby cię podeprzeć, oprzyj się na mnie, jeśli jesteś zmęczony, ale się nie zatrzymuj!

Lajos zebrał się w sobie i znowu zaczął się czołgać. Nihal słyszała jego sapiący oddech i popychała go do przodu ręką. Płuca ją paliły, kręciło jej się w głowie, a głos przyjaciela rozbrzmiewał w uszach jak śpiew:

– Nie dam rady... Już nie mogę...

Nihal poczuła, jak wybucha w niej złość.

– Przestań z tym biadoleniem! – wypaliła. – Przeszedłeś taką długą drogę, żeby zdechnąć tutaj jak szczur? Ruszaj się!

Lajos przyspieszył kroku i jego słowa zgasły w coraz bardziej zadyszanym rytmie jego oddechu. Idąca za nim Nihal powoli traciła świadomość i posuwała się naprzód, nie rozumiejąc już, gdzie jest.

Powietrze nadeszło nagle. Świeże, dużo. Zbyt dużo.

Nihal poczuła, że upada. Pochwyciła ją słaba dłoń przyjaciela.

Obydwoje potrzebowali czasu, aby dojść do siebie. Długo leżeli na skale, dysząc i drżąc pod powiewem nocnej bryzy, która po gorącym piekle komina była lodowata jak zimowy mróz.

Lajos ocknął się jako pierwszy. Powoli odwrócił się do przyjaciółki i wyciągnął rękę, aby dotknąć jej dłoni.

– Myślałem, że nie żyjesz – wymruczał.

Nihal otworzyła oczy. Letnie niebo nad nią było pełne gwiazd. Mocno uścisnęła dłoń Lajosa.

14.

Wojna wkracza do Zalenii

Dni szybko mijały. Po niebezpieczeństwach napotkanych na morzu Sennarowi podróż ta wydawała się spacerkiem. Krajobraz był uroczy, koń łagodny, a wikt najlepszy, jaki tylko mógł sobie wyobrazić. No i u jego boku była Ondine.

Kobiety, z którymi miał do tej pory do czynienia, bardzo się od niej różniły. Pierwszą była Soana, jego nauczycielka magii, piękna i dumna. Następnie poznał inne młode czarodziejki, ale wszystkie uważał za zimne i pretensjonalne – ze swoją potarganą czupryną i roztrzepaną miną Sennar z pewnością nie mógł aspirować do ich przyjaźni. A poza tym była Nihal. Ale Nihal była kimś zupełnie innym. I Sennar nie chciał o tym myśleć.

Od czasu owego jednego, jedynego pocałunku z Ondine, Sennar czuł się zagubiony. Nie udało mu się zapobiec wspólnemu odbywaniu tej podróży, ale w głębi ducha wiedział, że wcale się tak naprawdę nie postarał. Jej towarzystwo było tak przyjemne, jej uśmiechy takie beztroskie, że czarodziej zrezygnował ze stawiania sobie zbyt wielu pytań. Wydawało mu się, że po dziewiętnastu latach powagi ma prawo do odrobiny lekkości. Chciał zyskać na czasie, aby zrozumieć, co do niej czuje. Kto wie, może pod koniec tej przygody zda sobie sprawę, że jest w niej zakochany?

Sprawy toczyły się coraz lepiej, jego misja była na dobrej drodze, a Świat Zanurzony był pełen wspaniałości. Po cóż się martwić?

Tworzyli długą karawanę. Kolumnę otwierała lektyka hrabiego, którą poprzedzało dwóch strażników na koniu, a za nią szedł orszak służących i tragarzy prowadzących muły niosące prowiant i wszystko inne, co mogło być potrzebne. Sennar i Ondine zamykali pochód, a za nimi szło dwóch pilnujących ich strażników.

Podróżowali przez cały dzień i zatrzymywali się dopiero po zachodzie słońca. W strefie swojej jurysdykcji hrabia miał wiele rezydencji; spędzał tam okresy wakacji i używał ich jako bazy raz w roku, kiedy musiał odwiedzić wszystkie wioski znajdujące się pod jego kontrolą.

Po przekroczeniu granic hrabstwa nocowali natomiast w napotykanych po drodze gospodach lub w rezydencjach innych hrabiów. Gdziekolwiek się zatrzymywali, traktowano ich po królewsku. Hrabia cieszył się dobrą sławą i szanowali go również ci, którzy nie byli jego poddanymi. Nie brakowało jednak złych spojrzeń. Wielu zastanawiało się, co hrabia Varen, o którym tyle dobrego się mówiło, robi w towarzystwie nowej i kogoś z Góry.

Pałac królewski znajdował się w stolicy królestwa, Zirei, wielkim i rozległym mieście zajmującym całą bańkę. Stolica była odmienna od każdego innego miasta Świata Zanurzonego. Wszystko było tu wykonane ze szkła: domy, pałace, sklepy, place, pomniki. Szkło matowe, ukrywające przed niedyskretnymi spojrzeniami to, co działo się w mieszkaniach. Szkło kolorowe, formujące gry świateł na ulicach. Szkło chropowate, w magiczny sposób deformujące kontury rzeczy.

W Zirei Sennar po raz pierwszy zobaczył syrenidów. Byli podobni do innych mieszkańców Zalenii, ale mieli u nasady szyi dwa widoczne skrzela i czasami można było zauważyć, jak wypuszczają się na zewnątrz, na otwarte morze.

Stolica tętniła życiem, ale nie miało to nic wspólnego z chaosem królującym w jednym z wielkich miast Świata Wynurzonego, takim jak Makrat. Codzienne czynności były wykonywane z przykładnym spokojem, żadnych krzyków, wrzawy czy zamieszania. Mieszkańcy, wszyscy ubrani na biało lub szaro, kręcili się sztywno po ulicach metropolii.

Nawet tam jednak, gdzie światło było najjaśniejsze, nie brakowało cieni. Miasto otoczone były mizernymi przedmieściami, które wydawały się je oblegać. Były to dzielnice przeznaczone dla biednych, z reguły nowych lub chorych: zgodnie z prawem nie było im wolno przekraczać bram śnieżnobiałej Zirei. Przechodząc przez nie, Sennar po raz kolejny zadał sobie pytanie, czy świat, w którym rządziłoby braterstwo, jest w ogóle możliwy.

Zamek króla był olbrzymią budowlą znajdującą się w centrum miasta. Wznosił się do nieba niekończącym się orszakiem pinakli i wieżyczek, białych, przezroczystych lub opalizujących. Nie było tu okien w pełnym tego słowa znaczeniu: powietrze wpadało bezpośrednio z nośnej kolumny bańki, a światło zapewniały małe ostrołukowe okienka. Dopiero przy bliższych oględzinach można było zauważyć najbardziej niezwykłą rzecz: część budynku znajdowała się pod wodą. Zamek był podzielony na dwa skrzydła, z których jedno zanurzone było w morskich głębinach. Skrzydło to stanowiło rezydencję władców syren i trytonów i zostało wybudowane w czasach założenia Zalenii jako znak wiekuistej wdzięczności ze strony mieszkańców względem tych, którzy pomogli im w realizacji ich marzenia.

Rządy były całkowicie rozdzielne. Trytony i syreny po prostu zachowywały się jak dobrzy gospodarze. Z drugiej strony nowo przybyli nigdy nie okazali żadnych oznak wrogości względem podmorskiego ludu ani nie upierali się przy niemożliwej do zrealizowania unii. Jednym słowem, chociaż relacje między dwoma narodami były bliskie i dobrosąsiedzkie, królowała tu logika absolutnej niepodległości.

– Sądzę, że lepiej będzie, jeśli najpierw ja sam porozmawiam z Jego Wysokością. Dziś wieczorem przyjdę przekazać wam wynik tej rozmowy – oświadczył hrabia i Sennar pomyślał, że to mądra decyzja.

Czarodziej i dziewczyna, pod eskortą straży, przez cały dzień włóczyli się, przyglądając się majestatycznym budynkom rządowym i wysokim świątyniom bogów tego królestwa, i kręcili się po jarmarkach ożywiających dalsze uliczki. Ondine nigdy nie była w mieście i wszystko ją pociągało. Sennar natomiast był w niewyjaśniony sposób nieswój; nie wiedział, dlaczego, ale miał wrażenie nadciągającego zagrożenia. Ludzie wokół niego chodzili niespiesznie, na ulicach i placach rozbrzmiewał dyskretny szmer, a jednak czarodziej nie był spokojny.

– Coś nie tak? – spytała go nagle Ondine, wyrywając go z jego myśli.

– Nie, wszystko w porządku. – Sennar uśmiechnął się do niej. – Chodź, pójdziemy zobaczyć ten stragan.

Na ladzie wystawiony był szereg rysunków, które wydawały się obrazować wyimaginowane miejsca: idylliczne krajobrazy, żyzne wsie, dzikie lasy. Nagle czarodziej pojął, dlaczego ten stragan przyciągnął jego uwagę: wyeksponowano na nim obraz przedstawiający coś w rodzaju obserwatorium i mnóstwo osób zajętych pisaniem i patrzeniem przez olbrzymią lunetę. Sennar zbliżył się do płótna i przyjrzał się mu uważniej. Serce mu stanęło – postacie na obrazie były smukłe, miały granatowe włosy i spiczaste uszy. Pół-Elfy.

W tym dziwnym zakapturzonym kliencie kupiec wypatrzył potencjalny interes.

– Witaj, cudzoziemcze – zagaił przymilnym głosem. – Podoba ci się? To astronomowie z Krainy Dni. Sprzedam ci tanio.

Sennar nie odpowiedział. Jego myśli były daleko o tysiące mil, w pogoni za obrazem Nihal. Gdzie była? Jak się czuła? Czy jeszcze o nim myślała?

– Sennarze – mruknęła Ondine, muskając jego ramię.

Czarodziej wrócił do rzeczywistości.

– Skąd go masz? – spytał sprzedawcy.

Kupiec puścił oczko do Ondine.

– Widać, że pochodzi z daleka. Sam to wykonałem, cudzoziemcze! Pelavudd we własnej osobie, do usług.

– Znasz Pół-Elfów? – nalegał Sennar.
– A kto ich nie zna?
– Miałem na myśli, czy ich widziałeś?
– Niby jak? To ludzie z Góry. Obraz ten namalowałem, myśląc o balladach o wygnaniu. To piękny obraz, chcesz go? – wrócił do roli kupca, ale Sennar już złapał Ondine pod ramię i oddalił się.
– Podobał ci się? – spytała dziewczyna.
– Nie, byłem tylko ciekawy.
Nihal. Właśnie, Nihal... Jak mógł się łudzić?

Wieczorem czekali na hrabiego w tawernie zajazdu, w którym się zatrzymali.
– Już późno, Ondine – odezwał się Sennar, kiedy skończyli kolację. – Lepiej będzie, jeśli pójdziesz spać.
– Szczerze mówiąc, myślałam, że poczekam razem z tobą.
Czarodziej popatrzył na nią czule.
– To nie jest konieczne, naprawdę. A poza tym widać, że jesteś zmęczona. Idź do swojego pokoju, no już.
Ondine usłuchała, nie protestując.
Sennar chciał pobyć sam. Teraz wszystko jawiło mu się z bezlitosną jasnością. Co miał zamiar zrobić z Ondine? To nie jej pragnął. To nie ona wypełniała jego sny.
Miotał się w poczuciu winy, kiedy znowu uchwycił to samo poczucie zagrożenia, jakie uderzyło go tego popołudnia. Zmusił się, aby nie myśleć, i zamknął oczy, po czym otworzył je i skoncentrował się na otaczających go osobach. Zaczął odrzucać je jedna po drugiej: mężczyzna siedzący w głębi nie, kobieta za ladą też nie, pijany mężczyzna przy stole... Nagle odczucie zniknęło. Sennar skoczył na równe nogi, wystarczająco szybko, aby zobaczyć połę czarnego płaszcza znikającą za drzwiami. Rzucił się w pogoń, ale kiedy przekroczył próg, wpadł na hrabiego Varena.
– Widzieliście, kto wychodził stąd przede mną? – spytał zdenerwowany.
– Nie zwróciłem uwagi – odpowiedział Varen. – Co się dzieje?

Sennar potrząsnął głową.
– Nic. Chodźcie, wejdźmy do środka, opowiedzcie mi o królu.

Siedząc przy położonym najbardziej na uboczu stole tawerny, Sennar uważnie słuchał słów hrabiego.
– Rozmawiałem z Jego Wysokością. Była to dyskusja długa i trudna. Chcę być wobec was całkowicie szczery: król nie jest do was dobrze nastawiony.
– Nie spodziewałem się, że będzie – powiedział Sennar. W tej chwili dobrze by mu zrobił wielki rekin. Zamówił coś do picia. – Jednym słowem, nie chce mnie widzieć.
– Nie, udało mi się uzyskać dla was posłuchanie. Odbędzie się ono jutro, na placu broni pałacu królewskiego, w obecności całego narodu. Macie być skuci, ponieważ król się was obawia. A poza tym... – Hrabia zawahał się. – Jeżeli wasze słowa nie przekonają go, z miejsca obetnie wam głowę. I to samo uczyni ze mną.
Sennar zesztywniał z kieliszkiem w powietrzu.
– Chcecie powiedzieć... że dla mnie położyliście na szali wasze życie?
Varen popatrzył czarodziejowi w oczy.
– Posłuchajcie mnie, Sennarze. Kiedy nominowano mnie na hrabiego, byłem pełen marzeń. Wy jesteście tacy, jak ja wówczas. Mnie nie udało się zrealizować moich pragnień. Jeżeli wam się powiedzie, będzie to moje odkupienie. W przeciwnym wypadku... No cóż, żyłem już wystarczająco długo. I nikt nie będzie po mnie płakał.
Sennar milczał długo, zmieszany.
– Ja... miło mi, że we mnie wierzycie. Ale przecież macie hrabstwo, którym rządzicie, ludzi, których życie od was zależy. Nie mogę wam pozwolić na takie poświęcenie.
– Nie robię tego dla was, czarodzieju. Robię to dla siebie – mruknął hrabia. Po czym wziął kieliszek Sennara i wychylił go jednym haustem.

Sennar wszedł do swojego pokoju i zbliżył się do okna. Szklane miasto zdawało się nieruchome, otulone głębokim granatem, który czarodziejowi wydał się nagle złowrogi. *Co się dzieje? Kto jest tam, na zewnątrz?*

Usiadł na ziemi ze skrzyżowanymi nogami i zastanowił się. Jedną z pierwszych umiejętności, jakiej uczy się czarodzieja, jest wyczuwanie obecności innych czarodziejów. Nie chodziło tu o prawdziwe zaklęcie, była to raczej technika wskazywania. Nie powinien mieć do niej dostępu wskutek zaklęcia starego Deliaha, jednak to wrażenie niebezpieczeństwa nie mogło być zinterpretowane w żaden inny sposób: wyczuwał obecność czarodzieja.

Powróciły mu w myślach słowa Deliaha do Varena, wypowiedziane przed celą: „Za kilka dni odzyska swoje moce".

Sennar otworzył dłoń. Zamknął oczy i półgłosem wyrecytował formułę. Chwilę później na jego dłoni już jaśniał niebieski płomyczek. Wymknął mu się uśmieszek pełen satysfakcji. *Znów jesteś taki jak dawniej. A teraz do roboty.*

Wyciągnął z tuniki mały, skórzany woreczek. Wysypał jego zawartość na dłoń: dziesięć małych srebrnych krążków zadźwięczało w ciszy pokoju. Ondine westchnęła i przekręciła się w łóżku. Czarodziej rozłożył je na ziemi i zaczął szeptać powolną i uroczystą litanię. Krążki poruszyły się jeden po drugim, tworząc krąg. Sennar patrzył na nie skoncentrowany. *Nic. Czy to możliwe, abym się mylił?* Dalej recytował zaklęcie, dopóki krąg nie zaczął się obracać, coraz bardziej przyspieszając. *Udało się.* Jeden z krążków podniósł się w powietrze. Jego powierzchnia powoli zabarwiła się na czarno, a w centrum wyłoniła się szkarłatna, płomienna runa: dwa nacięcia tworzące krzyż i przecinająca je długa, pionowa kreska.

Sennar urwał gwałtownie. Krążek odzyskał srebrną barwę i upadł na ziemię, pozostałe zatrzymały się nagle.

Czarodziej siedział nieruchomo w ciemności, wstrzymując oddech. Złapał się rękami za głowę.

Tyran. Już tu był.

Ondine spała głęboko, skulona pod kocami jak mała dziewczynka. Sennar, blady i z podkrążonymi oczami, pochylił się nad nią i delikatnie potrząsnął jej ramieniem.

Dziewczyna przeciągnęła się i zamrugała powiekami, aby przyzwyczaić się do światła latarni. Kiedy zobaczyła go wyraźnie, podniosła się nagle, zaniepokojona.

– Co się stało?

Sennar usiadł na brzegu łóżka.

– Ondine, chcę, żebyś mnie uważnie wysłuchała.

– Co powiedział hrabia?

– Posłuchaj mnie. Wkrótce przyjdą mnie zabrać i zaprowadzić do króla...

– A więc uzyskałeś posłuchanie!

Sennar położył jej dłonie na ramionach.

– Chcę, żebyś dzisiaj nie wychodziła ze swojego pokoju. Pod żadnym pozorem. Zrozumiałaś?

Ondine popatrzyła na niego ze strachem.

– Co się dzieje, Sennarze?

Czarodziej cedził słowa.

– Zrób to, co ci powiedziałem, i czekaj na mnie. Wszystko będzie dobrze.

Strażnicy skuli go i przepchnęli między dwoma skrzydłami tłumu: mężczyźni, kobiety, dzieci, twarze ciekawe i zalęknione. Sennar rozglądał się dookoła i patrzył po wszystkich tych ludziach, ale nic nie udało mu się zobaczyć.

Po przekroczeniu progu pałacu wszedł w bardzo długi korytarz zalany turkusowym światłem. Wzdłuż ścian, zwieńczonych sklepieniem o zawrotnej wysokości, stały dwa szeregi lansjerów.

Sennar był spięty. Czuł, że jego usta są całkiem wysuszone, a na czole perliły mu się krople potu. Jedna z nich spadła na elegancki dywan, rysując na nim mały, czarny punkt. *Bądź spokojny, spokojny i skoncentrowany.* Z jednej strony musiał przekonać króla, z drugiej trzymać sytuację pod kontrolą. W grę wchodziło nie tylko jego życie, ale życie całego znanego świata.

Korytarz doprowadził do olbrzymiej szkarłatnej sali. Jej ściany były czerwone jak krew, a światło sączyło się przez niewielkie przezroczyste ostrołuki. W głębi salonu widniały imponujące szlifowane wrota. Strażnicy otworzyli je i Sennar znalazł się na placu, gdzie odbywały się audiencje. Było to coś w rodzaju niezmierzonego, wypełnionego ludźmi amfiteatru. Szklany wybieg przemierzał całą arenę aż do wznoszącego się przynajmniej o sześć łokci nad ziemią podestu. Dostęp doń prowadził po schodach, które następnie ciągnęły się dalej i wdrapywały się jeszcze wyżej, gdzie widniał tron z niebieskiego kryształu.

Straże zatrzymały się w połowie wybiegu. Sennar poczuł, jak nogi się pod nim uginają. Jego myśli stawały się coraz bardziej zmącone. Desperacko starał się wyczuć coś w tłumie, ale zdenerwowanie, strach i ogrom tego miejsca sprawiały, że czuł się zagubiony. Kręciło mu się w głowie.

Hrabia stał kawałek dalej.

– Varen, coś jest nie tak! – wrzasnął.

– Cicho! – nakazał mu strażnik, po czym szarpnął nim.

Hrabia nie usłyszał go. *Odwróć się, odwróć się, proszę cię!*

Sennar chciał do niego podejść, ale żołnierze go zatrzymali.

Potem na placu rozległy się dźwięki trąby i wkroczył orszak uzbrojonych w miecze wartowników, za którymi postępował masywny mężczyzna z nagim torsem. Jego twarz zakrywała maska z czarnego kryształu. Mięśnie ramion zdawały się eksplodować pod śnieżnobiałą skórą. W dłoni trzymał topór. Kat.

Sennar już przyzwyczaił się do nadstawiania karku, ale świadomość, że dystans pomiędzy życiem a śmiercią tkwi w nikłej granicy jego własnych słów, głęboko go uderzyła.

Czarodzieja i hrabiego podprowadzono do stóp podwyższenia.

Wówczas nadszedł czas na wejście króla. Przed nim kroczyli liczni, wyelegantowani członkowie dworu. Piękne, smukłe jak trzciny kobiety poubierane były w proste niebieskawe szaty z cieniutkiego woalu, odsłaniające ich kształty przy każdym kroku, zaś wypieszczeni dworzanie mieli na sobie ciężkie brokatowe stroje w żywym niebieskim kolorze. Nereusz szedł na końcu.

Sennar stał jak osłupiały. Władca Świata Zanurzonego był chłopcem o wyglądzie efeba. Miał ze sobą berło wyższe niż on sam i kroczył majestatycznie, rozglądając się dookoła wyzywająco.

Jego pojawienie się wzbudziło w tłumie szmer niczym dreszcz, po którym nastąpiły okrzyki radości, skandujące imię władcy.

– Nereusz! Nereusz!

Hrabia rzucił się na ziemię, a Sennar zrobił to samo.

Władca zrobił drobny gest dłonią i w jednej chwili uciszył audytorium.

– Hrabio Varen...

Varen wystąpił naprzód.

– Tak, Wasza Wysokość.

– W mojej łaskawości pragnę spytać was jeszcze raz, czy jesteście pewni tego, co czynicie? – spytał poważnie.

Varen nie odpowiedział od razu i Sennar wstrzymał oddech.

– Tak, mój władco – powiedział wreszcie hrabia półgłosem.

– Zatem niech tak będzie. – Nereusz dał znak czekającemu u jego boku heroldowi, który wtajemniczył audytorium w całą historię.

– Słuchajcie, słuchajcie! Dzisiaj nasz Wspaniały Władca udzieli audiencji jednemu z Góry, członkowi Rady Czarodziejów, Sennarowi. Jeżeli Sennarowi uda się przekonać króla do powodów, jakie popchnęły go aż tutaj, ten wysłucha jego próśb. W przeciwnym wypadku mężczyzna zostanie ścięty za złamanie prawa zakazującego takim jak on wstępu do Zalenii. Razem z nim zostanie skazany hrabia Varen z hrabstwa Sakana za wystawienie na niebezpieczeństwo Jego Wysokości Nereusza.

Król dał znak i strażnicy puścili Sennara, który podszedł do tronu.

Nereusz, z wysokości swojej pozycji, nawet nie pochylił głowy, aby na niego spojrzeć.

– Możesz mówić, człowieku z Góry – powiedział wyzywająco.

Sennar wyczuwał wrogość obecnych, ale nabrał odwagi i odezwał się.

– Wasza Wysokość, jestem członkiem Rady...

– Mów głośniej. Nie słyszę cię – przerwał mu władca.

Sennar zrozumiał, że musi udowodnić temu chłopczykowi, z jakiej gliny jest ulepiony.

– Jestem Sennar, członek Rady Czarodziejów. W Świecie Wynurzonym członkowie Rady sprawują władzę polityczną i reprezentują każdą z Krain. Ja pochodzę z Krainy Wiatru, ale przybyłem tutaj w imieniu całego ludu, wysłany oficjalnie, aby spróbować przerwać izolację, jaka dotknęła nasze światy. Dobrze znam waszą historię, wiem, że uciekliście z powierzchni i zeszliście aż tutaj, aby zbudować nowe królestwo, w którym nie istnieje wojna. I, jak widzę, odnieśliście sukces – skłamał. Król dalej patrzył na niego z wyższością. – Co do jednego jednak się pomyliliście: nasz świat nie był pozbawiony nadziei. Wytrwałością i wolą również i nam udało się odzyskać pokój. Długo żyliśmy w harmonii, zbudowaliśmy przyszłość, w której nikt nie znał już znaczenia słowa „wojna". I to marzenie zostałoby zrealizowane, gdyby ktoś przemocą nie przerwał naszego marszu. Pięćdziesiąt lat temu pewien człowiek, czarodziej, rozpoczął podbój naszego świata. Zawładnął jedną Krainą po drugiej i dzisiaj, niepowstrzymany, króluje w pięciu z ośmiu Krain. – Na arenie nie było słychać nawet szmeru, nikt się nie poruszał. – Nikt go nigdy nie widział, nie zachowała się pamięć o jego imieniu, jednak dzięki swoim czynom zyskał sobie tytuł Tyrana. Również jego cele są niezgłębione, ale dalej walczy on z jeszcze niepodległymi Krainami. Stworzył także rasę potworów, Famminów, siejących śmierć i terror.

Król zaśmiał się ironicznie.

– A więc znowu jesteście w stanie wojny – zauważył rozbawiony. Wśród jego dworzan podniósł się chórek irytujących śmiechów.

Sennar potrząsnął głową.

– Nie z naszej woli, panie.

– Jeśli ktoś nie chce wojny, to jej unika – zauważył Nereusz z wyniosłym uśmiechem.

– Obecna wojna jest wojną pojedynczego człowieka przeciwko wolności Świata Wynurzonego. To inwazja, inwazja istoty, która zamierza… – Sennar przerwał nagle, przeniknięty lekkim, ledwo wyczuwalnym niepokojem. – Zaatakował nas z zaskoczenia, Wasza Wysokość – podjął. – Dokonał masakry panujących, wysłał swoje wojska przeciwko naszym ludziom, pragnął tego konfliktu i do niego dążył. Tyran unicestwił cały naród. Pół-Elfy, pamiętacie je? Prawie połowę z nich wymordował podczas jednej tylko nocy, a następnie prześladował ich, gdziekolwiek byli, zabijając kobiety, dzieci, wojowników, starców. – Uśmiech zamarł na wargach Nereusza i dziwna cisza zapadła nad audytorium. Sennar starał się przypomnieć sobie sposób, w jaki Nihal opowiadała o tej rzezi; chciał, aby obrazy śmierci zaludniające umysł jego przyjaciółki odżyły, aby król wyczuł całą zgrozę tego, co działo się w Świecie Wynurzonym. – Nic po nich nie zostało, zaledwie nikłe wspomnienie. Niewielu jeszcze wie, że w ogóle chodzili po naszej ziemi. A jednak dzielili wasze marzenia, tak jak wy aspirowali do pokoju, byli waszymi braćmi.

Cisza stała się ciężka. Słowa Sennara okazały się strzałem w dziesiątkę.

– Dlaczego opowiadasz nam tę historię? – spytał Nereusz zirytowany.

Znowu to mgliste przeczucie. Czarodziej starał się stopniowo rozluźniać krępujące go łańcuchy.

– Zostałem wysłany przez Radę, aby prosić was o posiłki. Nasze oddziały są u kresu i wkrótce upadną. Świat Wynurzony będzie jedną niezmierzoną pustynią zamieszkaną przez niewolników Tyrana. Ale Tyran stanowi niebezpieczeństwo również i dla Zalenii: kiedy skończy podbijać naszą ziemię, jego wzrok skieruje się ku wam.

Przeczucie narastało. Ktokolwiek to był, znajdował się wśród tłumu.

Wyglądało na to, że Nereusz zmienił swoje nastawienie. Był teraz uważniejszy, mniej szyderczy. Najwyraźniej wspomnienie o Pół-Elfach wywarło na nim wrażenie.

– Jestem zniesmaczony okropieństwami, jakie ów człowiek uczynił, chociaż nie dziwią mnie one, są przecież godnym dziedzictwem ludu z powierzchni. Ale my jesteśmy bardzo daleko. I podział pomiędzy naszymi światami jest nader głęboki i zakorzeniony w czasie. Dlaczego miałoby nas to dotyczyć?

W wyniosłej postawie króla zarysował się cień wątpliwości. Chociaż jego zachowanie było nieprzystępne i zimne, Sennar rozumiał, że jego rozmówca wcale nie jest głupcem. I że naprawdę całym sercem troszczy się o swoją ziemię. Sennar postanowił, że nadszedł czas na decydujący cios.

– Wojna mogłaby już tu być, Wasza Wysokość – powiedział, cedząc słowa – chociaż jeszcze tego nie zauważyliście. Ten człowiek może już knuć przeciwko wam, a jego plany mogą być w stadium bardzo zaawansowanym.

Sennara oblewał zimny pot, jego zmysły były wyostrzone do maksimum. *Jest tutaj, czuję to. Przygotowuje się do działania.* Zaczął rozglądać się wokół, skoncentrowany.

Nereusz poruszył się, zdenerwowany, na tronie.

– Jeżeli istnieje chociażby najmniejsza możliwość, że to, co mówisz, jest prawdą, jestem zmuszony wziąć to pod uwagę. Wyznaczę ci prywatną audiencję, aby...

W tej chwili niezwykle żywe poczucie zagrożenia uderzyło Sennara jak cios mieczem. Odwrócił się i zobaczył go: mężczyzna w czarnym płaszczu siedzący na najniższych stopniach podniósł się na nogi i celował dłonią we władcę. Sennar nie miał czasu na namysły, rzucił się w przód i przygotował się do wyrecytowania formuły obronnej. Strzał wyruszył i był celny, ale Sennar nie zawiódł: zielony promień z hukiem odbił się od bladej, srebrzystej bariery.

Przez moment wydawało się, że czas się zatrzymał: tłum, król, strażnicy, Varen, on sam, leżący na ziemi. Wszystko było nieruchome, jakby zamrożone. Sennar poczuł silny ból w nodze. Został trafiony. Próbował powstać, lecz kolejny błysk załamał się na wzniesionej przez niego barierze. Zanim czarodziej upadł ponownie, zobaczył, jak wysłannik Tyrana ucieka i znika w przerażonym tłumie. Ze stopni zaczynały się podnosić histeryczne okrzyki, ludzie uciekali, popychani przez rzucające się w pościg straże.

Sennar podniósł się i zaczął biec. Za każdym razem, kiedy stawiał stopę na ziemi, rozdzierający ból zapierał mu dech, ale nie poddawał się. Czarny czarodziej pędził prosto jak strzała z płaszczem łopoczącym na wietrze i jednego po drugim obalał strażników, próbujących go zatrzymać.

Sennar cały czas deptał mu po piętach. Teraz już kulał i przy każdym kroku ryzykował upadek. Widział tego przeklętego uciekiniera przed sobą, otaczała go dziwna kopuła w kolorze purpury. Sennar nigdy nie spotkał się z takim rodzajem bariery, ale i tak postanowił spróbować. Ocenił odległość dzielącą go od nieprzyjaciela i wydawała mu się wystarczająca. Wyciągnął dłonie i wykrzyknął formułę, ile sił miał w płucach.

Purpurowa bariera rozprysnęła się w deszczu drzazg, a mężczyzna upadł na bruk.

Sennar podniósł z ziemi miecz jednego z zabitych strażników i podszedł, pociągając ranną nogą. Zaklęcie petryfikacji było formułą dla początkujących i nie będzie długo działać na prawdziwym czarodzieju. Musiał jak najszybciej go unieszkodliwić. Ale kiedy wreszcie znalazł się o krok od nieprzyjaciela i odsłonił mu twarz, przez chwilę poczuł, że kręci mu się w głowie.

– Cóż za miłe spotkanie, nieprawdaż?

U jego stóp leżał mniej więcej dwudziestoletni chłopak. Kosmyk kruczoczarnych włosów opadał mu na czoło, a oczy błyszczały szyderczo.

Sennar poznał go w Makracie, kiedy uzupełniał swoje wykształcenie na członka Rady u Flogistona. Nawet kilka razy ze sobą rozmawiali. Nazywał się Rodhan. Był młodym i obiecującym czarodziejem z Krainy Słońca. Był jednym z nich.

– Brawo, Sennarze – zachichotał szyderczo Rodhan. – Któż mógłby przypuszczać? Tyran nie postawiłby na ciebie nawet pół dinara, a tu popatrz, co jesteś w stanie zrobić. Gratuluję ci przemówienia, jesteś w tym całkiem dobry. Wiedz jednak, że ani ty, ani nikt inny nie będzie nigdy w stanie zatrzymać mojego Pana.

Sennar dyszał ciężko i noga nie dawała mu spokoju.

– Wyszkolił cię Flogiston, mój nauczyciel... Dlaczego?

– Bo Tyran jest wielki, bo wy przed jego obliczem jesteście tylko mrówkami. – Chłopak zwrócił się do niewielkiego tłumku, który oniemiały obserwował całą scenę. – I to dotyczy również was! Teraz Tyran wie, gdzie jesteście, zawsze o tym pamiętajcie!

Zaklęcie miało zaraz prysnąć, wkrótce wysłannik Tyrana znowu będzie w stanie szkodzić. Sennar poczuł w dłoniach rękojeść miecza i przeszła mu przez głowę raptowna myśl.

Rodhan to zauważył.

– Radzę ci mnie zabić, w przeciwnym razie ja to zrobię – szepnął z niedorzecznym uśmiechem, całkiem niestosownym w tej sytuacji.

Sennar z wahaniem ścisnął rękojeść. Nigdy nikogo nie zabił. Następnie usłyszał tupot za plecami i świst tuż nad głową.

Chwilę później włócznia przygwoździła do podłoża Rodhana z tym bezsensownym grymasem wciąż jeszcze wyrytym na wargach.

Sennar odwrócił się gwałtownie.

Stał nad nim jakiś żołnierz.

– Jak wojna to wojna – orzekł ponuro.

15.

Mężczyzna w cieniu

Pułapki zadziałały. Po zbójcach nie było śladu, ale Nihal i Lajos i tak postanowili zachować ostrożność i, kontynuując przerwaną podróż, wybrali dłuższą drogę.

Strach stopniowo mijał i Lajos opowiedział Nihal o swojej niewoli.

– Nie traktowali mnie źle. Trzymali mnie w więzach, ale przez większość czasu nie zwracali na mnie uwagi. Jadłem to samo, co oni. Nie, najgorsze wcale nie było to, że tam byłem. Najgorsze było to, że myślałem, że nie żyjesz, Nihal – powiedział, patrząc jej w oczy.

– Ja też się o ciebie martwiłam – przyznała bez skrępowania.

Tych kilka dni spędzonych w strachu, że Lajosowi mogło się coś stać, sprawiło, że Nihal zrozumiała, jak bardzo go potrzebuje. Ido był jej nauczycielem, ale teraz, kiedy Sennar był daleko, Lajos był jedynym prawdziwym przyjacielem, jakiego miała.

Nihal i Lajos zapuścili się w Krainę Wody i strumyki towarzyszące ich krokom przypominały im o tym w każdej chwili.

W pobliże Laodamei, stolicy Krainy, dotarli z czterodniowym opóźnieniem względem początkowych planów. Widok tego wspaniałego miasta rozbudził w Nihal bolesne wspomnienia. To tam pojedynkowała się z Fenem i się w nim zakochała.

– Gdzie jest dom twojego ojca? – spytała Lajosa, aby odgonić tę myśl.

– Za miastem – odpowiedział ponuro chłopak i Nihal odetchnęła z ulgą.

Mury szybko zniknęły na horyzoncie, ustępując miejsca bujnym lasom rozbrzmiewającym wesołym śpiewem ptaków. W całym Świecie Wynurzonym nie było innego miejsca, gdzie zieleń byłaby tak wspaniała, jak w Krainie Wody. Liście drzew były grube i błyszczące, trawa zwarta i pachnąca, przyroda bogata i szlachetna.

Nihal znała tę Krainę, a jednak za każdym razem napełniała ją ona zdumieniem. Idąc, nie przestawała rozglądać się dookoła, a od czasu do czasu zerkała spod oka na Lajosa, który maszerował z opuszczoną głową, skoncentrowany jak wojownik przed bitwą.

– Kiedy już tam będziemy, nie chcę od ciebie żadnej pomocy – odezwał się nagle chłopak.

– Wiem – odparła Nihal. – Jestem tutaj, żeby ci towarzyszyć, nic poza tym.

– On cię zdenerwuje, jest w tym świetny, ale musisz mi obiecać, że nie będziesz odpowiadać na jego prowokacje.

– Nie będę.

Przez jakiś czas słyszeli tylko szelest własnych kroków wśród paproci.

– W każdym razie – mruknął Lajos – dziękuję, że tutaj jesteś.

Nihal uśmiechnęła się.

Las stał się bardziej ponury. Korony drzew splatały się i zakrywały światło słoneczne, trawa zniknęła, a ich stopy deptały już tylko po suchych i zgniłych liściach. Był dzień, ale poruszali się w półcieniu. Nawet powietrze zrobiło się chłodniejsze, zauważyła Nihal, otulając się płaszczem.

Nagle z gęstwiny wyłonił się dom.

Owa wielka posiadłość stawiała odpór oblężeniu przyrody. Mimo dużych rozmiarów konstrukcji, nie było tu niepotrzebnych dekoracji ani kiczowatych demonstracji bogactwa. Była to siedziba prosta i spartańska. *Ten Pewar musi być żołnierzem do szpiku kości* – pomyślała sobie Nihal.

Lajos, milczący i cichy, poprowadził ją przez meandry lasu aż do wejścia.

W miarę, jak się zbliżali, Nihal miała możliwość przyjrzeć się budynkowi uważniej. Wszystkie okiennice były pozamykane. Gdyby nie ich błyszczące drewno i świeży tynk na murach, posesja wydawałaby się opuszczona.

Lajos nieśmiało zapukał do ciężkich drzwi wejściowych, które zaraz się otworzyły.

– Witamy w domu, panie, czekaliśmy na was. Chodźcie za mną – powiedział wyprężony sługa.

Lajos przekroczył próg z pochyloną głową i Nihal poszła za jego przykładem. Nagle wpadli w jeszcze większą ciemność. Dom był pogrążony w mroku, rozjaśnianym tylko przez słabe światło kilku zawieszonych na ścianach pochodni.

Lajos poruszał się swobodnie, ale Nihal ledwo była w stanie rozróżnić sylwetki mebli. W końcu wpadła na stojący w rogu kredens.

– Daj mi rękę, poprowadzę cię – powiedział chłopak.

Nihal nie kazała sobie tego dwa razy powtarzać.

– Często się zdarza, że domy moich rodaków na wygnaniu tak wyglądają, wiesz? Ten, kto pochodzi z Krainy Nocy, nie kocha światła. W mojej rodzinie zawsze trzymaliśmy okna zamknięte. Poza nocą, rzecz jasna. Mój ojciec utrzymuje, że jest to sposób, aby pamiętać o swoich korzeniach.

Nihal dała się prowadzić jak ślepa, dopóki jej oczy nie przyzwyczaiły się do mroku i nie zaczęły rozróżniać konturów przedmiotów.

Przechodzili przez długie korytarze łączące przestronne pokoje, wszystkie urządzone najniezbędniejszym minimum sprzętów. Stół w centrum, ława skrzyniowa pod ścianą i niewiele więcej. Prawie w każdym pomieszczeniu znajdował się kominek tak obszerny, że Nihal zmieściłaby się w nim na stojąco. Ściany były gęsto pokryte mieczami, włóczniami i wszelkiego rodzaju bronią.

Wszędzie królowała idealna cisza, przerywana tylko echem ich kroków po kamiennej posadzce. Pachniało stęchlizną. Wydawało się, że zeszli w czeluście ziemi. Nihal zaczynała odnosić wrażenie, że to miejsce ją przytłacza.

Wreszcie dotarli przed masywne drzwi i sługa usunął się na bok. Lajos wziął głęboki oddech i otworzył podwójne skrzydła.

Salon, do którego weszli, był o wiele większy niż poprzednie i lepiej oświetlony. Pośrodku stał bardzo długi stół, a na jego końcu siedział Pewar.

Bardzo przypominał syna: jasne kręcone włosy, bladoszare oczy, jednak jego twarzy brakowało żywości Lajosa. Miał twarde rysy i surowe spojrzenie osoby, która narzuca sobie i innym sztywną dyscyplinę. Chociaż znajdował się we własnym domu, miał na sobie mundur wkładany przez generałów na czas rad wojennych. U jego boku wisiał miecz.

Nawet się nie podniósł. To Lajos podszedł, aby powitać go pełnym szacunku ukłonem. Pewar odpowiedział nań, kładąc mu sztywno dłoń na ramieniu.

– Spodziewałem się ciebie już wiele dni temu.

– Ja i moja towarzyszka mieliśmy problemy podczas podróży. – Głos Lajosa drżał.

Mężczyzna zwrócił wzrok na Nihal i obejrzał ją od stóp do głów. Pół-Elf pochylił głowę.

– Czy to ona jest powodem twojego pobytu w tamtym obozie? – zapytał.

– Ona uratowała mnie od wrogów, na jakich się natknąłem. Byłem ranny, więc zaprowadziła mnie do bazy. To również jej zasługa, że teraz tu jestem. Uratowała mnie od bandy rozbójników – wypalił Lajos jednym tchem.

Pewar długo wpatrywał się w Nihal, a ona wytrzymała jego spojrzenie.

– Będę miał sposobność podyskutować z tobą później. Teraz zostaw mnie samego z moim synem. Sługa zaprowadzi cię do przeznaczonego dla ciebie pokoju.

Sługa cicho pojawił się za plecami Nihal, a ona nie miała innego wyjścia, jak tylko podążyć za nim.

Nihal siedziała w wilgotnym mroku swojego pokoju przez czas, którego długości nie potrafiła ocenić. Ciemność dusiła ją i dziewczyna zmusiła się do patrzenia w połyskujący płomień jedynej świecy rozjaśniającej pomieszczenie.

Wreszcie usłyszała pukanie do drzwi i do pokoju wszedł Lajos ze smutną miną. Miał błyszczące oczy.

Nihal nie musiała się długo domyślać.

– Nie poszło dobrze, prawda?

Lajos ograniczył się do potrząśnięcia głową.

– Wiedziałeś, że to nie będzie łatwe.

– Nawet nie wydawał się zadowolony, że widzi mnie całego i zdrowego – wyszeptał chłopak, wykręcając sobie dłonie. – Jeżeli o niego chodzi, mógłbym spokojnie umrzeć. Przynajmniej nie skalałbym dobrego imienia rodu.

– Nie gadaj głupot, Lajosie. Jasne, że był zadowolony, że cię widzi... – próbowała pocieszyć go Nihal.

– Wiesz, co mi powiedział? – przerwał jej Lajos. – Że tylko dzieci niczyje są giermkami. Że jest to zajęcie uwłaczające i że ja należę do rodziny wielkich wojowników i nie mogę być gorszy od moich przodków. – Nihal zobaczyła, jak jego oczy wypełniają łzy wściekłości. – W każdym razie nie interesuje mnie to. Nie po to przeszedłem przez to wszystko, żeby wycofać się właśnie teraz. Tym razem nie pozwolę się ugiąć. Tym razem zrobię po swojemu.

Tego dnia Pewar nie raczył wezwać Nihal. Jak się zdawało, wśród elity Akademii wszyscy postępowali tak samo. Rozrywką Ravena również było utrzymywanie w przekraczającym wszelkie limity zdrowego rozsądku oczekiwaniu tych, którzy udawali się do niego na audiencję. *Nadęte balony* – wyrzuciła z siebie w myśli Nihal.

Do pory kolacji dom był cichy jak cmentarz, po czym dźwięk dzwonka zaanonsował, że zostanie podany posiłek. Jedli w tej samej sali, w której dyskutowali Lajos i jego ojciec: skromna zupa, czarny chleb i woda. *W stołówce bazy jada się lepiej* – pomyślała Nihal.

Pewar przez prawie cały czas unikał spojrzeń swoich gości. Najżywszym hałasem było brzękanie łyżek o miski.

Dopiero pod koniec kolacji generał uznał, że może zwrócić się do Nihal.

– Lajos opowiedział mi o zasadzce. Jestem ci wdzięczny za przysługę, jaką mi oddałaś, ratując mojego syna – oświadczył poważnie.

– Lajos jest moim przyjacielem. Nie ma potrzeby, abyście mi dziękowali – odpowiedziała Nihal uprzejmie.

– Wdzięczność i wychwalanie odwagi należą do powinności wojskowych armii – odparł sztywno Pewar. – Pragnę, abyś w ramach rekompensaty wybrała dla siebie którąś z broni z wielkiej sali. Później osobiście cię tam zaprowadzę.

Nihal próbowała odrzucić ofertę.

– Proszę was, nie wprawiajcie mnie w zakłopotanie – mruknęła.

– Nalegam, abyś przyjęła mój dar. Twoja odmowa będzie dla mnie obrazą.

To mężczyzna przyzwyczajony do posłuszeństwa. Lajos miał całkowitą rację.

– Wobec tego jak sobie życzycie. Będę szczęśliwa, mogąc przyjąć wasz dar – odpowiedziała Nihal.

Odegnała urazę. Była tam, aby pomóc Lajosowi, a nie po to, aby kłócić się z jego ojcem. Chętnie jednak uniknęłaby konieczności podlizywania się również i jemu, oprócz tego lalusia Ravena.

Zgodnie z obietnicą, po kolacji Pewar osobiście zaprowadził Nihal do sali, o której mówił. Jej ściany pokrywała wszelkiego rodzaju broń: kusze, miecze, łuki, sztylety, nabijane maczugi. Nihal nie miała wątpliwości, że ten mężczyzna doskonale potrafi się nimi wszystkimi posługiwać.

Dziewczyna zdecydowała się na prosty i mało charakterystyczny sztylet, a Pewar okazał, że docenia ten wybór, co było ewidentnym znakiem, iż cała ta niepotrzebna ceremonia była podyktowana wyłącznie potrzebą zachowania konwenansów.

– Godzina jest późna, pewnie zmęczeni jesteście podróżą – oświadczył w końcu generał.

Nihal szybko policzyła. Późna? Słońce zaszło niecałe dwie godziny temu!

– Niech każdy uda się do swojego pokoju – zakończył mężczyzna, po czym skierował do nich suche pożegnanie i wyszedł.

Nihal zaprowadził ten sam milczący sługa, zaś Lajos poszedł do swojego dawnego pokoju z nastawieniem jagniątka idącego na spotkanie wilka.

Kiedy Lajos przyszedł obudzić Nihal, słońce dopiero co wzeszło.

Dziewczyna przetarła oczy.

– Zawsze jesteście takimi rannymi ptaszkami, wy z Krainy Nocy?

Lajos odpowiedział jej ściągniętym uśmiechem.

Pewar już czekał na nich w jadalni, siedząc przy końcu długiego stołu. Był nieskazitelny, dokładnie tak jak poprzedniego dnia, i ubrany w identyczny sposób. Wyglądało nawet, jak gdyby wcale nie kładł się spać.

Na stole stały trzy miski pełne koziego mleka i nieodłączny czarny chleb. Widok tacy małych i cierpkich jabłek zmusił Nihal do zadania sobie pytania, gdzie, u diabła, mogli znaleźć takie owoce na tak bujnej ziemi, jaką była Kraina Wody. *Ten mężczyzna dosłownie przeniósł sobie pole bitwy do domu.*

Zjedli w milczeniu, po czym Pewar się podniósł.

– W połowie poranka czeka cię pojedynek, Lajosie. Bądź gotowy dokładnie za dwie godziny – rzucił żołnierskim głosem.

Lajos podniósł głowę znad pustej miski.

– Jaki pojedynek? – spytał zbity z tropu.

– Pierwszy z długiej serii – odpowiedział sucho Pewar. – Zgodnie z tym, co mi mówiłeś, już od wielu miesięcy nie trzymałeś w rękach miecza. Czas zacząć ćwiczyć. Twoje szkolenie zaczyna się dzisiaj. – Następnie generał zwrócił się do Nihal. – Jeżeli zaś chodzi o ciebie, możesz wrócić na pole bitwy. Uważaj się za odprawioną z tego domu, począwszy od jutra.

– Ja nie mam zamiaru walczyć – oświadczył Lajos.

– Za dwie godziny. Punktualnie – powtórzył Pewar, po czym oddalił się.

– Ja nie chcę walczyć! – wrzasnął Lajos, ale jego ojciec już dochodził do drzwi.

Nihal poczuła, jak krew podchodzi jej do policzków, i mimo wszystkich nawoływań do zachowania spokoju, jakie do siebie kierowała, podniosła się gwałtownie.

– Słyszeliście słowa waszego syna czy nie?

Lajos popatrzył na nią. W jego oczach było nieme błaganie, ale Nihal je zignorowała.

Pewar zatrzymał się w drzwiach i powoli się odwrócił.

– Ja jestem twoim przełożonym, a ty znajdujesz się w moim domu. Kto ci zezwolił, abyś mogła wstać i odzywać się do mnie?

Serce Nihal waliło pod skórzanym gorsetem, a ściskające brzeg stołu dłonie aż zbielały.

– Wasz syn nie chce walczyć.

– Nihal... – szepnął Lajos.

Pewar rzucił jej lodowate spojrzenie.

– Chcę, żebyś stąd odeszła przed wieczorem – wycedził, po czym wyszedł, trzaskając drzwiami.

– Do diabła, obiecałaś mi, że będziesz cicho! – zaatakował ją Lajos.

– Tak, ale on...

– To jest moja walka, rozumiesz? Moja!

Nihal poczuła, jak jej złość gdzieś wyparowuje.

– Ja chciałam tylko...

– Przysięgnij mi, że już nic nie zrobisz, przysięgnij.

Nihal przytaknęła, skonsternowana. Pozostała w milczeniu przez kilka chwil, przeklinając siebie i swój wstrętny charakter.

– Pójdziesz? – spytała w końcu Lajosa.

– Nie mam innego wyjścia.

Wewnętrzna arena, na której miał się odbyć pojedynek, była jedyną oświetloną strefą domu Pewara. Był to kwadratowy dziedziniec położony dokładnie w centrum siedziby, bardzo surowy, tak jak cała reszta. Podłoże z ubitej ziemi otaczały portyki. Pod nimi stał fotel z masywnego drewna, chroniony przed mocnym słońcem początku lata. Pewar siedział tam, napuszony.

Nihal skuliła się w kącie, w cieniu. Miała nadzieję, że generał jej nie zauważył. Po jej wybryku z pewnością nie doceniłby jej obecności, ale nie mogło jej tam zabraknąć. Tam, na tym zapylonym kwadracie, Lajos miał walczyć o swoją przyszłość.

Przeciwnikiem, z którym miał się zmierzyć, był chłopak niewiele starszy od niego, ale sprawiający wrażenie w pełni wykształconego wojownika; prawdopodobnie był to jakiś szeregowy żołnierz przymuszony przez generała do odegrania tej farsy.

Lajos pojawił się po jakimś czasie. Szaty wojownika nie pasowały do niego. Miał na sobie skórzaną kurtkę i buty sięgające mu do połowy uda. W dłoni trzymał długi miecz o dekorowanej rękojeści. Nihal pamiętała go; wisiał wyeksponowany w salonie, gdzie wybrała sztylet.

Lajos miał zmarszczone czoło i oczy zaciśnięte w szpary. Być może jego ojciec uważał, że syn jest skoncentrowany, ale Nihal znała tę minę: jej przyjaciel był smutny, bo musiał dobyć miecza i walczyć, bo musiał znowu przeżywać grozę walki, bo nie było to jego miejsce.

Chłopak zajął pozycję na arenie, a jego przeciwnik pozdrowił go mieczem. Lajos nie odpowiedział i odwrócił się do ojca.

– Nie złamiesz mnie w ten sposób.

– Milcz i walcz – odpowiedział Pewar prawie znudzonym tonem.

– Powtarzam ci to po raz kolejny: nie chcę.

Głos Pewara był jak grom, który przedarł się przez warstwę napięcia unoszącego się nad areną.

– Stań do broni i walcz jak mężczyzna!

Lajos stał w miejscu.

– Atakuj go! – nakazał Pewar żołnierzowi.

– Ależ generale... on nie przyjął pozycji...

– Czy ktoś tutaj słucha moich rozkazów? Powiedziałem: „Atakuj go"!

Młodzieniec podskoczył, następnie wykonał rozkaz i ciął z góry.

Lajos nie poruszył się, więc żołnierz był zmuszony wyhamować cios.

– Kto ci kazał się zatrzymać? – Pewar skoczył na nogi.

Żołnierz był zdezorientowany.

– Panie, to wasz syn. Jak mogę go uderzyć?

– Jeżeli nie ma odwagi, aby walczyć, to nie jest mój syn – odpowiedział generał. – Zaczynaj.

Nihal w swoim kąciku zaciskała pięści. *Nie mogę interweniować. Lajos wie, co robi, i to jest jego walka* – powtarzała sobie, ale w sercu czuła ślepą wściekłość.

Żołnierz ponowił atak i trafił Lajosa lekko, rysując mu czerwone rozcięcie na lewym ramieniu.

Lajos wrzasnął. Nagle odparował kolejny cios i zaczął bić się z impetem.

To nie był Lajos, którego znała Nihal. Jego ciosy były precyzyjne i gwałtowne, wydawał się prawdziwym żołnierzem.

Miecze krzyżowały się długo w arabesce odparowań i ataków. Żaden z walczących nie osiągał przewagi. Kilka cięć żołnierza trafiło celu, ale pozostawiły zaledwie lekkie draśnięcia. Lajosowi też parę razy udało się trafić przeciwnika, również delikatnie. Panowała absolutna równowaga.

Pewar ze swojego miejsca obserwował przebieg starcia z zadowoleniem. W jego spojrzeniu Nihal wyczytała podniecenie walką i krwią, coś, co znała aż nazbyt dobrze i co teraz dostrzegała w oczach tego bezlitosnego mężczyzny. *Pewar nie kocha bitwy: on kocha zabijać.*

Lajos walczył dalej. Jego ataki były coraz bardziej zajadłe, a ciosy coraz bardziej gniewne. W miarę, jak wściekłość zaciemniała mu umysł, jego ciało budziło się i przywoływało z pamięci wszystkie nauki otrzymane w Akademii. Zaatakował z bliska, ciągle zmieniając rytm, i zmusił młodego żołnierza do cofania się. Kiedy Lajos zobaczył, że chłopak ma już trudności, wymierzył zdecydowane boczne cięcie i zranił go w nogę. Żołnierz upadł na ziemię, krzycząc, a szeroka plama krwi moczyła ubitą ziemię.

Lajos zatrzymał się nagle i stanął pośrodku areny z mieczem zwisającym w dłoni. Na dziedzińcu rozbrzmiał aplauz generała.

– Brawo! Brawo! – Pewar podszedł do syna i ścisnął jego ramię. – No widzisz, że potrafisz walczyć? Widzisz, że jesteś silny, tylko o tym nie wiesz? A teraz zabij go!

Żołnierz na ziemi nie mógł się ruszyć, rana była głęboka. Wytrzeszczył oczy z przerażenia.

– Generale... – wyszeptał.

Lajos wysunął się z uścisku ojca i popatrzył na niego wstrząśnięty.

– Co ty mówisz?

– Że masz z nim skończyć – odpowiedział spokojnie Pewar.

– Ale on leży na ziemi! Już go pokonałem. Nie możesz mnie prosić...

Pewar potrząsnął głową.

– Zastanawiałeś się kiedyś, dlaczego tak boisz się walki? A przecież potrafisz się bić, właśnie to pokazałeś. No więc?

Lajos nie potrafił udzielić ojcu odpowiedzi, nie był w stanie o niczym myśleć. Słyszał tylko zdyszany oddech chłopaka, szuranie jego rąk macających po ubitej ziemi w poszukiwaniu drogi ucieczki.

– Ty się boisz zabijać, Lajosie. To normalny strach. – Nagle ton głosu Pewara złagodniał, był teraz mrożąco spokojny. – Ale jest to strach, z którym należy walczyć. Ja też go odczuwałem, lecz odpędziłem go, zanurzając ostrze w piersi pierwszego wroga, którego powaliłem. Ty też musisz tak zrobić. Zabij tego robaka. Dopiero wtedy naprawdę staniesz się wojownikiem. To właśnie jest jedyna granica, ostatni krok dzielący cię od twojego przeznaczenia: zabicie przeciwnika.

Lajos popatrzył na chłopaka, na jego ziemistą twarz błagającą go o litość. Krew tryskała mu z uda i zdążyła już utworzyć kałużę. To on przelał tę krew. To on zadał ten ból.

– Nie! – krzyknął, po czym odrzucił miecz na ziemię, daleko od siebie. Następnie odepchnął ojca i znowu krzyknął: – Nie! – donośnie, grzmiąco, tak głośno, że zabolało go gardło.

Pewar patrzył na niego oszołomiony.

– To mnie raczej zabij! – krzyknął Lajos. Pobiegł, podniósł miecz i wziął go za ostrze, raniąc sobie palce. Podał go ojcu. – Jeżeli naprawdę zabijanie wydaje ci się drobnostką, zabij mnie. Ale ja nie zostanę mordercą. Ja nie jestem taki jak ty, rozumiesz? Nie zabiję tego żołnierza ani nie wrócę, aby walczyć. Będę giermkiem, czy tego chcesz, czy nie.

Lajos zamilkł zadyszany. Krew powoli kapała na ziemię z dłoni zaciśniętych wokół ostrza.

Generał stał jak wryty w miejscu, a Nihal ścisnęła rękojeść miecza, gotowa do interwencji.

Wydawało się, że czas się zatrzymał. Potem Lajos rzucił broń na ziemię. Wielkimi krokami skierował się do portyków i podszedł do Nihal.

– Chodźmy – powiedział. – Zaprowadź mnie do obozu.

Nawet nie chciał zabrać swoich rzeczy.

Przeszedł przez drzwi domu, za nim Nihal, i nigdy już nie chciał widzieć swojego ojca.

16.

Pożegnanie z morzem

– Możecie odejść. – Nereusz wszedł do pokoju w asyście chmary strażników i gromady ministrów o napiętych twarzach. Jego towarzysze popatrzyli po sobie zdumieni. – Precz, powiedziałem! – wrzasnął.

Zostawszy sam na sam z Sennarem, król-chłopiec stanął przed nim blady, trzymając w dłoni berło.

Po starciu z Rodhanem Sennara zaniesiono do miejscowego czarodzieja, jednak jego rany nie można było wyleczyć prostym zaklęciem uzdrawiającym.

– To zaklęcie wyższego stopnia – powiedział Sennar ostatkiem sił. – Kapłan powinien być w stanie...

Bolesne ukłucie ucięło jego wypowiedź. Czuł się tak, jak gdyby wewnętrzny ogień trawił mu ciało. Rana była rozległa i ból promieniował wzdłuż całej nogi. Był to straszliwy urok, owoc zakazanej magii. Zaprowadzono go do pałacu królewskiego, gdzie nadworny uzdrowiciel całą noc spędził przy jego posłaniu, robiąc mu okłady i modląc się, aby uwolnić go od przekleństwa trawiącego mu nogę. Ból dał Sennarowi wytchnienie dopiero przy pierwszym brzasku i czarodziej wreszcie zapadł w sen.

Młodzieniec obudził się następnego dnia w łóżku z baldachimem, pod przykryciem z brokatu. Znajdował się w obszernym pokoju, którego ściany pokrywała mozaika: małe perłowe muszelki we wszystkich odcieniach różu promieniowały łagodnym i odprężającym światłem. Przez ostry łuk iluminatora można było dojrzeć niższe wieżyczki pałacu.

Sennar spędził wiele godzin w stanie półświadomości. Dręczył go obraz uśmiechniętej twarzy Rodhana, po czym widział zabijającą go włócznię i słyszał słowa żołnierza: „Jak wojna to wojna".

Tak minął następny dzień, a teraz stał przed nim król.

– Muszę wam podziękować, czarodzieju.

– Nie zrobiłem nic nadzwyczajnego – powiedział Sennar z trudem, ale Nereusz przerwał mu gestem.

– Muszę wam podziękować, ale także was przeprosić. Mieliście rację: niebezpieczeństwo nadciągało, a my nie zdawaliśmy sobie z tego sprawy.

Król zaczął chodzić tam i z powrotem w zamyśleniu, a jego berło rytmicznie uderzało o posadzkę.

– Jakimi siłami dysponuje obecnie Tyran?

– Wielkimi, Wasza Wysokość. Setkami tysięcy wojowników. Wydają się niewyczerpani. – Głos Sennara był zmęczony.

– A broń? – spytał Nereusz z coraz bardziej ponurym wyrazem twarzy.

– Wszystkie znane rodzaje. Wojownicy używają przeważnie miecza lub włóczni, Famminowie najlepiej czują się z toporem.

Król zatrzymał się przy oknie.

– Sądzicie, że przybędą? – spytał w końcu.

Sennar popatrzył, jak jego sylwetka odcina się na błękitnym tle.

– Nie wiem, Wasza Wysokość. Nawet dla Tyrana walka na dwa fronty stanowiłaby wysiłek, ale to nie znaczy, że nie mógłby postanowić spróbować.

Król odwrócił się i odezwał do Sennara uroczystym głosem:

– Tyle wystarczy. Postanowiłem, że w drodze na powierzchnię będzie towarzyszył wam ambasador. Weźmie on udział w posiedzeniach waszej Rady i będzie miał moje całkowite pełnomocnictwo: jego decyzje będą moimi. To on ustali, jaka część naszego wojska zostanie zaangażowana. Nie jesteście już sami, czarodzieju.

Rzucił Sennarowi ostatnie, zdecydowane spojrzenie, po czym wyszedł z pokoju, nie dodając już ani słowa.

Sennar chciałby poczuć się lepiej, chciałby cieszyć się tą chwilą. Ale nie potrafił. Tu nie chodziło o nogę ani nawet o ogarniające go zmęczenie. „Jak wojna to wojna" – powiedział żołnierz. Pomoc, którą mu oferowano, nie oznaczała zwycięstwa pokoju, lecz triumf wojny. A Sennar nie mógł pozbyć się myśli, że przyczynił się do wkroczenia wojny do Zalenii.

Kiedy Ondine weszła do pokoju Sennara, miała czerwone oczy i ściągniętą twarz kogoś, kto długo nie spał. Musiała czekać trzy dni, zanim uzyskała pozwolenie, aby się z nim spotkać. Teraz strażnicy stali się podejrzliwi, a Sennara uważano za łatwy cel.

Zdenerwowana usiadła na łóżku.

– Co oni ci zrobili?

– Już po wszystkim – uspokoił ją Sennar.

– Wiadomości, które do mnie docierały, były takie niespójne! Niektórzy mówili, że nie żyjesz, ktoś utrzymywał, że utną ci nogę... To było okropne, Sennarze. Myślałam, że zwariuję.

Chłopak pozwolił jej wyrzucić z siebie to nagromadzone napięcie.

– Teraz czuję się dobrze, widzisz? A wkrótce będę mógł wstać – powiedział. Właśnie, znowu wstanie.

Ondine popatrzyła mu w oczy.

– A co powiedział ci król?

– Że dostaniemy waszą pomoc.

Ondine zarzuciła mu ramiona na szyję.

– A więc udało ci się! – wykrzyknęła z entuzjazmem. – Widzisz, że miałam rację?

– Tak, miałaś rację – mruknął Sennar.

Dziewczyna oderwała się i pogłaskała go po twarzy, z uśmiechem na ustach. Sennar opuścił wzrok. *Ondine, czy ty mi kiedykolwiek wybaczysz?*

Spędził w łóżku cały tydzień. Po tak długim unieruchomieniu noga nie bardzo chciała go słuchać i jej ulubioną rozrywką było nagłe załamywanie się pod ciężarem ciała. Na szczęście u jego boku, zawsze w gotowości, była Ondine, która go podtrzymywała, pomagała mu i opiekowała się nim z absolutnym oddaniem. Sennar zupełnie nie potrafił odpędzić tego wrażenia błogostanu odczuwanego w jej obecności, dlatego zaczęło mu się wydawać, że się pomylił. A może jego szczęście było związane z tą dziewczyną, być może myśl o życiu z nią nie była nierealna. Jednak były to tylko chwile i Sennar dobrze o tym wiedział. To, czego naprawdę chciał, znajdowało się daleko od tych otchłani; osoba, którą kochał, żyła w świetle słońca i na nic zdało się oszukiwanie samego siebie, jak to robił w ciągu ostatnich tygodni. Był głupi. Głupi i powierzchowny. I teraz musiał za to zapłacić.

Wyznaczono już datę odjazdu i dni, które go od niego dzieliły, upłynęły na rozmowach z królem i jego dygnitarzami. Sennar wtajemniczył ich we wszystkie szczegóły wojny i stanu wojsk Wolnych Krain, po czym przeszli do planowania ewentualnego sojuszu między Zalenią a Światem Wynurzonym.

Poznał również Pelamasa, ambasadora, który miał mu towarzyszyć. Był to flegmatyczny mężczyzna w średnim wieku, o nieprzeniknionym wyrazie twarzy, mówiący niewiele i wyłącznie o kwestiach dyplomatycznych. Patrzył na Sennara z pewnym podziwem i traktował go z szacunkiem, lecz zdawało się, że bezustannie walczy ze wstrętem do ciemnej skóry i rudych włosów młodego czarodzieja.

Sennar cały swój wolny czas spędzał z Ondine. Chciał powoli przerwać nić, która go z nią łączyła, ale nie był w stanie. Mimo iż wymagało to od niego wysiłku, starał się być chłodniejszy, ale Ondine przyjmowała jego dystans, nie zadając pytań.

Kiedy nadszedł ostatni wieczór w pałacu, Sennar chciał go spędzić w jednym z należących do posiadłości ogrodów, tym, który znajdował się dokładnie pod kolumną, gdzie słychać było gwizdanie wiatru podnoszące się wzdłuż przewodu. Ten uroczysty, prawie ponury dźwięk mieszał się z cichym pluskaniem małej fontanny. Było to miejsce pełne melancholii i Sennar zdecydował, że będzie ono najodpowiedniejsze, aby pożegnać się ze Światem Zanurzonym. Siedząc przed fontanną, patrzył na powoli i miarowo płynący cienki strumyk wody. Rozmyślał o tym wszystkim, co się wydarzyło, o strachu, który towarzyszył mu przez całą podróż, o ślepym przerażeniu, które odczuwał w wirze, o piratach, o Aires, o słodyczy Ondine, którą tego wieczoru miał widzieć po raz ostatni.

Dziewczyna dołączyła do niego wkrótce potem i Sennar był zadowolony z przerwania tego oczekiwania, tej gonitwy myśli. Ondine zatrzymała się przed nim i stała nieruchomo, pod światło. Sennarowi wydała się identyczna jak w dniu, kiedy ją poznał, kiedy podeszła do krat celi z tacą w dłoniach. Jednak teraz jej twarz była poważna.

– Jutro wyjeżdżasz – powiedziała.

– Tak, wygląda na to, że wyzdrowiałem – mruknął Sennar.

Ondine długo milczała. Potem odchrząknęła i wzięła głęboki oddech.

– Wiele myślałam przez te dni, Sennarze. – Podniosła głowę ze zdeterminowaną miną. – Chcę pojechać z tobą do Świata Wynurzonego.

Sennar popatrzył jej w oczy.

– Ondine, ja... – Dziewczyna wytrzymała jego spojrzenie. – Żyję w kraju ogarniętym wojną, wiesz o tym. Muszę kontrolować wojsko Krainy Wiatru, takie jest moje zadanie. Nie chcę, żebyś widziała, co się tam dzieje, nie chcę, żeby...

Nagle Ondine podniosła głos.

– Przestań gadać głupoty. Nie traktuj mnie jak idiotkę, Sennarze!

Ona ma rację. Uratowała mi życie, była przy mnie. Zasługuje na prawdę, a nie na te żałosne kłamstwa. A jednak Sennar nie potrafił. Był jak sparaliżowany. Patrzył na słodką twarzyczkę Ondine i głos zamierał mu w gardle.

Ona wzięła jego dłonie.

– Czy ty mnie chcesz, Sennarze? Muszę to wiedzieć. Czy chcesz, żebym z tobą pojechała?

Woda powoli spływała z fontanny, a wiatr nie przerywał swojego lamentu.

Sennar zamknął oczy.

– Nie, Ondine – odpowiedział szeptem. – Jutro wyruszę sam.

Uścisk Ondine stopniowo rozluźniał się, ręce opadły jej wzdłuż boków. Stała, nie mówiąc ani słowa.

– Ondine, proszę cię, posłuchaj mnie. Jesteś mi bardzo droga, jesteś wspaniałą dziewczyną. Pomogłaś mi, byłaś moją towarzyszką w tej przygodzie. Wiele razy myślałem, że byłoby pięknie zostać z tobą. Dlatego, że z tobą było mi... jest mi dobrze. A jednak w głębi duszy wiem, że nie mogę.

– Pamiętasz tamten wieczór w twojej celi? – spytała ledwo słyszalnym głosem. – Kiedy mężczyzna całuje kobietę, to znaczy, że ją kocha. Dlaczego mnie pocałowałeś, Sennarze?

Sennar poczuł ucisk w gardle.

– Bo jesteś piękna jak mało która. I wyjątkowa. Po tylu poległych, po takim cierpieniu, potrzebowałem... – Przerwał. – Jest ktoś w Świecie Wynurzonym, do kogo chcę wrócić, Ondine.

Stała nieruchomo ze wzrokiem utkwionym w oczach Sennara.

– Nie potrafię ci tego wytłumaczyć, nie potrafię ci powiedzieć, czy jestem w niej zakochany. Kiedy byłem z tobą, sądziłem, że o niej zapomniałem. Potem nagle pewnego dnia zrozumiałem, że nie chciałem już o niej myśleć, bo to mnie bolało. Zrozumiałem, że się łudziłem. Że łudziłem ciebie.

Dziewczyna zacisnęła pięści. Łzy powoli zaczęły spływać jej po policzkach. Nie wymknął jej się nawet szloch.

Sennar wyciągnął palce ku jej twarzy, ale Ondine cofnęła się o kilka kroków. Wyjście z ogrodu było blisko.

– Żegnaj, Sennarze – powiedziała półgłosem, po czym oddaliła się, nie odwracając się ani razu.

Następnego dnia światło znowu było przejrzyste. Sennar dotarł do areny z głową jeszcze wypełnioną myślami, które nie pozwoliły mu zasnąć przez całą noc, i obrazem płaczącej w milczeniu Ondine wyrytym przed oczami.

Kiedy hrabia Varen wyszedł mu naprzeciw, Sennar nie dał mu nawet czasu na wypowiedzenie słowa.

– Chciałbym, abyście zatroszczyli się o Ondine w drodze powrotnej, panie hrabio.

Varen kiwnął głową i Sennar wiedział, że mężczyzna zrozumiał.

– Dziękuję, że uwierzyliście we mnie, hrabio Varenie – powiedział, wyciągając do niego dłoń.

Hrabia odwzajemnił uścisk i zmusił się do uśmiechu.

– To ja muszę ci dziękować, przypomniałeś mi idee, które zagubiłem. A poza tym – dorzucił, starając się zachować wesołość – nie jest powiedziane, że nasze pożegnanie jest ostateczne. Teraz już jesteśmy sojusznikami, kto wie, czy wcześniej czy później nie zobaczymy się znowu.

– No właśnie, kto to może wiedzieć – odpowiedział Sennar, po czym dołączył do karawany, z którą miał opuścić Zalenię na zawsze.

Podróż się rozpoczęła. Sennar czuł ciężar w sercu. Wyruszał z głębin morskich i zabierał ze sobą wspomnienie wielu niezapomnianych chwil, ale co zostawiał za plecami? Smutną twarz Ondine. Oraz ciągnący się ślad śmierci.

Kiedy zobaczył ją, stojącą na poboczu drogi, serce podskoczyło mu w piersi.

– Zatrzymajmy się na moment, proszę was – powiedział do ambasadora Pelamasa, jadącego u jego boku. Cały ich orszak zatrzymał się.

Czarodziej zsiadł z konia i podszedł do niej. Długo na siebie patrzyli.

To ona przemówiła jako pierwsza.

– Jak się nazywa ta twoja kobieta?

– To nie jest moja kobieta...

– Chcę wiedzieć, jak ma na imię.

– Nihal.

– Musisz mi coś przysiąc – powiedziała poważnym tonem.

– Co takiego?

– Skoro jest dla ciebie taka ważna, jeśli dla niej rezygnujesz ze mnie... musisz mi przysiąc, że zrobisz wszystko, aby być z nią szczęśliwy. Jeżeli dowiem się, że tego nie zrobiłeś, nigdy ci tego nie wybaczę. Mam do ciebie pewne prawo, Sennarze, pamiętasz? Uratowałam ci życie. A teraz przysięgnij.

Sennar uśmiechnął się.

– Przysięgam ci.

Ondine skinęła mu głową, po czym odwróciła się plecami i oddaliła się, przecinając pole ciągnące się wzdłuż drogi.

Sennar patrzył, jak staje się coraz mniejsza, dopóki nie stała się tylko maleńką figurką niknącą na horyzoncie.

Wsiadł na konia.

– Możemy jechać – powiedział ambasadorowi.

Karawana wyruszyła w drogę. Sennar zamknął oczy, aby nie patrzeć już dłużej na tę ziemię.

W POSZUKIWANIU

17.

Nowy Jeździec

Nihal z wahaniem podeszła do drewnianej chatki. Wcale nie była pewna tego, co miała zamiar zrobić, chociaż długo się nad tym zastanawiała. Bała się. Właśnie ona, która na polu bitwy nigdy nie dała się ponieść panice, która nie obawiała się ani śmierci, ani ran. *Przestań zachowywać się jak baba. Już postanowiłaś. Wchodź i koniec.*

Miał to być prezent na jej urodziny, ale przede wszystkim z okazji jej mianowania na Jeźdźca, już całkiem rychłego.

Znalazła się w ciemnym i przytłaczającym pomieszczeniu.

– Jest tu ktoś? – spytała głośno.

Pojawił się przed nią olbrzymi mężczyzna. Wyglądał jak jeden z tych sprzedawców mięsa, których widywała na targu: tłusty, brudny i spocony. Dreszcz przebiegł jej po plecach. Mężczyzna wycierał sobie dłonie szmatką.

– Kim jesteś? – spytał.

– Klientką, to chyba oczywiste – odpowiedziała Nihal, starając się opanować.

– Kobiety nie robią sobie tatuaży – odparł tamten, nieporuszony.

– Na naukę nigdy nie jest za późno: otóż ja jestem kobietą, która je sobie robi. Jestem Jeźdźcem Smoka – oznajmiła. Odsłoniła herb, który miała na piersi.

Mężczyzna przez moment trwał w zdumieniu, po czym wrócił do swojej apatycznej miny.

– Jeszcze nie, jesteś dopiero uczniem.

– Jutro odbędzie się ceremonia konsekracji.

– Masz pieniądze?

Dziewczyna wyciągnęła sakiewkę i rozrzuciła jej zawartość na stole.

– Tyle wystarczy?

Mężczyzna z uwagą oszacował monety, kiwnął głową, po czym wyszedł do przyległego pokoju.

Nihal została sama w półcieniu. Wielu Jeźdźców przed nominacją robiło sobie tatuaż – była to pewnego rodzaju tradycja. Oczywiście, krążyły legendy o okrutnym bólu, jaki należało znieść, i wielu z upodobaniem usiłowało ją nastraszyć. Ido natomiast był bardzo lakoniczny. „Jeszcze tylko tego brakowało" – powiedział i w tych czterech słowach wyraził całą swoją dezaprobatę. Ale to już nie miało znaczenia, nie ma co się bać: kilka minut i będzie po wszystkim.

Kiedy tatuażysta powrócił, trzymał w dłoniach cienki, zaostrzony nóż i szereg miseczek wypełnionych kolorowymi pigmentami.

– Gdzie chcesz ten tatuaż? – spytał z dwuznacznym uśmieszkiem.

Wszyscy, których spotykała, byli właśnie tacy: albo nie traktowali jej poważnie, albo zaczynali patrzeć na nią tym obleśnym spojrzeniem. Nihal prychnęła i powoli wyciągnęła miecz. Jego czarne odbicie przebiegło po twarzy stojącego przed nią mężczyzny. Tatuażysta natychmiast zmienił minę.

– Tylko ci przypominam, że ta broń nie jest tutaj do ozdoby – powiedziała Nihal z pełnym spokojem. – Teraz przejdźmy do rzeczy. Tatuaż chcę mieć na plecach, dlatego teraz się rozbiorę. Ty natomiast odwrócisz się i nie będziesz patrzył, dopóki nie będę leżała na tym stole. Jestem pewna, że jesteś porządnym człowiekiem, ale ostrożności nigdy za wiele. Wszystko jasne?

Mężczyzna w milczeniu przełknął ślinę i kiwnął głową.

– Doskonale. Odwróć się.

– Jaki tatuaż chcesz? – spytał mężczyzna, odwrócony do niej plecami. Drżał mu głos i Nihal zachciało się śmiać.

– Dwa skrzydła smoka, po jednym na każde ramię. Złożone.

– Dlaczego złożone?

– Bo kiedy nadejdzie odpowiedni moment, rozłożę je na wietrze i odlecę. Teraz możesz się odwrócić.

Leżąc na stole na brzuchu, z nagimi plecami, Nihal usłyszała, jak mężczyzna podchodzi do niej, i poczuła, że przeciera jej ramiona ciepłą tkaniną. Zdała sobie sprawę, że serce mocno wali jej w piersiach, i przeklinała się w duchu za ten głupi strach. Wreszcie zobaczyła nóż i jego czarny od atramentu czubek. Zacisnęła oczy, a ostrze nacięło jej skórę.

Z chatki wyszła szczęśliwa. Plecy ją bolały, a rana piekła, ale teraz miała swoje skrzydła. Pozostawało tylko zrozumieć, kiedy się one rozłożą.

Kiedy dotarła do bazy, zastała Ida czekającego na nią w drzwiach.

– Gdzie byłaś? – spytał między jednym pociągnięciem fajki a drugim.

Nihal wolała nie udzielać jasnej odpowiedzi.

– Przejść się.

– Ty coś kręcisz – odparł, przyjrzawszy się jej z uwagą.

– Ido, czasami zachowujesz się tak, jak gdybyś był moim ojcem!

Gnom uśmiechnął się.

– No już, chodź do środka, musimy porozmawiać.

Nihal poszła za nim, a on wskazał jej krzesło.

– No jak, jesteś gotowa na jutrzejszą ceremonię?

Nihal spoważniała.

– Sądzę, że tak – rzekła. „Sądzę" było odpowiednim słowem.

– To dobrze, wobec tego będziesz gotowa również i na to – powiedział Ido, po czym zniknął za drzwiami sąsiedniego pokoju.

Chwilę później wyłonił się stamtąd z pakunkiem z juty, pod którego ciężarem uginały się jego krótkie nogi. Rzucił to na stół, a Nihal wpatrywała się w niego pytającym spojrzeniem.

– To dla ciebie, rzuć na to okiem – powiedział z pozorną niedbałością.

Zaciekawiona Nihal dotknęła opakowania. Wyczuła jakieś dziwne kształty i coś twardego. Potem otworzyła je, ale worek był tak wielki, że musiała wsunąć weń głowę, aby zrozumieć, co zawiera. Kiedy ją wyciągnęła, potargana, na jej twarzy malowało się niedowierzanie.

– Teraz jesteś Jeźdźcem i wydaje mi się mało stosowne, abyś wychodziła do bitwy ustrojona jak żebrak – burknął gnom, niemal zawstydzony. Pierwszy raz robił jej prezent.

Nihal zaczęła opróżniać worek: znalazła w nim lśniący pancerz, parę naramienników, hełm i dwa nagolenniki. Wszystko wykonane zostało z kryształu, czarnego niczym noc i rzucającego straszliwe połyski. Jak jej miecz. Pancerz był doskonale wypolerowany, ozdobiony na dole talii grawerunkiem: przedstawiał on smoka okręcającego się wokół siebie, tysiącami splotów wdrapującego się po torsie aż do wysokości biustu, gdzie tronowała jego głowa; z szeroko otwartej paszczy wylatywały dwa strumienie płomieni otaczające profil piersi. Naramienniki miały kształt dwóch smoczych czaszek, a ich ostre zęby opadały na linię ramion. Na nagolennikach powracał motyw płomieni, z kolei hełm miał dwa wielkie kolce po bokach głowy.

Nihal patrzyła na to bez słów. To była jej zbroja.

– Hełm kazałem zrobić tak, aby nie przeszkadzał ci na uszach. Wiesz, zbroja jest lekka, nie powinna krępować ci ruchów – tłumaczył Ido, ale Nihal w dalszym ciągu milczała. – Z pewnością twój ojciec zrobiłby coś piękniejszego i wspanialszego, ale mam nadzieję, że ci się podoba i że dobrze ci się będzie w tym walczyło, i... och, do diabła! – zaklął na koniec.

Nihal rzuciła mu się na szyję i mocno go objęła. To było więcej, niż mogła sobie wymarzyć, to był cudowny prezent, to był dowód szacunku, jaki Ido dla niej żywił. Łzy napłynęły jej do oczu.

– Dziękuję, dziękuję... – powtarzała ciągle.

Ido odsunął ją. Oczy trochę mu błyszczały.

– Jeżeli masz nadzieję, że rozpłaczę się jak baba, to wiedz o tym, że się grubo mylisz – burknął, po czym wybuchnął śmiechem, a Nihal śmiała się razem z nim.

– Ja... Ido, to wszystko jest piękne. Ty mnie ocaliłeś, wychowałeś, zrobiłeś ze mnie wojownika... Ja... – Nihal nie znajdowała słów, aby podziękować gnomowi, który przywrócił ją do życia.

– No już, precz z sentymentami, idź po tego ofermę Lajosa i bierzmy się do roboty – odpowiedział Ido, mocno klepiąc ją po plecach. Uśmiech, który jeszcze chwilę przedtem królował na jego ustach, zniknął, gdy tylko Ido usłyszał jęk Nihal. – Co ty zmalowałaś? – spytał. Wypuścił z fajki gęstą serię zbitych obłoczków dymu, jak działo się zawsze, kiedy się złościł.

Pod ciężkim wzrokiem Ida Nihal cofnęła się, aż znalazła się plecami przy murze. *Do diabła. Co teraz?* Nie pozostawało jej nic innego, tylko się przyznać.

– Zrobiłam tatuaż... – powiedziała słabym głosikiem.

Obłoczek dymu.

– A jaki tatuaż sobie zrobiłaś? – Obłoczek dymu.

– Dwa skrzydła... na plecach...

Obłoczek dymu. Cisza.

– Nie są bardzo duże... A poza tym mają swoje znaczenie...

Obłoczek dymu.

– Nie robię ci sceny wyłącznie dlatego, że... – Obłoczek dymu. – Wyłącznie dlatego, że jesteśmy spóźnieni. W przeciwnym razie na pewno byś mnie słyszała, i to jak! A teraz znikaj, zanim zmienię zdanie.

Nihal wypadła z chatki z lekkim uśmiechem na wargach.

Wyruszyli po obiedzie. Ido na Vesie, a Lajos za Nihal na Oarfie.

Nihal uwielbiała latać. Kiedy wsiadała na swojego smoka i patrzyła na wszystko z wysoka, zawsze dziwiła się, jak gdyby to był pierwszy raz. Latała na Oarfie bez uprzęży i, z tego co wiedziała, była jedyną osobą spośród Jeźdźców Smoka, która tak robiła.

Lajos zmuszony był wczepiać się w nią z całych sił, aby nie spaść. Nihal nie chciała dominować nad swoim smokiem – ona i Oarf byli jednym. Nie było między nimi potrzeby rozkazów, ponieważ myśl jednego była myślą drugiego.

Do Makratu dotarli pod wieczór. Miasto zaprezentowało się przed ich oczami pełne zamieszania i letniego upału. Mimo późnej pory ulice i place były zatłoczone i rozbrzmiewały echem głosów, szeptów, śmiechów i wrzawy. Kiedy przeszli przez olbrzymią bramę Akademii, Nihal nie mogła powstrzymać się od myśli o Sennarze. Jaka była głupia! W dniu ich ostatniego spotkania chciała powiedzieć mu, jaki jest dla niej ważny, objąć go i przytrzymać mocno, aby nie odchodził. Tymczasem zraniła go, mieczem i słowami. A teraz on mógł już nawet nie żyć. Odegnała tę myśl. Sennar żyje i wróci.

Kolację zjedli w Akademii, razem z kadetami. Dziwne wrażenie wywarło na Nihal ponowne znalezienie się w tym obszernym refektarzu.

– Pamiętasz, kiedy my też tutaj jadaliśmy? – spytał Lajos między jednym kęsem a drugim. Potem zaczął opowiadać Idowi, jak poznał Nihal.

Ona jednak nie chciała przywoływać minionych czasów. Miesiące spędzone tam, wewnątrz, nie były piękne. Ostatecznie minęło tak niewiele czasu. Dobrze pamiętała, co odczuwała w tych murach: izolację, samotność, nienawiść, wrażenie odmienności. Nawet teraz wszyscy na nią patrzyli, uczniowie i nauczyciele, a Raven ze swojego tronu nie odrywał od niej oczu. Ona wiedziała, dlaczego: była kobietą, była Pół-Elfem. Wydawało jej się, że nic się nie zmieniło.

W milczeniu jadła zupę, Lajos zarzucał ją paplaniną, a Ido przyglądał się jej, nic nie mówiąc.

Kiedy nadszedł czas, aby rozejść się do własnych pokojów, gnom zatrzymał ją na chwilę.

– Nihal, wiem, jak się czujesz. Ale nie powinnaś się bać. Zasługujesz na to, co jutro otrzymasz.

– Tak, oczywiście – przytaknęła, nie bardzo przekonana. – Jest gorąco, idę się przejść – ucięła krótko, następnie szybko się oddaliła. Pragnęła pobyć sama.

Następnego dnia wielka sala wydawała się jej jeszcze większa niż pamiętała. I pełna, wypełniona, przepełniona ludźmi. Poczuła, że brakuje jej powietrza. Wszyscy byli tam dla niej. Zaczęła odczuwać dziwny ucisk w piersi już kiedy się przygotowywała. Lajos nalegał, aby osobiście ją ubrać. Patrzenie, jak zapina jej sprzączki, poprawia pancerz i mocuje nagolenniki, było przyjemnością.

– Stałeś się doświadczonym giermkiem – zauważyła Nihal.

– Nie rozpowiadaj tego za bardzo – zażartował. – Jakiś Jeździec mógłby cię usłyszeć i spróbować pozyskać dla siebie moje usługi.

Nihal roześmiała się.

– Gotowe! – wykrzyknął Lajos po ostatnim pociągnięciu. – Teraz może się pan przejrzeć, panie Jeźdźcze.

Nihal obróciła się w stronę wielkiego lustra ozdabiającego komnatę, którą przyznano jej na ten poranek, i prawie się nie rozpoznała: w srebrnej tafli połyskiwała postać wojownika, prawdziwego wojownika, imponującego i groźnego.

– Od tej chwili taką zobaczy cię nieprzyjaciel: czarny demon na polu bitwy – powiedział Lajos z uśmiechem. – Teraz jednak nie ma czasu na próżności, panie Jeźdźcze. Już czas na nas.

Kiedy przemierzała u boku Lajosa korytarze Akademii, wrażenie niepokoju wzrosło. A gdy znalazła się przed niekończącą się serią sklepień głównej sali, osiągnęło szczyt.

Nihal zamknęła oczy, aby się uspokoić, i wyobraziła sobie, że Sennar jest tam pośród tłumu. *Udało mi się, Sennarze. Popatrz na mnie. Udało mi się.*

Potem usłyszała dźwięk trąb i do sali wkroczył Raven oraz Sulana, królowa-dziewczynka, która rządziła, czerpiąc wzór ze wspomnień o swoim ojcu.

Najwyższy Generał był jak zwykle wyprężony. Od ostatniego razu, kiedy Nihal miała wątpliwą przyjemność go widzieć, zmienił zbroję; ta, którą miał na sobie teraz, połyskiwała srebrem i drogimi kamieniami i była pokryta ornamentami w sposób wręcz niedorzeczny. Raven miał triumfującą i pełną pogardy minę, której Nihal nienawidziła od pierwszego razu, kiedy go zobaczyła. W odległości kilku kroków za nim dreptał podekscytowany jego nieodłączny piesek, machając ogonkiem.

U boku Ravena kroczyła Sulana, piękna jak nimfa, eteryczna i skupiona na swojej roli. Szła dostojnie, nie patrząc na tłum, a na jej twarzy malowała się dojrzałość, niezwykła jak na wdzięk i młodość jej rysów.

Podeszli do tronu Sulany. Raven pomógł królowej wygodnie usiąść, następnie ustawił się po jej prawej stronie, przyjmując pozycję na baczność.

Nihal z niecierpliwością czekała zaraz za otwartymi drzwiami sali. Etykieta nie przewidywała jeszcze jej pojawienia się. Teraz do środka wkroczył Ido. Nihal już zdarzyło się go widzieć w wielkiej gali, ale tego dnia miał w sobie coś wojowniczego, czego w pozostałych razach mu brakowało. Miał na sobie zbroję, którą rzadko wkładał, skromną i funkcjonalną, i szedł tak zdecydowanie, że mimo jego niskiej postury wydawało się, iż góruje pośrodku sali.

Gnom zatrzymał się przed Sulaną i Najwyższym Generałem; dobył miecza, położył go na ziemi i uklęknął, aby zaraz potem powstać.

Szmer przebiegł wśród tłumu: ceremoniał przewidywał, aby Jeździec pozostał na kolanach w akcie szacunku względem Ravena. Nihal uśmiechnęła się, dostrzegłszy na twarzy wielkiego Ravena ledwo widoczny grymas złości.

Potem rozpoczęła się ceremonia.

– Ido z Krainy Ognia – zagrzmiał Najwyższy Generał. – Dlaczego stajesz dzisiaj przed moim obliczem?

– Przychodzę przedstawić wojsku i całemu ludowi Wolnych Krain mojego ucznia, Nihal z Krainy Wiatru, aby mógł otrzymać nominację na Jeźdźca Smoka.

– Niech zatem kandydat wejdzie – powiedział Raven.

Nihal postawiła pierwsze kroki w sali.

Dziwnie się czuła, przemierzając samotnie tę obszerną nawę, stąpając po pokrywającym posadzkę czerwonym dywanie. Widziała, jak oczy wszystkich zwracają się ku niej. Wyczuła podziw, którego była obiektem, idąc dumnie w stronę Ravena. Do jej uszu dobiegły szepty tłumu: „Jaki młody", „Ma nadzwyczajną zbroję", „Cóż za dumny krok".

Po dotarciu do stóp tronu Sulany wyciągnęła miecz, położyła go na ziemi u swojego boku, opuściła głowę, uklękła i znieruchomiała w tej pozycji. Po chwili usłyszała odgłos kroków Ravena na dywanie.

– Jak brzmi twoje imię?

– Nihal.

– Skąd pochodzisz?

– Z Krainy Wiatru.

– Jakie są twoje intencje jako Jeźdźca?

– Walczyć ze wszystkich sił za Wolne Krainy, oddać życie za wolność i za Jej Wysokość Królową.

– Zdejmij hełm.

Nihal wykonała polecenie i spod hełmu wynurzyła się rozczochrana granatowa czupryna i wdzięczna dziewczęca twarzyczka.

Obecnym kilka chwil zajęło zarejestrowanie tego obrazu, ale na reakcję nie trzeba było długo czekać. Pomruk był tak głośny, że Raven musiał rzucić karcące spojrzenie, aby w audytorium zapanowała cisza.

Raven podniósł miecz.

– Podaj mi prawe ramię, Jeźdźcze.

Nihal zdjęła jedną ze swoich długich rękawiczek i odsłoniła jasną skórę.

Raven przesunął po niej mieczem i z rany zaczęła powoli wypływać krew.

– Przysięgnij na swoje życie i na swoją krew.

Nihal podniosła ramię, aby wszyscy mogli zobaczyć czerwoną smugę, a następnie przemówiła głosem donośnym i pewnym siebie.

– Przysięgam, że poświęcę swoje życie sprawie pokoju. Przysięgam, że oddam mój miecz w służbie sprawiedliwości. Przysięgam, że do śmierci bronić będę Wolnych Krain. Niech krew w moich żyłach zaschnie, a nić mojego życia zerwie się, nim złamię moją przysięgę.

Raven opuścił miecz na głowę Nihal.

– Nihal z Wieży Salazar, dzisiaj wypowiedziałaś przysięgę przed bogami i przed ludźmi. Twoje ciało i twoja krew na zawsze należeć będą do Zakonu. Ogłaszam cię Jeźdźcem Smoka i sługą Wolnych Krain.

Jeden okrzyk wzniósł się nad rzędem Jeźdźców asystujących ceremonii, przypieczętowując wstąpienie Nihal do Zakonu.

Raven oddał jej miecz, a Nihal znowu mogła powstać. Pokłoniwszy się przed królową, odwróciła się do obecnych i podniosła swoją czarną broń.

W audytorium wybuchł aplauz, a Nihal poczuła się zwycięsko.

Ido podszedł do niej jako pierwszy. Przyciągnął do siebie i tylko popatrzył na nią, nie mówiąc ani słowa. Potem Nihal porwał tłum nieznajomych, którzy chcieli jej pogratulować.

Dalszy ciąg ceremonii odbywał się na wewnętrznym dziedzińcu, gdzie zazwyczaj świętowano konsekracje. Kiedy jego uczennica znajdowała się w centrum uwagi, otoczona zmanierowanymi dworzanami, wypomadowanymi dygnitarzami i rycerzami obdarzającymi ją gratulacjami, radami i poklepującymi ją po plecach, Ido stał na uboczu pod portykami. Obserwował te obchody z dystansem i lekkim poczuciem mdłości: dobrze wiedział, ile udawania kryło się w tych wszystkich pochlebstwach. Nie było na tym dziedzińcu nikogo, kto nie zadawałby sobie pytania, co kobieta robi w wojsku, lub kto nie myślałby, że jej obecność jest w jakiś sposób niestosowna. Nie mógł się doczekać powrotu do bazy i popalenia sobie fajki w świętym spokoju. Jakiś głos przerwał tok jego myśli.

– Chyba nie sądzisz, że zrobiłeś na mnie wrażenie tamtym gestem.

Ido odwrócił się. Raven uśmiechał się szyderczo w swojej karykaturalnej zbroi.

– Najwyższy Generał! I ty w tych stronach? – odpowiedział gnom drwiącym tonem, po czym złapał pierwszy kieliszek, jaki wpadł mu w ręce, i jednym łykiem pochłonął jego zawartość. – Nigdy nie złożyłem ci aktu posłuszeństwa, kiedy byłem młody i podatny na wpływy, więc nie widzę powodu, dla którego miałbym to zrobić teraz, kiedy jestem starym zgredem.

– Z przyjemnością zauważam, że się nie zmieniłeś.

– To samo mógłbym powiedzieć o tobie – odparł zimno Ido.

Obaj mężczyźni popatrzyli na siebie w milczeniu.

– Nie potrafisz zapomnieć, prawda, Ido? – odezwał się wreszcie Raven.

Gnom schwycił drugi kieliszek.

– Właśnie. Ciekawe, dlaczego?

Raven zrobił zniecierpliwiony gest.

– A czy kiedykolwiek pomyślałeś o mojej pozycji? Gdybyś był na moim miejscu, zachowałbyś się tak jak ja.

Ido poczuł, jak wzbiera w nim złość.

– Na tym zakończmy tę rozmowę. Tak będzie lepiej dla nas obu.

– Dobrze wiesz, że uważam cię za wielkiego wojownika – odparł Raven. – I... tak, również twoją uczennicę... Przyznaję, że pomyliłem się, usiłując uniemożliwić jej wstąpienie do Akademii. Wystarczy ci to jako akt skruchy?

Dłoń Ida nerwowo bawiła się rękojeścią miecza.

– Jak długo jeszcze będziesz mnie uważał za niebezpieczną jednostkę?

Najwyższy Generał nie odpowiedział.

– Czy Nihal wie? – spytał znienacka.

Palce Ida zacisnęły się na rękojeści, a jego twarz stała się rubinowa.

– A jaki to ma związek?

– Czysta i prosta ciekawość. No więc? – nalegał Raven, a na jego wargi zaczął wypływać drobny uśmieszek. – Nie powiedziałeś jej, prawda?

– Nie – odpowiedział Ido.

– Widzisz? – zachichotał drwiąco Raven. – Prawda jest taka, że to ty sam nie zapomniałeś o przeszłości. Nie masz odwagi porozmawiać o tym nawet ze swoją ulubioną uczennicą. Jak zatem możesz myśleć, że mógłby o tym zapomnieć Najwyższy Generał, stojący na czele tego Zakonu? A może to ja mógłbym jej to powiedzieć? Jak się na to zapatrujesz?

Miecz Ida powoli wysunął się z pochwy.

– Raven, zostaw mnie w spokoju albo zapomnę o stopniach i dobrych manierach – wycedził.

Raven nie przejął się.

– Spokojnie, spokojnie. To był tylko niewinny żarcik. W walce się kontrolujesz, ale poza polem bitwy krew od razu uderza ci do głowy.

Najwyższy Generał oddalił się z uśmiechem, a Ido rozluźnił uścisk na mieczu. Najgorsze było to, że ten idiota miał rację: po tych wszystkich latach wciąż jeszcze nie udało mu się zapomnieć. Ile jeszcze będzie potrzeba, aby wreszcie mógł się poczuć zrehabilitowany?

Podczas podróży powrotnej Nihal od czasu do czasu odwracała się i zerkała na swojego nauczyciela, który przez całą drogę był ponury. Ido nalegał, aby wyruszyli szybko, i kiedy wreszcie wzlecieli, zamknął się w sobie. Ta napięta i nachmurzona twarz nie była w jego stylu, ale dziewczyna nie bardzo się tym przejęła. Kiedy Ido był zamyślony, lepiej było zostawić go w spokoju.

A poza tym ona miała świetny humor i nic ani nikt nie był w stanie jej go zepsuć.

– Trzymaj się mocno – powiedziała do Lajosa, popędzając Oarfa. – Dodajmy trochę pieprzyku tej podróży!

Była zadowolona, o, tak.

Do bazy dotarli w środku nocy. W obozowisku panowała idealna cisza. Powoli ruszyli w stronę stajni. Lajos zdrzemnął się na plecach Oarfa, który chętnie go tolerował, a Nihal czuła, jak jej ekscytacja zaczyna ustępować miejsca zmęczeniu. Nie mogła się doczekać, kiedy będzie mogła wsunąć się do własnego łóżka. Pierwszą noc jako Jeździec Smoka miała spędzić pod kocami, spokojnie rozmyślając o tym, co się stało.

Jednak w miarę, jak zbliżali się do stajni, zaczęli słyszeć coraz głośniejszy hałas, który w końcu przerodził się w infernalną wrzawę.

– Co się dzieje? – spytała Nihal o kilka łokci od bramy.

Ido zsiadł z Vesy i skierował się w stronę wejścia.

– Mam pewne podejrzenie... – rzucił z szelmowskim uśmiechem. Potem otworzył bramę na oścież.

W środku panował piekielny harmider. Dziesiątki pochodni oświetlały stajnie, w których stało się jasno niczym za dnia, a powietrze było gęste od dymu i rozbrzmiewało wesołą muzyką. Zdawało się, że wszyscy mieszkańcy bazy wcisnęli się do środka i nie było nikogo, kto nie trzymałby w dłoni kielicha lub kufla.

– Są! – wrzasnął jakiś głos, kiedy tylko Ido i Nihal, oszołomieni, postawili stopę w stajni. Dziesiątki głów jednocześnie odwróciły się w ich stronę.

Nelgar wystąpił naprzód z kuflem piwa w dłoni.

– Chwała dwóm najbardziej podejrzanym typom całej bazy: straszliwemu gnomowi i kobiecie wojownikowi! Na zdrowie! – zawołał wesoło, a wszyscy zawtórowali mu echem, wśród dźwięczących kielichów i śmiechów.

Lajos obudził się i przecierał sobie oczy.

– Hej, ty, giermku! Masz coś wspólnego z tym piekłem? – spytał Ido.

– Tak naprawdę, to był mój pomysł – odpowiedział Lajos, ziewając. – Ale o nim zapomniałem!

Nelgar chwycił Nihal pod ramię.

– Zapraszam do środka, Jeźdźcze. To ty jesteś honorowym gościem!

Po jej wejściu zaczęto obrzucać ją komplementami i toastami.

– Ja... nic nie rozumiem... – wyjąkała Nihal, zagubiona.

Ido trzymał już w dłoni pełny kufel.

– A zatem ja ci wytłumaczę: twój gorliwy giermek wpadł na świetny pomysł, aby zebrać tu na świętowaniu wszystkich próżniaków bazy. – Kiedy rozległ się chór protestów, Ido uniósł na chwilę rękę, aby uciszyć zebranych. – Wiesz, co ci powiem, Nihal? Skoro już i tak musimy brać w tym udział, równie dobrze możemy skorzystać z tego piwa i oddać się tańcom! – Następnie, pośród aplauzów, wysoko podniósł kufel.

Zamieszanie zrobiło się jeszcze większe niż wcześniej, Lajos całkiem się przebudził, a Ido puścił się w tany, jak to miał w zwyczaju. Nihal stała jak wmurowana, przyjmując uściski dłoni towarzyszy. Impreza na jej cześć. Nie wiedziała, czy ma być rozpromieniona, czy zawstydzona. Dlatego po prostu stała wśród tłumu rycerzy, kobiet, żołnierzy i giermków. Nagle przed jej nosem wyrosła szklanica pełna piwa.

– Nie, dziękuję, ja nie…

– Nie gadaj! – wykrzyknął jeden z piechurów. – Prawdziwy Jeździec nigdy nie odmawia picia.

Nihal wzięła kufel, oparła na nim wargi i wypiła mały łyczek.

Wokół niej rozbrzmiały komentarze pełne dezaprobaty: „Tak piją panienki!”, „Jesteś czy nie jesteś Jeźdźcem Smoka?”, „Wszystko do dna, no już!”.

Nihal wzięła głęboki oddech i spełniła prośby. Wynurzyła twarz z kufla, kaszląc z całych sił.

– No, teraz to rozumiem! – wrzasnął jakiś głos, wyzwalając kolejną salwę aplauzu i śmiechów.

Nihal też wybuchnęła śmiechem i poczuła dziwne wrażenie ciepła rozgrzewającego jej serce. Nigdy by nie pomyślała, ale podobało jej się to.

Wśród toastów, żartów i muzyki impreza nabrała kolorów. Nihal rozmawiała ze wszystkimi, śmiała się, żartowała. I piła. I im więcej piła, tym bardziej jej głowa opróżniała się i dziewczyna tym więcej jeszcze chciała pić. Wydawało się, że świat stał się lżejszy, czuła się, jak gdyby unosiła się kilka stóp nad ziemią. Kiedy pomyślała o swoich wątpliwościach z poprzedniego wieczoru, chciało jej się śmiać, bo teraz była tutaj i miała się tylko dobrze bawić. Na początku patrzyła, jak tańczą inni: piechurzy kręcący się ze swoimi żonami, wyzywające markietanki ściśnięte w ramionach rycerzy. Potem zobaczyła, jak idzie w jej stronę Ido z czerwonymi policzkami i świecącymi oczami. Ukłonił się przed nią i ucałował w dłoń.

– Jeśli dobrze pamiętam, dobrych kilka miesięcy temu, kiedy dopiero co się poznaliśmy, zaszczyciłaś mnie tańcem. Sądzę, że mam prawo do kolejnego.

– Będzie to dla mnie honor, Jeźdźcze. Proszę was jednak, abyście zaczekali kilka chwil – rzuciła żartobliwie Nihal, nadal ubrana w zbroję. Przecisnęła się pomiędzy tancerzami i z mieczem uderzającym ją w udo wyskoczyła na zewnątrz.

Potykając się i zastanawiając, dlaczego nagle świat zaczął kręcić się szybciej, weszła do pokoju Ida. W dzikim pośpiechu otworzyła ławę skrzyniową i wyciągnęła z niej zieloną suknię, którą kupiła sobie przed zrobieniem tatuażu. Próbowała przypomnieć sobie, jak wiąże się gorset i jak układa się spódnicę i halkę. Trochę czasu zajęła jej walka z pętelkami i wszystkimi najróżniejszymi sznurówkami i tasiemkami, ale w końcu jej się udało. Zręcznym kopnięciem zrzuciła z nóg wysokie buty i była gotowa.

Wypadła z chatki i boso pobiegła do stajni. Kiedy dotarła przed wejście, nie trafiła w drzwi i uderzyła we framugę. *A niech to. Kto je przesunął?* Doszła do siebie po uderzeniu, wygładziła spódnicę, zrobiła głęboki wdech i weszła do środka.

Jako pierwszy zauważył ją pewien piechur, który dał kuksańca stojącemu obok giermkowi. Potem, po kolei, wszyscy odwrócili się w kierunku wejścia.

Grajkowie zamilkli, tancerze zatrzymali się, a kieliszki zawisły w powietrzu. Sukienka była prosta, nic pretensjonalnego, nawet nie była w jej rozmiarze, ale Nihal i tak wyglądała ślicznie. Ciszę przerwało zupełnie nieeleganckie: „Fiu fiu!".

Nihal szła naprzód nieco skrępowana, starając się nie roześmiać.

– Już jestem wasza, Jeźdźcze – powiedziała, zatrzymawszy się przed swoim nauczycielem.

– A to skąd się wzięło? – spytał Ido.

– Prezent urodzinowy – odrzekła, podając gnomowi dłoń.

Muzyka rozbrzmiała jeszcze żywiej niż wcześniej. Nihal nie znała żadnych tanecznych kroków, ale Ido był doświadczonym tancerzem, więc wystarczyło jej, że za nim podąża, zerkając to na swoje stopy, to na stopy par wokół niej.

Ido był zaledwie pierwszym, który poprosił ją o zaszczyt tańca. Drugim był Lajos, wreszcie przebudzony i podekscytowany imprezą – pociągnął ją w bardzo dziwny taniec, którego nikt nigdy nie widział. Potem nadeszła kolej wielu innych.

Nihal czuła się dobrze, była wesoła, bez żadnych zmartwień. Tej nocy była dziewczyną taką jak inne: jej uszy się skróciły, oczy zmniejszyły, a włosy już nie były granatowe, lecz kasztanowe, blond, czarne. Czas przelatywał wokół niej, godziny mijały szybko i równie szybko płynęło piwo, odciążające i głowę, i nogi.

W szczytowym momencie świętowania jakiś głos zapytał:

– Ido, czy mi się wydaje, czy ty o czymś zapomniałeś?

Gnom wychylił kolejny kufel.

– Chyba tak – powiedział, otarłszy sobie wąsy grzbietem dłoni.

– A zatem nie jest jeszcze prawdziwym Jeźdźcem.

– Właśnie! Próba! Konieczna jest próba! – skomentowały inne głosy.

Nihal miała trudności ze skoncentrowaniem się i uporządkowaniem myśli. O czym oni, u diabła, mówili?

– Nie, tak naprawdę jest już dość późno… No i nie wiem, czy jestem w stanie… – wzbraniał się Ido.

Stopniowo wszyscy obecni zaczęli skandować: „Próba! Próba!", aż gnom był zmuszony ulec.

– I niech będzie! – wykrzyknął Ido. – Niech rozpocznie się próba.

Nihal znalazła się na ramionach jakiegoś piechura. Poszukała wzrokiem Lajosa i zobaczyła, że idzie za nią i chichocze.

– Ej! Co się dzieje?

– Nic, to taki zwyczaj Zakonu. Jako nowy Jeździec musisz tylko pokonać swojego nauczyciela w pojedynku na smokach...

Chwilę zajęło, zanim Nihal zrozumiała, co on do niej mówi.

– Ale ja przecież piłam! Jak mogę...

Kiedy żołnierz postawił ją przed Oarfem, Nihal zaczęła się śmiać.

– Żartujecie, prawda? Nasze smoki są zmęczone po podróży, mnie się kręci w głowie, nie mam mojego miecza, a poza tym popatrzcie, jak jestem ubrana! – protestowała, ale jej słowa padały w pustkę.

Jakiś Jeździec poklepał ją po ramieniu.

– Nie martw się, Lajos zaraz przyniesie ci miecz. Jeśli zaś chodzi o ubiór, to sądzę, że wyrażę wolę wszystkich, mówiąc, że musisz walczyć w stroju, jaki masz na sobie.

Zgromadzeni wybuchnęli w owacji.

Nihal bosa, ubrana na zielono, z mieczem z czarnego kryształu w dłoni.

Ido potargany, uśmiechnięty, z oczami błyszczącymi od alkoholu.

Nihal i Ido, Ido i Nihal, jedno przed drugim.

Pomiędzy nimi – Nelgar.

– Reguły są proste: podnosicie się na smokach i walczycie. Możecie używać tylko miecza. Wygrywa ten, kto rozbroi lub zrzuci z siodła drugiego. Brakuje jeszcze stawki, o którą walczycie. O co gracie?

– O pocałunek – odpowiedział od razu Ido. – Jeśli wygram, Nihal pocałuje... – rozejrzał się. – Lajosa! Tak, będziesz musiała pocałować Lajosa.

– Doskonale, niech będzie. Ale moja wygrana to konfiskata fajki na tydzień. Już skończyłeś zatruwać mnie tym swoim tytoniem.

– I tak nie masz szans – zachichotał gnom, po czym obydwoje dosiedli swoich smoków.

Nelgar dobył miecza i podniósł ostrze do nieba.

– Jeźdźcy, gotowi do startu!

Nihal poczuła drżenie Oarfa i nagle była trzeźwa jak przed bitwą, czuła napięcie w każdym mięśniu, gotowa do skoku. Popatrzyła na Ida, swojego mistrza, i rzuciła mu drwiący uśmiech.

Potem oświetlone księżycem ostrze broni Nelgara zarysowało w ciemności łuk.

Vesa i Oarf wzleciały wysoko, coraz wyżej, muskając księżyc w pełni, dotykając przejrzystego letniego nieba.

Kiedy się wznosili, Ido, zbliżywszy się do Nihal, przypuścił pierwszy atak, lecz Oarf natychmiast zmienił kierunek. Dziewczyna siedziała wyprostowana na grzbiecie smoka, wystarczały jej nogi, aby utrzymać się na jego grzbiecie. Złapała miecz w obie ręce, zatoczyła obszerne koło i wreszcie, wychylona do przodu, rzuciła się na przeciwnika z pełną prędkością. Dopiero w ostatniej chwili wyprostowała się i wymierzyła cięcie, które jednak trafiło w pustkę i sprawiło, że straciła równowagę.

Ido oddalił się, postanowiwszy nie wykorzystywać tej okazji.

– Widzę, że trochę jesteś podchmielona – krzyknął gnom. – Potrzebujesz forów?

– Nie przeceniaj się! Myśl raczej o tym, żeby mnie pokonać – odpowiedziała Nihal, rzucając się do kolejnego ataku.

Z ziemi ich walka była fascynującym spektaklem: dwa wijące się smoki, na zawrotnej wysokości, zbliżały się ku sobie, aby następnie oderwać się i unosić swobodnie w czymś w rodzaju niekończącego się tańca. Do góry, gdzie rozgrywała się walka, z nawoływań widzów docierały tylko niewyraźne echa.

Ido był szybki, wyważony, dokładny, zaś Nihal stawiała przede wszystkim na siłę i prędkość. Przez jakiś czas ścierali się nagłymi atakami, po których następowała ucieczka i strategiczne wycofanie, po czym gnom się znudził. Zbliżył się do Nihal i na długi czas zajął ją prostą walką wręcz. Szczękowi ostrzy towarzyszył zdyszany oddech smoków. Nihal dokładnie wymierzała każdy ruch, każdy gest i spokojnie odpowiadała na wszystkie ataki.

– Naprawdę dobrze się nauczyłaś, Pół-Elfie – powiedział Ido, oddalając się.

– Ostatecznie, miałam dobrego nauczyciela – odparła, zanim znowu się na niego rzuciła.

Bitwa trwała długo. Znajdowali się w sytuacji patowej: Nihal zaczynała być zmęczona i czuła, że Oarf też jest wyczerpany. Musiała to rozegrać w inny sposób.

– Jeszcze tylko ostatni wysiłek – szepnęła do smoka, po czym pogoniła go z pełną prędkością na Vesę.

Ido czekał na nią nieruchomo z uśmiechem na ustach, pewny siebie. Oarf przyspieszał coraz bardziej. Vesa zaczął się cofać, zaniepokojony.

Gdy tylko obiekt był wystarczająco blisko, Nihal uniosła się na Oarfie, zamknęła oczy i skoczyła. Kiedy je otworzyła – stała na grzbiecie Vesy: wolną dłonią wczepiła się we włosy Ida, zaś tę, która dzierżyła miecz, otoczyła wokół gardła gnoma.

– Mamy zwycięzcę! – rzuciła triumfalnie.

– Mówisz? – spytał jej nauczyciel, po czym odsunął ją łokciem.

Wtedy Nihal zakręciło się w głowie. Straciła równowagę. Siłą uczepiła się Ida. Obydwoje przewrócili się i zaczęli spadać.

Z dołu rozbrzmiał okrzyk publiczności, ale już chwilę później nastąpiło zbiorowe westchnienie ulgi. Lot obojga zawodników był krótki. Przechwyceni przez grzbiet Oarfa, powoli szybowali i dotknęli ziemi bez szwanku. Aplauz ukoronował ich pokaz.

Lajos rzucił się, aby pomóc Nihal zejść. Ido zsiadł ze smoka i pomasował sobie obolałe plecy.

– Jesteś wielkim przeklętym uparciuchem – powiedział, po czym puścił do Nihal oczko.

– No to kto wygrał? – spytała dziewczyna, jeszcze zadyszana.

– Powiedziałbym, że osiągnęliście remis – oznajmił Nelgar. – Szkoda, żadnego pocałunku, żadnej konfiskaty tytoniu. Ale jest jeszcze piwo, które na nas czeka!

Podjęto świętowanie. Impreza trwała do świtu, pośród libacji, śmiechów i tańców.

Nihal całkiem rzuciła się w wir zabawy; słodkie oszołomienie ustąpiło miejsca ogłuszeniu, a w końcu poczuciu całkowitego zagubienia.

Kiedy towarzystwo się rozeszło, słońce wyglądało już zza gęstego lasu okalającego bazę. Lajos musiał otoczyć sobie szyję ramieniem Nihal i objąć dziewczynę w pasie, aby ją podtrzymać. Ido szedł za nimi, lekko tylko się chwiejąc. Wiele potrzeba było, aby go upić.

Weszli do ciemnej chatki. Lajos łagodnie położył Nihal na łóżku, przetarł oczy i poszedł spać, ziewając tak, że omal nie zwichnął sobie szczęki.

Dziewczyna przymknęła oczy. Zobaczyła swój pokój i gnoma przykrywającego ją prześcieradłem. Wszystko miało nierealne kontury. Wydawało się jej, że ma burzę w żołądku. Nagle poczuła się smutna jak nigdy.

– Ido… – wybełkotała. – Jest mi źle…

– Nie martw się, dziewczyno. Wyśpisz się i będziesz jak nowa.

Łza spłynęła jej po policzku.

– Nie, nie, jest mi źle… Jestem istotą godną pogardy…

– Co ty, u diaska, mówisz?

– Ideał… powód… Ja nie mam powodu…

– Och, bogowie! – wykrzyknął gnom. – Upiłaś się na smutno! Śpij, Nihal. Wszystko jest dobrze. Śpij.

Ido wyszedł z pokoju na paluszkach. Nihal słyszała, jak drzwi skrzypią na zawiasach. Potem zamknęła oczy i pogrążyła się we śnie pozbawionym obrazów.

18.

Nieprzyjaciel

Po wyjeździe Sennara jego funkcje przejął Dagon. Jednak jego pozycja Starszego Członka nie pozwalała mu na stałą obecność w strefie walk w Krainie Wiatru.

Sytuacja była dramatyczna. Front znacznie się cofnął, tak że teraz znajdował się już niemal przy granicy z Krainą Wody. Wydawało się, że Tyran mierzy właśnie w to terytorium. Gromadził tam nie tylko Famminów, ale również gnomy i ludzi. Ich obecność niepokoiła wojowników Wolnych Krain: do strachu przed śmiercią i przygnębienia związanego z przewagą liczebną nieprzyjacielskich oddziałów dołączyło poczucie zdrady. W ciągu kilku miesięcy wojsko Tyrana zawładnęło większością regionu.

– Jak to, dlaczego? – spytał Nelgar zdenerwowany. – Ponieważ potrzebują posiłków! – Nie spodziewał się, że gnom będzie stwarzał jakieś problemy.

Ido chodził wielkimi krokami tam i z powrotem po kwaterze naczelnika bazy. Wydawał się zdenerwowany.

– Wolałbym zostać tu, gdzie jestem.

– Ależ nie ma mowy. Ido, jesteś świetnym wojownikiem, tam potrzebują takich jak ty. Tak czy inaczej, nie ma dyskusji. Wyruszacie i już.

Nihal milczała. Perspektywa walki na froncie w Krainie Wiatru wcale nie była jej niemiła. To Kraina, w której mieszkała jako dziecko, i idea uczynienia czegoś dla jej mieszkańców była dla niej kolejnym powodem, aby walczyć. Najwyraźniej jednak Ido nie był tego samego zdania.

Gnom zapalił fajkę i popatrzył Nelgarowi w oczy.

– Są pewne kwestie... stosowności, które sugerowałyby, aby nie wysyłać mnie na tamto terytorium.

Nelgar wytrzymał jego spojrzenie.

– Nie wiem, o czym mówisz – rzucił chłodno.

– Od kogo wyszedł rozkaz?

– A od kogo miał wyjść? Od Ravena – odpowiedział Nelgar.

Ido gwałtownie uderzył pięścią w stół, wprawiając tym Nihal w najwyższe zdumienie.

Nelgar przeciągnął dłońmi po twarzy i westchnął.

– Ido, nic na to nie mogę poradzić. Wiesz o tym.

– Do diabła, to nie twoja wina! – zakończył gnom, po czym wyszedł, trzaskając drzwiami.

Nihal poszła za nim, starając się zrozumieć, co tak bardzo wzburzyło jej nauczyciela, ale Ido mówił ogólnikowo, a na koniec stał się wręcz nieuprzejmy.

– Nie podoba mi się tamto miejsce, dobrze? I nie dręcz mnie tymi przesłuchaniami! Nie tylko ty masz niemiłe wspomnienia!

Nihal ustąpiła i nakazała sobie, żeby już o tym nie myśleć. Ona też w przeszłości trzymała swoje tajemnice dla siebie i dobrze wiedziała, że pytania mogą być czasami nieznośne. Jednak nie uśpiło to jej ciekawości.

I tak, po roku nieobecności, Nihal wróciła, aby znów przemierzać stepy Krainy Wiatru. Bała się postawić tam ponownie stopę, ponieważ było to miejsce, gdzie straciła wszystkie swoje uczucia, jednocześnie jednak wiedziała, że jest to ważny krok. Z jednej strony lękała się, że przeszłość wróci i będzie ją dręczyć, ale z drugiej – była świadoma, że musi przejść przez tę próbę zwycięsko, w przeciwnym razie nigdy nie będzie mogła definitywnie zamknąć tego okresu swojego życia.

Osiedli w obozie położonym zaraz za granicą z Krainą Wody, w pobliżu resztek jednej ze zniszczonych wież. W miejscu tym oddychało się atmosferą rezygnacji. Ganna, czarodziej wchodzący w skład rady obozu, był zaledwie chłopcem. Ten fakt sam w sobie nie stanowiłby problemu – w końcu Sennar też był młody – jednak chłopak nie znał się na taktyce i strategii, a jego brak pewności siebie był wręcz paraliżujący. Podczas zebrań milczał, odzywał się jedynie zapytany i nie był w stanie wymyślić nic sensownego nawet w najbardziej sprzyjających okolicznościach. Tragedia.

Oczywiście Ido i Nihal nie zostali przyjęci z otwartymi ramionami: kobieta i gnom nie reprezentowali sobą tego, co Jeźdźcy Smoka uznawali za wartościowe posiłki. Nawet generał obozu początkowo patrzył na nich podejrzliwie, po czym ograniczył się do ignorowania ich, nie radząc się ich przed podejmowaniem decyzji.

Dziewczyna wcale się tym nie przejęła. Przyzwyczajona była do takiego zachowania i nauczyła się, że jeśli chodzi o udowodnienie własnej wartości, jej miecz wart był więcej niż tysiąc dyskusji.

Ido wydawał się zaniepokojony, ale Nihal była pewna, że nie miało to nic wspólnego z postawą pozostałych Jeźdźców. Rzadko wychodził ze swojego namiotu i stał się milczący i zamyślony.

Tym natomiast, kto w krótkim czasie zdobył sympatię wszystkich, był Lajos. Od razu stał się maskotką obozu. Jeźdźcy żartowali z nim i korzystali z jego usług, do tego stopnia, że praktycznie został giermkiem wszystkich. Zresztą, jak można było go nie lubić? Doskonale sprawdzał się jako adiutant i zawsze był wesoły, zawsze dyspozycyjny: promień światła w ciemności tej wojny.

Po raz pierwszy, odkąd Nihal zaczęła walczyć, przyznano jej osobisty namiot.

Szybko przystosowała się do nowego rytmu obozowiska, ale przede wszystkim przyzwyczaiła się do życia, w którym wychodzenie na pole bitwy było głównym zajęciem. Kiedy była w bazie, mogła spędzić nawet tygodnie, nie dobywając miecza, tutaj zaś wojownicy ledwie mieli czas, aby złapać oddech między jedną akcją wojskową a drugą.

Na terytorium roiło się od szpiegów, ataki nieprzyjaciół były częste, a kiedy nie musieli odpierać żadnej ofensywy, pędzili z pomocą jakimś bliższym obozom.

Nihal już podczas pierwszej bitwy, a był to atak na jedną z wielu wież, pokazała, ile jest warta. Nie posłuchawszy rozkazów, wyznaczających jej miejsce w drugiej linii, stanęła razem z innymi Jeźdźcami Smoka i rzuciła się do ataku u boku Ida. Tych dwoje przyzwyczajonych było do wspólnej walki, byli skuteczni i skoordynowani jak dobrze naoliwiony mechanizm i stanowili dla innych wojowników wielkie wsparcie. Wieża została zdobyta szybko i bez większych strat.

Dziewczynie jednak nie udało się uniknąć potężnego zmycia głowy. Niegdyś z ogniem stanęłaby w obronie swojej inicjatywy, ale tym razem wysłuchała wszystkiego w milczeniu i obojętnie.

– Macie rację, popełniłam błąd. Ale teraz wieża jest nasza, jeśli się nie mylę – powiedziała tylko na koniec, patrząc Mavernowi w oczy.

Ten wyskok przysporzył jej i Idowi szacunku wśród Jeźdźców w obozie, którzy stopniowo zaczęli uznawać ich za elementy niezbędne do powodzenia misji.

W ciągu miesiąca życie w nowym obozie nabrało rytmów znajomych i męczących. Nihal walczyła dużo, a odpoczywała niewiele. Czuła się w swoim żywiole.

Była to skwarna noc, rozświetlana jedynie przez księżyc w pełni. Upał nie dawał wytchnienia i dręczył obóz. Nihal już zapomniała, jak duszne potrafią być noce w jej Krainie. Była zmęczona, nie miała ochoty myśleć. Sen byłby najlepszym lekarstwem na jej niepokój. A jednak nie przychodził, pozostawił ją łapiącą z trudem powietrze i wsłuchującą się w świerszcze cykające na cały głos o krok od namiotu. Nihal nienawidziła tych owadów, strasznie działały jej na nerwy. W końcu wyszła popatrzeć na księżyc i wykorzystać lekki wietrzyk, który co jakiś czas wydawał zamierające tchnienie pośród stepu. Usiadła z mieczem wbitym w ziemię między nogami i zamknęła oczy. Po krótkiej chwili przysnęła.

Może to dzięki swoim zawsze czujnym zmysłom, a może był to przypadek, ale nagle przebudziła się i popatrzyła w górę. Czarny cień szybko przecinał srebrzysty krąg księżyca. Widziała to tylko przez moment i dopiero po chwili zrozumiała, co to było. Świadomość nadeszła razem z krzykiem strażnika: „Atakują nas!". Jego okrzyk przeszedł w rzężenie.

Nihal wyciągnęła miecz z ziemi i rzuciła się do stajni. Tym, co widziała, był smok! Atakowano ich z nieba! Ujrzała napięte twarze wojowników wychodzących ze swoich kwater, giermków, którzy już zaczęli nakładać uprząż na smoki, piechurów biegających we wszystkie strony. A potem nadciągnęli Famminowie. Wydawało się, że wyłonili się znikąd, rzucali się na namioty i masakrowali opieszałych. Nagle jakieś światło przecięło noc i podniósł się gorący, nieznośny wiatr. Część obozowiska stanęła w płomieniach, zaś w górze nad nimi latały ptaki zionące ogniem. Nie było czasu ani na Oarfa, ani na zbroję.

Nihal z samym tylko mieczem przybrała pozycję do ataku, w ciemności pokładając nadzieję, że nie zostanie rozpoznana. Bicie jej serca zwolniło, jej percepcja wyostrzyła się i dziewczyna była gotowa do walki. Rzuciła się na Famminów zdecydowana i pewna siebie.

Wojownikom obozu nie udało się odpowiednio zareagować na natarcie i szybko zorganizować obrony. Większość była oszołomiona płomieniami, dymem i gorącem. Po raz kolejny wojska Tyrana postąpiły sprytnie i zwinnie.

Nihal zobaczyła nadchodzącego Ida. Miał w dłoni miecz i był całkowicie przytomny. Utorował sobie drogę ze zwykłym spokojem, powalając każdego, kto zagradzał mu przejście, i stanął obok niej.

– Jeden lata na grzbiecie smoka. To on podpala namioty. Leć po Oarfa! – krzyknął do niej.

– Ido, nie ma czasu!

– Ja cię osłonię! Ty po prostu biegnij! – powiedział gnom, po czym jednym susem skoczył na Fammina zasadzającego się na dziewczynę.

Nihal puściła się pędem w kierunku stajni. Znowu zobaczyła cień zasłaniający księżyc i złowróżbnie nadlatujący nad teren obozu. W tym właśnie momencie poczuła się nieco dziwnie. Początkowo wydawało się jej to zwykłym zawrotem głowy, ale było to coś innego. Przyspieszyła bieg. Powaliła dwóch nieprzyjaciół, którzy przed nią stanęli, i dotarła do smoka. Już na nią czekał, przebierając niecierpliwie łapami. Włożyła znaleziony na ziemi hełm: bezpieczniej będzie zakryć twarz. Nie potrzebowała nic mówić, wskoczyła na grzbiet Oarfa i podnieśli się do lotu na chwilę przed tym, jak płomienie objęły również stajnie.

Z wysoka dobrze widać było całą powagę sytuacji: połowa obozu stała w płomieniach, a ziemia usłana była licznymi trupami; w drugiej części toczyła się zażarta bitwa, jednak Famminowie mieli druzgocącą przewagę. W łapach z długimi szponami dzierżyli odmienne od zwykłych miecze, rzucające dziwne czerwonawe błyski. Nihal przeleciała nisko nad obozem. Oarf złapał w locie kilka tych kreatur, zabijając je. Potem zszedł jeszcze niżej i schwycił Lajosa, biegnącego w poszukiwaniu schronienia.

– Złap się mnie mocno i nie puszczaj pod żadnym pozorem – rozkazała mu Nihal.

Jej smok nadal mnożył ofiary pośród nieprzyjacielskich szeregów, a dziewczyna zmuszała się do zachowania spokoju – nie mogła stracić koncentracji. Było to jednak trudne: widok był przerażający i zniechęcający. Czuła, jak przyjaciel mocno ją ściska; musiała zawieźć go w jakieś bezpieczne miejsce. Zobaczyła polanę wolną od wrogów i pomyślała, że nadaje się idealnie.

– Tam cię wysadzę! – krzyknęła. – Ty trzymaj mocno miecz i jeśli ktoś się pojawi, zabij go, zgoda? – Poczuła, że za jej plecami Lajos kiwa twierdząco głową.

Kiedy już znalazł się na ziemi, dziewczyna znowu podniosła się do lotu, a potem zapikowała w dół, na pole bitwy.

Zmuszona była do walki tuż nad ziemią i wyczuwała wysiłek ogromnych skrzydeł Oarfa, ale nie było wyboru. Całe obozowisko stało w płomieniach. Pozostawało tylko drogo sprzedać swoją skórę.

Nie wiedziała, jak długo już walczy, kiedy nagle ogarnęło ją dręczące wrażenie ucisku, a głowę wypełnił chór jęczących głosów. Ten rozpaczliwy krzyk rozbrzmiał echem w jej mózgu. Zapomniała, gdzie jest i co robi. Dokładnie tak samo czuła się w dniu, kiedy upadł Salazar. Teraz, otoczona trzaskiem płomieni, z pulsującymi skroniami i zamglonym wzrokiem, podniosła oczy i go ujrzała.

Był dokładnie nad nią, oświetlony żałobnym światłem księżyca. Smok, jeszcze czarniejszy niż nocne niebo, na którym się unosił, sprawiał wrażenie olbrzymiego. Utrzymywał się w powietrzu, rozkładając ogromne, błoniaste skrzydła, i wpatrywał się w nią jasnym spojrzeniem, pozbawionym nienawiści, które mroziło krew w żyłach. Jego oczy były rozpalone i przekrwione, czerwone jak płonące węgielki ukryte pod żarem, i połyskiwały złym światłem. Na zwierzęciu siedział jakiś człowiek. Mężczyzna o nieokreślonej sylwetce, nieruchomy. Wydawał się gigantem i był czarny jak jego zwierzę. Oarf, smok potężny i silny, który nie bał się niczego, co było na niebie i na ziemi, zadrżał.

Popatrzyli na siebie przez krótką chwilę, ale Nihal wydawało się to wiecznością. Ta postać paraliżowała ją i dziewczyna nie była w stanie się poruszyć. Na olbrzymiej czarnej sylwetce pojawiło się czerwone rozdarcie i smok rozwarł szkarłatną paszczę w jaśniejącym szyderczym uśmiechu. Wówczas Nihal mogła zobaczyć oczy mężczyzny: małe i błyszczące, pewne siebie, sprytne oczka. Wrzaski w jej umyśle zwyciężyły, ogłuszyły ją. Już nic nie rozumiała, zobaczyła tylko, jak czerwony strumień wybiega jej naprzeciw, kiedy spadała w otchłań bez dna. Jakiś krzyk zagłuszył głosy, ryk, który wydawał się drwiącym i zwycięskim śmiechem.

Nihal znalazła się na ziemi, otoczona skrzydłem Oarfa. Była oszołomiona, nic nie rozumiała i czuła silny ból w ramieniu.

– Nihal, co ci się stało? Jesteś ranna?

Dziewczyna popatrzyła na Ida osłupiała i nie była w stanie odpowiedzieć.

– Oarf, zabierz ją stąd w jakieś bezpieczne miejsce – powiedział gnom, ładując ją siłą na grzbiet zwierzęcia.

Nihal wczepiła się w niego ze wszystkich sił i starała się odzyskać władzę nad swoimi myślami; kiedy Oarf wzbijał się w powietrze, zobaczyła, jak czarny smok opada na obozowisko niczym śmierć, siejąc zniszczenie. Atak głosów znowu stał się nieznośny. Wówczas przypomniała sobie i zrozumiała: Salazar o zachodzie słońca, nizina rozpalona słońcem, a w oddali wojsko Tyrana. W górze latała mroczna, uskrzydlona sylwetka: ten sam smok, którego teraz miała przed oczami.

Aby odeprzeć atak, potrzeba było całej nocy walki na śmierć i życie. Musieli wybić Fammninów jednego po drugim, ponieważ dla tych bestii nie istniało pojęcie odwrotu. Wojownik na grzbiecie czarnego smoka opuścił ich przed świtem, kiedy już stało się jasne, że nie uda mu się zdobyć obozu.

Pierwsze promienie słoneczne zalały obozowisko bezlitosnym światłem. Nie pozostała w nim nawet jedna trzymająca się konstrukcja. Utrzymali pozycję, ale nic poza tym. Obóz został stracony.

Kiedy Nihal zobaczyła Ida, krążył wyczerpany wśród popiołów. Był duszą oporu i walczył bez wytchnienia, nie bacząc na rany, na gorąco, na ogień i na śmierć. Teraz był wykończony. Jeszcze jeden krok i padnie.

Dziewczyna kazała Oarfowi wylądować i wybiegła mu naprzeciw.

– Ido, dobrze się czujesz? – spytała zaniepokojona, po kolei oglądając rany na ciele gnoma.

– Nie, nie czuję się dobrze, ale też nie tak źle, jak to wygląda – odpowiedział ochrypłym głosem. Popatrzył na nią i jego wzrok zatrzymał się na rozległym oparzeniu na ramieniu. – Jesteś ranna.

– To nic – odpowiedziała. – Teraz musimy stąd odejść.

Ido potrząsnął głową.

– Nie, ktoś może być jeszcze żywy wśród tej jatki. Muszę go znaleźć – mruczał. – Musimy szukać…

Nihal przerwała mu.

– Chodź, Ido. No, chodź.

Ocaleli, jakaś setka, niewiele ponad połowa początkowej liczby mieszkańców obozu, zgromadzili się na nieodległej polanie. Była to porażka na całej linii. Zniszczenie obozu było nie do odrobienia, a liczba rannych bardzo wysoka.

– Nihal, chcesz mi powiedzieć, co ci się stało? – spytał Ido, kiedy już doszedł do siebie.

Twarz dziewczyny stała się poważna, kiedy przypomniała sobie to straszliwe odczucie, jakie wywołał w niej czarny smok.

– A więc? – nalegał gnom.

– Ja znam tego wojownika.

W oczach Ida przemknął cień.

– Którego?

– Tego na czarnym smoku. Znam go, Ido. Kiedy Salazar został napadnięty przez wojska Tyrana, ja byłam akurat na tarasie wieży, razem z Sennarem. Widziałam, jak włócznie Famminów połyskują w świetle zachodzącego słońca. Widziałam, jak nadciąga armia. A dowodził nią właśnie ten człowiek.

Ido milczał.

– Wczoraj w nocy, kiedy się przed nim znalazłam, nagle straciłam głowę. To dlatego jego smok mnie trafił.

– To Dola – wymruczał Ido. – Ten człowiek z wczorajszej nocy nazywa się Dola.

Nihal popatrzyła gnomowi w oczy.

– Sennar mówił mi o nim. Dola... To on zniszczył moje miasto. To z jego winy mój ojciec nie żyje.

Ido wytrzymał jej spojrzenie, po czym odwrócił głowę i zamknął oczy.

Przenieśli się do obozowiska oddalonego o kilka mil, również położonego przy granicy, ale bardziej na zachód. Kiedy wytężyło się słuch, można było usłyszeć huk burzliwych prądów Saaru. Tam Ido i Nihal mogli odpocząć, po raz pierwszy od dnia, w którym nastąpił atak. Od tamtej nocy każde z nich na swój sposób było zaangażowane w próby podźwignięcia się po porażce. Nie poddali się zniechęceniu, wręcz przeciwnie, dodawali odwagi innym i wspierali generałów w reorganizacji oddziałów.

Nihal wiedziała, że Ido dobrze oceniał jej postawę. W jej pewnych gestach, jej spokojnej determinacji gnom wyczytał, że stała się już kimś innym: wojownikiem, który dojrzał i na którym można było polegać. Jednak ona wcale się tak nie czuła. Spotkanie z Dolą wstrząsnęło nią i obudziło nieznośne wspomnienia.

– Nie potrafię przestać myśleć o tym wojowniku z dnia ataku na Salazar – powiedziała pewnego wieczoru, kiedy razem z Idem wpatrywali się w letnie niebo. – Teraz dobrze go sobie przypominam, wiesz? Leciał na tym swoim czarnym smoku, a pod nim oddziały rozlewały się jak plama smoły. – Odwróciła się do Ida. – Czy ty wiesz, co on zrobił ludziom mojego miasta? Zamknął ich w płonącej wieży i pozwolił, aby spalili się żywcem. Mężczyźni, kobiety i dzieci.

Ido spokojnie zaciągnął się fajką i wypuścił ustami obłoczek zbitego dymu.

– Wszyscy generałowie Tyrana tak się zachowują.

Nihal w zamyśleniu podniosła twarz do gwiazd.

– Sądzę, że powinniśmy teraz wypłoszyć go z kryjówki. Chcę poprosić generała, aby zorganizował wyprawę na niego, do której będę mogła się przyłączyć.

Ido milczał przez kilka chwil, po czym wypuścił kolejny obłok dymu.

– Uważam to za bardzo zły pomysł.

– Dlaczego?

– Wydaje ci się, że ten oddział będzie w stanie stawić czoła takiemu przeciwnikowi jak Dola? Rozejrzyj się wokół siebie, Nihal. Jesteśmy zdziesiątkowani, jesteśmy u kresu sił. To nie jest moment na demonstracyjne gesty. Dola to potężny wojownik, rządzi Krainą Wiatru. I jest bezlitosny.

– Ido, ten człowiek zabił mojego ojca, wymordował moich przyjaciół, zrównał z ziemią moje miasto! – Nihal nawet nie zauważyła, że podniosła głos. – Tego człowieka trzeba powstrzymać. I to ja chcę to zrobić!

Ido wyjął fajkę z ust i długo patrzył na nią w milczeniu.
– Kto to mówi, Nihal? – spytał w końcu.
Dziewczyna popatrzyła na niego, nie rozumiejąc.
– Ja... ja mówię.
– Która część ciebie? – powtórzył gnom, wyraźnie cedząc słowa.
Nihal poczuła, że płoną jej policzki.
– Wiem, o czym myślisz, ale się mylisz.
– Z tego, co mówisz, wcale na to nie wygląda – odpowiedział Ido.
– To nie z zemsty – mruknęła dziewczyna.
Ido włożył fajkę z powrotem do ust.
– A więc dlaczego?
– Dla sprawiedliwości.
– Posłuchaj mnie, Nihal. Jeżeli kiedykolwiek nastąpi ekspedycja przeciwko Doli, a zapewniam cię, że nie nastąpi, będziesz mogła wyruszyć na nią ze wszystkimi dobrymi postanowieniami tego świata, przekonana, że bierzesz udział w prostej misji wojennej, ale kiedy znajdziesz się przed tym człowiekiem... – Ido zawiesił głos, po czym potrząsnął głową. – Nie wystawiaj się na próbę, Nihal. Nie rób tego.

Po tym wieczorze Nihal nie wróciła do tego tematu w rozmowach ze swoim nauczycielem ani nie ośmieliła się proponować samobójczych misji generałowi, ale obraz Doli w jej sercu i umyśle nie mógł zostać zatarty. Wspomnienie tego olbrzymiego czarnego stworzenia i jego czerwonych oczu wpatrujących się w nią z głębi piekieł nie opuszczało jej ani na chwilę. Być może te same oczy wpatrywały się w leżące w kuźni ciało Livona, przykrywające plamę własnej krwi, czy też spoczywały na wielu mieszkańcach Salazaru, których znała, zanim płomienie strawiły ich istnienia. Gniew podchodził jej do gardła i czuła, że musi coś zrobić. Wiedziała, że Ido ma rację: polowanie na tego człowieka oznaczało igranie z ogniem. Wiedziała też, że jej pragnienie zemsty nie usnęło i tylko czekało na moment taki jak ten, aby znowu ją zaatakować. Czy to nie zemsty szukała? Czy nie chciała może pomścić krwi wszystkich swoich współmieszkańców, którym Dola przeznaczył okropną śmierć? *Nie, wcale tak nie jest. Dola jest nieprzyjacielem, a ja jestem Jeźdźcem Smoka. To dlatego. To tylko dlatego.*

Postanowienie Nihal dojrzało szybko. To ona, wychowana w Salazarze, położy kres władaniu Doli. Doprowadzi do tego, że miasto zniszczone przez Tyrana weźmie swój odwet na tym, kto zamienił je w popiół. Po upadku Doli wojskom Wolnych Krain łatwiej będzie odbić Krainę Wiatru.

Była zdeterminowana i zelektryzowana tym swoim projektem. Po raz pierwszy po tak długim czasie czuła, że angażuje się w coś ważnego. *Może to tak się czuje człowiek, kiedy dąży do jakiegoś ideału, kiedy wie, dokąd zmierza jego życie* – mówiła sobie.

Kiedy znalazła wszystkie usprawiedliwienia, których potrzebowała, przestała o tym myśleć. Nie stawiała sobie kolejnych pytań, w głębi duszy wiedziała bowiem, że odpowiedzi, jakie znajdzie, wcale jej się nie spodobają.

Po owej nieszczęsnej nocy, kiedy to obóz został zrównany z ziemią, nastąpił okres względnego spokoju. Ranni stanęli na nogi, ocaleli żołnierze zostali wcieleni do oddziałów obozu, który ich przyjął, a generałowie opracowali nowe strategie.

Okazja stanięcia przed Dolą nadarzyła się Nihal po prawie miesiącu bezczynności. Dowództwo obozu postanowiło spróbować szczęścia w wyprawie przeciwko nieprzyjacielskiemu obozowisku na wschodzie. Gdyby udało im się doprowadzić ich fortecę do upadku, mogliby stamtąd rozpocząć starania o odbicie terenów położonych w głębi Krainy.

Zebrania dotyczące rozplanowania całej akcji rozpoczęły się na tydzień przed datą ataku i brali w nich udział wszyscy Jeźdźcy Smoka.

Po raz pierwszy Nihal miała w nich swój wkład. Nigdy nie interesowała się strategiami; w czasach Akademii lekcje teorii śmiertelnie ją nudziły. Jednak chociaż dopiero od roku przemierzała pola bitwy, brała już udział w wielu walkach i nie brakowało jej doświadczenia. Kiedy wysunęła swoją propozycję co do rozmieszczenia oddziałów przed atakiem, była przygotowana, że zostanie ona odrzucona.

Tymczasem generał, wysłuchawszy jej z uwagą, powiedział, że wydaje mu się to dobrym pomysłem.

– Ty i Ido będziecie mieli do dyspozycji oddziały na wschodnim skrzydle, każde z was po sto ludzi. Zaatakujecie po naszym sygnale do odwrotu, zamykając wroga po bokach – zakończył.

Ido ze zdumienia wyciągnął fajkę z ust.

– Koniec świata – szepnął do Nihal, po czym znów wsadził fajkę do ust z zadowoloną miną.

Nihal z trudem powstrzymała uśmiech. Rysowała się przed nią podwójna szansa: miała okazję dowodzić ludźmi, ale przede wszystkim dopaść Dolę.

W poranek bitwy serce Nihal wrzało. Szła przez step na czele swoich żołnierzy, za nią Oarf, i bez rezultatu starała się uspokoić. Do tego dnia zawsze potrafiła się pohamować. Tego właśnie nauczył ją Ido: chłód, ostrożność, samokontrola. Tego ranka natomiast nie potrafiła utrzymać koncentracji dłużej niż kilka minut. Od kiedy się przebudziła, nie mogła przestać myśleć o Sennarze. Zdarzało się to za każdym razem, kiedy działo się z nią coś ważnego albo jej życie było na zakręcie: zadawała sobie pytanie, co on zrobiłby na jej miejscu. Jednak odkąd wyjechał, zastanawiała się również, czy go jeszcze kiedykolwiek zobaczy.

Ido u jej boku wydawał się natomiast uosobieniem spokoju. Na grzbiecie Vesy, krok po kroku flegmatycznie przemierzającego step, palił swoją fajkę.

Gnom opuścił na nią spojrzenie w chwili, kiedy Nihal ocierała sobie pot z czoła. Była blada.

– Wszystko w porządku?

– Jasne. To ten upał...

– Dawno nie widziałem cię tak zdenerwowanej.

Podniosła twarz i zmusiła się do uśmiechu.

– Pierwszy raz zdarza mi się prowadzić żołnierzy – odpowiedziała, ale Ido dalej się w nią wpatrywał. Nihal zastanawiała się, jakim cudem zawsze potrafił uchwycić stan jej ducha. Dokładnie tak jak Sennar…

– To taka sama bitwa jak wszystkie inne – odezwał się gnom.

Nihal znowu rozciągnęła wargi w tym nieznośnym wymuszonym uśmiechu, który pojawiał się na jej twarzy za każdym razem, kiedy ukrywała coś przed swoim nauczycielem.

Kiedy było już widać obozowisko, które mieli zaatakować, linię w kolorze ochry na horyzoncie, głowa Nihal opróżniła się ze wszystkiego i jej serce znów zaczęło bić regularnie. Zatrzymali się na szczycie wzgórza, w oczekiwaniu. U swych stóp zobaczyli morze namiotów w przygasłym brązowym kolorze, przynajmniej pięćdziesiąt, rozsianych w koncentrycznych okręgach w promieniu pół mili. Smród mieszkających tam bestii docierał aż do nich i chwytał za gardło. Pośrodku stała budowla z ciemnego drewna. *Dola. To jest chatka Doli* – powiedziała sobie Nihal, a jej serce zaczęło galopować.

Rozpoczęła się bitwa. Kiedy piechota zbiegała w dół i wielkimi krokami przemierzała nizinę w stronę obozowiska, Nihal wyciągnęła miecz. Jego odbicie oślepiało w jaśniejącym świetle letniego słońca. Wsiadła na Oarfa, a obok nich stanął Vesa. Ido też dobył miecza i trzymał go mocno w garści. Nihal niejednokrotnie zastanawiała się, skąd gnom zdobył taką broń: na rękojeści widniały dziwne symbole, niektóre nieczytelne, wydrapane czymś ostrym, inne wyryte głęboko. Były to runy, chyba, w języku, którego nie znała.

– Wyruszymy na pierwszy znak odwrotu – zapowiedział Ido żołnierzom.

Nihal ścisnęła rękojeść.

Nadszedł moment ataku. Kontyngent pod dowództwem gnoma i Pół-Elfa rzucił się przed siebie z krzykiem. Osiągnęli oczekiwany efekt: żołnierze zajęci walką na nizinie nie spodziewali się drugiego frontu ataku. Pierwszym liniom udało się przebić do serca obozowiska bez większych trudności.

Na grzbiecie Oarfa Nihal walczyła, jak miała w zwyczaju, trafiając każdego, kto przed nią stawał, ale jednocześnie rozglądała się dookoła. Nie było ani śladu po wojowniku na smoku i Nihal wydawało się to dziwne, że w tak poważnej chwili Dola nie przybywa, aby wspomóc swoich żołnierzy. Wśród nich było wielu ludzi i równie wielu gnomów. Zaprzedali się Tyranowi, walczyli przeciwko swoim własnym Krainom. Nihal zastanawiała się, co tak bardzo pociągało ich w tym człowieku.

Z wysiłkiem starała się utrzymać koncentrację na bitwie i prowadziła ludzi, których jej powierzono, ale jej oczy bez wytchnienia wypatrywały nieprzyjaciela.

Nagle z grupy odległych namiotów podniosły się płomienne języki, które ogarnęły walczących na ziemi, zarówno żołnierzy z wojsk Wolnych Krain, jak i Famminów, paląc wszystko dookoła.

Wydawało się, że czarna bestia wynurza się z płomieni niczym demon. Kilkoma potężnymi machnięciami skrzydeł podniosła się do lotu. Nihal poczuła serce w gardle. Dola wkraczał do walki uzbrojony w długą włócznię i całkowicie pokryty brunatną zbroją, która nie pozwalała dostrzec ani skrawka jego ciała. Potężny ryk smoka wypełnił powietrze i chociaż świeciło słońce, wydawało się, że nad polem bitwy zapadł mrok.

Nihal popędziła Oarfa, a w jej głowie rozbrzmiały tysiące głosów.

– Dola! – wrzasnęła na całe gardło, po czym rzuciła się na niego z wyciągniętym mieczem.

Pierwszy cios chybił celu, bo rycerz z łatwością zrobił unik. Nihal oddaliła się nieco. Pot strużkami spływał jej po policzkach, czuła, jak wzbiera w niej wściekłość. Nakazała Oarfowi zwolnić i zawrócić. Teraz nieprzyjaciel znajdował się prosto przed nią. Miał na sobie straszliwą maskę, ciemną jak noc, pod którą połyskiwały dwa jasne punkty, wpatrujące się w nią z nieodgadnionym wyrazem.

Nihal wydało się, że Dola się śmieje. Tak, śmiał się z niej, z jej miecza, z jej smoka, z jej miasta. Rozwścieczony okrzyk podszedł jej do gardła. Rzuciła się na wroga i w tym momencie zaśmiał się czarny smok. Rozdziawił swoją wulkaniczną paszczę i owionął ją krwistoczerwonym strumieniem. Oarf umknął przed płomieniami gwałtownym skrętem, po czym Nihal rzuciła się do kolejnego ataku. Po raz kolejny wojownik uniknął ciosu. Pod maską dało się słyszeć sarkastyczny chichot.

– Nie śmiej się ze mnie! – wrzasnęła Nihal i runęła z impetem na Dolę, wymachując mieczem. Furia sprawiła, że traciła kontrolę. *Uspokój się. Uspokój się, do diabła!* Jej ciosy trafiały w próżnię jeden po drugim, zaś te wymierzane przez jej przeciwnika były energiczne i za każdym razem groziły strąceniem jej z grzbietu smoka. Ten mężczyzna obdarzony był siłą, której Nihal nie spotkała nigdy w żadnym nieprzyjacielu, tak wielką, że musiała złapać miecz w obie ręce, aby móc jej się przeciwstawić. Ciało wroga wydawało jej się jednak nieco dziwne. Jego ramiona i nogi nie były normalne.

Nihal dopiero po pewnym czasie zrozumiała: Dola był tego samego wzrostu co Ido. Najpotężniejszy wojownik armii Tyrana był gnomem.

Nihal zaczynała odczuwać zmęczenie i była coraz bardziej wściekła. Dlaczego nie udawało jej się go trafić? Gnom nie tracił panowania nad sobą, każde cięcie odpierał jedną tylko dłonią. Głosy szeptały jej, aby dała z siebie wszystko, aby zatraciła się w tej walce. Zmuszała się do zachowania przytomności, ale jej serce biło jak szalone, a mięśnie trzęsły się z wysiłku. *Teraz! Uderz go teraz!*

Kiedy ostrzu z czarnego kryształu udało się zarysować zbroję tej kreatury, Nihal krzyknęła z radości, lecz głos zamarł jej na wargach. Dola z wyższością pokazał jej ramię. Przed zdumionymi oczami dziewczyny rysa sama się zasklepiła i zniknęła.

Głosy ogłuszyły ją, a rozpacz porwała ją jak niepowstrzymany przypływ. Poczuła, jak Oarf jęczy, a krew smoka zalewa jej udo. To wtedy Nihal straciła głowę. Wydała okrzyk, przygotowała cięcie z góry i opuściła miecz, odwołując się do wszystkich sił, jakimi dysponowała. Dola po prostu podniósł ramię i zatrzymał cios jedną tylko dłonią. Nagle znaleźli się bardzo blisko siebie. Nihal mogła słyszeć regularny oddech swojego przeciwnika i przez moment przez otwór w hełmie dostrzegła jego zły uśmiech.

Potem nieznośny ból przeniknął ją od stóp do głów. Nihal zamrugała powiekami, raz, dwa razy. Dostrzegła włócznię gnoma, powoli wyciąganą ze swojego boku. Nawet nie zauważyła, że upadła do tyłu.

Runęła na obóz nieprzyjaciela, bez zmysłów, pośród innych ciał bez życia. Nie było Oarfa, który by złagodził jej upadek. Smok leżał na ziemi z unieruchomioną nogą. Zionął ogniem i płomieniami, aby utrzymać Fammminów z dala od ciała swojej towarzyszki. Potem wziął ją w zęby i z wysiłkiem zaczął odciągać przez bitewny kurz. Nie zatrzymał się, dopóki nie znaleźli się daleko od bitwy, bezpieczni.

19.

Rekonwalescencja Nihal

Podczas majaczeń Nihal dręczyły palące oczy czarnego smoka oraz te lodowate i niegodziwe Doli. Widziała, jak podążały za nią w mroku i drwiły z niej. We śnie patrzyła na siebie, jak ucieka przez ciemność bez końca. Słyszała, jak jej własne kroki rozbrzmiewają na niewidzialnym podłożu, i choćby biegła nie wiem jak szybko, ognisty oddech czarnego smoka był coraz bliższy, dręczył ją, owiewał i trawił jej ciało.

Potem znowu obrazy śmierci. Salazar, który zawalał się i rozpadał w gruzy, targany pożarem. Livon, mówiący do niej: „Jeszcze mnie nie pomściłaś". Jej naród powtarzający jak pieśń żałobną: „Gdzie jest krew tych, którzy przelali naszą? Gdzie życie tych, którzy zgasili nasze?".

Był to niekończący się koszmar. Potem, stopniowo, hałas i krzyki wygasły. Kąsające ją przerażenie rozwiało się. W końcu nastała tylko ciemność i cisza, i spokój.

Może to jest śmierć. Umarłam.

Kiedy uchyliła rzęsy, światło dnia poraziło jej oczy.

Była w namiocie, ktoś trzymał ją za rękę. Powoli odwróciła głowę.

– Lajos... – szepnęła.

– Wszystko jest dobrze – odpowiedział chłopak, głaszcząc ją po włosach. – Wszystko dobrze. Naprawdę.

Jego szept pomógł jej znów zasnąć i wreszcie zapadła w pogodny sen.

Kiedy doszła do siebie i pieczenie rany nieco zelżało, mogła wysłuchać z ust Lajosa opowieści o przebiegu jej ocalenia. Oarf zaciągnął ją aż na tyły i oddał pod opiekę giermków.

– Jak z nim? – spytała zaniepokojona.

– Rana była głęboka, ale teraz się zasklepia – powiedział chłopak. Potem spojrzał na nią karcąco. – Nihal, co ci strzeliło do głowy?

– Nie wiem, co masz na myśli – broniła się.

Lajos potrząsnął głową.

– Nihal, nie bierz mnie za głupka. Ten mężczyzna jest zbyt silny dla ciebie, nie powinnaś była dać mu się porwać aż do tego stopnia.

Nihal nie odpowiedziała. Była rozwścieczona, przeniknięta ślepą i pożerającą furią.

Dola nie tylko pokonał ją, ale też zranił jej smoka. Nie mogła znieść myśli, że Oarf też był narażony na śmierć z ręki tego człowieka. Teraz zniszczenie go nie było już tylko zwykłym wyzwaniem: było koniecznością.

Kilka dni później u jej wezgłowia zaprezentował się Ido. Gnom nie był w dobrym stanie: został ranny w ramię i wydawał się wyczerpany.

– Tym razem naprawdę się o ciebie martwiłem, do diabła! – zaczął, kiedy tylko przekroczył próg.

Nihal zaśmiała się, ale gnom nie odpowiedział jej z równą jowialnością.

– Jak potoczyła się bitwa? – spytała więc dziewczyna, aby zmienić temat.

– Wieczorem tego dnia, kiedy zostałaś ranna, wycofaliśmy się i wznieśliśmy obecne obozowisko – powiedział, siadając obok jej pryczy. – Bitwa zmieniła się w oblężenie, ale w tej chwili znajdujemy się w sytuacji patowej.

– Kto mnie leczył?

– Ganna. To koszmarny strateg, ale jako czarodziej jest całkiem, całkiem.

Nihal popatrzyła na koce.

– Ido, włócznia Doli przebiła moją zbroję.

– Wiem. Masz rozharatany bok.

– Ale czarny kryształ to najbardziej odporny materiał na całym Świecie Wynurzonym. Jak to możliwe, że…

– Nihal, Dola to nie pierwszy lepszy wojownik. Jest w ścisłym kontakcie z Tyranem. Przekroczył wiele granic, o wiele więcej, niż potrafisz sobie wyobrazić. To dlatego radziłem ci, żebyś go unikała. – Ido rzucił jej spojrzenie pełne wyrzutu.

Nihal zrozumiała, że jej nauczyciel nie chciał jej dręczyć, ale nie pochwalał przedsięwzięcia, które doprowadziło ją do tego łóżka.

– Byliśmy bardzo blisko, kiedy mnie zranił. Miał mnóstwo czasu, aby wycelować, nie mógł się pomylić – powiedziała dziewczyna. – Wiesz, co to oznacza? – nalegała, ale gnom milczał uparcie. – Ido, odpowiedz mi: oszczędził mnie? – Milczenie. – Zadałam ci pytanie. Czy Dola mnie oszczędził?

– To nie ma znaczenia.

– A dla mnie ma. Zranił mojego smoka i zadrwił ze mnie, tak jak zadrwił ze wszystkich ludzi w moim mieście! – Nihal podniosła głos. – To dlatego pozostawił mnie przy życiu. Aby powiedzieć mi, że dla niego nic nie znaczę, że nie jestem dla niego żadnym zagrożeniem!

Ukłucie bólu w boku zmusiło ją do zamilknięcia.

– Tak, oszczędził cię! – wybuchnął Ido. – No i co z tego? Dziękuj bogom, że jeszcze żyjesz.

– Dola jest gnomem, wiedziałeś o tym?

Ido podniósł się bez słowa i skierował w stronę wyjścia z namiotu.

– Poczekaj! Znasz go, już z nim walczyłeś? Dlaczego nie chcesz o tym mówić, do diabła!

Ido odwrócił się zirytowany.

– Nie znam go! I martwię się o ciebie! Czy to możliwe, że nie rozumiesz, co się z tobą dzieje?

Nihal wróciły na myśl koszmary, które dręczyły ją podczas walki.

– Nie chcę, żebyś tutaj została – uciął krótko Ido. – Kazałem ci dać dwutygodniową przepustkę, którą spędzisz w Krainie Wody. Tam staniesz na nogi i wrócisz, kiedy znowu będziesz sobą i zapomnisz o całej tej historii.

Nihal spróbowała podnieść się z poduszki.

– Nie! Ja... – Ból uciął jej oddech. Pobladła.

Ido zawrócił. Już nie był zły ani zawiedziony.

– Nihal, ja tylko chcę, żebyś się zastanowiła. Zrób sobie przerwę i pomyśl o tym, co zdobyłaś w ciągu tych kilku miesięcy. Nic poza tym. Wyruszysz jutro – rzucił, nie zezwalając na odpowiedź, po czym wyszedł.

Lajos nalegał, aby z nią jechać, a Nihal z kolei poruszyła niebo i ziemię, aby zabrać ze sobą Oarfa. W końcu musiano spełnić nalegania zarówno giermka, jak i Jeźdźca. W podróż wyruszyli więc całą trójką, w towarzystwie przewodnika. Kiedy Nihal zobaczyła Oarfa, trochę się wzruszyła. Dziewczyna nie mogła się ruszać, ale miała ochotę uwiesić się na olbrzymiej szyi smoka i go przeprosić. Patrzyła na niego błyszczącymi oczami, a on też wpatrywał się w nią, bladą jak prześcieradło i leżącą na noszach, jak gdyby chciał jej powiedzieć, że Jeździec i jego smok dzielą to samo przeznaczenie i to normalne, że obydwoje byli ranni.

Czarodziej, który zajmował się smokiem, był naprawdę dobry, może nawet lepszy niż ten, który kurował Nihal. Długa blizna przecinała jego łapę, ale generalnie można było uznać smoka za zdrowego.

Podróżowało im się przyjemnie. Nosze, które przygotowano dla Nihal, były wygodne, a widoczny w oddali krajobraz, poprzecinana tysiącem krynic Kraina Wody, jak zwykle zapierał dech w piersi. W obliczu tej cudownej panoramy, po obrazach pól bitewnych, Nihal przypomniała sobie, że istnieje życie bez wojny, życie, w którym pewnego dnia, kiedy przestanie w pocie walk szukać samej siebie, będzie brała udział. Za pierwszym razem, kiedy trzy lata wcześniej dziewczyna udała się z Krainy Wiatru do Krainy Wody, przejście z jednej do drugiej następowało płynnie, teraz jednak sprawy miały się zupełnie inaczej. Z ohydy stepów spalonych ogniem zbyt wielu walk przechodziło się nagle do świetlistości ziemi wciąż dziewiczej i płodnej. Na granicy Nihal zobaczyła coś w rodzaju niebieskawej bariery, wyznaczającej linię zetknięcia jednego królestwa z drugim.

– Co to jest? – spytała przewodnika.

– Co?

Nihal wyciągnęła ramię.

– To pasmo, tam, w głębi – powiedziała, wskazując daleko.

– Jesteście czarodziejką? – spytał mężczyzna.

– Nie. Powiedzmy, że trochę znam magię – odrzekła Nihal.

– Ach, no właśnie, teraz wszystko jasne. To bariera, którą wzniosły nimfy z Krainy Wody przeciwko wojskom Tyrana. Może ją zobaczyć tylko osoba znająca się na czarach.

– Ja nic nie widzę – powiedział Lajos, wychyliwszy się z konia, zmrużonymi oczami wpatrując się w horyzont.

– Grupa nimf utrzymuje ją dniem i nocą.

Kiedy Nihal wytężała wzrok, mogła nawet zobaczyć te ulotne wodne postacie. Stały o kilka łokci od bariery, wyprostowane w całej swojej krasie, zwracając swe przejrzyste dłonie w stronę granicy. Ich oblicza były skupione, a długimi włosami poruszał podmuch wiatru. Z ich skoncentrowanych twarzy emanowało poczucie melancholii, rzeczy utraconych na zawsze, życia strawionego na poświęceniu i w samotności.

Nihal odniosła wrażenie, że uczucie to pełznie do niej niczym mgła przez dolinę, aby następnie ją otulić. Zakręciło jej się w głowie i wydawało się, że słyszy głosy tych istot, które wybrały poświęcenie i zrezygnowały z życia, ale które nie potrafiły zapomnieć o słodyczy normalnej egzystencji. Dotarło do niej echo nieskończenie smutnej litanii i usłyszała słowa formuły, za pomocą której nimfy utrzymywały barierę. Była niczym rozdzierający śpiew, nasycony godnością i bólem.

Nihal znała udrękę osoby, która wie, że straciła coś, czego nigdy nie będzie mogła odzyskać. Oderwała spojrzenie od tych nieszczęśliwych istot.

Zatrzymali się w wiosce niezbyt odległej od granicy. Zaraz za domami był las, w którego drzewach nimfy znajdowały odpoczynek. Panoramę dopełniało coś w rodzaju bazy wojskowej.

Pierwsze dni Nihal spędziła w łóżku i okazało się, że ten przymusowy odpoczynek nie jest ostatecznie taki przykry. Była zbyt zmęczona, aby móc myśleć o czymś innym niż szybkie wyzdrowienie.

Jej raną zajęło się kilka nimf. Za pierwszym razem, kiedy jedna z nich stawiła się w małej kwaterze i oznajmiła, że jest tu po to, aby ją leczyć, dziewczyna bardzo się zdumiała. Eteryczne stworzenie zbliżyło się do niej powoli, sunąc, jak gdyby było zawieszone nad podłożem. Potem ją dotknęło. Nihal nie miała nigdy fizycznego kontaktu z nimfami. Wyglądały jak utworzone z czystej wody i dziewczyna zawsze myślała, że są prawie niewyczuwalne. Jednak dłoń, która delikatnie oparła się na jej boku, była chłodna, ale cielista i namacalna. Wrażenie orzeźwienia, jakie przekazywała, pulsowało życiem i przyniosło jej nowe poczucie błogostanu, którego nawet najpotężniejsze formuły uzdrawiające Sennara nie były w stanie jej zapewnić.

– Czy to czary?

Nimfa uśmiechnęła się.

– Jeśli można to tak określić... Dla was, ludzi, ma sens mówienie o magii, wy jesteście rozłączeni od sił naturalnych, nie potraficie pochwycić życia, które płynie w ziemi lub w drzewach, albo w wodzie, która jest naszą matką. Ale z nami jest inaczej: my same jesteśmy naturą, a zatem jesteśmy tym, co wy nazywacie magią.

Dzięki tym zabiegom Nihal mogła wstać z łóżka, ale od momentu, w którym to uczyniła, jej niespokojny duch znowu zaczął ją dręczyć. Przepustka trwała dwa tygodnie, a nie minął jeszcze nawet jeden. Zastanawiała się, jak uda jej się wytrzymać. Przez pierwsze dni rekonwalescencji nie myślała o tym, ale teraz obrazy jej porażki stały się jej obsesją. Znowu widziała uśmiech smoka i oczy Doli i czuła, że ta sprawa nie jest jeszcze zamknięta.

Zaczęła włóczyć się po okolicach wioski, podążając za nurtem tysiąca strumyków znaczących tę ziemię bruzdami. Nić jej rozumowania rozwijała się pokrętnie jak ciek wodny i otaczała zawsze tę samą myśl: Dola. Nawet wspaniałość krajobrazu nie potrafiła oderwać jej od tego imienia. Nie mogła znieść myśli, że Dola nadal jest wolny i może robić, co chce, w Krainie Wiatru, jej ojczyźnie, jej domu. Nie znajdzie spokoju, dopóki go nie pokona.

Niepokoiło ją tylko jedno: zbroja gnoma. Kiedy udało jej się go trafić, rysa sama się naprawiła. To musiało być jakieś zaklęcie Tyrana. Przy takim nieprzyjacielu jak ten nie wystarczył miecz: należało uciec się do magii.

Pewnego wieczoru, kiedy głowiła się nad tym, z kim skonsultować się, aby znaleźć rozwiązanie, nagle wszystkie kawałki układanki trafiły na swoje miejsca.

Może powinnam wrócić do biblioteki w Makracie. Mogłabym wymyślić jakiś sposób, aby odwrócić uwagę tego nieznośnego bibliotekarza i zajrzeć do czarnych ksiąg, tych z zakazanej strefy. Tam na pewno są formuły będące w stanie…

Nihal podskoczyła. Jak mogła wcześniej o tym nie pomyśleć? Megiston! Według *Annałów walki z Tyranem* był żywy, uwięziony nie wiadomo gdzie właśnie w Krainie Wody. To Megistona musiała odnaleźć! Któż lepiej od niego mógł poznać magię Tyrana? Kto, jak nie czarodziej, który był jego wiernym sługą?

Następnego dnia podczas rutynowych zabiegów nimfy Nihal zebrała się na odwagę i postanowiła spróbować.

– Szukam pewnej osoby. Może ty wiesz, gdzie mogłabym ją znaleźć…

Nimfa, nie przerwawszy swojego zajęcia, delikatnie przesuwała dłońmi nad raną.

Nihal wzięła to milczenie za zachętę do kontynuowania.

– Chodzi o Megistona – wypaliła jednym tchem.

Dłonie nimfy zadrżały.

– Megiston to odstępca – powiedziała, podnosząc oczy znad rany.

– Wiem. Potrzebuję z nim pomówić.

Nimfa potrząsnęła głową.

– Nie powinnaś go szukać z żadnego powodu. Nikt nie powinien.

– Posłuchaj mnie, proszę – nalegała Nihal. – Do stanu, który widzisz, doprowadził mnie straszliwy nieprzyjaciel, jeden z najbardziej okrutnych wojowników Tyrana. Będę musiała zmierzyć się z nim znowu i chcę go pokonać. Ale aby tego dokonać, potrzebuję rad kogoś, kto zna zakazane formuły. Naprawdę potrzebuję wiedzieć... Proszę, powiedz mi, gdzie mogę go znaleźć.

Nimfa długo milczała, nie przerwawszy zabiegów nad raną, aż Nihal uwierzyła, że jej wysiłki spełzły na niczym. Po zakończeniu podniosła się i w milczeniu, z nieprzeniknionym wyrazem twarzy, skierowała do wyjścia z pomieszczenia.

Kiedy była już na progu, odwróciła się do dziewczyny.

– W najciemniejszym miejscu lasu, na północ od tego obozowiska, jest mała polanka – powiedziała cicho. – Nie możesz się pomylić, rozpoznasz ją, bo pośrodku znajduje się skała. Idź tam o wschodzie księżyca i czekaj. Spotkasz go bez szukania.

Nihal uśmiechnęła się.

– Dziękuję, naprawdę.

– Wcale nie wyświadczyłam ci przysługi – mruknęła nimfa, po czym wyszła.

Nihal nie wytrzymała. Słońce dopiero co zaczęło się chylić ku horyzontowi, kiedy otulona płaszczem mimo gorąca dziewczyna wymknęła się ze swojej kwatery i dotarła do położonej na skraju wioski chatki, przysposobionej jako stajnia dla Oarfa. Kiedy smok ją zobaczył, uniósł się na całą wysokość i pozdrowił ją zadowolonym chrząknięciem.

– Oarf, wybieram się na poszukiwanie skały. Co powiesz na to, żeby mi towarzyszyć?

Smok opuścił głowę, aby umożliwić jej wejście.

– Co ja bym bez ciebie zrobiła? – spytała Nihal z uśmiechem.

Wznieśli się do lotu i skierowali na północ, lecąc nisko nad drzewami. W świetle zachodu słońca las nabierał bardziej ponurych odcieni, a na rozpłomienionym niebie rozbrzmiewały tylko wezwania ptaków i rytmiczne uderzenia skrzydeł Oarfa.

Spojrzenie Nihal wbite było w ziemię. Z wysoka zobaczyła gęstą siatkę strumyków, wyżynę, uporządkowane szeregi drzew i plamy splątanej roślinności. Dostrzegła również uskok skalny, wewnątrz którego więziono Lajosa. Dalej wytężała wzrok, dopóki nie dojrzała tego, czego szukała: nieregularnej trawiastej przestrzeni otoczonej wysokimi pniami drzew, pośrodku której wystawał wielki głaz.

Kazała Oarfowi wylądować obok skały i zsiadła z pewnym wysiłkiem, bo rana jeszcze ją bolała.

Rozejrzała się dookoła. „Spotkasz go bez szukania" – powiedziała nimfa. Czarodziej musiał już tam być, ale na polanie panowała doskonała cisza i nie było żadnego śladu ludzkiej obecności.

Nihal zdenerwowała się. Nie wiedziała, co robić. Usiadła przed skałą, a Oarf patrzył na nią pytająco.

Słońce zniknęło z nieba, cienie na ziemi wydłużyły się, stopniowo zapadała noc, ale Megiston się nie pojawił.

Nihal zasnęłaby, gdyby nie narastająca złość. Z tego, co wiedziała, nimfy nie miały poczucia humoru, ale podejrzewała, że ta istota sobie z niej zadrwiła.

Potem, zupełnie nagle, kiedy pierwszy promień księżyca musnął powierzchnię skały, przed którą się skuliła, zdawało się, że przebiega przez nią ledwo wyczuwalna wibracja. Dziewczyna zamrugała powiekami i pomyślała, że wzrok ją myli, ale właśnie w tej chwili, stopniowo i w ciszy, w skale zarysowała się twarz, tors, kończyny i wreszcie cała sylwetka człowieka.

Kiedy srebrzyste światło całkowicie ją oświetliło, skała ukończyła swoją metamorfozę i przekształciła się w zaniedbanego starca z twarzą porysowaną zmarszczkami, siwą brodą o nadzwyczajnej długości i ciężkich łańcuchach zaciśniętych wokół nadgarstków i kostek. Nihal wstrzymała oddech. Znała tego człowieka, bo ocalił ją i uleczył po napaści rozbójników. Megistonem był starzec z groty.

20.

Zejście do piekieł

Starzec uśmiechnął się do Nihal.

– Gratuluję pułapek, nie sądziłem, że aż na tyle cię stać. Przypuszczam, że udało ci się uwolnić twojego przyjaciela…

Nihal zaparło dech w piersiach: myśl o tym, że przez tyle dni była w rękach człowieka Tyrana sprawiła, że ciarki przeszły jej po skórze.

– Megiston… – wyszeptała.

Starzec nie przestał się uśmiechać.

– Tak, Megiston. Odstępca, wyklęty, niegdysiejszy rzeźnik nimf… – Dziewczyna dalej wpatrywała się w niego oniemiała. Megiston spokojnie usiadł na trawie. – Nie wiem, dlaczego, ale czułem, że jeszcze się zobaczymy. A więc? Czy przyszłaś może spłacić swój dług za to, że uratowałem ci życie? – spytał ironicznie.

Nihal potrząsnęła głową przecząco.

– Właśnie, tak myślałem. A zatem, czemu zawdzięczam twoją wizytę?

Nihal nadal była wstrząśnięta, ale zmusiła się do przybrania pewnej siebie miny.

– Wiem, że znasz magię Tyrana – powiedziała, patrząc staremu w twarz. – Potrzebuję twojej pomocy, aby przeciwstawić się jednemu z jego zaklęć.

Na te słowa wyraz twarzy Megistona zmienił się, a jego oczy z dobrotliwych stały się surowe.

– A to dlaczego?

Nihal zawahała się.

– Dlatego... dlatego, że jestem Jeźdźcem Smoka i walczę przeciwko jego wojsku.

Starzec rzucił błyskawiczne spojrzenie na Oarfa.

– Jeżeli po to tu przyszłaś, możesz spokojnie odejść. Nie mam zamiaru wyjawiać nic z tego, co doprowadziło mnie do podobnego losu.

Nihal zdjęła płaszcz i została w stroju bitewnym, czarnym gorsecie i skórzanych spodniach. Miecz wisiał jej u boku i połyskiwał w ciemności.

– Pozwól mi przynajmniej opowiedzieć ci całą historię.

Starzec wbił w nią wzrok. Nihal nienawidziła, kiedy ktoś tak na nią patrzył. Po kilku niekończących się chwilach zobaczyła, że mężczyzna wzrusza ramionami.

– Niech będzie, wysłuchanie cię nic mnie nie kosztuje – westchnął Megiston, po czym skrzyżował nogi w siadzie. Teraz patrzył na nią ze skupioną miną, w oczekiwaniu.

Nihal długo mówiła mu o Doli, o zbroi, która sama się reperowała, o włóczni, która przebiła jej pancerz z czarnego kryształu.

– Megistonie, on prawie mnie zabił – zakończyła. Oczekiwała, że starzec coś powie, ale on nadal patrzył na nią bez wyrazu. – No więc, jednym słowem, chcę się dowiedzieć, jak mogę go pokonać.

Starzec odetchnął głęboko.

– Przykro mi, nie mogę ci pomóc.

– Nie możesz czy nie chcesz?

– Dlaczego pragniesz pokonać tego człowieka? – spytał Megiston.

– Cóż za pytanie! Bo to wróg. I wódz armii, z którą walczę.

– Dlaczego pragniesz pokonać tego człowieka? – zapytał ponownie Megiston, nie zważając na otrzymaną odpowiedź.

Dziewczyna straciła panowanie nad sobą.

– Właśnie ci powiedziałam! Ponieważ jestem Jeźdźcem Smoka!

– Tym, co cię do tego popycha, jest inne uczucie – powiedział Megiston. Potrząsnął głową. – Nihal, ty chcesz się zemścić.

– Dla mnie jest to taki sam nieprzyjaciel, jak wszyscy inni! Ja…

– Chcesz patrzeć, jak błaga cię o litość – przerwał jej starzec.

– To nieprawda!

– A kiedy będzie ranny u twych stóp…

– Nie!

– Będziesz chciała poderżnąć mu gardło i patrzeć, jak jego krew przesiąka ziemię. A kiedy już będzie trupem, roześmiejesz się i poczujesz, że twoja zemsta się dokonała.

– Wcale nie jest tak, jak mówisz! – krzyknęła Nihal.

– Nie kłam! – zagrzmiał starzec.

Nihal patrzyła na niego szeroko rozwartymi, zagubionymi oczami.

Kiedy starzec się odezwał, ton jego głosu był poważny i uroczysty.

– Wiem, że działasz w dobrej wierze, Nihal, wiem. Ale w twoim sercu mieszka ledwo uśpiona bestia. Jej sen jest lekki, uwierz mi. Kiedy ten człowiek znajdzie się przed tobą na ziemi, bestia przebudzi się i pożre twoje serce.

– Ja nie jestem już taka, jak niegdyś… – wymruczała Nihal, zupełnie jak gdyby rozmawiała ze sobą.

– Nie myśl, że o tym nie wiem – podjął starzec. – Znam twoją udrękę. Ta sama bestia, która żyje w tobie, zawlokła mnie do tego lasu i założyła mi łańcuchy na nadgarstki. – Podniósł ręce i ciężkie żelazne ogniwa zadźwięczały. – Byłem czarodziejem, wiele lat temu. Czarodziejem przeciętnym, który zajmował się przede wszystkim historią. Któregoś dnia pewien człowiek popełnił błąd, krzywdząc mnie. Zemsta stała się moim jedynym powodem do życia. To nie dla siebie jej pragnąłem, lecz dla tych, których ten człowiek mi zabrał. Zbliżyłem się do zakazanych formuł i przyłączyłem się do Tyrana. On dał mi wielkie moce, a ja uczyłem się, Nihal, uczyłem z tym samym zaangażowaniem, z którym niegdyś studiowałem historię tego świata, a mroczna władza została przede mną całkowicie odkryta. Potem przyszedł czas oczekiwania. Wyglądałem dnia, w którym miałem się zemścić, już smakowałem moment, kiedy zobaczę śmierć tego człowieka z mojej dłoni. Och, jak na to czekałem! Wreszcie dzień ten nadszedł. Kiedy go zabiłem, poczułem, jak moje serce śpiewa, ale była to krótka melodia. Mój gniew nie uśmierzył się i już nigdy nie ustał. Krew jest jak ambrozja, Nihal, i sama o tym wiesz: kiedy raz jej spróbujesz, stajesz się jej niewolnikiem na zawsze. Nadal zabijałem i za każdym razem, kiedy używałem magii, aby zniszczyć jakieś życie, mroczna moc zdawała się we mnie wzrastać, bo taka jest jej natura. Zabijałem dla Tyrana i dla siebie. W końcu nimfy mnie zatrzymały. – Starzec zwrócił oczy ku niebu i przez moment odbicie księżyca uczyniło je białymi. – Pewien czarodziej z Rady nałożył na mnie tę pieczęć. Zgodnie z zaklęciem od tego momentu miałem być skałą i mogłem stawać się człowiekiem tylko nocą.

Nihal nie rozumiała.

– Dlaczego nocą nigdy nie uciekłeś?

– Próbowałem. Próbowałem latami. Za każdym razem, kiedy przekroczyłem granicę lasu, przy pierwszych promieniach świtu znowu znajdowałem się na tej polance, skamieniały. – Starzec uśmiechnął się gorzko. – Potem czas mijał i młodość uciekła. Dzisiaj dziękuję temu, kto dał mi tę udrękę, bo uwolnił mnie od niewoli śmierci i zwrócił mnie sobie samemu. – Megiston popatrzył Nihal w oczy. – Jednak ci, których zabiłem, nie powrócą, Nihal, i nie ma kary, jaką mógłbym ponieść, aby odzyskać ich życie.

Nihal wytrzymała jego spojrzenie przez kilka chwil, po czym pochyliła głowę.

– Ja czuję, że Dola nie będzie mógł paść z innej ręki niż moja. Czuję to, rozumiesz?

– Szukaj dalej samej siebie, dziewczyno. Przeszłaś zaledwie krótki kawałek drogi, którą będziesz musiała przebyć, aby dotrzeć do prawdy.

– Ja cały czas szukam samej siebie! To nie dla zemsty chcę powstrzymać Dolę! – powtórzyła Nihal rozzłoszczona. – W przeszłości walczyłam dla zmarłych, Megistonie. Teraz walczę tylko dla siebie. Ale Dolę chcę pokonać dla tych, którzy żyją pod jego jarzmem.

Starzec popatrzył na nią.

– Mów dalej.

– Megistonie, przysięgam ci, że go nie zabiję – powiedziała Nihal spokojniej. – Nie będę szukała zemsty w krwi. Zaprowadzę go żywego do obozowiska i od tego momentu jego los nie będzie już moją sprawą. Proszę cię jednak: pomóż mi.

Na czas, który Nihal wydawał się wiecznością, Megiston pogrążył się we własnych myślach.

– Przyjdź tu jutro w nocy – odezwał się wreszcie, kiedy aurora zaczynała barwić niebo intensywnym błękitem.

Dziewczyna podniosła się i włożyła z powrotem płaszcz.

– Dziękuję – odpowiedziała skale, która chwilę wcześniej była starcem.

Po nieprzespanej nocy Nihal spała aż do obiadu.

Kiedy wyszła z chatki, Lajos obrzucił ją uważnym spojrzeniem.

– No, co się dzieje? Mój Jeździec zmienił przyzwyczajenia?

– Byłam zmęczona – odpowiedziała wykrętnie. Lajos zawsze popierał ją w jej decyzjach, ale Nihal miała powody sądzić, że ten jej plan by mu się nie spodobał.

Niecierpliwie czekała na nadejście nocy i kiedy tylko zapadły ciemności, poleciała na Oarfie do lasu.

– Miałem nadzieję, że nie przyjdziesz – powiedział Megiston, kiedy zobaczył, jak dziewczyna idzie przez polanę.

– Nie rezygnuję łatwo – odparła Nihal.

– Zauważyłem – skomentował starzec, lekko się uśmiechając. – A teraz posłuchaj.

Nihal usiadła przed Megistonem, tak jak poprzedniej nocy.

– Czary, których cię nauczę, są owocem ciemności. – Starzec zwrócił na Nihal surowe spojrzenie. – Opierają się na nienawiści i z niej czerpią swoją siłę. Aby je sformułować, będziesz musiała podeprzeć się nienawiścią i rozpaczą, którą masz w sobie. Będziesz musiała przypomnieć sobie wszystko, o czym zapomniałaś, odgrzebać cienie, które zamknęłaś w głębi serca, oddać się tej części samej siebie, którą starasz się wyplenić z duszy. – Megiston zrobił przerwę. – Teraz już wiesz, Nihal. Czy nadal chcesz poznać zakazaną formułę?

– Tak – brzmiała zdecydowana odpowiedź Nihal. – Zaczynajmy.

– Jeszcze nie skończyłem – ciągnął starzec. – Wczoraj złożyłaś mi przysięgę. Chcę wierzyć w twoje słowo, ale wiem także, że twoje serce jest kruche. Nie chcę, aby kolejne śmierci ciążyły na mojej duszy. Kiedy skończysz się uczyć, nałożę na ciebie pieczęć: jeżeli spróbujesz użyć tego czaru więcej niż raz, umrzesz.

– Zgadzam się – powiedziała Nihal bez wahania.

– Niech będzie – westchnął Megiston. – Wiedz, że będzie to jak upadek w otchłań. Mam nadzieję, że okażesz się dość silna, aby to znieść.

Dreszcz przeszedł Nihal po plecach. Myśl o tym, że znowu będzie tym, kim była kilka miesięcy wcześniej, przerażała ją, jednak w jej oczach nie dało się wyczytać żadnego wahania.

Starzec skrzyżował nogi i łańcuchy zabrzęczały.

– Magia, która sprawia, że Dola jest taki silny, to potężna zakazana formuła. Nazywa się Czarny Płomień. Tym zaklęciem nadaje się życie temu, co go nie ma. Jest to życie silne, potężne, zahartowane nienawiścią, którą stwórca potrafi weń przelać. To dlatego gnom wydaje się nieśmiertelny.

– Nie rozumiem – powiedziała dziewczyna, zmieszana.

– Zbroja Doli, Nihal. Jest jak żywa, nietykalna istota. Nie ulega zniszczeniu nawet pod najpotężniejszymi ciosami i jest w stanie sama się zreperować. Formuła, jakiej cię nauczę, nazywa się Niegasnący Cień i pozwala przeniknąć przez wszelkiego rodzaju bariery obronne i wymierzać nieuleczalne rany. Jeżeli rzucisz to zaklęcie na twój miecz, będziesz w stanie naruszyć zbroję Doli. Jednak ostrzegam cię: to nie wystarczy, aby go pokonać. Gdybyś wypróbowała je na człowieku, na gnomie albo na Famminie, zginęliby natychmiast. Jednak zbroja Doli nie zostanie zabita twoimi ciosami, po prostu nie będzie już nienaruszalna...

– Czyli Niegasnący Cień zrówna nasze szanse – przerwała mu Nihal.

– Nigdy nie będziesz miała równych szans z tą istotą, jej siła jest owocem magii Tyrana. Ale również jego ciało składa się z mięsa i za pomocą tego zaklęcia będziesz w stanie go zranić.

Nihal kiwnęła głową.

– Mów dalej.

– Nienawiść znajduje się w każdym z nas, jest pogrzebana w naszej duszy, Nihal. Sama dobrze o tym wiesz. Aby przywołać Niegasnący Cień, będziesz musiała odwołać się do jej siły. Kiedy już przywołasz ją do życia, przeniknie cię cały ból, jaki odczuwałaś. Jeżeli będziesz w stanie kontrolować jego moc, wówczas opanujesz zaklęcie.

Nihal nie była pewna, czy dobrze zrozumiała.

– Ale jak to działa? Jak mam się zachować?

– Nic więcej nie mogę ci wytłumaczyć słowami. Teraz ty musisz zdecydować, czy chcesz spróbować.

– Co się stanie, jeśli mi się nie uda? – spytała Nihal. Teraz jej głos łamał się ze strachu.

– Umrzesz – oznajmił starzec bezbarwnie.

Po pierwsze, Megiston kazał Nihal przywołać Promień Światła, proste zaklęcie, które nawet ona potrafiła wykonać małym wysiłkiem. W jej dłoni pojawił się niebieskawy płomyczek.

– Dobrze – mruknął starzec. – Teraz możemy zaczynać.

Nihal poczuła, jak bicie jej serca przyspiesza. Teraz, w kluczowym momencie, bała się – był to strach zimny i autentyczny.

– Powtarzaj za mną: *Vrašta Anekhter Tanhiro.*

– *Vrašta Anekhter Tanhiro* – wyszeptała Nihal.

– Jeszcze: *Vrašta Anekhter Tanhiro* – powtórzył Megiston. – *Vrašta Anekhter Tanhiro*. Mów dalej, nie przestawaj.

– *Vrašta Anekhter Tanhiro* – zawtórowała mu echem.

– Skoncentruj się na rozpaczy, której doświadczyłaś w twoim życiu. Ale uważaj! Nie zgub się w niej, staraj się nad nią dominować.

Nihal zobaczyła wbite w nią ponure spojrzenie starca, po czym zamknęła oczy. Powtarzała te bezsensowne słowa i myślała o przeszłości. Aż zbyt żywe było wspomnienie tego, co sprawiło jej cierpienie. Przywołała w umyśle śmierć Livona, a litania wynurzała się na jej wargach jak hipnotyczny śpiew. Najpierw zobaczyła kuźnię swojego ojca, pustą i milczącą. Potem nadeszły hałasy, straszliwe odgłosy bitwy tamtego dnia: krzyki, świst toporów opuszczających się na ludzi Salazaru, odgłosy ciał padających na ziemię. *Vrašta Anekhter Tanhiro. Vrašta Anekhter Tanhiro.* Poczuła, że się unosi. Świat zniknął i pozostało tylko wrażenie ciepła na dłoni.

Głos Megistona dotarł do niej jak echo.

– Pogrąż się, Nihal, zanurz się...

Nagle kuźnia się zaludniła. Po jednej stronie znajdował się Livon, zajęty szperaniem w ławie skrzyniowej. Potem pojawiła się dziewczynka o spiczastych i nieproporcjonalnych uszach, wielkich i żałosnych oczach, z czarnym mieczem u boku. *Vrašta Anekhter Tanhiro, Vrašta Anekhter Tanhiro, Vrašta Anekhter Tanhiro...*

Oto oni. Dwóch Famminów, uzbrojonych w topór i miecz. Wpadają do środka, patrzą na nią, śmieją się. Dźwięki ostrzy, które się krzyżują. Livon krzyczący do niej, żeby odeszła. *Vrašta Anekhter Tanhiro, Vrašta Anekhter Tanhiro.* Livon walczy. Dlaczego nie ucieka? Odejdź! Uciekaj! *Vrašta Anekhter Tanhiro, Vrašta Anekhter Tanhiro.*

– Zejdź jeszcze niżej, Jeźdźcze. Kontroluj, co czujesz, i opuszczaj się dalej...

Nihal wie, że to nie może się dobrze skończyć, wie, co ma się stać, ale nie chce, nie chce! Wystarczy, wystarczy! Jednak nie może się ruszyć, nie może nic zrobić, więc krzyczy, woła go, wrzeszczy do niego, aby odszedł. *Vrašta Anekhter Tanhiro, Vrašta Anekhter Tanhiro, Vrašta Anekhter Tanhiro.*

– Tak, Nihal, już prawie!

Krzyk przecina mrok. W chwili ciszy widzi, jak Livon odwraca się do niej: patrzy na nią i wszystko się zatrzymuje. Nie odwracaj się, Livonie! Uciekaj! Nie patrz na mnie! I oto miecz, który go przenika, a on dalej na nią patrzy, patrzy na nią jak zawsze, upada bez jęku i Nihal chciałaby krzyczeć, ale nie może, bo nie ma głosu...

Nagle scena ta przekształciła się w otchłań.

Nihal zobaczyła tysiące wrzeszczących, czarnych, zdeformowanych i powykręcanych twarzy, biegnących ku niej, i usłyszała ogłuszające śmiechy. Przez moment odzyskała przytomność. Widząc ogarniającą ją zgrozę, pomyślała, że powinna się zatrzymać, że to jest zbyt wiele, że chce przestać. Ale jej język sam powtarzał litanię, słowa wychodzące jej z ust przyciągały nowe demony, które otaczały ją i pociągały za sobą, łapiąc ją za ramiona, za nogi, za włosy.

– Panuj nad nimi, panuj! – szeptał daleki, potworny głos.

Panować nad czym? Jak można panować nad królestwem śmierci? Tysiąc rąk na niej, tysiąc oczu utkwionych w jej oczach i nienawiść nadchodząca niczym przypływ. Była przerażona jak nigdy wcześniej w swoim życiu, ściśnięte gardło nie pozwalało jej krzyczeć, tylko wciąż wyśpiewywało tę przeklętą kantylenę: *Vrašta Anekhter Tanhiro, Vrašta Anekhter Tanhiro, Vrašta Anekhter Tanhiro...*

– Wystarczy! Wracaj do siebie! – powtarzał zniekształcony głos.

Jak? Czy naprawdę można było wynurzyć się z tego koszmaru? Niech ktoś jej pomoże!

– Zamknij dłoń! Zatrzymaj magię! – powiedział głos.

Nihal nie czuła już żadnej części ciała. Gdzie była jej dłoń? Istnieje jakaś dłoń, którą można zacisnąć? Starała się powstrzymać ogarniającą ją panikę, ale jej się to nie udało. Otworzyła oczy tak szeroko, jak tylko potrafiła, ale ciemnościom nie było końca. Potem poczuła coś i tego się uczepiła: świeżość powietrza, dotyk dwóch dłoni na twarzy...

Twarze znikły, ciemność się rozwiała.

Księżyc, w kolorze lodowatej bieli, patrzył na nią z wysoka. Megiston pochylał się nad nią.

Nihal nie była w stanie uspokoić oddechu, wydawało jej się, że nie ma wystarczająco dużo powietrza, aby wypełnić jej płuca.

– Znowu jesteś wśród żywych – powtarzał starzec.

Nihal długo leżała, a serce z trudem szukało swojego rytmu. Kiedy udało jej się usiąść, nadal dyszała.

– Temu właśnie musisz stawić czoła – powiedział Megiston bez emocji. – Jutro w nocy będę tutaj znowu, gdybyś chciała spróbować jeszcze raz.

Nihal przytaknęła, podniosła się i oddaliła bez słowa. Nogi jej się trzęsły i w całym ciele czuła przenikający ją chłód.

Dotarła do Oarfa czekającego w gęstwinie i oparła twarz na piersi smoka.

Następnego dnia Nihal powiedziała sobie, że nie wróci do Megistona. Dlaczego miałaby powtarzać to straszliwe doświadczenie? Z wysiłkiem wracała do życia, a przecież już i tak było jej wystarczająco trudno. Starzec miał rację: ona szuka swojej drogi, musi skoncentrować się na tym, a nie na Doli. A jednak...

Była jedyną, która poznała sposób, aby go pokonać. A poza tym nie mogła zawsze uciekać. Nadszedł moment, aby rozliczyć się ze swoimi koszmarami. Odwagi, trzeba jej było odwagi.

Dlatego postanowiła kontynuować i decyzję tę podjęła z sercem w gardle. Jednak jedyną rzeczą, która się liczyła, była porażka Doli, to było jej wyzwanie rzucone przeszłości.

Drugiego wieczoru myślała, że umiera. Pomiędzy twarze upiorów wkradły się też duchy jej narodu i stare koszmary zmieszały się z nowymi. Wytrzymała, ale nie udało jej się wykonać formuły Niegasnącego Cienia, bo zaświaty ciągnęły ją w dół, coraz niżej, a ona nie potrafiła się stamtąd wydostać.

– Nihal, determinacja to wszystko, czym dysponujesz. Wola, aby nie wpaść znowu w otchłań. To jest twoje koło ratunkowe – mówił jej Megiston.

Noc po nocy Nihal wracała na polanę, chociaż jej ciało się buntowało. Kiedy słońce opadało i znikało za czubkami drzew, czuła, jak jej żołądek się ściska, opanowywały ją mdłości, a skronie zaczynały gwałtownie pulsować. Noc po nocy posuwała się naprzód w osiąganiu przewagi nad tymi monstrualnymi wizjami. Stopniowo udawało jej się zachowywać świadomość, a płomień na jej dłoni stawał się coraz czarniejszy.

– Jesteś blisko, Nihal – powtarzał Megiston i Nihal wytrzymywała oblężenie nienawiści i bólu.

Owa okrutna podróż zakończyła się noc przed terminem upłynięcia jej przepustki. Kiedy otworzyła oczy i wynurzyła się z mroków o własnych siłach, nad lewą dłonią unosiła się czarna kula, niewiele większa niż jabłko, i rzucała ponure błyski. Nihal popatrzyła na nią zachwycona. Udało jej się.

– To jest Niegasnący Cień – powiedział cicho Megiston. – Przed walką z Dolą nałóż to zaklęcie na swój miecz, a będzie w stanie przebić jego zbroję. Kiedy zamkniesz dłoń, kula zniknie i magia zostanie zerwana.

Nihal ścisnęła palce i światło się rozwiało.

– Dziękuję, Megistonie – szepnęła.

– Nie dziękuj mi, bo obdarzyłem cię śmiertelnym podarunkiem. I pamiętaj: jeżeli spróbujesz wyrecytować tę formułę dwa razy, umrzesz. Teraz pochyl głowę.

Nihal usłuchała i starzec nałożył jej dłonie na kark, po czym cichym głosem wypowiedział zaklęcie. Kiedy skończył, podniósł jej brodę dłonią i popatrzył jej przeciągle prosto w oczy.

– Twoje poszukiwania prawdy zbliżają się do przełomu, Nihal. Ale prawda często jest dobrem straszliwym.

– Co masz na myśli? – spytała zbita z tropu.

– Każda jednostka musi sama szukać własnego ideału. Pamiętaj o tym – powtórzył starzec. Podniósł się na nogi. – Teraz idź. Na tym kończy się nasze spotkanie.

Lecąc na grzbiecie Oarfa, Nihal wracała myślami do słów Megistona: co złego mogło być w prawdzie? Wszystkim, czego zawsze chciała, od momentu zniszczenia jej miasta, było wiedzieć. *Przepowiednie jasnowidzów* – powiedziała sobie. Następnie popędziła smoka w kierunku bazy.

21.

Pokusa śmierci

Nihal miała nadzieję, że zdobycie umiejętności przywołania Niegasnącego Cienia nie pozostawi żadnych śladów, ale tak nie było. Od wieczoru, kiedy stawiła czoło otchłani, była niespokojna, a obrazy koszmaru często wracały, aby ją dręczyć. *Co ja wprawiłam w ruch?*

Lecąc na grzbiecie Oarfa ku Krainie Wiatru i porzucając wioskę, gdzie ona i Lajos spędzili te dwa tygodnie, Nihal miała nadzieję, że będzie w stanie doprowadzić do końca to, co sobie obiecała, pozostając sobą.

– Rozjaśniłaś sobie w głowie? – Ido oczekiwał na nią na progu namiotu, z fajką w ustach.

– Zdecydowanie tak – skłamała.

Gnom popatrzył na nią.

– Jesteś blada.

– Jestem tylko trochę zmęczona.

Ido postukał fajką o podeszwę wysokiego buta i wyrzucił na ziemię górkę sadzy.

– Pora na obiad. Chodźmy coś zjeść.

Kiedy siedzieli przy drewnianym wielkim stole w pawilonie pełniącym funkcję stołówki, między jedną łyżką zupy a drugą, Ido nakreślił Nihal aktualną sytuację. W czasie jej nieobecności oblężenie trwało, ale nie udało im się podejść nawet o krok bliżej. Bitwy rozpoczynały się o wschodzie słońca i toczyły się, dopóki na stepie nie zaczynały kłaść się długie cienie. Ofiar było sporo, i po jednej, i po drugiej stronie, ale wciąż nie dochodziło do rozstrzygnięcia.

– Na razie – zakończył Ido – jedyna nadzieja to wzięcie ich głodem.

– A Dola? – spytała Nihal niedbale.

Gnom hałaśliwie kontynuował swój posiłek, a oczy dziewczyny wpatrywały się w niego pytająco.

– Poszedł sobie.

Nihal lekko drgnęła.

– Jak to: „poszedł"? Kiedy?

– Wczoraj w nocy.

Przez wiele dni wojownik panoszył się nad polem bitwy, siejąc przerażenie i zbierając ofiary. Nikt nie był w stanie go powstrzymać. Miecze nie potrafiły naruszyć jego zbroi, włócznie były wobec niego bezradne, a kiedy łucznicy w niego celowali, zdawało się, że potrafi poruszać się między jedną strzałą a drugą, choćby nie wiadomo jak gęsto na niego padały. Potem, nagle, w noc poprzedzającą powrót Nihal, nad obozowiskiem rozległ się głośny krzyk, nieludzki, podobny do odgłosu wydawanego przez drapieżne ptaki. Ido, razem z wieloma innymi, wyszedł, aby popatrzeć. Nad namiotami unosił się czarny cień, bardzo wysoko. Krzyczał. Krzyczał i śmiał się. Był to szyderczy śmiech.

– Ja i Ried rzuciliśmy się w pogoń, ale Rieda dosięgnęły płomienie...

Nihal wybałuszyła oczy. Ried był jednym z najbardziej wartościowych Jeźdźców Smoka w obozie.

– Potem i Vesa został ranny. No, jednym słowem, musieliśmy się wycofać – uciął krótko Ido.

– Vesa jest ranny? – spytała Nihal z niedowierzaniem. Vesa wychodził bez szwanku z każdej bitwy.

– Właśnie. I nie tylko on – odpowiedział Ido. Podniósł rękaw koszuli i pokazał jej opatrunek. – Nic poważnego. Powiedzmy, że opalił mnie jak kurczaka – zażartował gnom, ale ton jego głosu był gorzki.

– I co teraz?

– Teraz nic. Najważniejsze, że już sobie poszedł i że już nie będziemy mieli z nim do czynienia. Zgadzasz się, prawda? – zakończył Ido, wpatrując się jej w oczy.

Nihal opuściła wzrok. Nie, nie zgadzała się. Aby móc stawić czoło temu potępieńcowi, widziała piekło. I zrobi to, choćby miała gonić za nim aż na księżyc.

Ido musiał coś wyczuć, bo westchnął głośno i ze złością zanurzył łyżkę w zupie.

– Co jest? – spytała Nihal.

– To ja się ciebie pytam – odpowiedział chłodno gnom. – Wydawało mi się, że wyrażam się jasno. Odnoszę jednak wrażenie, że wcale nie zmieniłaś nastawienia.

Nihal odsunęła stojącą przed nią miskę i nachyliła się w stronę Ida.

– Dlaczego tak bardzo irytuje cię myśl, że mogłabym z nim walczyć? Powiedz mi, dlaczego?!

Ido podniósł na nią lodowate spojrzenie.

– Nie po to cię wyszkoliłem, Nihal, abyś została posiekana na plasterki przez tego drania. – Następnie wstał od stołu i skierował się w stronę wyjścia ze stołówki, nie odwracając się za siebie.

Początkowo Nihal nie uczestniczyła w bitwach. Wolała indywidualnie trenować i starała się odzyskać siły. Sama dziwiła się swojej cierpliwości. Zaledwie rok wcześniej wskoczyłaby na grzbiet Oarfa i ruszyła śladami Doli. Teraz natomiast czekała, nosząc w sobie postanowienie ekspiacji. I w końcu oczekiwanie to zostało nagrodzone.

Któregoś dnia przybył do obozu pewien kapitan, wysłany z garnizonów stacjonujących w lesie Herzli, rozciągającym się wzdłuż Saaru, Wielkiej Rzeki. Jak się zdawało, Dola pojawił się w rejonie Puszczy i tam rozbił obóz. Stał na czele imponującego wojska, z którym zaatakował przyczółek Wolnych Krain w Krainie Wiatru.

– Wie, że w związku z bliskością Saaru region ten jest słabo obsadzony i obawiamy się, że ma zamiar stamtąd zaatakować Krainę Wiatru, aby potem od zachodu przedrzeć się do Krainy Wody – zreferował wojskowy generałowi obozu i wszystkim Jeźdźcom Smoka, którzy zgromadzili się, aby go wysłuchać.

Kiedy tylko Nihal usłyszała imię Doli, serce zabiło jej mocniej. Nadszedł czas.

– Należy wzmocnić siły w rejonie Puszczy, nie widzę innego wyjścia. Moglibyśmy przenieść tam połowę naszych oddziałów – podsunął jeden z Jeźdźców.

– Nie wiem, czy to dobry pomysł – odparł Ido. – Nie możemy pozostawiać naszego terytorium bez ochrony. Nikt nam nie zagwarantuje, że Dola nie czeka właśnie na to: na osłabienie obrony, aby zaatakować.

Kapitan przerwał mu.

– Jeźdźcze, my tam padamy jak muchy. Nie wiem, jak długo jeszcze będziemy w stanie wytrzymać.

– A ty, Ido, co proponujesz? – spytał generał.

Gnom nie stracił rezonu.

– Kraina Wiatru to najmniejsza ze wszystkich Krain: jej front nie jest rozległy, można przebyć go na grzbiecie smoka w dwa dni. Sądzę, że moglibyśmy się ograniczyć do wysłania posiłków. Jeden czy dwóch Jeźdźców, na czele garnizonu. Tymczasem lepiej rozstawimy oddziały wzdłuż granicy i spróbujemy ataku na zachodzie, zajmując Dolę w lesie.

– Niełatwo jest utrzymać Dolę pod kontrolą i sądzę, że wiesz o tym lepiej niż ktokolwiek inny – zauważył generał.

Wówczas Nihal podniosła się z drewnianej ławy, na której siedziała.

– Ja się tym zajmę – oznajmiła spokojnie. Ido rzucił jej złe spojrzenie, ale dziewczyna wcale się tym nie przejęła. – Powierzcie mi garnizon, a przywiodę wam tutaj Dolę.

Z głębi sali podniósł się śmiech.

– Przestań, Nihal! Nie zgrywaj chwalipięty. Do tej pory nikt nie był w stanie dotrzymać Doli kroku.

– Mylę się, czy to właśnie on nie tak dawno cię ranił? – rzucił inny rycerz.

– Z moich błędów wyciągnęłam wnioski – odpowiedziała poważnie Nihal. – Jeżeli zdecydujemy się na plan Ida, potrzebujemy tylko kogoś, kto zajmie Dolę, prawda? I świeżych sił, które pomogą garnizonom blisko Saaru. No więc sądzę, że do tego spokojnie wystarczy moja osoba.

Generał wydawał się pełen wątpliwości.

– No chyba nie zgodzicie się na to szaleństwo? – wybuchnął Ido.

– Przecież sam je zaproponowałeś – zauważył przełożony.

– Tak, ale... no wiecie, Nihal jest Jeźdźcem Smoka od niedawna. Nie ma niezbędnego doświadczenia. Chcemy powierzyć los Krainy Wiatru w jej ręce?

Nihal poczuła, jak krew uderza jej na policzki i już otwierała usta, aby mu odpowiedzieć, ale generał dał jej znak, aby milczała.

– Ido, twój plan wydaje mi się bardzo odpowiedni do naszych potrzeb. A Nihal udowodniła nam już, że jest wartościowym wojownikiem. Dlatego to ona wyruszy. Taka jest moja decyzja i nie chcę słyszeć dyskusji.

Ido potrząsnął głową.

Serce Nihal nie posiadało się z radości.

– Generale, dziękuję wam za zaufanie, jakie mi okazujecie.

Zebranie zakończyło się i Jeźdźcy pojedynczo opuszczali pomieszczenie. Nihal natomiast zatrzymała się w sali dowództwa, aby przedyskutować szczegóły misji. Po raz pierwszy powierzano jej garnizon, ale nie to ją tak ekscytowało. Już nie mogła doczekać się wyjazdu.

Kiedy wróciła do swojego namiotu, było już późno, ale zastała Ida siedzącego przed wejściem i nerwowo palącego fajkę. Na widok Nihal skoczył na równe nogi i wymierzył w nią wskazujący palec.

– Posłuchaj mnie dobrze, dziewczyno. Spróbuj wyjść ze swoim oddziałem z tego obozowiska, a przysięgam ci, nie pozwolę, abyś wróciła tu cała!

– Można wiedzieć, co cię, u diabła, ugryzło? – Nihal podniosła głos. – To taka sama misja jak każda inna!

Gnom cisnął na ziemię fajkę, która spadając, zarysowała w ciemności rozżarzony ślad.

– Nie, wcale nie, i doskonale o tym wiesz! – wrzasnął, czerwony na twarzy.

Nihal skamieniała. Wielokrotnie się kłócili, ale nigdy nie widziała, żeby był aż tak wściekły.

Ktoś wrzasnął:

– Cicho tam, do kroćset! – I kilka głów wychyliło się z innych namiotów.

Ido pochylił się, aby podnieść fajkę, po czym popatrzył zimno na Nihal.

– Rób, jak uważasz, idź sobie umierać, gdzie chcesz – zakończył, po czym ruszył w stronę swojego namiotu.

Następnego ranka Nihal podeszła do namiotu Ida i spytała, czy może wejść, ale nie otrzymała odpowiedzi. Nalegała, ale z wewnątrz dochodziło tylko uparte milczenie.

Ona i Lajos wyruszyli kilka godzin później.

Nihal miała ze sobą około setki żołnierzy, więcej niż mogła się spodziewać. Przez moment poczuła się zagubiona i wydało jej się, że zadanie przekracza jej możliwości. W dodatku świadomość, że podjęła to wyzwanie, aby móc dokonać swojej zemsty, sprawiała, iż czuła się jeszcze gorzej. Tak, swojej zemsty. Nagle Nihal w pełni pojęła powagę tego, co miało się wydarzyć. Może Ido miał rację.

– Mogę cię o coś zapytać? – spytał nagle Lajos. Jego głos był poważny.

Dziewczyna przyjęła obronną postawę.

– Co takiego?

– Dlaczego zdecydowałaś się to zrobić?

– Nie rozumiem, co masz na myśli – odpowiedziała z udawaną niedbałością.

– Ostatnim razem, kiedy ruszyłaś do ataku na Dolę, niemal przypłaciłaś to życiem. Czego ty szukasz? Co chcesz udowodnić?

– Zgadzasz się z Idem, Lajos? – spytała Nihal poirytowana.
Lajos wzruszył ramionami.
– Nie, Nihal, nie.

Kiedy mieszkańcy obozowiska w lesie Herzli zobaczyli oddział nadciągający pod dowództwem kobiety, niektórzy wpadli w gniew, niektórzy wybuchnęli śmiechem, zaś inni porzucili wszelką nadzieję.

W obozowisku oddychało się atmosferą śmierci. Wszystko wydawało się wyblakłe, niczym niebo wymyte zbyt dużą ilością deszczu. Stało tu około dwudziestu namiotów, wszystkie tego samego, nieokreślonego błotnistego koloru. Wielu było rannych, a ci, którzy mieli się dobrze, wyglądali na śmiertelnie zmęczonych. Nie było ani kobiet, ani dzieci, tylko mężczyźni w samotności wojny.

Generał poszedł z Nihal na obchód rozpoznawczy i oprowadził ją po okolicy. Wydawał się osobą, która w swoim życiu już zbyt wiele widziała. Był chudy, a sądząc po atletycznym ciele, nawet nieszczególnie stary. Jednak jego twarz znaczyło wiele zmarszczek, ramiona były wiecznie zgarbione, zaś oczy szare i przygaszone. Mężczyzna zmęczony wojną i krwią, zmęczony życiem. Przedstawił się jako Mavern.

Otoczenie z pewnością nie było idealnym polem bitwy. Nihal nigdy nie walczyła w zaroślach, a drzewa rosły gęsto. Pamiętała ten las: przemierzyła go po ucieczce z płonącego Salazaru. Kiedy wytężyła słuch, mogła usłyszeć potężny huk rzeki Saar.

Wreszcie dotarli na szczyt wzgórza, skąd Nihal mogła jasno zorientować się w sytuacji: część lasu wydawała się prawie obdarta ze skóry, a rany nagiej ziemi znaczyły go niczym blizny. Rozchodziły się od czarnego centrum: bazy nieprzyjacielskiego zgrupowania. Był to uporządkowany obóz z masywną wieżą pośrodku. Większość Famminów znajdowała się w tej strefie, ale można było się domyślać, że wielu ukrywało się w gęstwinach.

– Obozowisko już tu było. I należało do nas, do zeszłego tygodnia. Wieżę kazał wybudować Dola: to jego rezydencja, jego i tego piekielnego czarnego potwora. Zabarykadował się tam dwa dni temu. Nie rusza się, nie atakuje, nic. Czeka – powiedział generał.

A zatem był tam. Mężczyzna, który zrównał z ziemią jej miasto, był właśnie tam.

– To znaczy, że my go stamtąd wykurzymy – podsumowała Nihal.

Mavern nie tak łatwo wyraził zgodę. Jego ludzie byli wymęczeni po ciężkim starciu, odnieśli poważne straty i mieli zbyt wielu rannych.

– Jest nas niewielu i jesteśmy wykończeni: nie ma nadziei na zwycięstwo.

– Moi ludzie są wypoczęci – odparła Nihal.

– To szaleństwo, Jeźdźcze.

– Jutro w nocy nie będzie księżyca, zaatakujemy ich we śnie. Nie musicie martwić się o Dolę: nie draśnie nawet jednego z waszych ludzi. Wy myślcie tylko o tym, aby opaść na obóz i zająć się Famminami. Musicie jednak działać błyskawicznie, bo zaskoczenie to wszystko, co mamy.

Generał popatrzył na nią sceptycznie.

– Przysięgam wam, że obóz wróci w nasze ręce – oświadczyła Nihal.

Kolejny dzień upłynął spokojnie, ale Nihal dobrze wiedziała, że chwaliła się przed generałem pewnością, której nie miała. Poszła do lasu sama, pozostawiwszy Lajosowi obowiązek wypolerowania jej miecza i przygotowania zbroi. Oddaliła się na tyle, aby nie słyszeć już odgłosów obozu, i zbliżyła się do dostojnie huczącego Saaru. Nakazała sobie, aby o niczym nie myśleć, powtórzyła sobie, że jest to misja jak wszystkie inne, nic więcej.

Jednak w głębi serca wiedziała, że tym, co ją czeka, nie jest walka wojsk Wolnych Krain z Tyranem. Ani umarłych z Salazaru, ani narodu Pół-Elfów. To była jej walka. I ona, Jeździec Smoka Nihal, doprowadzi ją do końca, pozostając sobą. Za wszelką cenę.

Wydawało jej się, że noc nigdy nie zapadnie.

Kiedy ciemność zawładnęła letnim niebem, Nihal usunęła się do namiotu, który jej przydzielono, i usiadła na ziemi, krzyżując nogi. Błyszczał przed nią miecz, wypolerowany przez Lajosa ze zwykłą dbałością. Dreszcz przebiegł jej po plecach. Nadszedł moment wyrecytowania formuły. Otarła sobie pot z czoła i zdała sobie sprawę, że trzęsą jej się ręce. Bała się.

Przypomniała sobie pierwszy raz, kiedy próbowała przywołać Niegasnący Cień. A jeżeli nie uda jej się kontrolować zaklęcia? Jeżeli runie w otchłań i oszaleje?

Zamknęła oczy i starała się uspokoić. *Opróżnij swój umysł.* Bicie serca zwolniło. *Opróżnij swój umysł.* Oddech znów stał się regularny. Dopiero wtedy przywołała Promień Światła. Obserwowała ten ogienek, jak gdyby widziała go po raz pierwszy: idealna kula, mdły, niewinny błękit.

Następnie, ochrypłym głosem, rozpoczęła deklamowanie swojej kantyleny.

Piekielne wizje nie kazały na siebie czekać. Oszpecone twarze i zdeformowane kończyny wyskoczyły ku niej i ją obległy. *Vrašta Anekhter Tanhiro. Vrašta Anekhter Tanhiro.* Monstrualne wrzaski i ochrypłe śmiechy eksplodowały jej w głowie. *Vrašta Anekhter Tanhiro. Vrašta Anekhter Tanhiro.* Nihal poczuła, jak otula ją całun mroku. Mocno zamrugała powiekami, ale nie sprawiało różnicy, czy miała oczy otwarte, czy też nie. Była owładnięta, opętana. Przerażenie było nie do zniesienia, szaleństwo czekało tam, o krok. Upadła do tyłu, szczękając zębami. Czuła, że zaczyna tracić świadomość. Wówczas krzyknęła, krzyknęła i krzyknęła jeszcze raz, i nadludzkim wysiłkiem wyrwała się z ciemności.

Kiedy otworzyła oczy, cała pokryta lodowatym potem, czarna kula powoli obracała się na jej dłoni.

– Co to jest?

Głos Lajosa dotarł do niej jak szmer.

Stojący na progu chłopak wpatrywał się w nią wytrzeszczonymi oczami. Nihal siedziała pośrodku namiotu, blada i sztywna, z szyją zgiętą do tyłu i wywróconymi oczami. Nienaturalne światło żłobiło cienie na jej twarzy.

– Słyszałem, jak krzyczałaś – szepnął. – Więc wszedłem i...

Był tak blady, że prawie jaśniał na ciemnym tle namiotu.

– Wszystko dobrze, Lajosie – uspokoiła go Nihal cicho, a Niegasnący Cień palił jej skórę.

Wyciągnęła dłoń nad mieczem i kula znikła w ostrzu, zlewając się z czernią kryształu. Potem dziewczyna stanęła na nogi, wstrząsana drżeniem, którego nie była w stanie opanować. Była przerażona, wykończona tym, co musiała znieść w ciągu tych kilku chwil. Za każdym razem, kiedy podnosiła się z otchłani, część niej zostawała tam, na dnie. Podeszła do Lajosa i objęła go.

– Co się stało? – spytał zdezorientowany.

– Recytowałam pewną formułę. Trudno ją wymówić, to trochę... bolesne.

Lajos stał w milczeniu i niezgrabnie pogłaskał ją po plecach.

Kiedy Nihal znów poczuła się spokojna, oderwała się od niego, starając się uniknąć jego spojrzenia, ale chłopak przytrzymał ją za ramię.

– Nihal, co to za formuła?

– Lajosie, zaufaj mi. To jedyny sposób, aby pokonać Dolę. Wszystko jest dobrze – odpowiedziała. Uwolniła się z uścisku.

– Jak możesz mi mówić, że wszystko jest dobrze? Kiedy wszedłem, miałaś taki wyraz twarzy... to nie byłaś ty! Nihal, wyglądałaś jak upiór!

Lajos nadal patrzył na nią szeroko otwartymi oczami.

Nihal opadła na pryczę i przesunęła dłońmi po twarzy. Jeszcze drżały.

– Lajosie, potrzebuję twojego wsparcia. Potrzebuję wiedzieć, że mi ufasz i że wierzysz, że może mi się udać.

Chłopak nie dodał nic więcej. Usiadł obok niej i otoczył ją ramieniem.

Kiedy oddziały dotarły na wzgórze przy obozie nieprzyjaciela, Nihal podeszła do generała.

– Wszystko potoczy się tak, jak uzgodniliśmy. Proszę was tylko o osłonę, kiedy zajmę się Dolą.

Mavern kiwnął głową.

Wówczas Nihal opuściła klapę hełmu i wszystko się wyciszyło. Nadszedł czas na atak. Nadszedł czas, aby się skoncentrować i odegnać wszelkie myśli niezwiązane z bitwą. Generał podniósł wysoko miecz, a kiedy go opuścił, Nihal i Oarf błyskawicznie wznieśli się do lotu.

Nihal, nie zwlekając, skierowała się do postawionej pośrodku wieży. Jeśli jakaś część niej drżała z pragnienia stoczenia walki, druga żywiła nierealną nadzieję przyłapania Doli z zaskoczenia i pochwycenia go, ot tak, bez pojedynku.

Oarf jednym uderzeniem ogona obalił część wieży, która zawaliła się na pobliskie namioty. Nihal słyszała gardłowe wrzaski Famminów przygniecionych gruzem, a zaraz potem krzyki swoich ludzi, którzy nadciągali na obóz.

Może Doli nie było w wieży. Nihal rozejrzała się wokół, aby go odnaleźć, ale wydawało się, że gnom i czarny smok zniknęli. Oarf zaryczał, pastwiąc się nad kolejnym kawałkiem wieży. *Gdzie jest ten drań, gdzie on jest?* Nihal zatoczyła kilka obszernych kręgów wokół ruin, ale nic nie zobaczyła. Potem usłyszała, że coś się porusza. Powolne i potężne sapanie, niczym olbrzymiego miecha, rozległo się wśród ruin. Ciemność nocy oświetliły dwie rozżarzone bryłki. Z gruzów wynurzył się czarny łeb. Smok otrząsnął się, uwalniając się od zwalonych kamieni, i zaczął deptać po tym, co pozostało z wieży. Na jego grzbiecie wznosił się Dola, uzbrojony w długą włócznię.

– Jestem tu dla ciebie, Dola! – zawołała Nihal, a złość eksplodowała jej w piersi. – Przychodzę po twoją głowę!

Wojownik przez chwilę stał nieruchomo, utkwiwszy w niebie swój chytry wzrok. Spod hełmu dał się słyszeć głos pełen pogardy.

– Wytrzymały jesteś, chłopcze. I głupi.

– Zobaczymy, ty draniu – mruknęła Nihal. Dobyła miecza i ten prosty gest, który wykonywała tysiące razy, odgonił złe szepty zaciemniające jej umysł, ekscytację jej serca, pragnienie zemsty, wszystko. Pozostała w niej wyłącznie lodowata determinacja rycerza.

Raptem smok podniósł się do lotu i Dola rzucił się z włócznią na Nihal. Oarf zrobił unik, a ona błyskawicznie uderzyła czarną bestię, rozdziawiającą przed nią paszczę.

Dola znowu ruszył, ale tym razem Nihal była gotowa. Właściwa walka mogła się zacząć.

Nihal była świadoma, że gnom ma nadludzką siłę i jest od niej o wiele szybszy, jednak ponowne przekonanie się o tym pozostawiło ją bez tchu. Nie mogła nic zrobić, tylko odpierać każdy jego atak, a nawet to wymagało od niej olbrzymiego wysiłku. Zaczęła używać obu rąk, starając się utrzymać równowagę na Oarfie, który był zmuszony do ciągłych zmian kierunku, aby uniknąć ukąszeń czarnego smoka.

Minęło zaledwie kilka minut od początku pojedynku, kiedy Nihal nie zauważyła zbliżającej się włóczni. Ostrze bez wysiłku przeniknęło jej zbroję, kryształ pękł i dziewczyna została lekko ranna w ramię. Była zmuszona oddalić się, dysząc.

Dola siedział nieruchomo na swoim rumaku.

– Ostatnim razem byłem dla ciebie zbyt dobry! – wrzasnął, wymachując w powietrzu zaczerwienionym czubkiem włóczni. – Na razie zadowolę się skosztowaniem twojej krwi, ale przysięgam, że powyrywam ci kończyny jedną po drugiej, chłopcze! – zakończył ze śmiechem.

Nihal krew uderzyła do głowy.

– Jestem Jeźdźcem Smoka! Nie nazywaj mnie chłopcem! – krzyknęła. Potem popędziła Oarfa.

Teraz dobrze go widziała: każdy kawałek jego zbroi, każdą szparę, w którą mogła zagłębić ostrze. Znowu schwyciła miecz w obie ręce i zdwoiła prędkość ruchów, precyzyjnie odpierając ciosy. Jeszcze nie miała możliwości ataku, ale musiała być cierpliwa, po prostu cierpliwa. Nie wiedziała, co działo się na ziemi. Nie słyszała hałasu bitwy, tylko uderzenia własnego miecza o włócznię. Od czasu do czasu jakiś sztych rozdzierał jej skórę i krew spływała jej pod zbroją, ale był to tylko chwilowy ból, nie wystarczał, aby ją zatrzymać. Widziała piekło po to, aby pokonać Dolę. Uniknęła kolejnego pchnięcia i znowu musiała się oddalić, ale gnom nastawał na nią. Czarny smok wypluł strumień ognia, potem kolejny i jeszcze następny, a Oarf machał skrzydłami, aby unieść się wyżej. Wkrótce lecieli już szybko ku niebu. Nihal złapała oddech, ale nagle usłyszała, jak włócznia Doli świszcze tuż przy niej. Oarf nie usunął się dość szybko i na jego boku zarysowało się rozdarcie. Smok zaryczał z bólu i odwrócił się, wierzgając.

– Spokojnie, Oarf, spokojnie – zamruczała Nihal, ale wiedziała, że nie mogą w ten sposób kontynuować. *Muszę z nim walczyć. Muszę z nim walczyć.*

Byli sami, jedno naprzeciw drugiego. U ich stóp las, nad ich głowami gęsto usiane gwiazdami niebo. Żaden dźwięk nie zakłócał nocy, nie licząc rytmicznego cykania świerszczy. Nihal zauważyła krew moczącą jej skórę: Dola dotrzymywał obietnicy, zabijał ją kawałek po kawałku.

Gnom dobył miecza.

– W ten sposób będziemy walczyć taką samą bronią i przy równych szansach posiekam cię na kawałki.

Czuł się wystarczająco pewny siebie, żeby dać jej fory. Ale o ile w starciu z włócznią Nihal niewiele mogła zrobić, to przy mieczu sprawy wyglądały już łatwiej. Dziewczyna spięła Oarfa i rzuciła się na gnoma. Dola czekał nieruchomo, jak gdyby zupełnie nie liczył się z tym atakiem. Kiedy Nihal była o krok od niego, stanęła na nogi na grzbiecie Oarfa i cięciem z góry zaskoczyła Dolę. Mimo pośpiechu odpór gnoma był skuteczny, ale Nihal nie przejęła się tym zbytnio. Skoczyła i wylądowała na plecach czarnego smoka. Uderzyła mieczem w bok tego przeklętego gnoma ze wszystkich sił, jakie w sobie miała. Z błyskiem białego światła ostrze przebiło pierwszą warstwę zbroi i wreszcie dotarło do ciała.

Dola zareagował bocznym cięciem, ale Nihal zwinnie uskoczyła. Wbiła miecz w bark czarnego smoka, ścisnęła rękojeść obiema rękami i ześlizgnęła się, zwisając nad próżnią. Zwierzę wydało jęk, a Nihal zaparła się nogami o jego brzuch, po czym wyciągnęła miecz z rany. Spadła, lecz Oarf z gotowością podleciał w odpowiednie miejsce. Znowu była na grzbiecie. Udało jej się.

Nihal wybuchnęła dzikim śmiechem.

– Dola, masz kiepską zbroję! Czy Tyran nic lepszego nie daje swoim zbirom? – wrzasnęła, podnosząc miecz. Krew czarnego smoka spłynęła po ostrzu na jej ramię, mieszając się z jej własną.

– Poczekaj ze świętowaniem zwycięstwa, smarkaczu – odpowiedział Dola. W jego głosie Nihal wyczuła nutkę złości.

Gnom zaczął wykonywać potężne cięcia szybko następujące jedno za drugim, a Nihal unikała ich, skacząc. Już wiedziała: musi postawić na zwinność i starać się zranić smoka. Kiedy już będą na ziemi, będzie miała więcej możliwości odniesienia sukcesu. Nagle jednak cios sięgnął jej żeber i zatkał jej dech w piersiach. Oarf poszybował gwałtownie jakieś dwadzieścia łokci dalej, aby dać jej czas na dojście do siebie. Nihal była już osłabiona przez rany i utraconą krew, a to kolejne cięcie zabierze jej też ostatnie resztki energii. *Muszę się pospieszyć. Muszę znowu go trafić, teraz!* Znów ruszyła do ataku i zaczęła nacierać ze ślepą furią. Krzyczała i uderzała, uderzała i krzyczała, a kiedy oślepiało ją białe światło, wiedziała, że cios sięgnął celu. Oarf ze swojej strony miażdżył w paszczy przebity wcześniej mieczem Nihal bark czarnego smoka i nie puszczał, a krew lała się strumieniami.

Mimo że Dola był ranny, moc jego ciosów nie wydawała się mniejsza. Gnom celował w nią płazem, licząc na to, że zrzuci ją na dół, a Nihal poczuła, że brakuje jej sił. Już nie wiedziała, czy to, co ją pokrywa, to pot, krew własna, smoka, czy Doli. Dalej atakowała na oślep, ale była wykończona, bolało ją każde włókno ciała. Zgubiła rytm, rozluźniła zacisk kolan na grzbiecie smoka. Poczuła, że mdleje.

Oarf zauważył to i wycofał się dwoma potężnymi machnięciami skrzydeł, zabierając w pysku strzęp mięsa czarnego potwora.

Nihal odzyskała oddech i udało jej się przyjrzeć swojemu przeciwnikowi. Pancerz Doli był w wielu miejscach naruszony i widać było zakrwawioną skórę gnoma. Jej stan był gorszy. Rany piekły ją, a wzrok miała zamglony, jednak nie zamierzała się poddać. Pokona go, za cenę własnego życia. *Smok. Muszę powalić smoka.*

Nie potrzebowała wydawać żadnej komendy: Oarf z rykiem rzucił się na czarnego smoka łapami i zębami. Wrzaski obu zwierząt były ogłuszające, a żar uwalniany przy każdym płomieniu oszołomił Nihal i Dolę, czyniąc z nich dwoje bezsilnych wojowników wydanych na pastwę ich rumaków. Dziewczyna wczepiona była w Oarfa z całych sił, a gnom starał się popędzać swojego smoka do reakcji. Potem, nieoczekiwanie, właśnie kiedy wydawało się, że Oarf wygrywa, smok porzucił walkę i rzucił się do ucieczki.

– Zatrzymaj się! Zatrzymaj się, Oarf! – krzyknęła Nihal. Obejrzała się za siebie. Czarna bestia ścigała ich z wysiłkiem i traciła krew przy każdym uderzeniu skrzydeł.

Oarf wycelował w niebo i dopiero wtedy nagle się odwrócił, by spaść z góry na nieprzyjaciela. Nihal w lot odgadła zamiar smoka. *Tak! Tak, Oarf! Zrozumiałam! Jestem gotowa! Teraz!* Zacisnęła kolana i złapała rękojeść miecza w obie ręce, jak gdyby był to sztylet.

Oarf przeleciał w niewielkiej odległości od czarnej głowy smoka i Nihal wbiła ostrze z całą siłą, jaka jej jeszcze pozostała.

Z szyi smoka wytrysnął gwałtowny strumień krwi. Zwierzę wydało przerażający odgłos, krzyk bólu zmieszanego ze złością.

– Ty draniu! – wrzasnął gnom i jednym cięciem przedarł skrzydło Oarfa.

Czarny smok szybko tracił wysokość i runął na szczyty drzew, pociągając za sobą gałęzie.

Chwilę później Oarf poszedł w jego ślady i upadł o kilka łokci dalej.

Przez chwilę Nihal nie widziała nic poza wirem liści i drewnianych drzazg, po czym uderzenie zmiotło ją z grzbietu smoka i odbiła się od ziemi.

Świst ostrza przywrócił ją do rzeczywistości.

– Ośmieliłeś się na zbyt wiele, chłopcze! – wrzasnął Dola.

Dziewczyna ledwo zdążyła się usunąć, przetoczyła się na bok i poczuła, jak miecz gnoma wbija się o włos od jej głowy.

Zadyszana, pozostała skulona między zaroślami. *Miecz! Gdzie jest mój miecz?* Nie potrafiła zliczyć ran gnoma, ale było ich wiele, a niektóre musiały być głębokie. *Jak to możliwe, że zostało mu tyle energii?* Nihal zaczęła się cofać na zgiętych kolanach, z dłońmi wśród liści, szukając swojego miecza.

Dola wydawał się pewny zwycięstwa.

– Jesteś skończony, chłopcze. Jesteś skończony! – powtarzał, posuwając się powoli do przodu.

Nihal potknęła się o coś tnącego. Z jej warg wydobył się jęk i upadła do tyłu. Krew płynęła jej z kostki, ale nigdy jeszcze żadna rana nie uczyniła jej tak szczęśliwą.

Dola wybuchnął śmiechem.

– Oszczędź mnie, proszę cię – wyszeptała Nihal.

– Teraz mnie prosisz? – syknął gnom. – To mi nie wystarcza, Jeźdźcze. Spróbuj jeszcze raz, stać cię na więcej.

– Błagam cię. Pozwól mi żyć – prosiła Nihal. Niedostrzegalnie się do niego zbliżała.

– A dlaczego miałbym to zrobić?

Nihal wyciągnęła się na ziemi.

– Na zawsze będę ci służyć, zrobię wszystko, co zechcesz... – zajęczała. Rozłożyła ramiona, a jej prawa dłoń napotkała na coś twardego i zimnego. Wówczas podniosła się nagle, znowu trzymając miecz w garści.

Rzuciła się na niego, ale jej ciosy były mniej precyzyjne. Miała mgłę przed oczami i ból zapierał jej dech w piersiach. Jeszcze długo się pojedynkowali, a piskliwy szczęk krzyżujących się ostrzy gwałcił nocną ciszę.

Dola też wydawał się odczuwać zmęczenie. Zaczął się cofać. Popełnił jeden błąd przy odpieraniu, potem jeszcze jeden. *Uderz go teraz! Uderz go!*

Gnom nie zdążył zobaczyć nadchodzącego cięcia. Kryształowe ostrze trafiło go w brzuch i las przez moment rozświetlił się białym błyskiem.

Dola krzyknął z bólu, a jego zbroja upadła na ziemię w kawałkach. Oparł się o drzewo, jęcząc. Nihal stała w gotowości, ale na jej wargi wypłynął uśmiech. Udało jej się.

Jej satysfakcja nie trwała długo.

Dola rzucił jej pogardliwe spojrzenie.

– No i co? To wszystko, co potrafisz? – powiedział i znowu wyciągnął do niej miecz.

Z oczu Nihal wypłynęły łzy złości. Nie było sposobu, aby go pokonać. Już nie mogła, nie wytrzyma kolejnego starcia. Jej przeznaczeniem była śmierć z ręki potwora, który zabił jej dzieciństwo.

Potem zdarzyło się coś, co zaparło jej dech w piersiach.

Łza oprawiona w rękojeści jej miecza zaczęła błyszczeć, a drzewo, o które oparł się Dola, nagle rozjaśniło się srebrzystą i straszliwą poświatą. Korzenie wyszły z ziemi, otoczyły krępe ciało gnoma i powaliły je na ziemię. Gałęzie wykręciły się i dotykając ziemi, owinęły się wokół jego kończyn.

Nihal patrzyła na scenę przerażona. Widok tego olbrzymiego drzewa, które się poruszało, miał w sobie coś zatrważającego, nadprzyrodzonego, potężnego. Oto Ojciec Puszczy pomagał jej.

Zobaczyła, jak kora błyszczy złowrogo, liście stają się ostre niczym noże i przenikają pod skórę Doli, gałęzie potrząsają gwałtownie swoim więźniem, po czym odrzucają go daleko.

Dola uderzył w inne drzewo i upadł bezwładnie na ziemię. Światło stopniowo znikło, a drzewo znów stało się nieruchome i milczące.

Nihal wydawało się, że straciła poczucie czasu. Nie wiedziała, jak długo stała tam, nieruchoma, patrząc na to ciało leżące na ziemi. Kiedy przyszła do siebie, zdała sobie sprawę, że trzęsie się od stóp do głów i że w jej głowie rozbrzmiewa jedno wołanie: „Zabij go! Zabij go! Zabij go!".

Powoli podeszła do Doli. Leżał o kilka łokci od niej, ale jej wydawało się, że są to mile. Stanęła nad nim i spojrzała na niego z góry. Dyszał w kałuży krwi, ale jeszcze patrzył na nią ognistymi oczami.

Nihal podniosła miecz i wbiła go w ramię gnoma, przygwożdżając go do ziemi. Jego krzyk wydał jej się melodyjnym śpiewem.

Dopiero wtedy zdjęła hełm i odrzuciła go daleko.

Dola uśmiechnął się lekko i drwiąco.

– A więc to była prawda: z tych ohydnych mieszańców została jeszcze jedna...

Nihal oślepiła złość.

– Tak, Dola, jest jeszcze jedna! – ryknęła. – Nazywa się Nihal z Wieży Salazar. Popatrz jej dobrze w twarz, bo to ona wyrwie ci życie. – Mówiąc to, wycelowała ostrze w jego gardło.

– Dobrze pamiętam Salazar. Wspaniale się palił... – wyszeptał gnom. – Zabij mnie spokojnie, młody Pół-Elfie. Ale nie łudź się: nic to nie pomoże w powstrzymaniu Tyrana. Nie wystarczy ci tysiąc żyć, aby nas wszystkich zabić.

„Zabij go! Zabij go!" – powtarzały głosy.

Nihal jednak się wahała.

Tak niewiele wystarczy. Muszę tylko przycisnąć ostrze do jego gardła, a potem będę szczęśliwa, że zrobiłam to, co powinnam.

Nie mogła, obiecała.

Ilu ludzi wykończyłam uderzeniem miecza? Ilu Famminów zamordowałam? Ile agonii przeszło przez moje ostrze? Jakie znaczenie może mieć jedna śmierć więcej?

Dłoń ściskająca rękojeść była spocona, a czoło lodowate.

Nihal przypomniała sobie słowa Megistona: „Chcesz patrzeć, jak błaga cię o litość. A kiedy będzie ranny u twych stóp, będziesz chciała poderżnąć mu gardło i patrzeć, jak jego krew przesiąka ziemię. A już kiedy będzie trupem, roześmiejesz się i poczujesz, że twoja zemsta się dokonała".

Nie! Nie! Nie!

Cofnęła się o krok na niepewnych nogach. Schowała miecz do pochwy.

– Inni zdecydują o twoim losie, niegodziwcze – powiedziała słabym głosem.

Dola popatrzył na nią spod przymkniętych powiek.

– Popełniasz wielki błąd, Pół-Elfie, wielki błąd... – Jego słowa wygasały powoli, w miarę jak zamykały mu się oczy.

22.

Tajemnica Ida

Decyzja, aby zająć się Dolą i dać oddziałom czas do ataku, okazała się zwycięska. Starcie było ciężkie, ale bitwa zakończyła się wiktorią wojsk Wolnych Krain. O świcie obozowisko w lesie Herzli zostało zdobyte.

Kiedy na ziemi trwały walki, Lajos ze wzgórza śledził pojedynek pomiędzy Nihal i Dolą. Patrzył, jak Oarf i olbrzymi czarny smok miotają się po nocnym niebie, słyszał krzyki Nihal. Zamykał oczy przy każdej ranie otrzymanej przez przyjaciółkę i świętował, kiedy jej miecz wbijał się w nieprzeniknioną zbroję gnoma. Potem zobaczył, jak Nihal spada razem z Dolą i dwoma smokami, i z sercem w gardle popędził do generała.

Kiedy drużyna zwiadowcza przyniosła zalaną krwią i nieprzytomną Nihal, nad obozem zapadło pełne zdumienia milczenie. Krótko potem czterech żołnierzy przywlokło rannego Dolę zakutego w łańcuchy.

Czarodziej obozowy czuwał przy Nihal przez cały dzień i dopiero następnego wieczoru zaryzykował stwierdzenie, że być może najgorsze już minęło.

Nihal nie zachowała żadnego wspomnienia z czasu spędzonego na pryczy w infirmerii. Nawet sny nie przychodziły, chociaż dzięki nim mogłaby przynajmniej mieć wrażenie, że jest żywa. To było dokładnie jak śmierć: ciemność i nicość, wszędzie.

Na wiadomość o poważnym stanie Nihal Ido popędził Vesę, aby leciał szybciej niż wiatr. On i Lajos zmieniali się przy jej wezgłowiu, czuwali nad nią dniem i nocą, z ufnością czekając chwili, kiedy otworzy oczy.

– Cały czas cię woła, Ido.
– Wiem.
– Ale to prawda? To znaczy, czy to prawda, że on...
– Cicho bądź, Lajos. Cicho.

Nihal powoli uchyliła powieki i z ciemności wynurzyły się dwie niewyraźne postacie.

Usłyszała, że ktoś ją woła.

– Nihal! Nihal, obudziłaś się?

Lajos... Zamknęła oczy i je otworzyła, a pochylone nad nią twarze stały się rozpoznawalne. Lajos miał potargane włosy i zmęczoną twarz. Ido się uśmiechał. Nihal starała się odpowiedzieć na ten uśmiech, ale nie była pewna, czy jej się to udało.

– Jestem z ciebie dumny – wymruczał Ido.

Nagle Nihal wszystko sobie przypomniała.

Tak, ona też była z siebie dumna.

Przez cały czas spędzony w infirmerii Nihal przyjmowała niekończący się sznur gości. Jako jeden z pierwszych przybył generał, który zobowiązał się, że za swój wyczyn dziewczyna otrzyma oficjalne wyróżnienie. Potem zaczęła się procesja żołnierzy i Nihal zmuszona była aż do znudzenia opowiadać ze wszystkimi szczegółami, jak pokonała najbardziej straszliwego wojownika Tyrana. Nie żeby nie pochlebiało jej to całe zainteresowanie, ale rola bohaterki dnia sprawiała, że czuła się nie na miejscu.

Ido natomiast pokazywał się rzadko, a kiedy już przychodził, nigdy nie zabawiał dłużej. Nihal częściowo przyjmowała to z ulgą. Nie mogła zapomnieć, jaką bronią pokonała Dolę ani jakie były jej motywacje. Jasne, nie zabiła go. Dotrzymała przysięgi, jaką złożyła Megistonowi. Osiągnęła swój cel. I co teraz?

Po dziesięciu dniach rekonwalescencji mogła postawić pierwsze kroki o kulach. Wyszła z namiotu i przeszła się po obozie.

Gorące letnie słońce pieściło jej skórę. Nihal poczuła się prawie jak w domu. Wydawało jej się, że poznaje to słońce: to samo, które patrzyło, jak buńczucznie dorastała pomiędzy murami Salazaru.

Po pierwsze, chciała pójść do Oarfa. Kiedy tylko zobaczyła go skulonego na łące na skraju obozu, z jeszcze niezabliźnioną raną na skrzydle, ścisnęło jej się serce.

Kulejąc, podeszła do niego.

– Udało nam się, mój przyjacielu, udało nam się – powiedziała. Pogłaskała go po pysku, a smok polizał ją po ręku.

Później, kiedy Nihal jadła w obozowej mensie, pochwyciła dziwną rozmowę pomiędzy parą piechurów siedzących za jej plecami.

– I nadal się upiera?

– I to jak się upiera! I pomyśleć, że my nic nie wiedzieliśmy!

– Wydaje mi się to niemożliwe. No, w końcu mówimy o Doli. Gdyby to była prawda, mielibyśmy się czym niepokoić...

– Kto to może wiedzieć? Pozostaje fakt, że Ido nic na ten temat nie powiedział. Teraz tak, gdyby to mnie ktoś oskarżył, że jestem w zmowie z nieprzyjacielem, stanąłbym na głowie, aby to zdementować...

Nihal odwróciła się gwałtownie.

– O czym wy mówicie? – spytała głosem pełnym napięcia.

– To nic ważnego – odpowiedział, zmieszany, jeden z mężczyzn.

– Chcę wiedzieć, o czym mówicie! – powtórzyła Nihal.

– Mówiliśmy o Doli – wtrącił się drugi. – Od kiedy tutaj jest, nic, tylko pyta o Ida. Chce z nim rozmawiać.

Nihal poczuła, jak krew podchodzi jej do twarzy.

– Dlaczego?

– Mówi, że znają się od dawna... i że walczyli ramię w ramię – ciągnął dalej piechur.

– To kłamstwo! – wrzasnęła Nihal. Ukłucie w żebrach urwało jej oddech, ale nie uniemożliwiło złapania za kule i powstania na nogi. – Gdzie jest ten gad?

– W zachodniej części obozu, tam, gdzie trzymamy więźniów. Ale generał wydał rozkaz, aby...

Słowa żołnierza rozpłynęły się w pustce. Nihal już odeszła, skacząc o kulach.

Kiedy weszła do swojego namiotu, Lajos zajęty był polerowaniem jej miecza.

– No i jak sobie poradziłaś z tymi kijami? – spytał chłopak z uśmiechem, który jednak zniknął mu z warg pod spojrzeniem Nihal. – Co się dzieje?

Nihal nie odpowiedziała. Wyjęła mu broń z dłoni i wyszła.

Lajos wyjrzał z namiotu.

– Nihal, zaczekaj! – Popatrzył, jak się oddala, po czym pokręcił głową i cofnął się, zrezygnowany.

– Wpuść mnie do środka – zażądała Nihal od strażnika. Była blada i spocona. Spod opatrunku ściskającego jej klatkę piersiową wyłaniała się czerwona plama.

– Tak naprawdę, otrzymałem dyspozycje, aby...

– Wpuść mnie do środka – powtórzyła.

– No dobrze, ale ja nic o tym nie wiem – burknął żołnierz. Wzruszył ramionami i otworzył przed nią drzwi drewnianej klatki pełniącej funkcję celi.

Kiedy Nihal weszła, otoczył ją odór pleśni i stęchlizny. Cela była ciemna, a cienkie wiązki słońca przebijające się między belkami ledwo rozświetlały pomieszczenie. Dziewczyna przeszła kilka kroków, potknęła się, upadła do przodu.

Między drewnianymi ścianami rozległ się śmiech. Powoli z ciemności wyłoniła się postać gnoma tak umięśnionego, że wydawało się to nienaturalne. Jego nogi i ręce były skute ciężkimi łańcuchami, ciało pokryte ranami, lecz nie wyglądał na cierpiącego. Jego małe sprytne oczka patrzyły na Nihal z pogardą.

– Nawet nie możesz się utrzymać na nogach, Pół-Elfie?

Nihal wyciągnęła przed siebie miecz, kipiąc ze złości.

– Milcz! Może i nie trzymam się na nogach, ale z nas obojga to ty jesteś skuty łańcuchami!

– Jaka jesteś groźna! – zachichotał Dola. – Może jednak Tyran ma rację, obawiając się ciebie.

– Tyran nie wie, kim jestem – odpowiedziała Nihal.

– Nie wie, kim jesteś, ale i tak się ciebie boi. To dlatego cię szuka – wyszeptał gnom. – Myślisz, że jak długo będziesz się jeszcze w stanie ukrywać, zanim cię znajdzie? Pokonanie mnie na nic ci się nie przyda, bo wkrótce pochłonie was wszystkich piekło. A ty pójdziesz dotrzymywać towarzystwa swoim przodkom. Jesteście skończeni, Pół-Elfie.

Nihal podeszła do Doli tak blisko, że jej ostrze muskało jego pierś.

– Co ty rozpowiadasz o moim nauczycielu?

– Twoim nauczycielu? – spytał Dola z niedowierzaniem. – A zatem to Ido cię uczył... Dziwię się, on nigdy nie był wielkim wojownikiem.

Nihal nie panowała nad wściekłością.

– Jak śmiesz obrzucać błotem honor Ida, ty gadzie?

Dola roześmiał się z całego serca.

– Honor? Jaki honor? Ido to zdrajca! Przez lata walczył na żołdzie Tyrana. Był z Tyranem podczas rzezi Pół-Elfów.

– Co ty mówisz? – wrzasnęła Nihal.

– Twój nauczyciel uczestniczył w masakrze twoich ludzi, Pół-Elfie. Niech ci to kiedyś opowie, przy okazji.

– Milcz! Milcz! – wołała Nihal.

Właśnie podniosła miecz, kiedy drzwi otworzyły się i celę zalało światło. Nihal poczuła, że ktoś chwyta ją za nadgarstek. Broń wysunęła jej się z dłoni i upadła na ziemię ze szczękiem.

– Nikt cię nie upoważnił, abyś tu przychodziła – powiedział generał. Za jego plecami pojawiło się czterech żołnierzy.

Nihal zdała sobie sprawę, że jej serce bije jak oszalałe. Nogi nie były w stanie jej utrzymać. Zakręciło jej się w głowie. Oparła plecy o ścianę celi i osunęła się do siadu na ziemię.

Generał ruchem głowy wezwał jednego z żołnierzy.

– Poślij po jej giermka.

Lajos przybył biegiem i wyniósł ją na zewnątrz, z dala od celi. Położył ją na trawie, w cieniu drzewa.

Nihal nie miała siły stawiać oporu.

– To kłamstwo – powtarzała cały czas, kiedy jej wzrok zasnuwał się mgłą. – To, co powiedział, to kłamstwo.

Potem opuściła powieki. Kiedy je znowu otworzyła, Ido stał obok niej i patrzył na nią w milczeniu.

– Powiedz, że to nieprawda, powiedz to wszystkim... – wyszeptała Nihal.

– Nihal, musimy porozmawiać – odpowiedział gnom.

23.

Ido z Krainy Ognia

Siedząc na pryczy w namiocie Ida, Nihal patrzyła na swojego nauczyciela zdezorientowana. Zdawało jej się, że świat rozpada się pod jej nogami.

– Dlaczego tego nie zdementowałeś, Ido? Dlaczego nie powiedziałeś wszystkim, że on opowiada same kłamstwa? – spytała słabym głosem.

Ido usiadł koło niej i przesunął dłońmi po twarzy. Długo wpatrywał się w podłogę. Wydawało się, że w ziemi szuka odwagi i słów. W końcu podniósł głowę i popatrzył jej w oczy.

– To, co powiedział Dola, to prawda.

Nic. Biel. Nihal nie poczuła nic. Co miała poczuć? Nie znajdowała emocji, jakimi mogłaby wyrazić zdumienie, złość, ból. Biel.

– Nihal, ja pochodzę z Krainy Ognia, ale to już wiesz. Nie wiesz natomiast, że jestem spadkobiercą tronu tej Krainy.

Ido odetchnął głęboko, usiadł koło niej i zaczął opowiadać.

Kiedy skończyła się Wojna Dwustuletnia i Nammen, król Pół-Elfów, objął władzę nad całym Światem Wynurzonym, w Krainie Ognia panował Daeb, król ani lepszy, ani gorszy od wielu innych.

Wola nowego panującego wywróciła ustrój polityczny wypracowany w ciągu wielu lat walk: Nammen postanowił, że zdobyte przez niego Krainy zostaną oddane ich prawowitym ludom, zdetronizował wszystkich panujących i ustanowił, że każda Kraina wybierze własnego króla.

Niektóre Krainy zdecydowały się utrzymać swoich monarchów, inne wybrały nowych. Jednak w Krainie Ognia lud gnomów nie miał możliwości wybrania nikogo. Zarządzenie Nammena wywołało pomiędzy szlacheckimi rodzinami wojnę domową, która doprowadziła do zabójstwa Daeba i do przymusowego wygnania jego pierworodnego syna, Moliego.

Moli był młody, ale przysiągł, że nigdy nie zapomni tego, co się stało, i że wcześniej czy później odbierze to, co mu się należało.

Osiadł w Krainie Skał i poślubił Nar, miejscową dziewczynę, również z rasy gnomów, która urodziła mu dwóch synów: Ida i Dolę.

Moli kochał swoje dzieci, jednak jedyną kwestią, która naprawdę się dla niego liczyła, była zemsta. W głowie miał tylko jedną myśl: odzyskać koronę i pomścić ojca.

Ido i Dola już od małego uczyli się posługiwać mieczem. Kiedy Mola nie podróżował po Świecie Wynurzonym w poszukiwaniu sojuszów, szkolił ich osobiście.

Ido był tylko dzieckiem, ale dobrze radził sobie z bronią. Ojciec ciągle mu powtarzał, że zostanie królem. Mówił mu, żeby nienawidził tych, którzy zabrali im tron, a on ich nienawidził. Mówił mu, że będzie musiał zabić nieprzyjaciela, a on przytakiwał z przekonaniem. Wysłał go do Akademii Jeźdźców Smoka, kiedy był zaledwie chłopcem: to tam Ido poznał Vesę i tam się wszystkiego nauczył.

Dola był inny; miał drobną budowę ciała, nie był uzdolniony do walki, często chorował. A poza tym był młodszym synem: nie miał dziedziczyć tronu, wystarczyło, aby w odpowiedniej chwili potrafił schwycić za broń. Moli dręczył go, zmuszał do treningów w siekącym deszczeu, na wszystkie sposoby starał się uczynić z niego wojownika. Dola przykładał się, jak tylko może przykładać się dziecko starające się przypodobać ojcu: sam ćwiczył, duszą oddawał się temu, co robił, połykał obelgi i gnębienie.

Zaraz po nominacji Ida na Jeźdźca Smoka nastąpił zwrot.

Moli wszedł w kontakt z młodym, bardzo ambitnym czarodziejem, który zapewnił mu swoje poparcie w odzyskaniu tronu ode-

branego Daebowi. Zaczął coraz częściej udawać się do Wielkiej Krainy, a po powrocie z tych podróży wydawał się zadowolony.

Pewnego dnia musiał wyruszyć do Krainy Nocy i chciał, aby towarzyszyli mu Ido i Dola. Dotarli do znajdującego się na uboczu miejsca, czegoś w rodzaju pałacu zaklinowanego gdzieś pomiędzy górami, niemożliwego do odnalezienia przez kogoś, kto nie znał jego położenia.

Tam Ido i Dola po raz pierwszy poznali człowieka, w którego ślepo wierzył ich ojciec. Albo raczej poznali jego głos, ponieważ mężczyzna ten ukrywał się za ciężką czarną draperią. Głos nieprzenikniony, bez wieku, nieludzki.

– To są moi synowie, panie – powiedział Moli służalczym tonem, który uderzył Ida.

– Który jest starszy? – spytał głos.

Moli wypchnął do przodu Ida.

– To ten, mój panie.

„Mój panie" – tak powiedział Moli. Ido nie rozumiał: jego ojciec był królem, a on sam księciem, nikt nie mógł być ich panem. Było mu nieswojo. Nie widział tego człowieka, a jednak czuł na sobie jego spojrzenie.

Mężczyzna za zasłoną spytał, czy Ido chce odzyskać swój tron.

Ido odpowiedział, że tak, oczywiście, że chce.

Człowiek nie powiedział nic więcej.

Potem nadeszła kolej na Dolę. Z nim rozmawiał długo i Idowi wydawało się, że zapałał do niego sympatią.

Dwa miesiące po tym spotkaniu Moli powiedział synom, że muszą wrócić do Krainy Nocy i zaplanować atak na Krainę Ognia. Miały tam czekać na nich oddziały.

Ido i Dola znowu wkroczyli do pałacu człowieka bez twarzy. Wojsko było wspaniałe i liczne, a Ido poczuł, jak krew szybko płynie w jego żyłach: wielki dzień nastąpił! Wreszcie, po latach nadużyć i wygnania, odzyskają to, co do nich należało.

U zamaskowanego mężczyzny było wielu innych ludzi, ludzi, których Ido nie znał. Tego właśnie dnia Tyran objął władzę, i Ido tam był. Nie interesowało go, co ten człowiek knuje ani dlaczego. Chciał tylko swojej korony i o nią walczył.

To była jego pierwsza wojna. Kampania trwała trzy miesiące, była długa i męcząca, kilka razy został ranny i ryzykował życie, ale zdawało się, że nic go nie zatrzyma. Walczył o swoją rodzinę, o swoją koronę. Ten sen go oślepiał. Dola natomiast walczył tylko na początku, po czym zaczął spędzać coraz więcej czasu w pałacu zamaskowanego człowieka, Tyrana, jak teraz kazał się nazywać.

Ido dotarł w pobliże Assy, stolicy Krainy Ognia, pewnego lipcowego dnia. Przemierzył kraj pogrążony w ruinie, a ludność witała go jak wybawcę. Był jeszcze bardzo młody i te wszystkie wyciągnięte ramiona, wdzięczność ludzi, zwycięstwo, uderzyły mu do głowy. Poczuł się jak bohater i z tym przekonaniem dotarł do pałacu królewskiego, który oddziały Moliego już otoczyły ogniem i mieczem.

Król-uzurpator i wszyscy członkowie jego rodziny zostali zebrani w sali tronowej. Władca błagał o ocalenie życia.

Moli wysłuchał go w milczeniu, z uśmiechem. Potem popatrzył na Ida i podał mu miecz.

– Dla ciebie ten zaszczyt – powiedział.

Ido podszedł i bez litości przeszył go na wylot. Zabijał już wcześniej, ale zawsze w walce. Podobało mu się odebranie życia temu człowiekowi, którego nie znał. Podobało mu się patrzenie na rozpacz jego rodziny. Tego dnia stał się mordercą.

Kolejne miesiące poświęcone były zemście. Moli nakazał zabić lub uwięzić tych wszystkich, którzy poparli poprzedniego króla, i krwią zainaugurował nową erę. Ido natomiast oddał się przyjemnościom życia. Stał się próżniakiem. Dni spędzał na dworze, a noce na hulankach wśród kobiet i piwa. Nie interesował się tym, co działo się poza granicami jego Krainy. Nie miał w życiu innego celu, tylko cieszyć się tą koroną, którą jego ojciec od zawsze mu obiecywał. Trwało to do czasu, kiedy pewnego dnia Moli wezwał go do siebie.

– Tyran chce, abyś do niego poszedł – oznajmił poważnym głosem.

– A po co? – prychnął Ido. – Nie mam najmniejszego zamiaru.

– Przypominam ci, Ido, że mamy wobec niego dług. Twój brat dołączył do niego w Wielkiej Krainie. Wyruszysz dziś wieczorem – zaordynował Moli, kończąc tym zdaniem dyskusję.

W Wielkiej Krainie Ido zastał ogromne zmiany: tam, gdzie niegdyś wznosił się Pałac Rady, powstawała olbrzymia wieża z czarnego kryształu. To Tyran budował swoją Twierdzę. Na razie była to tylko potężna ośmiokątna baza, nie wyższa niż cztery piętra, ale wyglądała dostojnie i robiła wrażenie. Ściany połyskiwały ponuro, a łuki wysoko sklepionych otwartych okien były niczym oczodoły w czaszce. Po bokach wieży setki niewolników dzień i noc pracowały nad ośmioma pomniejszymi budynkami: mackami, które w przyszłości miały zagrozić każdej z Wolnych Krain.

To Dola przywitał brata i poprowadził go do sali audiencji. Ido prawie go nie rozpoznał: nie był to już drobny i kruchy chłopiec, którego znał. Wydawało się, że urósł, miał buńczuczną minę i był ubrany jak wojownik.

Tyran jak zwykle ukrywał się za ciężką czarną kurtyną. Jego głos rozbrzmiewał w sali, jak gdyby dochodził z zaświatów.

– Czas, aby twój ojciec spłacił swój dług. Od tej pory ty i twój brat będziecie walczyć dla mnie – oświadczył Tyran.

Ido próbował protestować, ale Tyran brutalnie mu przerwał.

– Taka jest moja decyzja. I równocześnie twojego ojca, Ido, ponieważ moja wola i jego stanowią jedno. Pamiętaj o tym.

I tak Ido został wcielony do wojsk Tyrana. Dostał zbroję i miecz, na którego rękojeści była wyryta przysięga wierności Tyranowi. Początkowo nie miał pod sobą wielu ludzi, bo Tyran jeszcze nie dysponował armią w pełnym tego słowa znaczeniu: starzy królowie, zdetronizowani przez Nammena, dostarczali mu ludzi i broni.

Ido został odesłany na front Krainy Nocy. Tam naprawdę nauczył się wojennego rzemiosła. Tyran uczynił z niego wojownika.

Im więcej czasu mijało, tym bardziej wojna władała jego duszą. Kochał walkę dla niej samej, kochał zapach krwi, który odnajdywał wieczorem na skórze, kochał przerażenie, jakie wzbudzał w nieprzyjaciołach.

Tyran nadał jego życiu cel: zabijać. Im więcej zabijał, tym bardziej się go bano, a im bardziej się go bano, tym czuł się silniejszy. Kiedy wychodził na pole bitwy, jego miecz nie zatrzymywał się, dopóki wszyscy nie leżeli na ziemi. Nie bał się bólu, nie bał się śmierci. Jeśli nie walczył, nie czuł się żywy.

Rzadko wracał do Assy. Pałacowe życie, które tak uwielbiał, teraz przyprawiało go o mdłości. Ojciec nie wydawał mu się już taki sam. Postarzał się i w jego oczach stał się małym nikczemnym człowieczkiem, niepokojącym się o losy synów i królestwa, nad którym miał coraz mniejszą władzę. Kiedy Ido go odwiedzał, Moli nic tylko jęczał, narzekał na podatki, które musiał płacić Tyranowi, na ludzi, których wyrywało mu jego wojsko. Powtarzał, że czuje oddech Tyrana na karku, i błagał syna, aby nie pozwolił mu zabrać ich ziemi.

Często natomiast widywał się z Dolą i za każdym razem nie mógł się nadziwić, że to może być ten sam człowiek. Dola zaczynał wyrabiać sobie dobre imię jako wojownik i miał pod sobą wiele oddziałów. Jego żołnierze bali się go i szanowali, a wkrótce jego fama przewyższyła sławę brata.

Ido zaczął być o niego zazdrosny.

Potem Tyran wezwał go i powiedział mu, że ma dla niego prezent. To właśnie wtedy postawił go na czele oddziału Famminów. Od tego dnia, przez dziesięć lat, Ido wyłącznie walczył.

Tyran podarował Doli czarnego smoka, przerażające zwierzę, które zdawało się pochodzić z czeluści ziemi. Na grzbiecie tej bestii Dola osiągnął szczyty kariery wojownika. Ido wielokrotnie patrzył na czarnego smoka z zazdrością. W porównaniu z nim Vesa odpadał w przedbiegach.

– Ido, chcę postawić cię przed próbą – powiedział Tyran. – Jeżeli doprowadzisz do końca następną misję, ty też dostaniesz czarne-

go smoka i nowe oddziały pod dowództwo. Wypełnij moją wolę, a uczynię cię potężnym.

Kraina Nocy została zdobyta już ponad rok temu, ale wzdłuż granic zamieszkiwały jeszcze liczne grupki rebeliantów. Ido otrzymał kontyngent dwustu Famminów i tylko jeden rozkaz: wytępić wszystkich.

Już z daleka dojrzał cytadelę pogrążoną w wiecznym mroku Krainy Nocy. Była niewielka, około trzydziestu drewnianych chatek chronionych mocną palisadą, a wejścia nie strzegł nawet żaden wartownik.

Ido spodziewał się raczej, że rebelianci będą czujni, ale nie zadawał sobie pytań. Wręcz przeciwnie, ucieszył się: element zaskoczenia będzie grał na jego korzyść. Rzucił Famminów do ataku i podniósł się na Vesie do lotu, aby bombardować chatki ogniem.

Nie od razu zrozumiał. Famminowie nie napotykali oporu. Jedyne krzyki, jakie dało się słyszeć, należały do kobiet i dzieci. Tyran wysłał go, aby zmasakrował wioskę Pół-Elfów. Osiedlili się w niej po tym, jak uciekli z Krainy Dni. Już wtedy było ich mało.

Ido wiele walczył w ciągu tych dziesięciu lat. Zabijał bez skrupułów, przebijał mieczem tych, którzy błagali go o litość. Nie miał żadnej moralności, nie interesowało go dobro i zło, inni nic go nie obchodzili.

Tym razem jednak, kiedy zobaczył, jak jego oddziały pastwią się nad szukającymi ucieczki, ukąszeniami dobijają rannych, rzucają się na trupy, coś się w nim zbuntowało. Ci nieprzyjaciele nie byli żołnierzami: byli to nieuzbrojeni cywile, proszący tylko o możliwość życia w pokoju.

Poszybował Vesą nad walczących i zarządził odwrót, ale Famminowie go nie usłuchali. Krzyczał nadal, coraz głośniej, bez rezultatu. Wówczas rzucił się na swoich żołnierzy, mieczem wykańczał ich jednego po drugim, jednak wszystko na nic. Famminowie zwrócili się przeciwko niemu i ciężko go ranili. Udało mu się ujść cało jedynie dzięki Vesie. Schronił się na szczycie góry i stamtąd asystował masakrze.

Kiedy wszystko się skończyło, sfrunął na ziemię, zsiadł z Vesy i pieszo przeszedł przez wioskę. Czuł, że zaraz zwariuje. To było zbyt wiele. To było zbyt wiele nawet dla niego. Nie chciał już walczyć dla tego człowieka, nigdy więcej.

Postanowił wrócić do Assy. Zmuszony był obierać rzadko używane drogi. Był ranny, ale przede wszystkim był zdrajcą. Ido nie wiedział, dlaczego idzie do swojego ojca, nie wiedział, co jeszcze trzyma go na nogach, nic już nie wiedział. Była to straszliwa podróż. Potem dotarł do Krainy Ognia i rzeczywistość stanęła mu przed oczami w całym swoim okrucieństwie. Ludność trzymana była w niewoli, w wioskach panowała atmosfera rozpaczy. Kobiety same zajmowały się ziemią, dzieci były chude i obdarte, zaś mężczyźni pracowali w kuźniach znajdujących się w pobliżu wulkanów królestwa, gdzie produkowali broń.

Kiedy Ido dotarł do pałacu królewskiego, okazało się, że jest on strzeżony przez wartowników Tyrana. Zatrzymali go i w okowach powiedli do sali tronowej.

Na tronie siedział nie Moli, lecz Dola, zmieniony nie do poznania. Na głowie miał koronę, która należała do jego ojca. Skulony u jego stóp olbrzymi czarny smok patrzył na Ida rozżarzonymi oczami i wydawało się, że się z niego śmieje.

– Mój bracie – zaczął Dola pobłażliwym głosem. – Wiesz, że Tyran się na ciebie gniewa?

– Gdzie jest nasz ojciec? – spytał Ido, u kresu sił.

Dola wzruszył ramionami.

– Niestety, umarł kilka tygodni temu. Przykro mi, nie chciałem, żebyś dowiedział się o tym w ten sposób...

– Przeklęty! Zabiłeś go! – krzyknął Ido, ale strażnicy powalili go na ziemię.

– Zabiła go jego własna głupota – odpowiedział Dola. – Ido, dlaczego udajesz, że nie rozumiesz? Dlaczego nie chcesz, aby Nasz Pan się tobą zajął? Popatrz na mnie: Tyran uczynił mnie potężnym, dał mi niezwyciężone ciało i siłę.

Jednak Ido nie rozumiał, nie mógł pojąć.

– Ty oszalałeś...

Dola wybuchnął śmiechem.

– To ty jesteś szalony, jeśli z tego rezygnujesz, Ido. Czym było życie naszego ojca, życie otaczających nas nieudaczników, wobec Władzy? Wszystko będzie nam wolno, będziemy mogli wszystko, bo Tyran wszystko może. Będziemy mieli swój udział w tworzeniu nowego porządku. Pomyśl o tym, Ido. Wróć do niego i pokłoń się u jego stóp: przebaczy ci.

Złość Ida eksplodowała.

– Dola, zaprzedałeś swoją duszę! Zabiłeś naszego ojca i sprzedałeś swoją duszę! – krzyczał, kiedy straże wywlekały go z sali.

– Mój bracie, do jutra masz czas na podjęcie decyzji: albo wracasz na służbę Tyrana, albo zostaniesz zabity – zakończył Dola.

Zamknięto go w przylegającej do pałacu fortecy, gdzie niegdyś mieszkała straż osobista jego ojca.

Był zdruzgotany śmiercią Moliego i przygniatał go ciężar życia, jakie do tego dnia prowadził. Umożliwił Tyranowi dokonywanie bestialskich czynów, pomógł mu osiągnąć władzę, pozwolił, aby zabił jego ojca i aby zniszczył życie jego poddanych.

Ocalił go Vesa. Próbowało go powstrzymać dziesięciu ludzi, w tym nawet jeden czarodziej, jednak siła tego zwierzęcia wydawała się nie do okiełznania. Smok spopielił wszystkich, którzy znaleźli się na jego drodze, i uciekł ze stajni, rozwaliwszy jej ścianę. Długo latał nad fortecą, gdzie zamknięty był Ido, podnosząc swój donośny ryk, nie troszcząc się o strzały, które utkwiły mu w skórze. Potem zszedł, pikując w dół, zburzył mury i wywlókł swojego pana w bezpieczne miejsce, po drugiej stronie frontu.

Ido schronił się w Krainie Wiatru. Nie miał już miejsca, gdzie mógłby się podziać, ani powodu, dla którego chciałby żyć. Wtedy właśnie postanowił oddać się wojskom tej Krainy. Uważał, że będzie sprawiedliwie, jeżeli ukarzą go śmiercią ci, przeciwko którym walczył. Pojawił się w obozowisku, rzucił miecz na ziemię i kazał się aresztować. Kiedy żołnierze go rozpoznali, brudnego, obdartego i rannego, stanęli jak wryci: nigdy jeszcze nie zdarzyło się, aby nie-

przyjaciel sam oddał się w ich ręce. Generał obozowiska nakazał, aby Ido został osądzony przez Radę Czarodziejów.

Dni poprzedzające stanięcie przed Radą były najgorsze w jego życiu. Prześladowało go wspomnienie wioski, którą zniszczył, świadomość, że te kobiety i dzieci już nigdy nie wrócą.

Skuty łańcuchami Ido został doprowadzony przed oblicza członków Rady. Opowiedział im wszystko, co wiedział, o wojsku Tyrana i o jego przyszłych strategiach. Zreferował im wszystko, co zrobił. Zanim odprowadzili go do celi, prosił ich, aby go zabili.

Tej nocy przyszedł do niego jeden z członków Rady. Nazywał się Dagon.

– Ido, swoją śmiercią nic nie uzyskasz. Śmierć nie zmyje twoich grzechów ani nie uczyni cię lepszym człowiekiem – powiedział mu. – Jednak jeśli będziesz żył, z twojej rozpaczy może narodzić się coś dobrego.

Ido nie rozumiał sensu jego słów.

– Ból spowodowany twoimi czynami zawsze będzie ci towarzyszył. Twoją ekspiacją będzie wspomnienie – ciągnął Dagon. Potem popatrzył mu w oczy. – Ido, jesteś potężnym wojownikiem. Przyszedłem zaproponować ci walkę, aby obalić Tyrana, aby uniemożliwić mu objęcie w posiadanie pozostałych Krain. Jest to moja własna inicjatywa. Jeżeli będziesz chciał umrzeć, Rada nie wyrazi sprzeciwu i zostaniesz stracony. Jednak jeżeli wyrazisz chęć walki w armii Wolnych Krain, zrobię wszystko, abyś mógł zająć miejsce w jej szeregach. Teraz ty musisz podjąć decyzję.

Ido długo nad tym myślał. Czy naprawdę było możliwe, aby zacząć od początku? Czy mógł stać się inną osobą? Nigdy nie brał pod uwagę możliwości walki za kogoś: nie dla władzy, nie dla korony, nie aby zabijać, ale za kogoś.

Kiedy w następnym tygodniu Ido stanął przed Radą, przyjął tę propozycję. Oczywiście nie wszyscy członkowie Rady i najwyższych władz wojskowych byli zgodni. Szczególnie Raven, Najwyższy Generał, był jednym z jego najbardziej zajadłych przeciwników.

Dagon jednak wziął na siebie odpowiedzialność za czyny gnoma.

Ido został przydzielony do piechoty.

W dzień jego pierwszej bitwy Dagon przyszedł oddać mu jego miecz. Kiedy mu go wręczył, gnom popatrzył na niego ze zgrozą. Nie był w stanie nawet go dotknąć.

– Na rękojeści jest wyryty akt posłuszeństwa Tyranowi – szepnął. – Nie mogę…

Czarodziej przerwał mu gestem i pokazał rękojeść: runy przysięgi zostały wydrapane; na ich miejscu było tylko obszerne przetarcie.

– Nie myśl, Ido, że będziesz mógł zrekonstruować swoje życie, ignorując ruiny – powiedział Dagon. – Ból zniknie, ale pamięć nie. Ta broń jest świadectwem tego, kim byłeś, i dowodem, że już nigdy nie będziesz taki, jak wtedy.

Gnom zrobił przerwę. Podniósł się i pociągnął z karafki długi łyk wody. Podał ją też Nihal, ale dziewczyna nie poruszyła nawet mięśniem.

Ido postawił karafkę na ziemi i znowu usiadł na pryczy.

– Już nie rozstałem się z moim mieczem. Wyryłem na nim inne rzeczy, wypisałem na rękojeści imiona towarzyszy poległych w bitwie, ale najważniejszym znakiem pozostanie na zawsze to przetarcie. – Spokojnie zapalił fajkę i ciągnął, dopóki tytoń się nie rozżarzył. – Po tej bitwie nastąpiły kolejne i jeszcze kolejne. Raven na tysiące sposobów rzucał mi kłody pod nogi. Posunął się nawet do oskarżenia mnie o zdradę. Znalazł kilku desperatów gotowych przysiąc, że widzieli, jak spiskowałem z Famminami. Wyszedłem z tego obronną ręką, ale od tamtej pory Raven nie jest kimś, kogo lubiłbym spotykać. Jestem w tej armii od dwudziestu lat, walczyłem w setkach bitew, stałem się inną osobą. Nie zapomniałem o mojej przeszłości, ale wiem, że każda piędź ziemi, którą zdobywam, każda walka, którą wygrywam, jest krokiem ku odkupieniu. Droga odkupienia jest nieskończona, Nihal. Nigdy nie spłacę mojego długu wobec życia. A jednak mam czelność wierzyć, że nawet to niewiele, co robię, to już jest coś.

Ido zamilkł i w namiocie zapadła cisza ciężka jak ołów.

Nihal dalej siedziała na pryczy, nieruchomo. Nie mogła na niego spojrzeć, nie mogła o niczym myśleć.

– Dlaczego nigdy mi tego nie powiedziałeś? – szepnęła.

Ido uniósł brwi.

– A jak ci się wydaje?

– To ciebie o to pytam! – powiedziała Nihal, podnosząc głos. Była wściekła i czuła, jak jej oczy wypełniają się łzami złości. – Ja opowiedziałam ci o sobie wszystko! Moją przeszłość, moje koszmary, rzeczy, o których nikt nigdy nie wiedział! I zrobiłam to, bo ci ufałam, bo uczyłeś mnie życia. Ufałam ci, Ido, a ty tymczasem ukrywałeś przede mną coś takiego!

Gnom wstał i zaczął chodzić po namiocie tam i z powrotem. Potem on też podniósł głos.

– Ale co według ciebie miałem zrobić? Kiedy przybyłaś do bazy, na widok twoich uszu i włosów poczułem, jak wali się na mnie przeszłość. Wiedziałem, że to Raven cię do mnie przysłał, wiedziałem, że był to kolejny cios poniżej pasa w jego wykonaniu. Dla mnie byłaś tylko utrapieniem, Nihal. Ale potem pomyślałem, że wyszkolenie cię, pokazanie ci, co to znaczy walczyć, nauczenie cię życia będzie sposobem, aby odpłacić twojemu narodowi za to, co zrobiłem.

– Ido, ty dla mnie byłeś jak ojciec, a ja dla ciebie byłam nikim. To wszystko, czego mnie nauczyłeś, to kłamstwo! Ty jesteś kłamstwem! – Nihal gwałtownie podniosła się z łóżka i próbowała dotrzeć do kul, ale była jeszcze słaba. Złapała się za płótno namiotu i opadła na kolana.

Ido podszedł do niej i wyciągnął dłoń, ale Nihal odepchnęła go szorstko.

– Nie dotykaj mnie – powiedziała z oczami pełnymi urazy.

Ido podniósł się powoli i wyszedł.

Nihal zamknęła się w swoim namiocie i nie wychodziła z niego aż do następnego dnia. Rana w klatce piersiowej otworzyła się. Pozwoliła Lajosowi zmienić sobie opatrunek, ale nie zwróciła się do niego prawie ani słowem.

Myśl, że Ido uczestniczył w rzezi jej rasy, przyprawiała ją o szaleństwo. Ale to nie było tylko to. Była zawiedziona. Ido był dla niej kimś nadzwyczajnym, miała do niego pełne zaufanie, a teraz odkrywała, że wcale nie był taki, za jakiego zawsze go uważała.

Dni mijały i Nihal wracała do sił, ale nie potrafiła przebaczyć Idowi.

Ciągle o nim myślała, ale za każdym razem, kiedy spotykała go w stołówce lub idącego przez obóz, odwracała głowę.

Pewnego ranka gnom wtargnął do jej namiotu w stroju bitewnym, z mieczem w dłoni.

– Wyzywam cię, Nihal – powiedział poważnie.

Nihal stanęła jak wryta, nie rozumiejąc.

– Weź swój miecz i chodź na zewnątrz – ciągnął dalej Ido. – Dam ci możliwość pomszczenia twojego narodu.

– Co ty, u diabła…

Ido schwycił miecz z czarnego kryształu i rzucił go do niej.

– Bierz ten przeklęty miecz i wychodź, do diabła!

Nihal poszła za nim, zdezorientowana.

Słońce połyskiwało nisko nad horyzontem, a Ido dotarł do małego placyku pomiędzy namiotami z mieczem gotowym w dłoni. Po chwili zgromadził się tam mały tłumek.

– Tak, chodźcie, naprzód! – zachęcał ich Ido. – Chodźcie zobaczyć, jak dziewczynka i zdrajca siekają się na kawałki.

Scena ta wzbudziła w Nihal niesmak.

– Ido, przestań – powiedziała cicho.

– A to dlaczego? Skończmy z tym raz na zawsze. Zawsze chciałaś zemsty, nie? Proszę, oto ona: załatwiłaś Dolę, a teraz możesz wykończyć również i mnie. Bierz miecz i walcz. I pamiętaj: tym razem walczę na poważnie. Jeśli cię trafię, zabiję cię.

Wokół zapanowała nierzeczywista cisza. Nihal czuła, że wbijają się w nich dziesiątki par oczu. To było niedorzeczne. Dlaczego tam była? Dlaczego Ido wpatrywał się w nią tym dzikim spojrzeniem?

– Nie każ sobie tego powtarzać! Do broni! – ryknął Ido.

Nihal jednak stała oszołomiona pośrodku placu. To nie tego chciała, nie tego...

Ido rzucił się na nią i w mgnieniu oka rozbroił.

– Nie mam zamiaru pokonywać cię w ten sposób. Weź swój miecz i walcz.

– Nie – powiedziała Nihal.

– Weź swój miecz.

– Nie chcę się z tobą bić, Ido.

– A więc czego chcesz? – spytał Ido. Opuścił miecz. – Nihal, ja nie mogę zatrzeć tego, kim byłem. I nie chcę. Teraz są dwa wyjścia: albo mnie zabijesz, albo zaakceptujesz rzeczywistość.

Nihal popatrzyła mu w oczy.

– Dlaczego nie powiedziałeś mi prawdy? – wyszeptała. – Dlaczego w moim życiu nikt nigdy nie miał odwagi powiedzieć mi prawdy?

Gnom podszedł do niej, otoczył ją ramieniem i zabrał, torując sobie drogę wśród ciekawskich żołnierzy.

24.

Znowu razem

Tamtego poranka przebudzenie nie należało do najmilszych. Nihal poczuła na sobie strumień lodowatej wody i dosłownie wyskoczyła z łóżka. Obok pryczy stał Lajos z wiadrem w dłoni.

– Oszalałeś? – wydarła się dziewczyna, przemoczona do szpiku kości.

– Jest dym! Masz natychmiast wyjść z namiotu! – odpowiedział wzburzony.

Nihal popatrzyła w górę: nad jej głową unosił się mały obłoczek niebieskiego dymu. Kiedy zrozumiała, o co chodzi, serce podskoczyło jej w piersi.

Lajos zbladł.

– Och, bogowie niebiescy! To ty się palisz!

Już miał wybiec po kolejne wiadro wody, ale Nihal go zatrzymała.

– Spokojnie, uspokój się. Wcale się nie palę! Idź znaleźć mi pięć kamieni, jak najbardziej do siebie podobnych, oraz stalówkę z inkaustem.

– Ale co to...

– To zaklęcie, ruszaj się! – krzyknęła Nihal zdenerwowana.

Ktoś przysłał jej wiadomość. Były tylko dwie osoby, które mogły to zrobić: Soana i... Sennar. Nihal nawet nie ośmielała się myśleć, że mógł to być on. Z tego, co wiedziała, Sennar może już nie żył, a nawet jeśli żył, to z pewnością nie chciał jej więcej widzieć. Powtarzała sobie, żeby się nie łudzić, ale z całych sił miała nadzieję, że to on.

Lajos wrócił z pięcioma kamieniami.

– Dobre?

Nihal bez słowa wyrwała mu je z dłoni, po czym to samo zrobiła z piórem i kałamarzem. Usiadła na ziemi i zaczęła szperać w pamięci, aby przypomnieć sobie, jak wyglądały runy, które należało narysować na kamieniach. *Dlaczego nie uczyłam się pilniej, kiedy byłam u Soany?* Siedziała tak i łamała sobie głowę, jej serce galopowało jak dzikie, a dłonie zaczynały drżeć. *Jak one wyglądały? Jak, do diabła, wyglądały?* Przypomniała sobie pierwsze dwie runy i narysowała je niepewnymi palcami, po czym z wysiłkiem przywołała w pamięci pozostałe znaki i w końcu wykonała trzy gryzmoły, których wcale nie była pewna. Ułożyła kamienie w okrąg, następnie zamknęła oczy i spróbowała się skoncentrować, jednak w głowie miała tylko jedną myśl, która wypędzała wszystkie pozostałe. Kiedy nabrała odwagi, aby otworzyć oczy, zobaczyła, że dym, który do tej pory unosił się wokół niej bezkształtnie, zbierał się teraz w doskonałą kulę.

Zaczęły się formować litery. Jedna po drugiej wyłaniały się z niebieskiego tła z nieznośną powolnością, ale były jasne, wyraźne. Wiadomość była krótka. Parę prostych słów, które jednak podziałały na Nihal niczym łyk świeżej wody w upalny dzień: „Wróciłem. Sennar".

Nihal skoczyła na nogi i pobiegła zawiadomić Ida, zostawiając zdumionego Lajosa, który patrzył jak osłupiały w tę dziwaczną kulę niebieskiego dymu. Dziewczyna nie wiedziała, dlaczego idzie z tą nowiną właśnie do swojego nauczyciela, ale czuła, że musi to komuś opowiedzieć.

– To wspaniała wiadomość! – wykrzyknął Ido.

– Ciekawe, gdzie teraz jest, czy jest blisko, kiedy będę mogła go zobaczyć... – Nihal chodziła tam i z powrotem, długimi krokami przemierzając niewielką przestrzeń namiotu.

Ido popatrzył na nią jak ktoś, kto zaczyna mieć chorobę morską.

– Spytaj go, nie?

Nihal uderzyła się w czoło dłonią.

– Masz rację, jaka ja głupia, oczywiście, muszę spytać go, gdzie jest, jasne! Kamienie są tam. A zaklęcie? Jak to było? – Potem wypadła biegiem, tak samo jak przyszła.

Nihal musiała trzykrotnie powtarzać formułę, bo nie potrafiła dokładnie jej sobie przypomnieć, ale w końcu wysłała wiadomość i z drżeniem zaczęła oczekiwać na odpowiedź.

Potrwało to dwa dni i dla Nihal były to dwa dni tortury.

– Nie myśl ciągle tylko o tym, Nihal – powtarzał jej Lajos, ale były to słowa rzucane na wiatr.

W końcu odpowiedź nadeszła: Sennar dotrze do granicy z Krainą Wiatru w ciągu trzech dni i zaproponował Nihal, aby tam się spotkali. *Trzy dni.* Byli daleko od siebie prawie od roku, ale te trzy dni wydawały się Nihal wiecznością. Podczas tych miesięcy wiele się zmieniło. Ona sama czuła się inną osobą. Jak to będzie, kiedy znowu zobaczy Sennara? Jakie wrażenie na nim zrobi?

O poranku w dniu owego doniosłego spotkania Nihal obudziła się dręczona problemem, którego jeszcze nie udało jej się rozwiązać. Od poprzedniego wieczoru na stole w namiocie leżały jedna obok drugiej zielona suknia i zbroja. Nihal kupiła tę suknię na wielkie okazje, ale wiedziała, że w gruncie rzeczy nie pasuje ona do niej. Wobec tego może lepsza byłaby zbroja, ale wydawało jej się trochę nie na miejscu iść objąć swojego najlepszego przyjaciela zakutana jak na bitwę.

Stała tak i się głowiła, kiedy z zewnątrz namiotu usłyszała głos Ida.

– Mogę wejść?

Nihal złapała sukienkę, rzuciła ją na łóżko i szybko na niej usiadła.

– Tak... wchodź...

Ido zajrzał do środka i przyjrzał się jej uważnie.

– Co się dzieje?

– Nic, wszystko w porządku – odpowiedziała niedbale.

Ido zobaczył kawałek kolorowej tkaniny wystający spod nóg Nihal.

– Dlaczego siedzisz na tej sukience?

Nihal zaczerwieniła się.

– No bo... nie wiem, co na siebie włożyć – wyznała w końcu.

Ido rzucił na nią rozbawione spojrzenie.

– Niech pomyślę: nie wiesz, czy pokazać się jako wojownik, czy jako kobieta?

– Mniej więcej... – Nihal była coraz bardziej czerwona.

Ido uśmiechnął się i wsadził sobie fajkę do ust.

– Przykro mi, Nihal, ale udzielanie tego typu rad wykracza poza zakres obowiązków nauczyciela. Pozostawię cię z twoim dylematem.

Kiedy gnom się oddalił, Nihal jeszcze przez jakiś czas kontemplowała obie możliwości, a w końcu, zdesperowana swoim niezdecydowaniem, wzięła zbroję.

Przed wyjazdem Nihal musiała poprosić o przepustkę; generał był dość wyrozumiały i dał jej ją bez większych problemów. Zapytał ją jednak o powody.

– Powrót przyjaciela – odpowiedziała ogólnikowo.

Po wyjściu z dowództwa miała pewną pokusę, żeby wrócić do namiotu i się przebrać, ale potem zawstydziła się przed samą sobą. *Dość tego, Nihal. Nie zachowuj się jak głupia i wyruszaj, raz a dobrze!*

Lecąc z Oarfem, poczuła, jak napięcie stopniowo się rozluźnia. Na grzbiecie swojego smoka czuła się dobrze, a emocje spowodowane perspektywą spotkania się z Sennarem przeważyły nad wątpliwościami i niepewnością.

Kiedy doleciała na tyle blisko, że było już widać granicę, postanowiła zatrzymać się na rozległym stepie. Trawa była szara, a tu i tam wyłaniały się grudy nagiej ziemi. Tchnęło to takim opuszczeniem, że nawet nie przypominało jej stepu z czasów dzieciństwa. Czas, który spędziła w tej Krainie, nie przyzwyczaił jej jeszcze do pewnych krajobrazów.

Nihal rozłożyła się na ziemi i wpatrzyła w niebo: płynęło na nim kilka chmur, a powietrze było świeże. Zbliżała się jesień.

Oarf skulił się obok niej, a ona oparła głowę o jego pokryty łuskami bark. Nie wiedziała, z której strony miał nadejść Sennar, ani jak, ani kiedy. Przyszło jej na myśl wspomnienie ich ostatniego spotkania: jego smutne oczy, krew powoli spływająca z rany na policzku... Jakimi słowami będzie mogła go przeprosić?

Nihal usiadła i popatrzyła na horyzont: nic, tylko step. Znowu się położyła, obserwując bieg chmur. Pogoda się zmieniała, wiatr mocno dmuchał. Ciekawe, czy Sennarowi spodoba się osoba, jaką się stała. Ciekawe, czy on też się zmienił, czy znalazł po drodze nowe twarze, nowych przyjaciół, nowe kobiety... *Ale co to za myśli! Co mają z tym wspólnego kobiety?*

Znowu się podniosła. Nie było już słońca oświetlającego step. Wiatr, wiatr, tylko wiatr. Zarośla uginały się raz na jedną stronę, raz na drugą, rysując fale na powierzchni tego morza wysuszonej trawy.

Wśród chmur pokazał się prześwit nieba i promień słoneczny sprawił, że jej zbroja zabłysła. Nagle poczuła się śmieszna, cała wystrojona jak na paradę. *Gdyby naprawdę wszystko było tak jak dawniej, nie potrzebowałabym wkładać tego na siebie i pobiegłabym do niego w tym, co miałam na sobie. Nie może już być tak jak wcześniej. Jednak nie chcę go stracić.*

Kiedy minęły dwie godziny, zaczęła myśleć, że Sennar nigdy nie przybędzie. Powietrze pachniało deszczem, a niebo było sine. Nihal oderwała spojrzenie od chmur kłębiących się nad jej głową i zobaczyła, jak z wysiłkiem idzie, hen, na horyzoncie. Był zaledwie punkcikiem, ale to był on, nie mogła się mylić. Serce zabiło jej mocniej. Podniosła się, aby go lepiej widzieć. Miał na sobie długą czarną pelerynę, swoją zwykłą, tę z okiem, tę, która ją przerażała.

Stała nieruchomo i obserwowała, rozkoszując się obrazem Sennara, który przybywał do niej cały i zdrowy. Teraz już widziała go dobrze.

Wreszcie zaczęła biec co tchu, wykrzykując jego imię. Postać zatrzymała się, położyła na ziemi wielki chlebak i popatrzyła w jej kierunku.

Nihal biegła dalej, nie zatrzymując się, chociaż brakowało jej oddechu, chociaż pod ciężarem zbroi bolały ją mięśnie nóg. Kiedy znalazła się już o kilka kroków, dosłownie skoczyła na niego, pociągając go za sobą. Obydwoje upadli na ziemię, a Nihal obejmowała go ze wszystkich swoich sił. To był on, to był właśnie on, a fakt, że czuła jego ciało w swoich ramionach, bardzo ją wzruszył.

– Sennar – wymruczała. Tuliła go dalej, jak gdyby nie mogła uwierzyć, że naprawdę jest tu, przy niej. Pogłaskała go po bliźnie. – Przebacz mi, byłam taka głupia, przebacz mi.

Sennar roześmiał się.

– Nie musisz przepraszać – powiedział przyduszonym głosem. – Ale czy teraz mogłabyś się przesunąć? W tym żelastwie ważysz strasznie dużo.

Wybuchnęli śmiechem i przetoczyli się na trawie, szczęśliwi.

– Co się stało z twoimi włosami? – spytała Nihal, ocierając łzy grzbietem dłoni.

Sennar dotknął zmierzwionej czupryny.

– To długa historia. Powiedzmy, że morska woda trochę je zniszczyła. A co, tak ci się nie podobam?

Nihal otaksowała go żartobliwym spojrzeniem.

– No, nie wiem. Z długimi włosami byłeś bardziej... mistyczny. – *Nic się nie zmieniło. To wciąż my. Nic się nie zmieniło.*

Sennar popatrzył na Oarfa, po czym przeniósł spojrzenie na zbroję.

– Udało ci się.

– Jeździec Smoka Nihal, do usług, panie czarodzieju! – Dziewczyna podniosła się na nogi i obróciła wokół. – A tobie się udało? Jak poszła misja?

– Wróciłem z ambasadorem. Już zaczął pertraktować z Radą. – Sennar popatrzył jej w oczy. – Opuściłem zebranie, żeby do ciebie przyjść.

Zapadła między nimi chwila zażenowania, po czym Nihal wzięła Sennara za rękę i pociągnęła go w kierunku Oarfa.

– Wskakuj, zapraszam cię na twój pierwszy lot na smoku; zawiozę cię do obozu.

Sennar się zawahał. Wydawało się, że myśl o locie nie przepełniała go entuzjazmem.

– Ale… a siodło? – zapytał z wahaniem.

– Wystarczy, że będziesz się mnie mocno trzymał – odpowiedziała Nihal, następnie jednym susem znalazła się na grzbiecie.

Kiedy wznieśli się w niebo, zaczęły spadać pierwsze krople. Sennar przylgnął do Nihal, a ona poczuła się szczęśliwa, jak nie zdarzało się od dawna. Tego dnia deszcz wzbudził jej radość.

Na miejsce dotarli w porze obiadowej i Nihal oprowadziła Sennara po obozowisku. Sennar stanął jak wryty, kiedy dowiedział się, że przyjaciółka dowodzi plutonem.

– Wiedziałem, że jesteś dobra, ale nie wydaje ci się, że przesadziłaś? – nabijał się z niej.

Wyczyn z Dolą przyniósł Nihal wielkie uznanie i generał powierzył jej na stałe dowodzenie oddziałami. Po pierwszej chwili entuzjazmu dziewczyna zdała sobie jednak sprawę, że awans ten był w rzeczywistości bardziej obowiązkiem niż zaszczytem: teraz musiała już nie tylko odpowiadać przed samą sobą za swoje działania podczas walki, ale od jej rozkazów zależało życie wielu ludzi. Nie, kariera w wojsku naprawdę nie leżała w jej aspiracjach.

Nihal zaczerwieniła się.

– Potem ci wszystko wytłumaczę. Teraz chcę, żebyś kogoś poznał.

Obiad zjedli w stołówce obozowej razem z Idem. Początkowo Nihal miała wrażenie, że gnom, wbrew temu, co jej powiedział, jest zawstydzony dokładnie jak ojciec w obliczu przyjaciela od serca córki, jednak nie trwało to długo. Sennar miał wiele do opowiedzenia i obiad minął w mgnieniu oka.

Dopiero po południu Nihal i Sennar mieli okazję, aby porozmawiać naprawdę, tak jak za dawnych czasów. Wybrali spokojne miejsce na obrzeżach obozu, zbocze, z którego mogli cieszyć oczy panoramą padającego powoli deszczu. Usiedli pod bogato ulistnionym drzewem.

Sennar opisał Nihal swoją podróż, strach przed śmiercią, zimne przerażenie, jakie odczuł w wirze, wspaniałości Zalenii. Opowiedział jej o potworze, o sztormie i o wysiłku, jaki kosztowało go przekonanie hrabiego, aby go wysłuchał. Zdał relację z udaremnienia zamachu na króla i przyznał się do radości pomieszanej ze smutkiem, z którymi przeżywał zwycięstwo. Nihal słuchała go zafascynowana.

– Jednym słowem, mój przyjaciel jest bohaterem – orzekła w końcu.

Sennar podniósł brwi.

– Ja? A to nie ty zawsze chciałaś mieć rolę bohaterki dla siebie?

Nihal uśmiechnęła się i klepnęła go w ramię.

– Jak śmiesz sobie ze mnie żartować, czarodzieju?

– Teraz opowiedz mi o sobie – powiedział Sennar.

Nihal popatrzyła na krople deszczu spadające niedaleko od nich, za daszkiem z gałęzi i liści, pod którym siedzieli. Wydarzyło się zbyt wiele rzeczy, których się wstydziła, zbyt wiele cierpiała. Teraz, kiedy on tu był, pragnęła tylko cieszyć się jego obecnością.

– No już, chcę wiedzieć o twoim zwycięstwie – nalegał Sennar.

Nihal nie zaczęła od zwycięstwa, lecz od porażki. Opowiedziała mu o tym, jak Ido odesłał ją z wojska, o swoich próbach, aby żyć jak inne dziewczyny, o utracie złudzeń i świadomości, że miecz woła ją nieubłaganie. Wspomniała o swoim szkoleniu, o dniu, w którym została Jeźdźcem Smoka, i jak ważny był dla niej Ido. W końcu opowiedziała mu też o Doli. Nie wspomniała jednak imienia Megistona ani zakazanej formuły. Kiedy skończyła mówić, zapadała już noc.

– Dużo o tobie myślałem podczas mojej podróży – powiedział Sennar, patrząc na nią.

– Pewnie nie było to miłe wspomnienie.

– Nie gadaj bzdur. Byłaś moją jedyną łącznością ze światem, który czekał na mnie tu, na górze. Tysiące razy zastanawiałem się, gdzie jesteś, jak się czujesz, czy się zmieniłaś. A potem... – Sennar urwał.

– A potem? – spytała Nihal.

– A potem przybyłem i zobaczyłem, jak wybiegasz mi naprzeciw. Ile już się znamy? Cztery lata? No wiesz, w ciągu tych czterech lat nigdy tego nie zrobiłaś.

Nihal popatrzyła na niego pytająco.

– No, jednym słowem, chcę ci powiedzieć, że... jestem dumny z ciebie i z tego, co budujesz. – Wydawało się, że Sennar chciał dodać coś jeszcze, ale potem potrząsnął głową i uśmiechnął się.

Sennar wyjechał kilka dni później, składając uroczystą obietnicę, że niedługo wróci. Obowiązki go wzywały, musiał być obecny w Radzie, aby kontynuować pertraktacje z Zalenią.

Nihal wróciła do swojego zwykłego życia. Kiedy jesień kolorowała drzewa i odbarwiała niebo, wojna stała się smutnym przyzwyczajeniem, a walki wiecznie taką samą serią rzezi i potu. Nihal czuła, że brakuje jej celu, i zaczęła podejrzewać, że klucz do jej życia nie znajduje się na polach bitwy.

25.

Śmierć zdrajcy

Sennar z wielkim zapałem rzucił się w wir negocjacji w sprawie pomocy militarnej Zalenii. Potrzebny był ktoś do poprowadzenia mediacji między Pelamasem a członkami Rady. Po przygodach, jakie przeżył podczas swojej podróży, ostrożna dyplomacja Rady nudziła go, ale wiedział, że droga do osiągnięcia pokoju przebiega również i tym szlakiem. Kiedy zobaczył, że rozmowy utknęły w martwym punkcie, postanowił zabrać ambasadora Świata Zanurzonego ze sobą do Krainy Wiatru. Chciał, aby naocznie przekonał się, czym jest wojna, aby zobaczył, jak bardzo potrzebowali ich pomocy.

Sennar wybrał obozowisko, w którym znajdowała się Nihal, w ten sposób zdobywając jednocześnie pretekst, aby ją odwiedzić. Pelamas był rzeczywiście wstrząśnięty: nigdy nie poznał niczego innego poza złocistym pokojem swojego świata i sprawiał wrażenie dziecka postawionego przed czymś, czego nie jest w stanie zrozumieć.

Posunięcie Sennara okazało się skuteczne i w ciągu kilku tygodni wreszcie osiągnięto ugodę: przed zakończeniem zimy połowa armii Zalenii przybędzie Światu Wynurzonemu na pomoc. Misja Sennara uwieńczona została sukcesem i Rada pozwoliła mu wrócić do sprawowania jego funkcji w Krainie Wiatru.

Od czasu do czasu Sennar wracał myślami do Ondine i zastanawiał się, czy naprawdę dobrze postąpił, zostawiając ją. Jednak za każdym razem, kiedy widział Nihal, jego wątpliwości się rozwiewały. Lubił patrzeć, jak porusza się po polu bitwy, jak zdecydowanie wydaje rozkazy. Cudownie było widzieć ją taką pewną siebie, taką silną. Sennar zawsze wiedział, że taka jest, ale teraz wiedziała to również i ona. Kiedy myślał o oczach Ondine, pojmował dystans między jego morską miłością a Nihal: Ondine miała przejrzyste oczy i każda myśl odbijała się w nich niczym w tafli czystego srebra. Oczy Nihal były głębokie, nieprzeniknione, były to oczy osoby, która nie zna jeszcze własnej drogi. A Sennar już wiedział, że kocha to spojrzenie pełne niewiadomych.

Na froncie w Krainie Wiatru sprawy uległy poprawie. Schwytanie Doli wywołało panikę w szeregach nieprzyjacielskich i wojsko Wolnych Krain, korzystając z tego, odbiło część utraconego terytorium. Wyczyn Nihal dowiódł, że nawet najlepsi wojownicy Tyrana nie są niepokonani. Fala nadziei ogarnęła oddziały i chociaż zima była za progiem, wydawało się, że w obozowiskach nastała wiosna.

Był to dzień starcia. Oddział Nihal przeniósł się do strefy przylegającej do obozowiska, aby wspomóc wojsko atakujące odizolowany kontyngent nieprzyjacielski. Walcząc na ziemi, Nihal nagle zauważyła Lajosa stojącego na skraju pola bitwy ze wzrokiem utkwionym w jakimś punkcie pośrodku zamętu. *Co on, u diabła, robi? Życie mu niemiłe?* Dziewczyna wymierzyła ostatnie śmiertelne cięcie Famminowi, z którym walczyła, i popędziła do swojego giermka.

– Lajos! Lajos, odejdź stąd! – krzyczała do niego, biegnąc mu naprzeciw.

Chłopak otrząsnął się i zaczął się powoli wycofywać, nie przestając wpatrywać się w pustkę oszołomionymi oczami. Nihal podążyła za jego spojrzeniem. Przez moment pośród innych żołnierzy dostrzegła ulotny cień i lodowaty strach ścisnął ją od środka.

Wieczorem, w swoim namiocie, Nihal postanowiła wrócić do tego dziwnego epizodu. Lajos siedział na ziemi i polerował zbroję, a Nihal czyściła swój miecz.

– Co ci się dzisiaj stało? – spytała wprost.

– Tylko trochę się przestraszyłem, to wszystko – odpowiedział niedbale.

– Czego?

Lajos milczał.

– Lajosie, mówię do ciebie. Na co patrzyłeś?

Lajos podniósł oczy znad nagolenników i popatrzył przeciągle na Nihal. Był blady.

– A ty co widziałaś?

– Ja... – Nihal wzruszyła ramionami. – Nic, Lajosie, nic nie widziałam. – *Nic nie widziałam. To było złudzenie.*

– Było coś... – zaczął Lajos. Trząsł mu się głos. – Coś było pośród walczących, coś, co... Och, ja chyba wariuję! Nieważne, zostawmy to.

– Co widziałeś? – nalegała Nihal, ale nie była pewna, czy chce słyszeć odpowiedź.

Lajos przełknął ślinę.

– Tam, pośród tłumu, był pewien mężczyzna. To był żołnierz, ale wyglądał... nie wiem, jak ci to wytłumaczyć, jakoś inaczej. A ja poczułem się jak gdyby schwytany, właśnie tak. Nie byłem w stanie oderwać od niego wzroku. Wobec tego przyglądałem mu się dalej i... ja wiem, że to się może wydać dziwne, prawdopodobnie się mylę, ale w tamtej chwili byłem pewien... jednym słowem, pamiętasz Mathona?

Nihal postarała się wytężyć pamięć. To imię coś jej mówiło.

– Żołnierz, który towarzyszył nam w drodze do twojego ojca?

– Właśnie on, byłem pewien, że go pamiętasz – ciągnął Lajos.

Nihal poczuła, jak krew zatrzymuje jej się w żyłach. Tak, dobrze go pamiętała, a jeszcze lepiej pamiętała jego koniec z ręki zbójców. Duch. Umarły. Jak w jej koszmarach.

– Nihal, to był on. Kiedy mnie zobaczył, uśmiechnął się i to był właśnie on, przysięgam. Ale potem ten uśmiech zmienił się w szyderczy grymas i ja... – Lajos urwał.

To niemożliwe. Uspokój się, to niemożliwe. Nihal zamknęła oczy i odetchnęła głęboko. Potem popatrzyła na chłopaka.

– Lajos, to się nazywa siła sugestii. Z tego, co wiem, umarli znajdują się pod ziemią.

Wydawało się, że Lajos przyjął to z pewną ulgą.

– Tak, ja też tak sądzę – odpowiedział z uśmiechem.

Po tamtym wieczorze nie wrócili już do tego tematu.

Dola został poddany długim przesłuchaniom, lecz na każde pytanie, na każdą groźbę, odpowiadał zawsze tym samym uśmiechem: uśmiechem zwycięzcy.

– Już po was – powtarzał. – Już po was.

Kiedy Rada Czarodziejów postanowiła go stracić, Sennar był jedyną osobą, która głosowała przeciw, w każdym razie i tak wysłał Nihal wiadomość: Dola miał zostać ścięty publicznie w Laodamei, stolicy Krainy Wody, będącej w bieżącym roku siedzibą Rady. W obozie Nihal dowiedziała się o tym jako pierwsza i nie mogła zabronić swojemu sercu radości. Potem pomyślała o Idzie. Nie mogła udawać przed swoim nauczycielem, że o niczym nie wie. Musiała mu o tym powiedzieć osobiście.

O zachodzie słońca przyszła do niego do namiotu.

Gnom leżał na pryczy, pogrążony w lekturze jakiegoś sprawozdania. Kiedy Nihal weszła, usiadł i przeciągnął się, głośno ziewając.

– Popatrz, kto przyszedł. Odkąd masz swoje oddziały, zupełnie nie ma jak z tobą pogadać. Ach, te żółtodzioby, kiedy tylko zrobią karierę, nie zaszczycają cię już nawet spojrzeniem – zażartował.

Nihal popatrzyła na czubki swoich butów z wymuszonym uśmiechem.

Ido przyjrzał się jej.

– Nihal, co się dzieje?

– Dola został skazany na śmierć – powiedziała jednym tchem.

Gnom nie poruszył żadnym mięśniem.

– I przyszłaś, aby mi to powiedzieć?

– Nie chciałam, żebyś się o tym dowiedział od kogoś innego.

– Doceniam to.
– Ido, ja…
– Możesz odejść.
– Przykro mi.
– Możesz odejść.

Nihal wyszła w milczeniu i zostawiła Ida samego. Nawet w tym momencie odczuwała przede wszystkim radość: Dola zapłaci krwią, odpokutuje za wszystkie zbrodnie, za które był odpowiedzialny. *Przykro mi tylko, że to nie ja opuszczę topór.* Wracając do swojego namiotu, powtarzała sobie, że jej postawa jest godna potępienia, ale radość ani myślała zniknąć.

Sennar nawet nie pozwolił jej dokończyć zdania.
– Nie zgadzam się – powiedział od razu.
– Potrzebuję tam iść.
– No to idź, ale nie licz, że będę ci towarzyszył.
– Sennarze, proszę cię…

Sennar podniósł wzrok na Nihal.
– Ale dlaczego, dlaczego chcesz robić sobie krzywdę?
– Nie chcę robić sobie krzywdy – odparła. – Ale muszę tam być, rozumiesz? On był obecny, kiedy zginął Livon, więc ja chcę być obecna przy jego śmierci. Twoja bliskość pomoże mi zrozumieć. Potrzebuję mieć cię u mojego boku.

W końcu Sennar musiał skapitulować: poleci z Nihal na egzekucję Doli.

Do Laodamei nie było daleko. Na grzbiecie Oarfa zajęło im to pół dnia, ale tylko dlatego, że linia frontu przesunęła się naprzód.

Nihal wydawało się, że minęły wieki, odkąd była tam po raz pierwszy. Stolica Krainy Wody była czymś w rodzaju wielkiej wioski zamieszkanej przez nimfy i ludzi: domy ludzi tłoczyły się jeden na drugim jak w każdym innym mieście, ale między jedną dzielnicą a drugą rosły swobodnie bujne drzewa, będące siedzibami nimf.

Egzekucja miała się odbyć na centralnym placu.

Kiedy Nihal i Sennar tam dotarli, plac już był wypełniony ciżbą stłoczoną u stóp podniesionego podestu, na którym górował pień dla kata.

Nihal zadowoliła się pozostaniem wśród tłumu i nie przepychała się do pierwszego rzędu. Sennar natomiast ustawił się plecami do sceny.

– Nie zgadzasz się i już, co? – spytała dziewczyna.

– Nie, Nihal. Nigdy nie asystowałem przy żadnej egzekucji i nie chcę robić tego teraz. Dekapitacja to nie rozrywka – odpowiedział twardym tonem.

W tej chwili dwóch umięśnionych strażników wprowadziło Dolę na podest. Gnom był skuty łańcuchami, wycierpiał wiele długich dni więzienia i przesłuchań, ale na jego twarzy nie widać było nawet cienia strachu. Szedł naprzód wyprostowany, z podniesionym czołem, z godnością. Kiedy znalazł się przed pniakiem, rzucił na tłum spojrzenie przepełnione pogardą i Nihal odnalazła wewnątrz siebie nienaruszoną nienawiść, która doprowadziła ją do nauczenia się zakazanej formuły.

Herold odczytał akt skazujący.

– Zgromadzona w Krainie Wody Rada Czarodziejów uchwaliła, aby skazać Dolę z Krainy Ognia, zdrajcę Wolnych Krain, na ścięcie za wielu niewinnych, których zabił, za ból, którego był powodem, oraz za to, że podniósł rękę na wolność.

Na plac opadło milczenie pełne napięcia, satysfakcji, nienawiści, radości. Widząc kata z toporem w dłoni podchodzącego do pniaka, Nihal poczuła, jak bicie jej serca przyspiesza. Liczyła kroki dzielące topór od głowy Doli, jak gdyby jego śmierć mogła coś zmienić, jak gdyby mężczyźni, kobiety i dzieci, które Dola zabił, mogli ponownie narodzić się z jego krwi.

Dłoń Sennara ścisnęła jej ramię.

– Patrz na niego, Nihal. Dobrze mu się przyjrzyj. Czy naprawdę to mierne przedstawienie ujmuje coś z twojego bólu? – wyszeptał jej do ucha.

Potem topór opadł, przypieczętowując ostatni drwiący uśmiech Doli na tym świecie.

Po południu Sennar otrzymał wiadomość od Dagona: było to wezwanie na posiedzenie Rady. Zwołano je na następny dzień i fakt, że zostało ono przyspieszone, nie zdziwił go. Odkąd wrócił, zebrania następowały jedno po drugim w wytężonym rytmie. W obliczu spodziewanego rychłego przybycia oddziałów Zalenii wydawało się, że kwestie do zaplanowania nigdy się nie skończą.

Tym natomiast, co go zdziwiło, był fakt, że Dagon wyraźnie zażądał, aby również Nihal była obecna.

– Ja? A po co ja mam tam iść? Nie wiem absolutnie nic ani o polityce, ani o strategiach – skomentowała Nihal.

– Prawdę mówiąc, nie mam pojęcia – odpowiedział zamyślony Sennar.

Po zachodzie słońca udali się do pałacu królewskiego, w którym mieściła się sala Rady. Nihal raz już tam była, kiedy Sennara poddawano próbie, aby mógł zostać czarodziejem, jednak salę widziała tylko przelotnie. Pałac wznosił się na krawędzi wodospadu i grzmot wody rzucającej się do położonego poniżej jeziora przywołał w pamięci Nihal obrazy słodkie i bolesne. Z bezlitosną jasnością pamiętała każdą chwilę spędzoną z Fenem, każdy grymas jego twarzy, każdy ruch z ich pojedynków podczas szkolenia.

Dagon przyjął ich osobiście.

– Witaj z powrotem, Sennarze. Pozdrawiam również i ciebie, Jeźdźcze. Sława twoich czynów przybyła tu przed tobą.

Nihal trochę się zmieszała. Nie była przyzwyczajona do tych wszystkich formalności, więc tylko zaczerwieniła się i opuściła głowę.

– Jej wysokość Astrea prosi was o wybaczenie, że nie ma jej tutaj, aby was powitać, ale każdej nocy poświęca się obronie swojej Krainy – powiedział Dagon, idąc przed nimi przez oszkloną salę wejściową.

Nihal wytrzeszczyła oczy.

– To królowa też utrzymuje barierę magiczną? – wyszeptała do Sennara. Czarodziej kiwnął głową.

Pałac wydawał się niezamieszkany. Długo szli, przemierzając wysoko sklepione korytarze i milczące salony. Wreszcie dotarli do schodów i zeszli po niekończących się stopniach.

Kiedy Dagon zatrzymał się przed wielkimi wrotami z brązu, Sennar zwrócił na niego pytające spojrzenie.

– To nie jest sala Rady.

Dagon uchylił drzwi i dał im znak, aby za nim poszli.

Sennar i Nihal weszli z wahaniem.

Pokój był wielki i surowy. Pośrodku stał kamienny stół.

Siedząca przy nim kobieta podniosła się powoli. Była wysoka, o harmonijnej sylwetce, i miała na sobie prostą, sięgającą do podłogi tunikę z czarnej wełny. Kruczoczarne włosy zebrane były w warkocz, który odsłaniał jej twarz i podkreślał ciemne oczy. Uśmiechnęła się.

– Trochę czasu upłynęło, prawda? – powiedziała Soana.

Soana była nauczycielką Sennara, a przez jakiś czas szkoliła w magii również Nihal, której była ciotką. Minęły już ponad dwa lata, odkąd opuściła Radę. Od tamtej pory Sennar i Nihal nie mieli od niej żadnych wiadomości. Podczas jej nieobecności wydarzyło się mnóstwo rzeczy. Ale teraz stała przed nimi i nie wydawało się, żeby się wiele zmieniła. Jej twarz była ściągnięta, dało się też zauważyć kilka białych włosów, jednak dostojne rysy i lęk, jaki wzbudzała w Nihal, pozostały takie same.

Kiedy Sennar biegł jej naprzeciw, Nihal stała nieruchomo w progu, pełna niedowierzania.

Soana wyciągnęła do niej rękę.

– Nie przyjdziesz się ze mną przywitać?

Dopiero wówczas Nihal podeszła do niej, aby ją objąć.

Kiedy minęło pierwsze wzruszenie, Nihal i Sennar przez chwilę poczuli się zakłopotani.

– Nie obawiajcie się – powiedziała Soana ze smutnym uśmiechem. – Wiem, co się stało z Fenem. Dowiedziałam się o tym najpierw od mojego serca, a potem od osób, które napotkałam…

Soana na moment zamilkła, po czym potrząsnęła głową i zrobiła pogodną minę. Nihal wyczuła jednak, że kobieta wciąż jeszcze cierpi i być może nigdy nie przestanie.

– Gdzie byłaś przez ten cały czas? – spytał Sennar.

– Podróżowałam. Szukałam osób, miejsc, pewników... – Czarodziejka spojrzała na Nihal. – I odpowiedzi.

– Znalazłaś je? – spytała dziewczyna.

– Tak, Nihal, i będziemy o tym rozmawiać. Ale nie teraz. Teraz chcę rozkoszować się przyjemnością, że znowu mam was przy sobie. I dowiedzieć się o was wszystkiego – dodała z uśmiechem.

Rozmawiali przez cały wieczór. Nihal opowiedziała o Oarfie i o swoich bitwach, Sennar o niekończącej się podróży do Zalenii, ale unosiło się między nimi wiele niewypowiedzianych spraw. Nihal wciąż rozbrzmiewały w uszach słowa, które usłyszała od Megistona ostatnim razem, kiedy się widzieli: „Twoje poszukiwania prawdy zbliżają się do przełomu, Nihal. Ale prawda często jest dobrem straszliwym".

Kiedy rozeszli się do pokojów, które dla nich przygotowano, było bardzo późno. Nihal już miała zamknąć drzwi, kiedy napotkała pełen wątpliwości wzrok Sennara.

– Coś jest nie tak? – spytał czarodziej.

– Tak – przyznała.

– Nie cieszysz się, że Soana wróciła?

– Tak, ale... – Nihal zawahała się. *Jak mam mu to powiedzieć?*

– To z powodu pałacu? Budzi w tobie smutne wspomnienia?

Nihal westchnęła. Zachowanie milczenia aż do tej pory było błędem.

– Wejdź do środka, Sennarze.

Opowiedziała mu wszystko: o Megistonie, o zakazanej formule i o tym rodzaju przepowiedni. Nihal nigdy nie widziała Sennara tak rozwścieczonego.

– Czy ty oszalałaś? Zdajesz sobie sprawę z tego, co zrobiłaś?

– Sennar, proszę cię, nie zaczynaj prawić mi morałów.

– Nie prawię ci morałów, do diabła! – pomstował. – Zakazane formuły są niebezpieczne. Tak samo dla ciebie, jak i dla każdego innego! Nihal, podjęłaś ogromne ryzyko. I to dla jakich powodów?

– Nie chcę teraz na ten temat dyskutować – oświadczyła Nihal.

– Ach, nie? A o czym z łaski swojej chcesz dyskutować? – Był naprawdę wściekły. – Wobec tego porozmawiajmy trochę o twoich snach!

Nihal potrząsnęła głową.

– A właśnie, że tak, Nihal! – nalegał czarodziej jeszcze głośniej. – Opowiedz mi, jak się miewają twoje sny.

Nihal musiała przyznać, że od kiedy nauczyła się formuły Niegasnącego Cienia, koszmary stały się bardziej natarczywe.

– Ale to nie o to chodzi, Sennarze, niepokoi mnie coś innego. Co miał na myśli Megiston? Dlaczego prawda miałaby być straszliwa? Przez całe życie zadaję sobie pytanie, jaki jest sens faktu, że przeżyłam...

Sennar skierował się do drzwi, nie odpowiadając. Przed wyjściem popatrzył na nią surowo.

– Nie możesz uzależniać swojego życia od prawd, które są w rękach innych, Nihal. To ty musisz znaleźć drogę. Sądziłem, że już się tego nauczyłaś.

Następnego dnia Nihal zapukała do pokoju Soany bardzo wcześnie. Słońce jeszcze nie wstało, a pałac otaczała gęsta mgła początku zimy.

– Potrzebuję wiedzieć – powiedziała jej po prostu.

Soana kiwnęła głową i wzięła płaszcz.

– Chodź, wyjdziemy.

Wiszący ogród znajdował się dokładnie nad wodospadem. Soana oparła się o balustradę i patrzyła na płynącą wodę.

– Przebaczyłaś mi?

Nie było łatwo na to odpowiedzieć: odkrycie, że Ido i Dola byli braćmi, zmusiło Nihal do ponownego przemyślenia wszystkiego, co zmilczała przed nią Soana. Od zawsze wiedziała o jej pochodzeniu i o zagładzie Pół-Elfów, ale nigdy nic jej nie powiedziała. Czekała tak długo, że w końcu Nihal dowiedziała się o wszystkim w najgorszy z możliwych sposobów, przy okazji śmierci Livona. Ale teraz minęło już tyle czasu...

Nihal w tej chwili zdała sobie sprawę, że tak, przebaczyła jej. Popatrzyła jej w oczy i kiwnęła głową.

Soana odpowiedziała uśmiechem.

– Jestem dumna z tego, kim się stałaś, Nihal. Jesteś silną kobietą, czytam to w twojej twarzy. Stałaś się dobrym wojownikiem. To dlatego kusi mnie, aby milczeć.

Nihal nie rozumiała: Soana porzuciła funkcję członka Rady, aby odnaleźć Reis, swoją dawną nauczycielkę, jedyną, która znała prawdę o pochodzeniu Nihal.

– Dlaczego? Ja nie...

– Poczekaj. Pozwól, że ci opowiem – przerwała jej Soana. – Moja podróż była długa. Reis nie pozostawiła po sobie żadnych śladów i długo sądziłam, że nie żyje. Przez ponad rok nic tylko szukałam wskazówek, jednak wydawało się, że nic nie ma. Potem spotkałam kogoś, kto utrzymywał, że ją widział. Nocami zaczęły nawiedzać mnie dziwne sny: zamazane obrazy, nieznane krajobrazy. I coś w rodzaju wezwania, jakby lament...

Nihal drgnęła: było to dokładnie to samo, co i jej się zdarzało.

– Im więcej znajdowałam wiadomości na jej temat, tym wyraźniej słyszałam w moim umyśle owo wezwanie. Błąkałam się po całym Świecie Wynurzonym, rozmawiałam z setkami osób, przemierzałam miejsca, o których istnieniu nawet nie wiedziałam. – Soana zamilkła na moment, a słońce przywitało je pierwszymi promieniami. – Odnalazłam ją trzy miesiące temu.

Nihal zadrżał głos.

– Powiedziała ci coś?

– Chce, żebyś do niej przyszła.

– Powiedz mi, gdzie to jest – zażądała Nihal zdecydowanie.

Soana westchnęła.

– Nie chcę, żebyś to robiła. Nie idź.

Słowa te padły niczym kamienie w spokoju poranka. Nihal poczuła, jak krew wypływa jej na twarz.

– Ale dlaczego? Ty nie wiesz, co ja przeszłam, ile pytań chodzi mi po głowie! – Była zdenerwowana, natomiast Soana utrzymywała swój zwykły majestatyczny spokój.

– Nihal, Reis się zmieniła. Kiedy była moją nauczycielką, była pewną siebie, silną kobietą, jednak teraz... Jest w niej coś złego. Boję się o ciebie.

Nihal uczyniła gwałtowny gest wyrażający bunt.

– Mam prawo dowiedzieć się prawdy.

– Są prawdy, których lepiej nie znać – oświadczyła Soana poważnym głosem.

Słowa te uderzyły Nihal. *Dlaczego wszyscy powtarzają mi to samo?*

– Nie mogę zabronić ci pójść – ciągnęła Soana. – To ty musisz podjąć decyzję. Pamiętaj tylko, że ja już Reis nie ufam.

– Będę o tym pamiętać – ucięła krótko Nihal. – A teraz powiedz mi, gdzie ona jest.

Nihal wypadła z pałacu, nie chciała czekać ani minuty dłużej. Już docierała do stajni, kiedy usłyszała, że ktoś ją woła.

Sennar dogonił ją zadyszany.

– Dokąd się wybierasz?

– Do Reis.

Sennar pomyślał chwilkę, po czym popatrzył jej w oczy.

– Jadę z tobą.

Nihal uśmiechnęła się.

– Wydawało mi się, że nie lubisz podróżować na grzbiecie Oarfa.

– Jakoś się zmuszę – odpowiedział Sennar, po czym wsiadł na smoka, udając wielką swobodę.

26.

Reis

Reis osiadła w zachodniej części Krainy Wody, w strefie niezamieszkanej i górzystej. Znajdował się tam imponujący wodospad Naël i według słów Soany dom czarodziejki wznosił się na skale przeglądającej się w wodzie.

Nihal i Sennar przelecieli nad Laodameą, nad jej równiną i nad Puszczą Zachodnią, gdzie Megiston był skałą w dzień i człowiekiem w nocy, i z wysoka podziwiali ślady niezliczonych rzek przecinających Krainę Wody. Nihal miała na sobie zbroję. Nie wiedziała, dlaczego ją włożyła, ale dodawała jej poczucia bezpieczeństwa. Sennar siedział za nią i obejmował ją ramionami w talii, mocno się trzymając.

Nihal czerpała radość z faktu, że znowu ma u swojego boku Sennara. Jakakolwiek była prawda, której strzegła Reis, nie będzie musiała stawiać czoła kolejnej próbie sama.

Około południa zatrzymali się w jakiejś wiosce i spytali o wskazówki młodą kobietę z dzieckiem na ręku.

– Wodospad jest jeszcze daleko – odpowiedziała niewiasta. – Musicie kierować się w górę rzeki, ale zajmie to wam przynajmniej dwa dni podróży.

Nihal ogarnęło przygnębienie. Ile jeszcze będzie musiała czekać?

Lecieli całe popołudnie, podążając za jednym z wielu odgałęzień, jakie Saar tworzył w swojej delcie: rzucając się w morze, Wielka Rzeka rozdzielała się na tysiąc cieków wodnych przecinających tę Krainę, do których przyłączały się inne małe strumyki, rodzące się w niskich górach strefy południowej. Odnoga, nad którą lecieli, była jedną z większych i spokojnie rozwijała się u ich stóp.

Kiedy zapadła noc, zatrzymali się w pobliżu rzeki na skraju lasu i tam rozbili obozowisko. Nihal wyruszyła w wielkim pośpiechu, nie sądząc, że podróż może być długa. Sennar jednak kupił trochę prowiantu w wiosce, w której zatrzymali się rankiem, i przygotował kolację na bazie pieczonego mięsa.

– Jako podróżniczka jesteś do niczego – żartował z niej Sennar. – Gdyby nie ja, jedlibyśmy teraz żołędzie, jak dziki.

Nihal była zadowolona, że jest tam w jego towarzystwie. Nadgryzła kawałek mięsa i wydało jej się tak samo wyśmienite jak tamto, które jadła z nim kilka lat temu, kiedy przerażona znalazła się w Puszczy, aby przejść przez próbę inicjacji do magii, a Sennar przyniósł jej jedzenie i czuwał nad nią przez całą noc.

– Pamiętasz tamten wieczór w lesie, wkrótce po tym, jak się poznaliśmy? – zapytała Nihal.

– Pewnie, że pamiętam. Wtedy też zadbałem o zaspokojenie twojego głodu, jeśli się nie mylę. Ach, gdyby nie ja...! – westchnął Sennar.

Nihal wybuchnęła śmiechem.

– Właśnie. Ciekawe, jakim cudem udało mi się przeżyć, kiedy cię nie było... Opowiadałeś mi o swoim życiu, pamiętasz? – Nihal wzięła następny kawałek mięsa. – Czasami myślę, że naprawdę podobałoby mi się podróżować, tak jak ty. Tyle czasu spędziłam, marząc o tym, aby odfrunąć...

– To nie jest takie piękne, wiesz? – odpowiedział Sennar. – Przez większość czasu czujesz się zagubiony i myślisz o tym, że lepiej by było, gdybyś nigdy nie wyruszył w drogę. Nieznane jest o wiele bardziej fascynujące, kiedy ograniczasz się do wyobrażania go sobie. Prawda jest taka, że czuję się lepiej tutaj, stojąc nogami na ziemi, wykonując moją pracę.

Nihal wzruszyła ramionami.

– A ja czuję, że nigdzie nie jest mi dobrze. Nawet sama już nie wiem, dlaczego walczę... A ty wiesz, czego chcesz, Sennarze?

– Czy ktoś na świecie to wie? Ja wierzę w to, co robię, i na razie mi to wystarcza. A teraz dość już filozofowania. Jutro rano czeka nas jeszcze spory kawałek drogi, lepiej będzie się przespać. Mówi ci to doświadczony podróżnik.

Nihal odeszła od ognia i usiadła tak, aby móc patrzeć na gęstwinę, z mieczem u boku.

– Ty śpij, ja wezmę pierwszą wartę. Lepiej, żeby przynajmniej jedno z nas nie spało. Mówi ci to doświadczony wojownik.

Rankiem trzeciego dnia lotu Nihal i Sennar zorientowali się, że już prawie dotarli na miejsce. Zanim jeszcze udało im się dostrzec wodospad, usłyszeli jego głuchy huk. Potem zobaczyli olbrzymią chmurę wody, nad którą rozpościerała się tęcza. W miarę, jak się zbliżali, sylwetka wodospadu Naël ukazywała się w wilgotnym powietrzu w całym swoim majestacie. Był wysoki przynajmniej na sto łokci. Woda dzieliła się na trzy główne kaskady, które łamiąc się na skałach, dzieliły się dalej i dalej, w sieć, która zdawała się nie mieć końca. Kiedy nad nimi przelatywali, Nihal przez moment zakręciło się w głowie. Zastanawiała się, jak to możliwe, żeby Reis tam mieszkała. I przede wszystkim, gdzie mógł znajdować się jej dom. Soana mówiła o skale pośrodku wodospadu, ale para wodna była tak gęsta, że nic nie było widać. Przez jakiś czas krążyli na oślep w poszukiwaniu jakiegoś znaku życia, ale w tym miejscu nie było nic ludzkiego. Było to niepodważalne królestwo natury.

– Ależ oczywiście! – zawołała nagle Nihal. Odwróciła się do Sennara. – Pewnie jest za tym.

– Co? – odkrzyknął.

– Powiedziałam, że dom musi być za ścianą wody! Nie ma innego wytłumaczenia!

Sennar zdążył tylko powiedzieć:

– Chyba nie będziesz chciała... – kiedy Nihal popędziła Oarfa z całej siły ku wodzie. Wyglądało na to, że smok świetnie się bawi, Nihal też wrzeszczała zadowolona. Krzyk Sennara natomiast wyrażał czyste przerażenie.

Przez moment wydawało się, że wszystkie wody świata rzuciły się im na plecy, ale zaraz potem znaleźli się w czymś w rodzaju olbrzymiej groty wykutej w zboczu góry. Oarf wleciał w nią głęboko, po czym wylądował na płaskiej skale.

Nihal i Sennar, przemoczeni i z szaleńczo bijącymi sercami, zsiedli i zaczęli rozglądać się dookoła, wytężając wzrok w półmroku. Znajdowali się w czeluściach góry, a ściana opadającej wody była tak daleko, że grzmot wodospadu dobiegał stłumiony.

To Sennar dostrzegł ją jako pierwszy.

– Jak, do diabła, udało się ją zbudować? – zamruczał, wskazując na drewnianą ciemną chałupkę przytuloną na skalistym występie, jakieś dziesięć łokci nad nimi. – I jak się tam dostaniemy?

– Jest pewien sposób... – odpowiedziała Nihal. – Ale masz nie marudzić.

Nihal podeszła do Oarfa, szepnęła mu coś i smok wyprostował się na tylnych łapach, podnosząc się na całą swoją wysokość. Nihal wdrapała się po jego grzbiecie, potem po szyi. Następnie dotarła do głowy zwierzęcia, skąd, przed osłupiałymi oczami Sennara, dała wielkiego susa i wylądowała na skale.

– Widziałeś? – powiedziała dziewczyna z zadowolonym uśmiechem.

– Moje gratulacje. Ale jeżeli sądzisz, że ja zrobię to samo...

– Nie ma takiej potrzeby – odrzekła Nihal. – Ty zamknij oczy i zaufaj mi.

Sennar usłuchał z westchnieniem. Dopiero wtedy Oarf złapał delikatnie zębami kawałek tuniki Sennara i poniósł go w pustkę.

– Ej!

– Nie otwieraj oczu – krzyknęła Nihal, rozbawiona. – Tak będzie lepiej, uwierz mi.

Kiedy smok położył go na ziemi, Sennar rzucił jej mordercze spojrzenie, ale Nihal już zdążyła się odwrócić i patrzyła na chatkę.

Wewnątrz było mroczno i zmysł powonienia zareagował jeszcze przed wzrokiem. Chatka przesiąknięta była zapachami: ziół, dymu, pleśni, papieru strawionego przez upływ lat. Cała ta mieszanina owionęła Nihal i wywarła na niej nieokreślone nieprzyjemne wrażenie. Potem, stopniowo, oczy przyzwyczaiły się do ciemności. Nihal i Sennar znajdowali się w jedynym pomieszczeniu chatki, przepełnionym przedmiotami. Przy ścianach stały regały załadowane książkami, wszystkimi w tym samym, zapleśniałym kolorze. Były tu małe książki w lekkich oprawach, ale również olbrzymie tomy z krawędziami wzmocnionymi metalowymi płytkami pokrytymi rdzą. Niektóre regały były zepsute, a ich zawartość zwaliła się na ziemię, więc stosy książek leżały w pozycjach, w jakich upadły, okładką do góry lub z rozwartymi stronami. Podłoga była zarzucona dziesiątkami zakurzonych pergaminów zawierających niepokojące rysunki. Tu i ówdzie rzędy książek na regałach poprzedzielane były pojemnikami z najprzeróżniejszą zawartością: wysuszonymi ziołami, proszkami, dymami wszelkich barw, małymi zdeformowanymi zwierzątkami lub ich częściami. Z sufitu zwisały bukiety zgniłych lub wysuszonych kwiatów, zatruwających powietrze zapachem stęchlizny.

Sennar pochylił się, aby przyjrzeć się pergaminom, a Nihal zdecydowanym krokiem posuwała się naprzód, w nadziei na znalezienie właścicielki tego miejsca.

– Sheireen... wreszcie przybyłaś, Sheireen...

W głębi chatki, zza podartej amarantowej kotary rozbrzmiał echem głos podobny do jęku.

Mimo że przyprawił ją o gęsią skórkę, Nihal odsunęła zasłonę. Przy stole pokrytym skrawkami papieru i amuletami siedziała w zapadniętym skórzanym fotelu kobieta-gnom.

Coś w tej postaci sprawiło, że Nihal wzdrygnęła się ze wstrętem. Nawet jak na gnoma Reis była bardzo mała, wysuszona jak zwiędły kwiat, a jej twarz porysowały głębokie zmarszczki. Przykryte ciężkimi powiekami oczy wydawały się niewidome: na miejscu tęczówki znajdował się białawy, pozbawiony wyrazu okrąg. Twarz okalały szare, pożółkłe włosy, opadające aż do ziemi i wijące się po posadzce. A jednak można było wyczuć, że w przeszłości musiała być bardzo piękna: przez jej rysy jeszcze przebijała bolesna delikatność, lecz czas był dla niej bezlitosny.

Ile mogła mieć lat? Wydawało się, że setki, ale zgodnie z tym, co mówiła Soana, nie powinna mieć więcej niż siedemdziesiąt.

– Pozwól mi się dotknąć, Sheireen – jęknęła Reis. Wysunęła w stronę Nihal pomarszczoną dłoń.

Dziewczyna stała nieruchomo i przyglądała się jej jak skamieniała, dopóki nie poczuła, że kobieta chwyta ją za nadgarstek i ciągnie w dół.

Przesłonięte mgłą oczy Reis przyjrzały się jej twarzy, a jej palce przebiegały po policzkach i wystających nad nimi kościach Nihal.

– To naprawdę ty, młoda Sheireen.

– Nie nazywam się Sheireen – powiedziała Nihal. – Jestem Nihal z Wieży Salazar.

Staruszka pokiwała głową i uśmiechnęła się.

– Oczywiście, oczywiście, Nihal... Ale twoje prawdziwe imię brzmi Sheireen, Poświęcona, ostatnia z Pół-Elfów, jedyna nadzieja tego świata.

Nihal instynktownie odwróciła się i poszukała wzrokiem Sennara. Czarodziej podszedł bliżej w milczeniu.

Reis gwałtownie odwróciła głowę.

– Kim jest młodzieniec, który z tobą przyszedł? – Wydawała się zaniepokojona.

– Nazywam się Sennar, jestem...

– Ach, Sennar... członek Rady z Krainy Wiatru, uczeń mojej umiłowanej Soany – zaśpiewała starucha, po czym znowu zwróciła się w stronę Nihal.

– Soana powiedziała, że chcesz mnie widzieć – wymamrotała dziewczyna.

– Długo na ciebie czekałam, Sheireen, ale wiedziałam, że pewnego dnia do mnie przyjdziesz. Nie mogłaś postąpić inaczej – zaskrzeczała stara.

Nihal poczuła dreszcz przebiegający jej po plecach. Co miało oznaczać to ostatnie zdanie?

– Usiądź, Pół-Elfie – powiedziała Reis. – Jest wiele rzeczy, które muszę ci wyjawić.

Nihal usiadła na drewnianym stołku, a Sennar stanął przy jej boku, trzymając dłoń na jej ramieniu.

Staruszka podniosła się z trudem i doczłapała do jednego z regałów, skąd wzięła mały trójnóg, który następnie postawiła pośrodku stołu. Kiedy wypełniła go garścią nieznanych ziół, wyrecytowała krótką formułę.

Na dnie trójnogu zapłonęło małe ognisko i podniósł się gęsty dym, który Reis zdawała się prowadzić dłońmi. Z kłębów zaczęły wyłaniać się nieostre obrazy, które stopniowo stawały się coraz wyraźniejsze i bardziej szczegółowe. Nihal wytrzeszczyła oczy: oto przed nią nabierało kształtów miasteczko. Domy były skonstruowane w większości z drewna. Panował wielki ruch, dzieci bawiły się na ulicach, kobiety robiły zakupy na targu na centralnym placu. Miasteczko jak wiele innych. Miasteczko Pół-Elfów.

Nihal patrzyła jak urzeczona. Nigdy nie widziała innych Pół-Elfów, a teraz obserwowała, jak się poruszają, mówią, żyją. Jej uwaga skupiła się na jakiejś dziewczynie. Była bardzo młoda, miała długie granatowe włosy, fioletowe oczy. Wydawała się wesoła i pełna życia.

– Twoja matka urodziła się w Krainie Dni – zaczęła opowiadać Reis. – Nie były to piękne czasy, lecz ona na to nie zważała. Kiedy okazało się, że muszą uciekać, aby uniknąć prześladowań Tyrana, wyruszyła, nie odwracając się za siebie. Miała wszystko to, czego pragnęła: swoją rodzinę i swojego towarzysza.

Drugi Pół-Elf podszedł do dziewczyny i uśmiechnął się do niej. Był to chłopak, niewiele od niej starszy.

Moja matka. Mój ojciec.

– Twoi rodzice pobrali się, kiedy tylko dotarli do Krainy Morza, otrzymując błogosławieństwo wodza wioski i przychylność gwiazd – ciągnęła dalej stara.

Spokój tych obrazów przerwało wtargnięcie oddziału Fammninów. Dym unoszący się z trójnogu pociemniał i wyglądało to tak, jak gdyby na wioskę opadła noc.

– Jednak nieszczęście podążyło za nią aż tutaj. Kiedy przeklęte stworzenia Tyrana siały śmierć i rozpacz, twoja matka ukryła się i zaczęła się modlić. Błagała, aby jej młody małżonek został oszczędzony, aby ona sama nie została zabita. Tego dnia przysięgła, że jeżeli przeżyją, poświęci owoc swojego łona Shevraarowi, bogu Ognia i Wojny.

Dym rozwiał się i Nihal wyciągnęła dłoń, jak gdyby chciała go złapać. Pragnęła dalej móc patrzeć na twarz swojej matki.

Reis dorzuciła do trójnogu garść ziół i z płomieni wyłonił się obraz rodziny: dziewczyna, młodzieniec, a pomiędzy nimi – mała dziewczynka.

– Shevraar okazał litość i ocalił obydwoje. Twoja matka wkrótce potem zaszła w ciążę, a twój ojciec nalegał, aby przenieśli się do mniejszej i bezpieczniejszej osady. Wyruszyli, znowu na wygnaniu, ale szczęśliwi, że nadal są razem. Urodziła im się dziewczynka: nadali jej imię Sheireen, Poświęcona, i postanowili, że ofiaruje ona swoje życie mieczowi i walce, aby wysławiała imię Shevraara i pomściła poległych ze swojej Krainy. Bóstwo przyjęło tę ofiarę. Sheireen miała zostać jego kapłanką i nigdy nie mogło jej się stać nic złego.

Nagle dym ożywiły obrazy wojny. Nihal rozpoznała je: były to te same, które widziała w swoich koszmarach. Przyglądała się rzezi i krwi, słyszała krzyki i rozpacz. Kiedy wioska była już pogrążona w ciszy i zasłana ciałami, Nihal odwróciła wzrok. Drżała.

– Już wystarczy. – Głos Sennara był kategoryczny. Czarodziej ukucnął przy boku Nihal i wziął jej dłonie w swoje. – Chodźmy stąd...

Nihal potrząsnęła głową.

– Wszystko w porządku, Sennarze. Pozwól jej mówić dalej.

– To Shevraar cię ocalił, Sheireen – podjęła Reis. – Ze wszystkich Pół-Elfów postanowił ocalić tylko ciebie. Abyś pomściła swój ród.

Nihal zobaczyła siebie samą jako noworodka, płaczącą obok zakrwawionego ciała matki. Potem ujrzała, jak przez trupy idą dwie kobiety: przepiękna gnomka oraz młoda, ciemnowłosa dziewczyna.

– Należałam wówczas do Rady, tak samo jak twój przyjaciel Sennar. Byłyśmy z Soaną z misją dyplomatyczną w Krainie Morza, kiedy postanowiłyśmy odwiedzić to, co pozostało z wspólnoty Pół-Elfów. I tam cię znalazłyśmy: żyjąca dziewczynka pośród dziesiątek rozdartych ciał, ostatnia ocalała z całego narodu. Byłaś znakiem, Sheireen. – Reis zrobiła przerwę, a dym zaczął poruszać się bezładnie, tworząc dziwne kolorowe wiry. – Po powrocie do Rady zaczęłam zgłębiać temat twojej przeszłości i przyszłości. Początkowo karty nie powiedziały mi nic konkretnego: wrażenia, zamazane kontury historii, której nie potrafiłam rozwikłać. Wreszcie zobaczyłam, jak rozbłyskuje to...

W dymie pokazał się wyraźnie kształt okrągłego medalionu: w środku królowało wydłużone oko, którego tęczówkę tworzył opalizujący kamień rzucający białe pobłyski; wokół niego osiem pustych wyżłobień, które zdawały się gościć niegdyś tyleż samo kamieni, wszystkich w takim samym rozmiarze. Krawędzie ozdabiał skomplikowany fryz.

– Nie wiedziałam, co to jest. Długo szukałam w moich księgach, lecz talizman pozostawał tajemnicą i stopniowo zniknął z moich myśli. – Reis przesunęła po twarzy zakrzywionymi palcami. – Trzy lata później, kiedy nie mogłam już znieść wyrzutów sumienia, opuściłam Radę. To wtedy postanowiłam rozpocząć poszukiwanie tego medalionu. I twojego przeznaczenia.

– O czym ty mówisz? – spytał Sennar. – Jakich wyrzutów sumienia?

– W tej chwili nie ma to znaczenia. Musisz wiedzieć jeszcze inne rzeczy. – Reis podniosła się i pogrzebała w jednej z szuflad. Kiedy znów usiadła, w dłoni trzymała amulet. Środkowy klejnot słabo zabłysnął w ciemności chatki. – Wiele stuleci temu ziemię tę zamieszkiwały tylko Elfy, doskonałe istoty drogie bogom. Czystość ich istnienia zakłóciło przybycie ludzi i gnomów, którzy najechali Świat Wynurzony. Wkrótce Elfy zniknęły; wiele z nich porzuciło Świat Wynurzony, a pozostałe zmieszały się z innymi rasami. Ich krew przetrwała tylko w żyłach Pół-Elfów takich jak ty, Sheireen. Elfy żyły w jedności z siłami ożywiającymi świat i ich jedyną formą magii była bliskość z duchami natury. Ten medalion, któremu jesteś przeznaczona, jest kluczem do tej magii.

Reis podała amulet Nihal, która wzięła go w ręce i dokładnie obejrzała.

– W każdej z ośmiu Krain znajduje się sanktuarium poświęcone jednemu z ośmiu duchów natury: Wodzie, Światłu, Morzu, Czasowi, Ogniowi, Ziemi, Ciemności, Powietrzu. A poza tym jest jeszcze Wielka Kraina, Matka, która przyjmuje je wszystkie i w sobie je zawiera. W każdym sanktuarium strzeżony jest jeden kamień. W przeszłości osoba, która żywiła jakieś pragnienie, szła do sanktuarium i prosiła, aby duch udzielił jej mocy. Jeżeli serce tego, kto się modlił, było szczere, kamień ładował się i moc zostawała udzielona. Kiedy pragnienie zostało zrealizowane, kamień powracał do sanktuarium. W ten sposób Elfy błagały duchy o łaski. Kamienie te mają jednak jeszcze większą moc. Kiedy nadciąga niebezpieczeństwo nieuchronne i nie do opanowania, można prosić o pomoc wszystkie duchy, wzywając je do połączenia sił. Aby to uczynić, należy zgromadzić osiem kamieni i włożyć je do talizmanu. W końcu, dotarłszy do Wielkiej Krainy, prosić Matkę, aby wysłuchała swoje dzieci; wówczas zostają przywołane duchy natury, które podporządkowują się woli posiadacza amuletu. Elfy użyły amuletu tylko raz, kiedy pewien najeźdźca, przybywszy z Wielkiej Pustyni, dokonał próby zniszczenia ich świata. Potem, po wyginięciu ich ludu, sanktuaria uległy zapomnieniu, ponieważ tylko Elfy mogły przekroczyć święty próg. – Reis przerwała i utkwiła swe stare, matowe źrenice w szeroko otwartych oczach Nihal. – Elfy lub ten, kto ma w sobie ich krew.

– Mówisz, że... – zaczęła dziewczyna.

– Tak, Sheireen. Tylko ty możesz jeszcze poprosić o pomoc duchy. Tyran panuje za pomocą magii. To dzięki magii stworzył Fammninów, wzniósł swoją Twierdzę, magią ujarzmia swoich poddanych. Ale ty możesz tę władzę przełamać: zbierzesz wszystkie kamienie, zostaną zawezwane duchy natury i magia Tyrana zniknie.

– Minęły całe wieki, Reis – wtrącił się Sennar. – Kamienie mogły zostać ukryte lub zagubione, sanktuaria zniszczone...

Stara podniosła oczy na chłopaka.

– Nie słuchałeś mnie, czarodzieju? Tylko ten, kto ma krew elficką, może dotknąć kamieni, inni skazani są na śmierć. A zniszczenie sanktuarium nic nie znaczy: to miejsce, w którym wyrasta, nadaje świętości, a nie budynek.

Nihal potrząsnęła głową.

– Ale ja jestem Elfem tylko w połowie.

– Duchy i tak cię wysłuchają, Sheireen. Będziesz jednak musiała uważać, bo amulet wyssie twoją życiową limfę...

– Co? – przerwał jej Sennar. – Ty chyba oszalałaś, starucho!

– Członek Rady powinien potrafić słuchać, chłopcze – odrzekła surowym tonem Reis. – Sheireen przeżyje, jeżeli będzie dość silna, pamiętajcie jednak, że moc medalionu trwa jeden dzień: przez jeden dzień od momentu, w którym Sheireen wezwie duchy, Tyran nie będzie mógł używać swojej magii. W tym czasie trzeba będzie go pokonać.

Nihal obracała amulet w dłoniach.

– I to dlatego jestem żywa, Reis?

Stara kiwnęła głową.

– Tak, Sheireen. Celem twojego istnienia jest uwolnienie Świata Wynurzonego od Tyrana.

– A gdzie znajdują się sanktuaria? – spytała Nihal.

– To amulet ci je wskaże. Twoje serce będzie wiedziało, gdzie szukać.

Sennar aż dygotał u boku Nihal.

– Nie, to niemożliwe – wybuchnął czarodziej. – Większość sanktuariów znajduje się na terytorium nieprzyjaciela. Trzeba będzie przekraczać fronty, podróżować po całym Świecie Wynurzonym...

Stara zignorowała go i skoncentrowała się na dziewczynie.

– Takie jest twoje przeznaczenie, Sheireen, nie możesz się wykręcić. To wszystko, co ci się przydarzyło, od twojego narodzenia aż po dzień dzisiejszy, służyło dojściu właśnie do tego. Nie pragniesz zemsty, Sheireen? Nie chcesz zniszczenia Tyrana? Pewnie, że chcesz. Czuję, jak twoje serce przepełnione jest nienawiścią.

Nihal patrzyła na starą z lękiem. Jej słowa powodowały zamęt w głowie i nawet bliskość Sennara nie była w stanie jej uspokoić.

– Przyjmij swoją nienawiść, Sheireen! Odżywiaj ją, podążaj za nią, bowiem uwolni nas od złego! Ofiaruję ci możliwość unicestwienia tego, kto wymordował twój naród! Pomyśl o wszystkich bezsennych nocach, o skurczonych z bólu twarzach zaludniających twoje sny...

Medalion wypadł z palców Nihal i z brzękiem odbił się od stołu.

– Skąd wiesz o moich snach? – spytała, podnosząc się. Taboret, na którym siedziała, przewrócił się na ziemię.

– Powinnaś mi dziękować, Sheireen... – wymruczała starucha.

Nihal dobyła miecza i przyłożyła jej do gardła.

– Powiedz mi! – krzyknęła.

Reis westchnęła i kiwnęła potakująco głową.

– Kiedy dowiedziałam się prawdy o tobie, zrozumiałam, że muszę znaleźć sposób, abyś nie mogła wywinąć się twojemu zadaniu...

Głos Nihal był ledwo słyszalnym szeptem.

– To niemożliwe...

– Wtedy wypowiedziałam zaklęcie: wlałam w nie wszystkie moje zdolności, ponieważ była to zakazana formuła, trudna do przywołania. Ale powinnaś mi dziękować, Sheireen – powtórzyła. – Bez mojej interwencji nigdy nie wzięłabyś do ręki miecza, nigdy nie odkryłabyś swojej siły...

– To niemożliwe – powtarzała w dalszym ciągu Nihal. – To niemożliwe...

– Tak, Sheireen. To ja otworzyłam twój umysł na sny.

W pokoju zapanowała lodowata cisza. Nie było słychać żadnego odgłosu poza słabym pluskiem wodospadu dobiegającym z oddali. Czarny miecz drżał w dłoni Nihal.

– Wiedziałam, że Soana nigdy nie będzie miała odwagi, aby uczynić z ciebie mścicielkę, której potrzebowaliśmy. Ale jeślibyś wiedziała, jeślibyś widziała na własne oczy...

Twarz Nihal była ziemista.

– Byłam zaledwie małą dziewczynką – powiedziała, cedząc słowa – a ty nasłałaś na mnie legiony duchów, aby mnie dręczyły. Teraz jestem kobietą i nie było nocy, żebym…

– Kiedy doprowadzisz do końca swoją misję, sny znikną, Sheireen. Ale dopóki nie zrobisz tego, co musisz, umarli będą cię prześladować. Na zawsze.

– Przeklęta! – wrzasnęła Nihal. Jednym cięciem rozwaliła stojący przed Reis stół.

Starucha siedziała bez ruchu.

– Twoja siła tkwi w nienawiści – powiedziała z uśmiechem. – To ja dałam ci tę siłę, to ja uczyniłam cię tym, kim jesteś.

– Ja nie jestem twoim stworzeniem!

– Och, oczywiście, że jesteś… – zachichotała złośliwie Reis.

Nihal już podnosiła ramię, aby wymierzyć cios, kiedy poczuła ciepły dotyk dłoni, dłoni, która otoczyła jej ramię.

Sennar zmusił ją, aby się odwróciła.

– Schowaj miecz i chodźmy stąd – powiedział spokojnym głosem. – Teraz.

Nihal stała tam niezdecydowana, a uderzenia serca rozbrzmiewały jej w głowie. Powoli opuściła miecz, dopóki nie zwisnął jej bezwładnie wzdłuż boku. Następnie bez słowa zwróciła się do wyjścia z chatki. Medalion leżał na ziemi wśród kawałków roztrzaskanego stołu.

– Sheireen! – zawołała ją Reis. – Nie możesz odwrócić się plecami do twojego przeznaczenia!

Tuż przed wyjściem Sennar popatrzył twardo na staruszkę.

– Reis, właśnie ocaliłem ci życie. Milcz, jeśli nie chcesz, abym zmienił zdanie.

Nihal skuliła się na małym występie skalnym pod domkiem staruchy. Sennar opuścił się, dołączył do niej, usiadł obok i musnął jej ramię.

– Chodźmy stąd – szepnął, ale nie uzyskał odpowiedzi. Wobec tego przykucnął i zmusił ją, aby na niego popatrzyła. – Tutaj nie ma nic z tego, czego szukałaś, Nihal.

Twarz dziewczyny była porysowana łzami.

– Ile razy powtarzałam sobie, że nie mogę żyć tylko dla zemsty, Sennarze? Ty wiesz, jak bardzo walczyłam... I po co?

– Mylisz się – powiedział Sennar.

Nihal nadal patrzyła przed siebie z zagubionym spojrzeniem.

– Czy ty tego nie widzisz, Sennarze? Moje życie tworzy doskonały rysunek. Walczę, bo pewnego dnia moi rodzice poświęcili mnie jakiemuś bogu, którego imienia nawet nie znałam. Koszmary prześladują mnie, aby doprowadzić mnie do zebrania ośmiu przeklętych kamieni rozsianych po świecie. Już wszystko zostało napisane, wszystko postanowione. Jestem bronią w czyichś dłoniach, nie mam prawa być osobą.

Sennar zmusił ją, aby wstała, wziął ją w ramiona i przytulił.

– Twoje życie należy tylko do ciebie, Nihal, i to jest jedyne, co się liczy. Teraz chodźmy stąd i zapomnijmy o całej tej historii.

27.

Armia umarłych

Pod koniec drogi powrotnej Nihal i Sennar zauważyli, że coś jest nie tak. W miarę, jak zbliżali się do Laodamei, powietrze wydawało się coraz bardziej przesycone elektrycznością, a w wioskach, nad którymi przelatywali, dało się dostrzec dziwne poruszenie.

Nagle ujrzeli w powietrzu jakiś czarny punkcik lecący im na spotkanie. Nihal przelękła się, że może to być nieprzyjaciel i dobyła miecza, jednak szybko zorientowali się, że jest to Ido na grzbiecie Vesy.

Gnom dał im znak, aby wylądowali na niskim wzgórzu.

– Co cię sprowadza w te strony? Przyleciałeś nas eskortować? – zażartował Sennar, wychodząc mu naprzeciw. Potem zauważył, że twarz gnoma jest poważna i ściągnięta.

– Co się stało? – spytała zaniepokojona Nihal.

– Podczas waszej nieobecności sprawy potoczyły się jak lawina. Rozpoczęła się bezprecedensowa ofensywa przeciw Krainie Wody: wojsko Tyrana wkrótce dotrze do bariery wznoszonej przez nimfy. Nihal, bitwa jest bardzo bliska. Potrzebujemy cię na polu. – Ido wskoczył na siodło. – Lećcie za mną.

Głowa Nihal w jednej chwili opróżniła się ze wszystkich myśli, które towarzyszyły jej do tej chwili. Wskoczyła na grzbiet Oarfa i popędziła go do jak najszybszego lotu, a Sennar mocno ściskał ją w pasie.

Ido zaprowadził ich na obszerną wyżynę Krainy Wody, z której był dobry widok na granicę z Krainą Wiatru. Kiedy tylko wylądowali, Lajos wybiegł Nihal naprzeciw, blady i przestraszony.

– Coś się dzieje... coś dziwnego... – powiedział, odprowadzając ją do jej oddziałów.

– Co masz na myśli? – spytała, przyspieszając kroku.

– Nihal, ja... ja boję się tego, co widziałem.

Dziewczyna zatrzymała się, aby popatrzeć mu w oczy, i przez moment ogarnęło ją jakieś mroczne przeczucie. Nihal nigdy nie bała się w bitwie, jednak w wyrazie twarzy Lajosa było coś, co ją zmroziło.

– Idź do namiotu i nie wychodź z niego, sytuacja jest poważna – ucięła krótko, po czym oddaliła się.

Wszyscy byli na swoich miejscach. Nihal wzrokiem odszukała Sennara: stał obok Maverna. Była z nimi również Soana. *Co się dzieje, do diabła?* Potrząsnęła głową, to nie była chwila na poddawanie się niepokojom. Musiała być trzeźwa i skoncentrowana.

Opuściła hełm na czoło i wraz z Oarfem zbliżyła się do pierwszej linii. W oddali przed sobą zobaczyła nimfy niestrudzenie utrzymujące barierę. Były ustawione w wielu szeregach, jedna obok drugiej, z dłońmi wyciągniętymi ku górze. Nihal ze zdumieniem rozpoznała wśród nich Astreę. Wyprostowana na całą wysokość królowa modliła się za swoją Krainę u boku innych nimf. Zmieniła się w porównaniu z pierwszym razem, kiedy Nihal ją widziała. Jej przejrzysta postać wydawała się teraz niemal matowa, a urodę przytłoczył ból, który długo musiał ją dręczyć.

Panowało milczenie. Zazwyczaj Famminowie posuwali się naprzód, wydając zwierzęce okrzyki mrożące krew w żyłach. Teraz jednak nic, tylko cisza. Nihal bała się i sama nie wiedziała, czego. Nie śmierci, tej nigdy się nie lękała. Był to strach głębszy, delikatny i straszliwy.

Potem po stronie Krainy Wiatru pojawił się nieprzyjaciel. Wojownikami Tyrana nie byli Famminowie. Wyglądali na ludzi i szli naprzód milcząco, w porządnym szyku, prawie ze spokojem. Zamiast zwykłej zbroi mieli na sobie popielate pancerze. Widok bariery nie wywarł na nich nawet najmniejszego wrażenia. Modlitwy nimf stały się głośniejsze, ich śpiew – bardziej melodyjny.

Nihal poczuła, jak serce mocno jej bije. Na ołowianym niebie pojawiło się dwóch wojowników na grzbietach smoków. Jeden z nich miał szkarłatny pancerz i leciał na czarnym smoku, podobnym do smoka Doli. Drugi był szary, a jego smok rzucał mleczne połyski.

Po oddziałach przebiegł szmer.

– Gotowi do ataku! – krzyknął generał.

Nihal pochyliła się na Oarfie i przemówiła do niego łagodnie.

– Bądź spokojny, wszystko będzie dobrze.

Smok też zaczął się denerwować. Jego skrzydła drżały, ale nie było to pragnienie walki.

Oddziały zbliżały się coraz bardziej, bez lęku maszerowały prosto na barierę. Wielu piechurów zdawało się rannych. Na ich żelaznych zbrojach widać było rozległe plamy zaschniętej krwi, a jednak posuwali się naprzód nieustraszeni. Kiedy pierwsza linia znalazła się o krok od bariery, zatrzymali się.

Wojownik na czarnym smoku wystąpił naprzód, unosząc się w powietrzu.

– Dzisiaj jest wielki dzień! – krzyknął, zwracając się do wojsk Wolnych Krain. – Naprawdę wielki dzień! Dzisiaj jest dzień, w którym bracia staną przeciwko sobie, w którym ojciec zabije syna. Prawica będzie walczyć z lewicą i obie będą szarpać ciało, do którego należą. Dzisiaj sami się pozabijacie!

Wojownik wyciągnął coś w rodzaju trójzębnej włóczni: była niebieska i rzucała ciemne, głębokie połyski. Mężczyzna podniósł ją ku górze, gdzie wnet otoczyła ją pajęczyna cienkich niebieskich błyskawic.

– Mój Panie, twój sługa prosi cię o siłę! – krzyknął, po czym rzucił włócznią w barierę.

Oczy całej armii patrzyły, jak broń bez trudu przenika przez barierę i wbija się w ziemię o kilka łokci od ramion nimf. Kiedy tylko dotknęła ziemi, otoczyła ją kula ciemnego światła, która pulsując, zaczęła poszerzać się z głuchym łoskotem.

Bariera rozpadła się w eksplozji zielonych błyskawic. Nimfy i ich królowa zostały zmiecione, po czym otuliła je czarna kula i zdawało się, że roztapiają się w chmurę pary wodnej.

Wśród żołnierzy zapadło milczenie pełne grozy. Nic już nie oddzielało armii nieprzyjaciela od wojska Wolnych Krain.

– Niech dokona się rzeź! – wrzasnął wojownik, a jego oddziały rzuciły się do ataku, nie wydając żadnego dźwięku.

Rozpoczęło się starcie.

Piechurzy z pierwszej linii zaczęli wymierzać ciosy owym tajemniczym szarym żołnierzom, jednak mimo iż miecze przeszywały ich na wylot, wydawało się, że przecinają powietrze.

Nagle każdy wojownik, każdy piechur, każdy żołnierz z armii Wolnych Krain rozpoznał kogoś wśród nieprzyjacielskich szeregów. Jeden widział dawnego towarzysza broni, drugi swojego dowódcę poległego w bitwie, ktoś inny śmiertelnie ranionego brata. Zdumienie ustąpiło miejsca wątpliwości, wątpliwość stała się pewnością, zaś pewność przekształciła się w zgrozę: było to wojsko umarłych.

Umarli z ich własnych szeregów, dawni przyjaciele. Tyran znalazł sposób, aby przywrócić do życia poległych podczas tej niekończącej się wojny.

Pole bitwy rozbrzmiało echem okrzyków przerażenia i wojsko Wolnych Krain rozpierzchło się w bezładnym odwrocie.

Nihal zmuszała się, aby opanować przerażenie, i robiła wszystko, co możliwe, aby utrzymać razem oddziały. Posuwała się po polu do przodu i do tyłu na opierającym się Oarfie, zachęcała ludzi, starała się uniemożliwić im rozejście się. Jednak na nic to się zdało. Była to chwila upadku: nawet gdyby żołnierzom udało się przezwyciężyć przerażenie płynące z konieczności walki przeciwko własnym poległym towarzyszom, nie mieli broni, która byłaby w stanie tych wrogów zabić.

Nihal poczuła się zrozpaczona, bezsilna.

– Przeklęty! – wrzasnęła. Potem popędziła Oarfa, aby dogonił wojownika w czerwonej zbroi, ale pomiędzy nią a jej cel wpychały się całe szeregi upiorów. Jakiś żołnierz, będący niegdyś pod jej dowództwem, stanął przed nią i popatrzył na nią przygaszonymi oczami.

Tymczasem Sennar i Soana opuścili tyły i dotarli do generała.

– Generale, zbierzcie wszystkich, którzy jeszcze nie zaczęli walczyć! – rzucił pospiesznie czarodziej. – Chyba wiem, jak ich pokonać.

Wojskowy pokręcił głową.

– Nie, czarodzieju. Mam zamiar zarządzić odwrót. Nie chcę dalszych strat.

Strzały świszczały obok niego, ale Sennar prawie tego nie zauważał.

– Jeżeli wycofamy się w tych warunkach, dojdzie do masakry. A poza tym nie możemy tak oddać Krainy Wody.

– Jaki macie pomysł? – spytał generał.

– Istnieje pewna formuła – powiedziała Soana – ale należy rzucić ją na broń. Generale, posłuchajcie Sennara. Resztą sami się zajmiemy.

Pomysł ten przyszedł do głowy Sennarowi. Duchy mają swój udział w istocie ognia, dlatego tylko czar mający coś wspólnego z płomieniami mógł je rozproszyć i oddać ich duszom pokój. Nie pozostawało nic innego, jak tylko nałożyć zaklęcie na broń.

Żołnierze, którzy jeszcze nie włączyli się do bitwy, zostali zwołani na zbiórkę na wyżynie, gdzie oczekiwali na rozkaz do ataku. Ido i Nihal wylądowali trochę dalej, podnosząc chmury kurzu. Zsiedli ze smoków i wielkimi krokami ruszyli, aby wmieszać się w tłum.

Sennar popatrzył na szeregi: piechurzy, prości żołnierze i wojownicy stali nieruchomo, zszokowani, słuchając krzyków swoich towarzyszy. Była to mniej niż połowa całej armii, ale należało spróbować. Wdrapał się na jeden z wozów przewożących broń, tak aby wszyscy mogli go zobaczyć, i wyciągnął rękę do Soany, aby ona też mogła tam wejść.

– Posłuchajcie mnie! – wrzasnął, chociaż huk bitwy zagłuszał jego głos. – Posłuchajcie mnie! Musimy wytrwać!

– Masakrują nas! – krzyknął ktoś, a inni zawtórowali mu echem.

– Zaufajcie mi! Rzucimy zaklęcie na waszą broń! – nalegał Sennar. – Musicie tylko wysoko podnieść miecze!

Nad gąszczem hełmów i zbroi wyrosło tylko jedno ostrze z czarnego kryształu i długi cienki miecz. Nikt inny się nie poruszył.

Sennar rozpoznał głos Ida.

– Do diabła, wasi towarzysze giną! Nie ma czasu! Podnieście tę przeklętą broń!

Ktoś usłuchał i stopniowo wyżyna najeżyła się ostrzami i włóczniami, strzałami i toporkami.

Sennar i Soana zwrócili wnętrza dłoni ku niebu i zaczęli recytować formułę. Z ich nadgarstków wyleciał purpurowy płomień, który podniósł się, aby zaraz potem opaść w setkach strużek światła, tak że każda z broni otrzymała swoją dawkę czaru.

Kiedy oddziały się ruszyły, wykończony Sennar oparł się o brzeg wozu. Soana osunęła się na podłogę z desek.

Nihal podniosła się do lotu z Oarfem i popędziła swoich ludzi. Żołnierze zaczęli opuszczać miecze na karki nieprzyjaciół. Teraz ciosy sięgały celu i duchy rozwiewały się jak dym, i tak było to jednak coś straszliwego. Wśród szeregów upiorów Nihal rozpoznała wielu towarzyszy, lecz zaatakowanie ich po zobaczeniu ich oczu i spojrzeń było prawie niemożliwe. Posuwała się dalej, pełna złości, dopóki nie dostrzegła w oddali szkarłatnej postaci na czarnym smoku. To jego zabije jako pierwszego.

Zaczęła za nim gonić z oczami utkwionymi w tej czerwonej jak ogień zbroi, nie zastanawiając się nad tym, dlaczego tak się oddala.

Nagle czarny smok zwolnił i gwałtownie zawrócił. Oarf znalazł się przed nim. Nihal była gotowa rzucić się do ataku, kiedy zobaczyła nadlatującą ogromną uskrzydloną sylwetkę, szarą jak żołnierz, który jej dosiadał. W tej postaci, w oczach, które dostrzegła pod hełmem, Nihal znalazła coś znajomego. Przebiegł ją dreszcz.

– To jest twój przeciwnik – krzyknął do niej szkarłatny wojownik. Zaraz potem jego smok poderwał się do lotu i wystrzelił w chmury.

– Zaczekaj! – krzyknęła, rzucając się w pogoń, ale szary żołnierz zastąpił jej drogę i mieczem zranił ją w ramię.

Nihal szybko się oddaliła i przerzuciła miecz do lewej dłoni. Wojownik w czerwonej zbroi unosił się nad nią i krążył tam i z powrotem, obserwując scenę z góry.

Szary smok rozdziawił paszczę w milczącym ryku i powoli machnął skrzydłami, zbliżając się jeszcze bardziej. Kiedy Nihal podniosła zasłonę hełmu, aby lepiej mu się przyjrzeć, zakręciło jej się w głowie.

Nie. To niemożliwe. Gaart nie żyje. Zginął, aby ocalić swojego Jeźdźca.

– Kim jesteś? – krzyknęła Nihal do żołnierza, lecz nie uzyskała odpowiedzi. – Kim jesteś, kim jesteś?

Wrogie ostrze sięgnęło jej nogi. Nihal nie poczuła bólu. Była oszołomiona, drżała. *To nie on, to nie może być on.*

Potem, na znak wojownika w szkarłacie, żołnierz mechanicznie zdjął hełm i nie było już nawet najmniejszego cienia wątpliwości. Kasztanowe loki miały teraz barwę popiołu, buńczuczny uśmiech zniknął z warg, pozostawiając miejsce pozbawionemu wyrazu grymasowi, a jednak przed nią znajdował się Fen: jej mistrz, jej przyjaciel, jej miłość.

Widok ten podziałał na Nihal paraliżująco.

Ile razy marzyła, aby go znowu zobaczyć? Ile razy wydawało jej się, że słyszy jego śmiech? Teraz był tutaj. W zielonych oczach nie było już spojrzenia, a jednak to był on.

Fen rzucił się na Nihal i miecz, którym tyle razy z nią ćwiczył, wbił się z precyzją w jej ramię.

Nihal poczuła ból, poczuła jak z rany wypływa krew, ale nie była w stanie zareagować.

– Fen – powiedziała słabym głosem.

Twarz ducha rycerza pozostała obojętna, a usta nieme.

– Fen... Fen, to ja... – wyszeptała Nihal.

Nowy cios sięgnął jej boku i zarysował jej pancerz.

– Postanowiłeś zginąć, co, Jeźdźcze? – szydził z niej wojownik z góry.

Cięcia opadały na zbroję Nihal, a ona przyjmowała wszystkie bez skargi, nie poruszając się.

Potem Nihal nagle zdała sobie sprawę, że Oarf zabiera ją stamtąd.

Drogę zablokowała im ściana ognia: czarny smok.

– Zabić albo zostać zabitym, Jeźdźcze! – zawołał szkarłatny wojownik.

Uderz go, Nihal.

Nihal potrząsnęła głową.

– Nie mogę...

Ty nie chcesz zginąć.

Drugi płomień osmalił pierś Oarfa i Nihal poczuła, jak wewnątrz niej rozbrzmiewa echem krzyk bólu jej zranionego smoka. Dlaczego, dlaczego była zmuszona stanąć przed tą próbą?

– Nihal! Walcz, do diabła! – Głos Ida brutalnie przywrócił ją do rzeczywistości.

Nihal otrząsnęła się. Zobaczyła Ida z wyciągniętym mieczem i Vesę rzucającego się na czarnego smoka.

Złość podniosła się niczym fala. Gniew i rozpacz. Nihal zacisnęła dłoń wokół rękojeści i z krzykiem rzuciła się na Fena.

Walczyła siłą rozpaczy, trafiała przypadkowo, starała się umknąć przed lodowatym spojrzeniem mężczyzny, którego kochała.

– To ja, Fenie – powtarzała cały czas, ale Fen atakował i odpierał, atakował i odpierał, nieporuszony.

Nie zrobiła tego naumyślnie: to było tak, jak gdyby jej ręka sama się poruszyła, a może wolała tak myśleć. Miecz z czarnego kryształu znalazł się pomiędzy nią a Fenem, a jego czubek wbił się w brzuch Jeźdźca, przeszywając go na wylot. Przez moment wzrok Nihal napotkał oczy ducha. Nie dojrzał w nich nic. Fen stopniowo zniknął i stał się dymem, tak jak tamtego wieczoru, kiedy ogień stosu pogrzebowego strawił jego ciało.

Oddziały Wolnych Krain zostały zmuszone do odwrotu. Dzięki magii Sennara i Soany udało im się ograniczyć straty, nie zdołały jednak uzyskać przewagi. Pod koniec dnia wielkość porażki stała się jasna: większa część południowego stepu łączącego Krainę Wiatru z Krainą Wody znalazła się w rękach Tyrana.

Ocaleli z bitwy schronili się w Laodamei. Na głównym placu postawiono szpital polowy dla rannych, a na przylegających ulicach zaimprowizowano obozowisko. Mieszkańcy stolicy otoczyli żołnierzy troską i współpracowali jak mogli: oberżyści organizowali w swoich lokalach małe jadłodajnie, kobiety dokładały starań, aby wojskowym nie zabrakło wody, drewna na opał i czystych ubrań, a wiele osób proponowało im gościnę. Galla, król Krainy Wody, oddał swój pałac do dyspozycji generałów i Jeźdźców Smoka.

Morale żołnierzy było zdruzgotane, sytuacja rozpaczliwa. Krainę Wody oblegały nieprzyjacielskie oddziały, obozujące w odległości kilku mil. Gdyby upadła, liczba Wolnych Krain skurczyłaby się do dwóch: Morza i Słońca.

Nihal zaniesiono do pałacu królewskiego. Rana ramienia wyglądała dość poważnie, lecz, co ważniejsze, wydawało się, że dziewczyna wpadła w stan pomieszania. Nawet znajdując się w swoim pokoju, z dala od jęków rannych i przygnębienia ocalałych, wciąż rozglądała się wokół siebie nieobecnym wzrokiem.

Lajos trzymał ją za rękę i mówił do niej cicho, starając się ją uspokoić, jednak nie udało mu się uzyskać od niej żadnej reakcji.

Sennar podszedł i łagodnie go odsunął.

– Po pierwsze, trzeba zająć się raną – powiedział. – Nihal? – zawołał. – Nihal, odpowiedz.

Ale Nihal nie odpowiedziała. Sennar mokrą szmatką oczyścił jej brudną od popiołu twarz. Potem, z pomocą Lajosa, zdjął jej pancerz. Następnie zbadał ranę w ramieniu i zaczął recytować zaklęcie uzdrawiające.

Lajos pozostał u boku swojego Jeźdźca, aby czuwać nad jego niespokojnym snem, zaś Sennar resztę nocy spędził na kurowaniu rannych, z pomocą Ganny i Soany.

O świcie, kiedy wracali do pałacu królewskiego, spotkali Ida.

– Sennarze, to była katastrofa… – powiedział gnom.

– Wiem. Ale w tej chwili wygląda na to, że wojsko Tyrana się zatrzymało. Na razie jesteśmy bezpieczni.

– Nie na długo – odparł Ido.

Następnego dnia wojska nieprzyjacielskie nie posunęły się naprzód ani też nie cofnęły się nawet o krok.

Dowództwo armii starało się zreorganizować siły będące do dyspozycji, lecz świadomość, że Tyran może wzywać duchy poległych, nie pozostawiała im żadnej nadziei na zwycięstwo.

Byli w pułapce. Oczywiście, czarodzieje Rady mogli się zebrać i nadal nakładać zaklęcia na wszystkie miecze. Jednak przy każdej nowej bitwie liczba żołnierzy będzie się zmniejszała, powiększając siły nieprzyjaciela. Ile będą w stanie tak wytrzymać?

Specjalne posiedzenie Rady, w obecności króla Galli, zostało wyznaczone na ten sam wieczór. Do udziału zaproszono wszystkich Jeźdźców Smoka.

W pałacu królewskim panowała cisza. Od śmierci Astrei dworzan prawie nie było widać, a słudzy krążyli jak cienie. Ból Galli przenikał cały pałac.

Sennar wyszedł ze swojego pokoju i ruszył korytarzem. Kiedy usłyszał, że ktoś woła go chrapliwym głosem, podskoczył i odwrócił się gwałtownie.

Nihal szła w jego stronę. Miała ramię owinięte grubym białym opatrunkiem i była blada jak chusta. Sama wyglądała jak upiór.

– Co ty tutaj robisz? – spytał czarodziej, wychodząc jej naprzeciw.

– Idę na zebranie – odpowiedziała Nihal.
– Nie możesz. Jesteś słaba, a twoja rana jest jeszcze...
– To nie ma znaczenia.
Sennar popatrzył na nią. Twarz Nihal była pozbawiona wyrazu. W jej oczach nie dało się wyczytać ani smutku, ani cierpienia. Stała tak przed nim wyprostowana, nieruchoma i zimna jak nagrobek.
Wziął jej dłoń w swoje i mocno ścisnął.
– Wiem, co się wydarzyło wczoraj w bitwie. Nihal, pewnego dnia to wszystko się skończy.
– Już nie potrafię w to wierzyć – szepnęła.
– Ale musisz, bo nadzieja to wszystko, co mamy.

Wielka owalna sala była mroczna, jak gdyby ciemność panująca za murami znalazła drogę, aby wślizgnąć się do środka pałacu. Kandelabr słabo oświetlał napięte, doświadczone ranami, zmaltretowane zmęczeniem i niepokojem twarze.
W podziemnej sali zgromadziło się ośmiu członków Rady, Jeźdźcy Smoka, generał, król Galla oraz Soana.
– Nasze oddziały są wykończone, a wróg ma zdecydowaną przewagę liczebną – powiedział generał przygaszonym głosem. – Posiłki z Krainy Słońca nie przybędą przed upływem dziesięciu dni. Nie będę wam kłamał: jesteśmy w sytuacji bez wyjścia.
Galla był młodym mężczyzną o delikatnych rysach twarzy, blond włosach i oczach w kolorze ciemnego błękitu. Jego zaślubiny z Astreą były pierwszym mieszanym ślubem w regionie i rozpoczęły nową erę w stosunkach między ludźmi a nimfami. Zwrócił zbolałą twarz do Sennara.
– Kiedy nadejdzie armia Zalenii?
– Ich przybycie przewidziane jest na koniec miesiąca, Wasza Wysokość. Podróż jest długa...
Galla wzruszył ramionami. Był wyraźnie zdruzgotany utratą towarzyszki i zmartwiony losami swojej Krainy.
– Chcę być z wami szczery, członkowie Rady: Kraina Wody nie może już zaoferować wam żadnej ochrony. Nasz lud nie jest przygotowany do bitwy. Nimfy z pewnością nie są w stanie wal-

czyć, a ludzie nigdy nie byli szkoleni na wojnę. Obawiam się, że jesteśmy na łasce nieprzyjaciela.

– Wasza Wysokość, generale… – zaczął Sennar. – Nałożyliśmy zaklęcie na całą broń, teraz będziemy mogli ich ranić. Oczywiście, to niewiele, ale zawsze coś. Nie możemy pozwolić, by ogarnęło nas przygnębienie.

Teraz zabrała głos Theris, nimfa reprezentująca Krainę Wody.

– To, co mówisz, Sennarze, jest odważne. Jak jednak możemy się łudzić? Po czterdziestu latach wojny nie mamy sił, aby przeciwstawić się temu nowemu atakowi.

Nihal przysłuchiwała się wszystkiemu z kąta, w którym siedziała. Słuchała i wiedziała, że nie może dłużej się wahać. A jednak, chociaż chciała się podnieść i przemówić, nogi jej nie słuchały.

– Sennarze, Rady należy chronić za wszelką cenę. A razem z nią wszystkich tych, którzy przeciwstawiają się Tyranowi – wtrącił się kolejny członek Rady, Sate, gnom z Krainy Ognia. – Dlatego sądzę, że nie pozostaje nam nic innego, jak tylko ucieczka. Kraina Wody jest już stracona.

Galla popatrzył na niego twardo.

– Astrea zginęła dla ocalenia tej Krainy, a wy proponujecie mi ucieczkę? Nie, nie zgadzam się. Moje miejsce jest tutaj, wśród moich ludzi. Podzielę los Krainy Wody.

– Rozumiemy wasze racje, Wasza Wysokość – odezwał się jeden z Jeźdźców – ale ocalenie Rady jest sprawą fundamentalną. To przede wszystkim dzięki Radzie przeżyliśmy te wszystkie lata. Jej koniec oznacza koniec Wolnych Krain. Sate ma rację: Rada musi opuścić ten region. Wojsko natomiast pozostanie tutaj, u waszego boku.

– Załóżmy, że jest to słuszna decyzja – odezwał się Ido. – Pozostaje fakt, że tam, na zewnątrz, roi się od tych przeklętych duchów.

Dagon podniósł się na nogi.

– Ido, istnieje pewien sposób. Jest pewien ryt, który wykonano zaledwie kilka razy. Jednocząc magię wszystkich członków

Rady, można wyrecytować zaklęcie pozwalające przemieszczać się w dalekie miejsca.

– Moja królowa nie żyje, Dagonie – powiedziała Theris. – Ja zostanę tutaj. Nie mogę postąpić inaczej.

Przedstawiciel Krainy Morza poprosił o głos.

– Chwileczkę, panowie. Dobrze, załóżmy, że Rada by ocalała. Ale co potem? Tu nie chodzi tylko o ocalenie Rady. To jest atak na wszystkie Wolne Krainy: jeżeli nie znajdziemy sposobu, aby przeciwstawić się Tyranowi, to tak czy inaczej pochłoną nas ciemności. Tu, czy gdziekolwiek będziemy.

W sali zapadła cisza.

Nihal wpatrywała się w drżące płomienie świec. *Nie ma innego sposobu, Nihal, nie ma innego wyboru. Droga jest już naznaczona, musisz tylko ją przebyć.* Kiedy podniosła się na nogi, poczuła, jak kierują się na nią oczy wszystkich obecnych. Wyszła, nie odwracając się za siebie.

Kiedy Nihal przekroczyła próg, ogarnął ją smród pleśni i aromatycznych ziół. Była tak słaba, że zapach ten przyprawił ją o mdłości. Zebrała się w sobie i przeszła między zwisającymi z sufitu bukietami suszonych kwiatów, by zobaczyć zgarbioną i okutaną postać pochyloną nad pergaminem.

Starucha podniosła głowę gwałtownym ruchem. Na jej zasuszoną twarz wypłynął dwuznaczny uśmiech.

Nihal patrzyła na nią przez kilka chwil. Potem odezwała się mocnym głosem:

– Reis, jestem gotowa, aby wyruszyć.

Słowniczek postaci i miejsc

Aires – kobieta pirat, córka Roola.

Assa – stolica Krainy Ognia.

Astrea – nimfa, królowa Krainy Wody.

Barahar – stolica Krainy Morza.

Barod – kolega Nihal z dzieciństwa.

Benares – pirat, kochanek Aires.

Dagon – Starszy Członek Rady Czarodziejów.

Dola – gnom, wojownik armii Tyrana, brat Ida.

Eleusis – wieśniaczka, u której Nihal mieszka przez jakiś czas w Krainie Słońca, matka Jony.

Fen – Jeździec Smoka, towarzysz Soany poległy w walce i wskrzeszony jako upiór.

Flogiston – czarodziej z Krainy Słońca, dawny nauczyciel Sennara podczas jego terminowania, aby mógł zostać członkiem Rady.

Gaart – smok Fena.

Galla – król Krainy Wody.

Ido – gnom, Jeździec Smoka i nauczyciel Nihal.

Jona – syn Eleusis.

Lajos – giermek, dawny kolega Nihal z Akademii i jej przyjaciel.

Laodamea – stolica Krainy Wody.

Livon – przybrany ojciec Nihal i zdolny płatnerz, zabity przez Famminów; brat Soany.

Makrat – stolica Krainy Słońca.

Malerba – gnom, ofiara eksperymentów Tyrana; posługujący w Akademii.

Mavern – generał obozu w lesie Herzli.

Megiston – historyk i czarodziej, wieloletnia prawa ręka Tyrana.

Moli – ojciec Ida.

Moni – wiekowa jasnowidzka z wysp Vanerii.

Nammen – dawny król Pół-Elfów, syn Levena; zapoczątkował okres pokoju po zakończeniu Wojny Dwustuletniej.

Nelgar – naczelnik bazy w Krainie Słońca.

Nereusz – król Zalenii.

Nihal – dziewczyna wojownik i Jeździec Smoka, ostatni Pół-Elf Świata Wynurzonego.

Oarf – smok Nihal.

Ondine – dziewczyna z Zalenii, zakochana w Sennarze.

Parsel – Jeździec Smoka, nauczyciel fechtunku Nihal w Akademii.

Pewar – generał Jeźdźców Smoka, ojciec Lajosa.

Phos – duszek, przywódca społeczności Puszczy.

Raven – Najwyższy Generał Zakonu Jeźdźców Smoka w Krainie Słońca.

Reis – gnomka, była członkini Rady Czarodziejów.

Salazar – miasto-wieża w Krainie Wiatru.

Sate – gnom, członek Rady Czarodziejów, przedstawiciel Krainy Ognia.

Seferdi – stolica Krainy Dni.

Sennar – członek Rady Czarodziejów, przedstawiciel Krainy Wiatru, najlepszy przyjaciel Nihal.

Sheireen – imię Nihal wśród Pół-Elfów, oznacza: „Poświęcona".

Shevraar – bóg ognia i wojny.

Soana – czarodziejka, była członkini Rady Czarodziejów, pierwsza nauczycielka magii Sennara, siostra Livona.

Sulana – młodziutka królowa Krainy Słońca.

Theris – nimfa, członkini Rady Czarodziejów, przedstawicielka Krainy Wody.

Tyran – despotyczny władca pięciu z ośmiu Krain.

Vanerie – wyspy na szlaku prowadzącym do Świata Zanurzonego.

Varen – hrabia w Zalenii.

Vesa – smok Ida.

Zalenia – Świat Zanurzony.

Wcześniejsze i późniejsze losy Nihal poznają Państwo w następujących tomach trylogii

Kroniki Świata Wynurzonego:

Tom I: *Nihal z Krainy Wiatru*

Nihal ma fioletowe oczy, granatowe włosy i szpiczaste uszy. Od dnia swoich narodzin wie, że jest wojowniczką. Marzy o tym, by móc uczyć się w Akademii Jeźdźców Smoka i pobić Famminów, potwory, które stworzył Tyran, by zniszczyły jej świat. Jednak zostać Jeźdźcem Smoka jest bardzo trudno, a w dodatku nie ma wśród nich kobiet. Nihal, która dorastała wśród ludzi, jest ostatnim żyjącym Pół-Elfem, choć sama o tym nie wie. Nigdy nie udało jej się poznać swojego ludu, całkowicie wytępionego przez Tyrana, ale wciąż nosi w sobie ból swoich współplemieńców. To oni nawiedzają ją teraz w snach i namawiają do zemsty. Nihal ma tylko dwóch sprzymierzeńców: młodego maga Sennara i niezastąpiony miecz z czarnego kryształu, który zrobił dla niej mężczyzna, uważany przez nią za ojca.

Czy Nihal uda się zapobiec całkowitej zagładzie Świata Wynurzonego?

Tom III: *Talizman mocy*

Nihal, ostatni Pół-Elf Świata Wynurzonego i jej towarzysz, młody mag Sennar, nie mają zbyt wiele czasu, by swój świat uratować przed zagładą. Dopiero wtedy, gdy uda im się odnaleźć osiem magicznych kamieni i umieścić je w tajemniczym amulecie, mają szansę złamać moc Tyrana. Jednak na ich drodze czyha śmierć.

Niebezpieczna podróż Nihal zaczyna się w Wolnych Krainach, ostatnim bastionie, który oparł się władzy Tyrana. Wspólnie z giermkiem Lajosem i smokiem Oarfem przemierza Krainę Wody, Krainę Morza i Krainę Słońca. Przy użyciu siły magicznej udaje się jej zwizualizować miejsce, gdzie znajdują się magiczne kamienie. Każdy z nich jest ukryty w magicznej skrzyni i pilnowany przez osobnego strażnika. Wydanie kamieni nastąpi dopiero po pomyślnym zdaniu niebezpiecznego egzaminu. Gdy Nihal traci siły, Sennar podejmuje poszukiwania następnego kamienia. Ale Sennar nie należy do kręgu wtajemniczonych. Nie wolno mu wejść na świętą ziemię, w której spoczywają skrzynie. Jeśli dotknie kamieni, na Wynurzony Świat spadnie wielkie nieszczęście.

Czy uda się im odnaleźć wszystkie osiem kamieni i umieścić je w talizmanie mocy, który pokona Tyrana w decydującej bitwie?

Miłośnikom prozy Licii Troisi polecamy także bestsellerową trylogię

Wojny Świata Wynurzonego:

Tom I: *Sekta Zabójców*

Bohaterka książki – Dubhe – jako ośmiolatka w trakcie zabawy przypadkowo zabiła swojego kolegę, przez co została usunięta z rodzinnej wsi. Przetrwać pomógł jej wtedy tajemniczy Sarnek, dawny najemnik Sekty, od którego nauczyła się fachu. Po jego śmierci Dubhe, jako dojrzała wojowniczka i zwinna złodziejka, przyciągnęła uwagę Gildii. Ponieważ zabiła już jako dziecko, Sekta uważa ją za Dziecko Śmierci, istotę ludzką z wrodzonym talentem do zabijania i nakłada na nią klątwę, która ma zamienić ją w niewolnicę, gotową zabijać na zawołanie.

Dubhe usiłuje uciec z Sekty, wpada jednak w zasadzkę przygotowaną przez jej prześladowców. Czy młodej wojowniczce uda się umknąć członkom morderczej Gildii? Czy uratuje Wynurzony Świat?

Tom II: *Dwie wojowniczki*

Po ucieczce z Sekty Zabójców młoda wojowniczka Dubhe musi uwolnić się od klątwy, która została na nią rzucona. Jedyną osobą, która może ją uratować, jest Sennar, niegdyś najpotężniejszy czarnoksiężnik Świata Wynurzonego, do którego udaje się wraz z Lonerinem po pomoc i radę. Tropem Dubhe podąża Rekla, Strażniczka Trucizn, wierna członkini Sekty Zabójców, z zamiarem zgładzenia dziewczyny. Tymczasem krwiożercza Gildia odkrywa w końcu, jak przywrócić do życia wielbionego przez nich Tyrana – Astera. Potrzebują jedynie ciała, w którym mógłby się odrodzić. Ich wybrańcem zostaje San, wnuk Sennara i Nihal, którego przed pazurami dzikiej sekty chroni gnom Ido.

Czy Sennar, który po śmierci Nihal w poczuciu winy odsunął się od ludzi, nie wierząc w uratowanie Świata Wynurzonego, zechce jeszcze raz pomóc w walce z Sektą? Która z wojowniczek przeżyje walkę na śmierć i życie?

Tom III: *Nowe Królestwo*

Dubhe i Theana zmierzają w kierunku Królewskiego Pałacu Krainy Słońca, aby zabić Dohora, skorumpowanego Tyrana, który połączył siły z Sektą Zabójców. W tym czasie Lonerin i Sennar trafiają na trop starodawnego elfickiego talizmanu, który po raz kolejny, jak za czasów Nihal, wydaje się być jedyną rzeczą, która może uratować Świat Wynurzony.

Tymczasem Gildia nie ustaje w poszukiwaniach Sana, wnuka Nihal i Sennara, którego ciało ma posłużyć do wskrzeszenia Tyrana. Stary gnom Ido próbuje znaleźć dla chłopca bezpieczniejsze schronienie. Po serii pasjonujących przygód dochodzi do ostatecznej rozgrywki między siłami dobra i zła. Dubhe, wbrew swojej woli, znajduje się ponownie w centrum wydarzeń, które naznaczą losy Wynurzonego Świata.

Druk i oprawa:
Rzeszowskie Zakłady Graficzne SA